Hauptwache Urania

Peter Beutler, geboren 1942, ist in Zwieselberg, einem kleinen Dorf am Fusse der Berner Alpen, aufgewachsen. Als promovierter Chemiker war er Lehrer an einem Gymnasium in Luzern. Er lebt mit seiner Frau auf dem Beatenberg, hoch über dem Thunersee.

Dieses Buch ist ein Roman. Handlungen und Personen sind frei erfunden. Ähnlichkeiten mit lebenden oder toten Personen sind nicht gewollt und rein zufällig.
Im Anhang befinden sich ein Personenverzeichnis und ein Glossar.

PETER BEUTLER

Hauptwache Urania

KRIMINALROMAN

emons:

Bibliografische Information der Deutschen Nationalbibliothek
Die Deutsche Nationalbibliothek verzeichnet diese Publikation in der Deutschen Nationalbibliografie; detaillierte bibliografische Daten sind im Internet über http://dnb.d-nb.de abrufbar.

FSC www.fsc.org
MIX
Papier aus verantwortungsvollen Quellen
FSC® C083411

Umschlagmotiv: denhans/photocase.de
Umschlaggestaltung: Nina Schäfer, Tobias Doetsch
Gestaltung Innenteil: César Satz & Grafik GmbH, Köln
Druck und Bindung: CPI – Clausen & Bosse, Leck
Printed in Germany 2017
ISBN 978-3-7408-0164-9
Originalausgabe

Dieser Roman wurde vermittelt durch die Agentur Altas, Bern.

Eine Hommage an Kurt Meier, Detektivwachtmeister der Stadt Zürich. Er hat gegen Behördenwillkür, Günstlingswirtschaft und Amtsmissbrauch gekämpft. Die Politik, die Justiz und die Polizei haben ihm das heimgezahlt, ihn seiner Existenz beraubt. Das geschah in den 1960er und den 1970er Jahren.

1

Vierte Aprilwoche 2014

Der Alte lag auf dem Mühlesteg gegenüber der Hauptwache Urania. Die erste Person, die ihn bemerkte, war eine betagte Dame. Sie führte einen winzigen Hund an der Leine.

«Oh mein Gott … kommt bitte und helft», rief sie mit zitternder, winselnder Stimme. Zwei Polizeimänner, die sich in der Nähe unterhielten, eilten herbei.

Der ältere der beiden, ein grauhaariger Untersetzter mit den Rangabzeichen eines Wachtmeisters, sprach die Frau freundlich an. Doch seine Worte gingen im ohrenbetäubenden Lärm eines Presslufthammers unter. Sein dünner, baumlanger Kollege, ein Gefreiter, eilte zur Baustelle etwa dreissig Meter flussabwärts. Dann wurde es still.

«Was haben Sie gesehen? Ist der Mann gestürzt?», fragte der Wachtmeister.

«Nein, der lag schon da, als ich die Brücke betrat», antwortete die Dame.

Der lange Dünne kam zurück, beugte sich über den am Boden Liegenden und konnte nur noch sein Ableben feststellen. Der kleinere Untersetzte tat es ihm nach. Die beiden Männer sahen einander lange an.

«Ist das nicht der alte Brugisser?», fragte der Gefreite.

Der Wachtmeister nickte.

Minuten später sassen die beiden Polizisten im Büro bei Hauptmann Arno Koch. Er gehörte nicht der Stadtpolizei an. Als Offizier der Kantonspolizei war er in der städtischen Hauptwache Ansprechperson für ungeklärte Todesfälle. Seine Aufgabe bestand darin, festzustellen, ob es sich dabei um vorsätzliches Fremdverschulden einer Zweitperson, also ob es sich um Mord handelte. War das so, musste die Kantonspolizei ermitteln. Der Wachtmeister beschrieb Koch den eigenartigen Vorfall. Brugisser sei tot, darüber gebe es gar keinen Zweifel. Er habe eine klaffende Wunde an der linken Schläfe, die mit grosser Wahrscheinlichkeit von einer Schusswaffe herrühre.

Ob es Spuren vom Täter gebe?, fragte Koch.

So schnell könne man das nicht sagen, bemerkte der Wachtmeister. Möglicherweise habe sich Brugisser selbst in den Kopf geschossen, er sei Linkshänder gewesen, und die Grösse des Einschusslochs spreche dafür, dass die Kugel aus nächster Nähe abgefeuert worden sei.

«Wo ist die Waffe?», fragte Koch.

«Das ist es eben. Wir haben sie noch nicht gefunden», sagte der Wachtmeister.

«Und dennoch schliessen Sie Suizid nicht aus.»

«Nein, das schliesse ich nicht aus. Aber es ist schwer vorstellbar, dass ausgerechnet in der Nähe der Hauptwache, am heiter hellen Tag, jemand einen Menschen erschiesst.»

Es gebe die verrücktesten Dinge; Spinner, die völlig absurde Verbrechen begehen, gab Koch zu bedenken. «Wir müssen zunächst die Ergebnisse der Spurensicherer und des Wissenschaftlichen Dienstes abwarten.»

Am Morgen danach, am Donnerstag, verbreiteten die lokalen Radiostationen folgendes Communiqué der Kantonspolizei:

> *Zürich, den 24. April 2014. Gestern am frühen Abend wurde vor der Hauptwache Urania der Zürcher Stadtpolizei die Leiche des ehemaligen Kriminalkommissärs, Dr. iur. Werner Brugisser, gefunden. Brugisser war dreiundneunzig Jahre alt. Der Tote wies eine Schusswunde an der Schläfe auf. Nach der Tatwaffe wird derzeit noch gesucht. Ob es sich um Suizid oder Mord handelt, ist Gegenstand der Abklärungen.*

Als das Communiqué eine halbe Stunde später, um halb sieben Uhr, im Regionaljournal von Radio SRF zum zweiten Mal verlesen wurde, ergänzte der Nachrichtensprecher die Meldung.

> *Brugisser erlangte 1967 wegen der Affäre Sonderegger landesweit einen hohen Bekanntheitsgrad. Mathias Sonderegger arbeitete*

als Detektivwachtmeister der Stadtpolizei Zürich. Brugisser war sein Vorgesetzter. Sonderegger beschuldigte Brugisser eines im Jahre 1963 verübten Gelddiebstahls in der Hauptwache Urania. Brugisser konnte die Tat nie nachgewiesen werden. Sonderegger wurde entlassen und wegen übler Nachrede und Amtsgeheimnisverletzung zu einer Gefängnisstrafe verurteilt. 1998 ist er vom Zürcher Stadtrat rehabilitiert und mit fünfzigtausend Franken entschädigt worden.
Sonderegger erlag Ende 2006 im Stadtspital Waid einer schweren Krankheit.

Stadtrat Rebstein, der Polizeidirektor, erkundigte sich bei Koch nach dem Stand der Untersuchung im Todesfall Brugisser. Man müsse sich fragen, ob die Stadtpolizei ermitteln sollte, fand Koch. Brugisser habe als Kommissär dieser Polizei gewirkt. Nicht ausgeschlossen sei, dass sein Ableben irgendwie mit dem Diebstahl von 1963 zusammenhänge, er habe ja zu dieser Zeit dort gearbeitet. «Ich finde es besser», sagte Rebstein, «wenn die Kantonspolizei hier Hand anlegt. Könnten Sie, Herr Koch, diese Sache übernehmen? Sie kennen sich bei uns ja gut aus, sind mit den Gepflogenheiten der Stadtpolizei bestens vertraut.»

Das liege drin, er müsse sich aber zuerst mit seinem Vorgesetzten absprechen. Da es sich beim Opfer um Brugisser handle, sehe er kein Hindernis, diesen mysteriösen Hinschied durch die Kantonspolizei abklären zu lassen.

«Mysteriös? Man hat mir angedeutet, es gebe Gerüchte, der betagte alte Kommissär habe aus freien Stücken seinem Leben ein Ende gesetzt», sagte Rebstein.

«Das wird herumgeboten, doch daran glaube ich nicht.»

Nach einem Telefonat Kochs mit seinem Vorgesetzten an der Kasernenstrasse stand fest, dass die Kantonspolizei den Fall Brugisser übernehmen werde. Koch wurde mit den Ermittlungen betraut und angewiesen, dafür eine Arbeitsgruppe aus den Beständen der Kantons- und der Stadtpolizei zusammenzustellen. Je nach Verlauf der Recherchen könnte sie die Funktion einer Mordkommission erhalten.

Koch stieg ins Archiv der Hauptwache hinunter und suchte nach Akten über den Diebstahl von 1963 und über Brugisser. Er fand wenig Brauchbares. Dann startete er den PC, suchte im Intranet und googelte viele Stunden. Danach wusste er zwar mehr über den Diebstahl, aber zum Stichwort «Brugisser» war die Ausbeute mager.

Als Koch am nächsten Tag mit der zehnköpfigen Arbeitsgruppe «Brugisser» zusammensass, erfuhr er einiges über den verstorbenen Kriminalkommissär, den er nur dem Namen nach kannte. Brugisser sei zu einem Sonderling geworden. Die Geschichte mit dem unaufgeklärten Gelddiebstahl soll ihm zugesetzt haben. In all den Jahren seit dem Vorfall habe er immer wieder versichert, nichts mit dem Raub zu tun gehabt zu haben.

Nach seiner Pensionierung vor vierunddreissig Jahren sei er hin und wieder beim Haupteingang der Hauptwache gesehen worden, allerdings ohne diesen jemals betreten zu haben. Er habe jeweils ein Stück Fleisch auf die unterste Stufe gelegt, sich dann in eine Nische verzogen und laut durch die Finger gepfiffen. Momente später sei einer der in diesem Quartier häufig herumstreunenden Stadtfüchse aufgetaucht, habe den Happen weggeschnappt und sich rasch verzogen.

Koch schüttelte ungläubig den Kopf. «Aha – der war das. Und ich dachte immer, das sei ein Penner. Das kann ich mir nicht verzeihen. Schliesslich sitze ich im selben Büro wie er seinerzeit. Tut mir echt leid, dass er von dieser Welt gegangen ist. Warum hat mir niemand gesagt, wer der einsame Mann auf der Treppe vor der Wache war? Ich hätte ihn zu einem Kaffee eingeladen.»

Koch schaute einige Augenblicke lang in die Runde. Er hob beide Hände und verkündete: «Wir müssen dieser Sache nachgehen. Schade, dass es keine einzige Person in diesem Team gibt, die mehr als dreissig Jahre im Dienst ist. Kannte jemand von euch Werner Brugisser?»

Niemand meldete sich.

«Ich weiss nicht, ob der gewaltsame Tod von Brugisser etwas mit dem Diebstahl von 1963 zu tun hat. 1963! Das ist nun einundfünfzig Jahre her. Zu schön wäre es, wenn wir den Fall nochmals aufgreifen könnten, um vielleicht herauszufinden, wer der Dieb war.»

«Oder die Diebin», rief eine junge Polizistin dazwischen.

Koch lächelte. «Damals war es anders. Wir leben heute in einer anderen Zeit. Vor einem halben Jahrhundert gab es nur drei weibliche Wesen in diesem Gebäude. Zwei Putzfrauen und die Sekretärin. Das Reinigungspersonal durfte sich allein während der normalen Bürozeiten in den Räumen der Kriminalpolizei aufhalten, das galt auch für die Sekretärin. Der Diebstahl musste nach sechs Uhr abends stattgefunden haben. Der Täter, so weit bin ich informiert, kann nur einer aus den Reihen der Kriminalpolizei gewesen sein.»

«Das waren aber wenige. Wie viele eigentlich?», fragte ein junger Gefreiter.

Koch seufzte. «Das können wir kaum mehr herausfinden. Die Ermittlungen in diesem Verbrechen sind abgeschlossen. Wir dürfen den Fall nicht wieder aufrollen. Im Archiv des zuständigen Gerichts gibt es zwar mehrere Laufmeter Akten über den Diebstahl von 1963. Wir haben dazu aber nur bedingt Zutritt. Dafür benötigten wir die Bewilligung des Staatsanwaltes. Und diese würden wir nur erhalten, könnten wir einen plausiblen Grund vorweisen. Der fehlt uns aber im Moment. Ganz abgesehen davon, dass das Durchkämmen der Dossiers im Archiv Hunderte von Arbeitsstunden kosten würde. Gäbe es in diesen Papieren nur einen einzigen überzeugenden Hinweis auf den Täter, wäre er längst gefasst worden.»

Ein älterer grauhaariger Detektiv meldete sich. «Nein, im Archiv zu stöbern wäre verlorene Zeit. Das Problem ist, dass schwerwiegende Fehler bei der Untersuchung passiert sind. Man hat nur Polizisten aus den Mannschaftsgraden vom Wachtmeister abwärts verhört. Und die Ermittlung hat der Kommissär höchstpersönlich durchgeführt. Die Polizeioffiziere sind dabei nicht berücksichtigt worden. ‹Ein Offizier stiehlt nicht›, soll er gesagt haben.»

Koch nickte verlegen. «Ich denke, Kollege, da hast du recht, leider. Es stimmt: Die Ermittlungen leitete damals der Chef der Abteilung, in dem das Delikt begangen wurde –»

Einer fiel ihm ins Wort: «Wer war der Kommissär?»

Koch schmunzelte. «Brugisser. Das wäre heute völlig undenkbar. Der Täter war höchstwahrscheinlich ein Polizeioffizier oder einer mit einem Spezialauftrag.»

Ein weiterer Polizist hatte eine Frage. «Könntest du uns erklären, was damals mit Spezialaufträgen gemeint war?»

«Ja, in den 1950er bis 1980er Jahren gab es einige Angestellte mit Spezialaufträgen. Es waren eigentlich gar keine richtigen Polizisten, sondern Zivilisten, die vor allem für Spitzeldienste eingesetzt wurden. Zwielichtige Gestalten, zum Teil mit Vorstrafen. Sie wurden aber mit Glacéhandschuhen angefasst. Nicht auszudenken, dass ein Spitzel so verärgert worden wäre, dass er den Dienst quittiert und Informationen an Dritte weitergegeben hätte. Die Folgen für die Stadtpolizei wären katastrophal gewesen. Damals sind wirklich Schweinereien passiert.»

«Auch das trifft zu», sagte der grauhaarige Detektiv. «Aber das Wissen über diese Machenschaften hilft uns keinen Millimeter weiter. Wir werden wohl nie erfahren, wer der Dieb war. Es sei denn, ihn plagt das schlechte Gewissen so sehr, dass er sich noch vor seinem Hinschied dazu bekennt. Was ich für ausgeschlossen halte. Schon allein die Möglichkeit, dass er noch lebt, halte ich für gering. Trotzdem könnte es hilfreich sein, mehr über diesen Diebstahl herauszufinden.»

Koch machte sich einige Notizen. Das kam bei seinen Mitarbeitern nicht immer gut an, denn sie waren während dieser Zeit zur Untätigkeit verdammt, mussten ausharren, bis ihr Chef alles aufgeschrieben hatte, was er für wichtig hielt.

Nach einigen Minuten nahm Koch den Faden wieder auf. «Ich fasse zusammen: Brugisser hat die Ermittlungen im Fall des Diebstahls selbst geleitet. Nach heutigen Massstäben würde er zum Kreis der Verdächtigen zählen. Nun ist aber ein möglicher Mord aufzuklären.» Da müsse man sich mit dem Umfeld des Opfers bekannt machen. «Wer ist von seinen damaligen Kollegen noch am Leben? Hat er Feinde unter ihnen gehabt? Weiss man von Personen, denen er etwas anvertraut haben könnte? Kennt jemand von euch einen Kripomann von damals? Und so weiter. Ihr wisst ja alle eine Menge über das Detektivhandwerk. Wir treffen uns am Nachmittag um drei Uhr nochmals.»

Es sei ihm bewusst, dass alle im Team noch andere Aufgaben zu erledigen hätten. Zwei von ihm ausgewählte Beamte würden mit der Tochter des Opfers Kontakt aufnehmen, allenfalls auch mit anderen Angehörigen. Brugissers Gattin lebe nicht mehr. Im Übrigen müsse man die letzten Ergebnisse der Spurensicherung und der Obduktion abwarten, was einige Tage in Anspruch nehmen dürfte.

Als Koch am Nachmittag wieder mit der Arbeitsgruppe «Brugisser» zusammensass und sich nach dem Stand der Ermittlungen erkundigte, musste er feststellen, dass niemand wesentlich weitergekommen war. Brugisser hatte ausser seiner Tochter und einem jüngeren Cousin keine Bezugspersonen. Noch lebende ehemalige Polizisten, die mit ihm zusammengearbeitet hatten, gaben sich äusserst wortkarg, oder sie waren offensichtlich dement. Über den Diebstahl von 1963 wollte oder konnte keiner von ihnen reden. Es sei genügend darüber geschrieben, spekuliert und gelogen worden. Am besten vergesse man die Sache. Auf die Frage, ob sie eine Ahnung hätten, wer der Mörder von Brugisser sein könnte, gaben alle unwirsch Antwort. Sie würden sich hüten, diesbezüglich eine Aussage zu machen.

Koch schlug einige Male mit der flachen Hand auf den Tisch und rief ungehalten: «Wo ist die verdammte Tatwaffe, mit der Brugisser umgebracht wurde? Wo? Solange wir die nicht finden, kommen wir nicht vorwärts.»

Es war inzwischen sechzehn Uhr. Koch hatte keine Lust, weiterzuarbeiten. Er machte sich nach Hause auf, zwei Stunden früher als üblich.

Carmen, seine Frau, fragte überrascht: «Ist dir nicht gut?»

«Nein, nein. Alles ist in Ordnung. Ich hatte eine anstrengende Sitzung wegen des Mordes vor der Hauptwache und verspürte nicht die geringste Lust, noch einmal ins Büro zu gehen.»

«Wie wäre es, wenn wir heute ausgingen, zuerst essen, dann ins Kino?», fragte Carmen begeistert.

«Machen wir, das ist eine gute Idee.»

Es war ein schöner, warmer Frühlingsabend. Sie fanden ein dazu passendes Restaurant mit offener Veranda zur Limmat. Dort bestellten sie ein üppiges Abendessen. Koch erkundigte sich bei Carmen nach ihrer Arbeit. Sie war Übersetzerin im Amt für Migration und hatte ungewöhnliche Arbeitszeiten. Vom Morgen bis am frühen Nachmittag arbeitete sie durch, unterbrochen von einem kurzen Lunch. Dreimal in der Woche unterrichtete sie Migranten in einer Abendschule im Fach Deutsch.

Das Ehepaar Koch war kinderlos. Nicht, weil sie sich keinen Nachwuchs gewünscht hätten. Obwohl sie häufig wilde Nächte zusammen verbrachten, wurde Carmen nicht schwanger. Man müsse sich damit abfinden, tröstete Koch seine Frau immer, wenn sie dieses Thema, wie an diesem Abend, anschnitt.

Schade, anders als ihre Eltern und Grosseltern könnten sie sich Kinder gut leisten, meinte Carmen mit einem Lächeln. Es tue ihr so leid, dass sie es nicht hinkriege, ihm einen Jungen zu schenken.

Dann lachte er. «Ich würde mich auch mit einem Mädchen zufriedengeben. Und überhaupt: Wir wissen nicht, ob es an mir oder an dir liegt. Und wir sollen es auch nicht wissen. Deine Grosseltern hast du eben erwähnt. Die Grossmutter ist jetzt neunundneunzig. Wollen wir sie nicht wieder mal besuchen? Bis Winterthur ist es keine Weltreise.»

«Gerne, ja. Am Wochenende? Seit mein Grossvater vor zwei Jahren verstorben ist, fühlt sie sich immer einsamer.»

«Einverstanden. Ich möchte sie nämlich etwas fragen.»

«Was denn? Ich bin gespannt.»

«1963 wurde der Tresor auf der Hauptwache Urania ausgeraubt. Darüber berichtete die Presse in ganz Europa, sogar in Amerika erschienen Zeitungsartikel über diesen Diebstahl. Deine Grossmutter war damals Putzfrau in der Hauptwache.»

Sie erinnere sich gut, wie ihre Mutter oft darüber gesprochen habe, sagte Carmen. Furchtbar sei das gewesen. Man habe die Grossmutter deswegen sogar festgenommen.

«Dafür schäme ich mich jetzt. Ausgerechnet ein Kriminalpolizist wie ich drehte damals deine Grossmama durch die Mangel. Übrigens ist es genau der, den man vorgestern tot auf dem Mühlesteg fand.»

Der Besuch bei Carmens Grossmutter brachte Arno Koch nicht die zusätzlichen Informationen, die er sich erhofft hatte. Die alte Frau wollte nicht daran erinnert werden, was damals geschehen war. Das sei eine dunkle Zeit in ihrem Land gewesen. Sie sei 1939 mit ihrem Mann vor den faschistischen Schergen Francos in die Schweiz geflüchtet und in Zürich herzlich aufgenommen worden. «Die Stadt wurde damals, wie zum Glück heute wieder, rot regiert. Vor Ende des grossen Krieges erhielten wir den Schweizer Pass.» Erst in den fünfziger Jahren hätten rechte Seilschaften begonnen, das Klima in der Stadt zu vergiften.

Carmen unterbrach sie. «Urteilst du nicht ein wenig zu hart?»

«Schon möglich. Aber wer die Gräuel der braunen Scheusale am eigenen Leib erleben musste, der darf sich eine kritische Haltung gegenüber diesem kleinkarierten Gesindel erlauben.»

«Poing», sagte Koch und schlug sich auf die Schenkel. «Grossmama, wie sie leibt und lebt.»

2

19./20. März 1963

Walter Pfenningers Arbeitszimmer auf der Hauptwache Urania war noch nicht vollständig eingerichtet. Das Büchergestell war bis auf zwei dicke Bücher leer. Am modernen Schreibtisch war ein Telefonapparat montiert, auf der Schreibfläche lag ein daumendicker Papierstoss. Ein grosses Fenster mit Sicht auf die Limmat flutete den Raum mit Licht. An den eingebauten Wandschränken steckten noch die Schlüssel, und an der Tür fehlte das Namensschild.

Der gelernte kaufmännische Angestellte Pfenninger sass um sieben Uhr fünfzig behaglich auf dem nigelnagelneuen Sessel. Ein Möbelstück vom Feinsten, Sitzfläche und Lehnen mit schwarzem Leder überzogen. Er schaute gebannt zur Tür, denn er erwartete seinen direkten Vorgesetzten, Major Werner Brugisser, Kriminalkommissär bei der Stadtpolizei.

Punkt acht null null klopfte es an die Tür.

Pfenninger rief: «Herein!»

«Guten Tag, Herr Pfenninger, das ist Ihr neues Reich. Es soll Ihnen an nichts fehlen. Niemand ausser mir, dem Kommandanten der Stadtpolizei und einer weiteren hochgestellten Persönlichkeit in der Stadt weiss von ihrem Sonderauftrag. Sie sind sozusagen eine anonyme Person, die wir von der Öffentlichkeit abschirmen. Sie stehen nicht auf der Gehaltsliste der Stadtpolizei. Den Lohn erhalten Sie am Ende jedes Monats bar auf die Hand. Von mir oder vom Kommandanten der Stadtpolizei. Wir haben keinen Arbeitsvertrag mit Ihnen abgeschlossen.»

«Und wenn Sie mich feuern?»

«Tun Sie, was wir von Ihnen verlangen, dann haben Sie diese Stelle für lange Zeit auf sicher. Sollte kein Bedarf mehr dafür bestehen, werden wir Ihnen eine andere, ebenso lukrative Beschäftigung vermitteln.»

«Was übertragen Sie mir für Aufgaben?»

Brugisser lächelte. «Da werden Sie staunen. Sie werden Dinge tun, die, sollte sie ein normaler Bürger begehen, strafbar sind.»

«Wirklich? Das ist ja spannend. Muss ich jemanden abknallen?»

Brugisser lachte laut auf. «Dachte ich's mir doch. Wir haben für diese Aufgabe genau die richtige Person ausgesucht. Aber keine Angst. Es ist nicht vorgesehen, dass Blut fliesst. Vorläufig jedenfalls nicht. Und für Massnahmen gegen Leib und Leben wären Sie sowieso nicht ausgebildet. Aber Geld muss zunächst mal fliessen. Sie werden es beschaffen, nach unserer Anleitung. Sie gehen dabei überhaupt kein Risiko ein. Wir überlassen nichts dem Zufall.»

«Was steht als Erstes an?»

Brugisser setzte eine gespielt ernste Miene auf. «Eine verrückte Sache, mein Junge. Sie rauben Ihrem Noch-Arbeitgeber die Kasse aus und stellen sich dabei so dumm an, dass der Bestohlene gleich realisiert, wer der Dieb ist. Man wird Sie vorübergehend festnehmen. In ein paar Stunden werden Sie wieder auf freiem Fuss sein. Wir regeln die Angelegenheit mit Ihrem Boss. Er wird Ihnen kündigen, obwohl er alles zurückerhält, was Sie ihm abgenommen haben. Die Beute dürfen Sie natürlich nicht behalten. Ihr Boss wird Ihnen noch zwei Monate das Gehalt auszahlen müssen. Wenn Sie Glück haben, wird er Sie gleich auf die Strasse stellen. In diesem Fall wären Sie frei für den nächsten Auftrag von uns.»

«Einverstanden. Mache ich gleich.»

«Nur nichts übereilen. Wir werden Ihnen den Zeitpunkt mitteilen, wann Sie diesen Auftrag zu erfüllen haben.»

Es klopfte erneut. Pfenninger blieb vor Staunen der Mund offen. Im Türrahmen stand ein elegant gekleideter Herr.

«Tag, meine Herren. Ist das unser neuer Undercover?»

Der Mann ging auf Pfenninger zu und schüttelte ihm herzlich die Hand. «Haben Sie eine Ahnung, wer ich sein könnte?»

Pfenninger nickte. «Sie sind doch der Stadtrat …»

Der Mann machte mit der rechten Hand ein Stopp-Zeichen. Pfenninger sprach nicht weiter.

«Sie dürfen mich nicht kennen. Alles, was hier gesprochen wird, bleibt unter uns dreien. Sollten Sie mir in der Stadt oder irgendwo sonst begegnen, tun Sie so, als ob Sie mich noch nie gesehen hätten. Ansprechperson und Auftraggeber für Sie ist Major Brugisser. Er mag es, wenn Sie ihn mit ‹Herr Doktor› ansprechen. Majore gibt es weit mehr als Doktoren auf der Hauptwache Urania. Sie werden vielleicht auf Ihre Tätigkeit von Polizisten auf der Hauptwache angesprochen. Sagen Sie, Sie seien der persönliche Mitarbeiter von Brugisser. Könnte sein, dass einer von ihnen Ihren Personalausweis sehen möchte. Wir werden Ihnen selbstverständlich einen ausstellen. Den dürfen Sie aber nicht auf sich tragen, wie das bei den Angehörigen der Stadtpolizei Pflicht ist. Legen Sie ihn in das dafür vorgesehene Fach in der obersten Schublade des Schreibtisches in Ihrem Arbeitszimmer. Den Fragesteller bitten Sie, mit Ihnen zu Ihrem Büro zu kommen. Sobald Sie dort den Schlüssel zücken, um die Tür zu öffnen, wird er sich entschuldigen und Sie nie mehr auffordern, sich auszuweisen.»

3

26./27./28. März 1963

Der Kassenwart der Kriminalabteilung der Stadtpolizei, Gefreiter Franz Beck, sah auf seine Armbanduhr. Achtzehn Uhr fünfzehn, Zeit, um Feierabend zu machen. Er ging zum Schreibtisch, entnahm dem untersten Fach die kleine blaue Blechschachtel, die mit «Stecknadeln» angeschrieben war. Er öffnete sie und klaubte den Doppelbartschlüssel heraus. Er ging in die kleine Kammer nebenan, dort wo der massive, mannshohe Tresor stand, öffnete diesen und schaute hinein. Es war alles da. Die zwanzig Bündel mit Hunderternoten. Banknoten, die am Vortag bei einer Razzia in einem Zürcher Nachtclub beschlagnahmt worden waren. Warum das Geld eingezogen worden war, wem es rechtmässig gehörte, wusste Beck nicht, das hatte ihn auch nicht zu interessieren.

Sein Telefon schellte. Beck widerstand der Versuchung, nicht abzuheben. Es war der Buchhalter der Kripo, der dafür bekannt war, mit vielen Worten wenig zu sagen. Es ging um den Verlauf des Abtransports der neunzigtausend Franken am kommenden Morgen. Das Gespräch zog sich in die Länge. Beck sah immer wieder auf die Uhr und wurde zusehends nervöser, was dazu beitrug, dass er mit dem Buchhalter viel später, als er sich vorgenommen hatte, handelseinig wurde. Endlich konnte Beck auflegen. Eiligst ergriff er Jackett und Mantel, rannte die Kleidungsstücke anziehend die Treppe hinunter zum Hauptausgang, der rund um die Uhr von zwei bewaffneten Polizisten bewacht wurde.

Erst als er im Tram sass, realisierte er, dass im zweiten Schloss des Tresors noch der Schlüssel stecken musste. Immer, wenn er den Tresorraum verliess, drehte er den zweiten Schlüssel und schob ihn in seine rechte Hosentasche. Er kämpfte mit sich, zurückzukehren und die Unterlassung in Ordnung zu bringen. Es war kalt, neblig und nieselte. Wer sollte denn in einer solchen Nacht an zwei Polizisten vorbei unbehelligt in die Hauptwache

Urania eindringen?, fragte er sich. Er blieb sitzen und freute sich auf das Abendessen zu Hause, das seine Frau stets pünktlich um sieben Uhr auftrug.

***

Zum Zeitpunkt, als Beck aus seinem Büro stürzte, unterhielt sich der alte Polizist Kari Schütz mit einer jüngeren Frau an einem der Tische, die sich im obersten Stock im Gang befanden. Sie beschwerte sich wegen eines Bussenzettels unter dem Scheibenwischer. Sie war aufgebracht, Schütz gab sich alle erdenkliche Mühe, sie zu beruhigen.

Immer wieder wurde das Gespräch durch einen Herrn gestört, der an den beiden vorbeihastete. Wer denn dieser aufgeregte Kerl sei, wollte die Dame wissen.

«Der Kommissär Brugisser, ein Offizier der Kripo», sagte Schütz. Wahrscheinlich sei etwas Aussergewöhnliches geschehen. Brugisser verhalte sich normalerweise nicht so, er sei ein besonnener, eher ruhiger Mensch.

Am Nebentisch sass Detektivwachtmeister Mathias Sonderegger. Er verhörte den zwanzigjährigen Walter Pfenninger. Er wurde beschuldigt, an seinem Arbeitsplatz tausend Franken entwendet zu haben. Pfenninger bestritt den Diebstahl. Sonderegger legte ihm Beweise vor. Pfenninger beharrte auf seiner Unschuld.

Plötzlich stand Brugisser am Tisch. «Da geht es laut zu und her, was ist denn da los?»

Sonderegger schilderte in wenigen Sätzen, weshalb er Pfenninger vernehme.

Brugisser sah den jungen Mann einige Augenblicke an. «Sie kenn ich doch. Sind Sie nicht der Walter von nebenan?», fragte er auf den Stockzähnen lächelnd.

«Guten Abend, Herr Brugisser. Entschuldigung, Herr Doktor. Ja, der bin ich. Bitte helfen Sie mir. Ich werde für etwas festgehalten, das ich nicht begangen habe.»

Ganz so einfach sei das leider nicht. Der Wachtmeister habe das Recht, eine Person zur Vernehmung abzuführen, wenn sie in Verdacht stehe, ein Delikt begangen zu haben. Es sei aber keine Verhaftung. Zuerst müsse eine Anzeige vorliegen, dann entscheide der Staatsanwalt, ob ein Verfahren eröffnet werde. Nur bei schwereren Vergehen werde ein Haftbefehl ausgestellt. Beim zur Diskussion stehenden Diebstahl handle es sich um keine grosse Sache.

Sonderegger legte seine Stirn in tiefe Falten und wollte etwas sagen. Mit einer dezidierten Handbewegung gab ihm Brugisser zu verstehen, sich nicht dazu zu äussern.

«Diese Vernehmung bringt nichts mehr. Lassen Sie bitte den jungen Mann laufen. Es ist Ihnen unbenommen, später gegen Pfenninger eine Anzeige zu erstatten», erklärte Brugisser.

«Ich werde das Verhör nicht unterbrechen, Herr Major. Im Übrigen protestiere ich gegen die Art und Weise, wie Sie, ohne wirklich über diesen Vorfall informiert zu sein, sich in diese Vernehmung einmischen.»

«Sie … Sonderegger, was fällt Ihnen ein, sich gegenüber einem Polizeioffizier derart respektlos zu benehmen? Wir werden uns in den nächsten Tagen noch über diese Angelegenheit unterhalten.»

***

Am nächsten Morgen öffnete Beck wie üblich um sieben Uhr den Tresor. Ein Schrei des Entsetzens entfuhr ihm. Die Bündel mit den Banknoten waren bis auf drei weg.

Beck lief schnurstracks ins Büro von Brugisser, öffnete die Tür ohne zuvor anzuklopfen, was ihm eine grobe Zurechtweisung des Kommissärs eintrug.

«Das Geld ist weg», keuchte Beck ausser Atem.

«Haben Sie denn die beiden Schlösser nicht verriegelt?»

«Ich muss Ihnen … Ihnen etwas gestehen.» Beck begann zu stottern. «Gestern Abend … Abend liess … liess ich versehentlich den zweiten Schlüssel stecken.»

«Und was ist mit dem ersten?»

«Das erste Schloss habe ich verriegelt und den Schlüssel wie vorgegeben sichergestellt.»

«Sicher?»

«Ganz sicher, ich schwöre es.»

«Schwören? Schwören wollen Sie? Hoffentlich lügen Sie nicht. Nach der groben Pflichtverletzung auch noch einen Meineid. Das könnte Sie Kopf und Kragen kosten, Beck.»

Beck schwitzte vor Angst aus allen Poren. Brugisser entging das nicht. «Gehen Sie jetzt, sonst machen Sie sich in meinem noblen Büro noch die Hosen voll. Zu Ihrer Beruhigung kann ich sagen, Ihnen wird nicht viel passieren. Höchstens eine begrenzte Gehaltsrückstufung. Ein halbes Jahr fünfzig Franken weniger. Mit einigen Überstunden können Sie das locker kompensieren.»

Beck ging es schlagartig besser.

***

Brugisser öffnete seine Mappe, zog das in Fleischpapier Eingewickelte heraus und schritt zum grossen Fenster, das ihm eine schöne Sicht auf die Limmat und den Limmatquai gegenüber bescherte. Er öffnete einen Flügel, lehnte sich hinaus und pfiff kräftig durch die Finger. Lächelnd wartete er zwei, drei Minuten. Dann war er plötzlich unten beim Haupteingang: Meister Reineke. Er sah erwartungsvoll nach oben. Brugisser warf ihm das grosse Schnitzel zu. Das Tier schnappte danach und zottelte mit erhobenem Schwanz davon.

Ein den Eingang bewachender Polizist rief hinauf: «Wie bringen Sie das nur fertig?»

«Es ist Seelenverwandtschaft, die mich mit den Füchsen verbindet.» Brugisser lachte schallend und lange. «Übrigens, wissen Sie, von wo dieses Vieh kommt?»

Der Polizist schüttelte den Kopf.

«Vom nahen Bahnhofareal. Hinter den sieben Gleisen. Dort hat es einige Fuchsbauten. Nützliche Tiere. Sie halten die Gleise sauber, fressen Mäuse, Ratten und die Speisereste, die Bahnpassagiere zum Fenster hinauswerfen.»

Brugisser ging zurück zum Schreibtisch, zog eine Zigarre hervor und brachte sie nach allen Regeln der Kunst zum Glühen.

Es klopfte an die Tür.

«Herein», rief er ausnehmend freundlich.

Es war seine Sekretärin.

Brugisser blies ihr eine Rauchschwade entgegen. «Sie kommen wie gerufen, Anna. Sie glauben es nicht, aber wir haben ein Problem.» Er grinste übers ganze Gesicht.

«So schlimm kann es nicht sein. Sie scheinen sich sogar darüber zu freuen.»

Brugisser versuchte eine finstere Miene aufzusetzen. Er erzählte der Sekretärin, was seit gestern Abend und heute Morgen vorgefallen war.

Die Sekretärin nahm die Nachricht fassungslos zur Kenntnis. «Wie viel wurde denn gestohlen?»

«Gegen hunderttausend Franken.» So genau wisse er es nicht. Er sei lediglich darüber informiert worden, dass diese Summe vorgestern in der «Rütlibar» durch eine Einheit der Kripo beschlagnahmt worden war.

Er wies die Sekretärin an, sich mit dem Kommandanten der Stadtpolizei in Verbindung zu setzen, um eine Krisensitzung zu vereinbaren, die unbedingt diesen Vormittag stattfinden müsse.

***

Am runden Tisch sassen neben dem Polizeikommandanten, Oberst Huber, der Kommissär, Major Brugisser, und ein Gefreiter. Letzterer vor einer grossen Schreibmaschine, um die Sitzung zu protokollieren.

Der Kommissär informierte den Kommandanten über den Diebstahl in der vergangenen Nacht.

Huber, ein impulsiver Typ, verlangte die sofortige Suspendierung Becks. Dieser Mann müsse unverzüglich festgenommen und verhört werden.

Brugisser redete ihm das aus. Wenn einer nicht der Dieb sei, dann Beck. Dieser Mann käme gar nicht auf die Idee, auch nur einen Zwanzigräppler zu klauen. Er sei grundehrlich, ein Bünzli, von bescheidener Intelligenz und gehe jedem Problem, das auf ihn zukomme, sofort aus dem Weg. Er habe einen Fehler gemacht, der jedem anderen auch hätte unterlaufen können.

Huber nickte, zeigte dann auf Brugisser und sagte: «Ich betraue dich mit den Ermittlungen. Offizieller Leiter der Untersuchung bin von Amtes wegen ich.»

Brugisser verwarf die Hände.

«Stell dich nicht so blöd an, Werner. Die ganze Sache bedeutet für dich kaum mehr Arbeit, einige Verhöre. Herausbringen wirst du sowieso nichts. Der Dieb war einer von uns, ein Profi.»

Brugisser protestierte. Er habe nicht wegen der zusätzlichen Arbeit aufbegehrt. Das Problem sehe er vielmehr darin, dass ausgerechnet er mit den Ermittlungen betraut werde. Nicht dass er sich die Fähigkeit dafür abspreche. Aber er sei Chef der Abteilung, in der der Diebstahl verübt worden sei. Er würde es besser finden, die Untersuchung der Kantonspolizei zu übertragen.

Huber lief rot an. «Der Kantonspolizei? Kommt nicht in Frage. Unsere Kriminalabteilung ist derjenigen des Kantons weit überlegen.»

***

Eine Stunde später lag der Entwurf eines Mediencommuniqués von Brugisser auf Hubers Schreibtisch. Er unterschrieb.

Am Mittag wurde im Schweizer Radio die Meldung verlesen:

Landessender Beromünster. Es folgen die Mittagsnachrichten der Schweizerischen Depeschenagentur. In der Nacht vom 26. auf den 27. März wurden in der Hauptwache Urania der Stadtpolizei Zürich neunzigtausend Franken aus dem Tresor entwendet. Von der Täterschaft fehlt zurzeit jede Spur.
Nach einem Sprecher der Polizeidirektion der Stadt Zürich sei es wahrscheinlich, dass der oder die Täter im Gebäude, in dem der Diebstahl stattfand, einer Beschäftigung nachgehe. Man werde in alle Richtungen ermitteln.

Bereits am Nachmittag begann Brugisser die ersten Leute zu vernehmen. Es waren die beiden Putzfrauen. Während der

Kommissär die beiden Frauen nacheinander verhörte, wurden in ihren Wohnungen Hausdurchsuchungen vorgenommen.

Beide waren am Abend fix und fertig. In ihrer Verzweiflung suchte eine der beiden Hilfe bei einem Polizisten, den sie als besonders vertrauenswürdig einschätzte, bei Detektivwachtmeister Sonderegger.

Sonderegger hörte sie in seinem Büro geduldig an, tröstete sie und versicherte ihr, man werde sie von nun an in Ruhe lassen, denn gegen sie liege sicher nichts vor. Andernfalls wäre sie bereits hinter Schloss und Riegel.

Nachdem die Frau gegangen war, zog er ein Wachstuchheft aus einer Schublade seines Arbeitstisches, das mit «persönliche Rapporte» angeschrieben war. Er schraubte seinen Füller auf und notierte:

Das darf doch nicht wahr sein. Ausgerechnet der Kriminalkommissär leitet die Ermittlungen im Fall des Gelddiebstahls in den Räumlichkeiten der Kripo.
Dass er als Erstes die beiden Putzfrauen einvernahm und ihre Wohnungen durchsuchen liess, spricht Bände. Ein Ablenkungsmanöver? Ist er selbst der Dieb, oder fürchtet er, ein anderes Kadermitglied der Kripo könnte den Raub begangen haben?
Als ich nach der Pause heute Nachmittag zum Arbeitsplatz zurückkam, lag auf meinem Schreibtisch ein Brief von Brugisser. Das Aufgebot zu einem Verhör für morgen Donnerstag, den 28. März 1963, neun Uhr null null, betreffend «Entwendung eines grösseren Geldbetrages aus dem Tresor der Kriminalpolizei». Würde die Untersuchung von einer anderen Stelle durchgeführt, der Kriminalabteilung der Kantonspolizei etwa, wäre das einleuchtend. Ich war ja zur möglichen Tatzeit in der Nähe des Tatortes. Brugisser war es auch. Die Personen, die dafür in Frage kommen, sind an zwei Händen abzuzählen. Mehr als die Hälfte davon sind Polizeioffiziere.
M. S., Mittwoch, 27. März 1963

***

Pünktlich zur vereinbarten Zeit klopfte Sonderegger an die Bürotür Brugissers. Dieser wies mit dem Finger zum Sofa. Sonderegger setzte sich. Der Kommissär tätigte noch mehrere Telefonanrufe. Besprach belanglose Sachen. Nach einer Viertelstunde setzte er sich neben Sonderegger. Mit gespielter Freundlichkeit stellte er ihm einige Fragen, die Sonderegger sofort und überzeugend beantworten konnte.

Brugisser ging zurück an den Schreibtisch, zog ein Blatt aus der obersten Schublade und bat Sonderegger, sich auf den Stuhl an der gegenüberliegenden Seite zu setzen. Grinsend reichte er ihm das Papier. «Wachtmeister, unterschreiben Sie bitte unten rechts.»

Sonderegger kullerten fast die Augen aus den Höhlen. Das Vernehmungsprotokoll lag bereits mit Fragen und Antworten vor. Die Antworten – sie bestanden aus «Ja» und «Nein» – entsprachen in etwa denen, die Sonderegger gegeben hatte.

Sonderegger unterschrieb kopfschüttelnd.

«Wachtmeister, Sie dürfen beruhigt sein. Ich hatte Sie nie in Verdacht. Ich musste Sie vernehmen, weil Sie sich zur mutmasslichen Tatzeit in der Nähe des Tatortes aufhielten.»

Brugisser machte eine kurze Pause, schien zu überlegen.

«Da wäre noch die Sache mit dem jungen Pfenninger. Vergessen wir das.»

«In dieser Sache hätte ich nachzutragen –»

Brugisser klopfte mit den Knöcheln entnervt auf die Tischplatte. «Sonderegger, Sie sind ein sturer Bock. Ich gebe Ihnen zwei Minuten, um das loszuwerden.»

«Im Formular, das ich in Sachen Geldklau ausfüllen musste, habe ich etwas Wichtiges vergessen. Als Sie mich anwiesen, Pfenninger gehen zu lassen, stand ich auf und kümmerte mich nicht mehr um ihn –»

Abermals unterbrach ihn Brugisser. «Das ist nicht der Rede wert.»

«Ist es aber. Gestern hat mir ein Polizist, der den Ausgang am Abend des 26. März beobachtete, verraten, ein junger Mann habe das Gebäude mit einer Ledermappe verlassen. Es könnte sich um Pfenninger gehandelt haben.»

Brugisser winkte gereizt ab. Er stand auf, fasste Sonderegger sanft am Arm, geleitete ihn zur Tür, klopfte ihm freundschaftlich auf die Schultern, drückte ihm die Hand und sagte: «Gehen Sie wieder an Ihre Arbeit, und hängen Sie bitte nicht dummen Gedanken nach.»

Sonderegger war wie vor den Kopf gestossen. Was war das für eine Polizei, die sich derart unverschämt über die elementarsten Regeln des kriminalistischen Handwerks hinwegsetzte? Was für eine Justiz, die das tolerierte? Was für Politiker, die – all diesen Ungereimtheiten zum Trotz – einfach wegsahen?

Er ging zurück an seinen Arbeitsplatz, setzte sich an den einfachen Holztisch, stützte den Kopf in die Hände und verharrte so eine gute halbe Stunde. Dann stand er auf und sagte trotzig mit halblauter Stimme: «Ich muss gegen diese Bande ankämpfen, der Gerechtigkeit willen.»

Er beschloss, den Arbeitgeber von Walter Pfenninger aufzusuchen. Das würde eine gute halbe Stunde dauern, denn die kleine Fabrik, eine Kaffeerösterei, in der Pfenninger als Bürolist arbeitete, lag in einer Industriezone am Stadtrand.

Als er das einfache Arbeitszimmer des Firmeninhabers betrat, war bereits elf Uhr vorüber.

«Guten Tag, Wachtmeister. Das ist vielleicht ein Ding. Pfenninger scheint einflussreiche Freunde zu haben. Heute Morgen war ein Herr von der städtischen Polizeidirektion bei mir. Er riet mir, auf eine Anzeige gegen Pfenninger zu verzichten. Pfenninger sei bereit, das Geld, das er versehentlich habe mitlaufen lassen, bis auf den letzten Rappen zurückzuzahlen.»

«Versehentlich?», fragte Sonderegger, jede Silbe des Wortes betonend.

«Ja, genau. Ich fasse es nicht.» Er habe den Kerl gleich heute Morgen vor Arbeitsantritt an die frische Luft gesetzt. Das Dumme sei nur, er müsse ihm noch zwei Monate lang den vollen Lohn zahlen. Doch die Geschäfte liefen nicht schlecht, als Inhaber der Rösterei könne er sich diesen Verlust leisten. Er und seine Frau müssten für die nächsten Wochen vermehrt Hand anlegen. Das Problem sei derzeit, Arbeitskräfte zu finden.

Sonderegger erkundigte sich, ob die Anzeige aufrechterhalten werde.

Der Fabrikbesitzer sagte: «Nein, wenn er das Diebesgut zurückgibt, ist für mich die Sache in Ordnung.»

Sonderegger stiess das sauer auf.

4

Anfang Mai 2014

Die Arbeitsgruppe «Brugisser» war kaum weitergekommen. Man wusste immer noch nicht, ob Brugisser freiwillig aus dem Leben geschieden war oder ob jemand nachgeholfen hatte. Da schrillte am Donnerstagmorgen, den 1. Mai 2014, Kochs Telefon. Der Anrufer meldete, er habe zwischen den Gleisen auf dem Bahnhofareal einen interessanten Fund gemacht. Ein Karton, der mit einer Schnur an einem Knochen befestigt sei. Am Karton hänge ein Schlüssel, ein alter, so einer für Geldschränke. Auf dem Karton sei mit Kugelschreiber in Blockschrift geschrieben:

Meister Reineke, das ist das letzte Stück Fleisch von mir. Geniess es.

«Wo liegt der Fundgegenstand genau?», fragte Koch ein wenig erregt.

«Zwischen dem zweiten und dritten Gleis südseits, circa fünfzig Meter östlich der Unterführung Langstrasse. Als Markierung habe ich ein Schweizer Fähnchen in den Schotter gesteckt.»

«Darf ich Ihren Namen wissen?»

«Nein.»

«Sind Sie ein Penner?»

«Das geht Sie nichts an.»

Koch hörte den Summton.

Eine halbe Stunde später lag der Fund zwischen den Gleisen auf dem Schreibtisch von Koch. Er zog die Gummihandschuhe aus der Schublade hervor und befühlte den Karton, den Knochen und den Schlüssel.

Er wählte die Nummer des ältesten Polizisten in der Kriminalabteilung, Wachtmeister Früh, bat ihn, rasch bei ihm hereinzuschauen.

Koch hielt Früh den Schlüssel unter die Nase und fragte, von wo der stammen könnte.

Früh zuckte mit den Achseln.

«Als Sie als junger Polizist auf dieser Hauptwache angefangen haben, hat Ihnen vielleicht ein älterer Kollege erzählt, wo er hingegangen ist, um seinen Zahltag abzuholen.»

«Genau! Der Tresor, aus dem damals in diesem Hause ein grösserer Geldbetrag gestohlen worden ist. Als ich Mitte der 1970er Jahre hier Dienst tat, war das ein viel diskutiertes Thema in der Kantine. Sicher existieren irgendwo Fotos von diesem Schlüssel.» Einer sei vier Jahre vor dem Diebstahl verschwunden.

«Und seither nicht mehr aufgetaucht?»

«Nein. Das hat zu den wildesten Spekulationen geführt. Das kleinere Schloss war offen, das grössere verschlossen, der Schlüssel dazu sicher verwahrt. Wäre der Dieb im Besitz des grösseren Schlüssels gewesen, hätte er den Tresor öffnen können.»

Koch fand das sehr interessant. Er fragte, wo sich der Tresor jetzt befinde.

«Jetzt?» Früh blies seine Backen auf und liess die Luft mit einem leisen Pfiff hinaus. «Wenn ich das wüsste. Ich fürchte, er ist verschrottet worden.»

«Es wäre wunderbar, wenn wir den Tresor hätten. Passt der Schlüssel zum Schloss, sehe ich eine Chance, dass dieses Delikt aufgeklärt wird.»

Früh schüttelte den Kopf. «Was bringt denn das?» Der Fall sei längst verjährt. Niemand könne deswegen zur Verantwortung gezogen werden.

Koch war nicht einverstanden. Er sehe einen Unterschied zwischen «zur Verantwortung ziehen» und «bestraft werden». Komme an den Tag, wer der Täter sei, wäre das ein gelöster Kriminalfall mehr. Gleichgültig, ob der Delinquent bestraft werde, gleichgültig, ob er noch lebe. «Wachtmeister, finden Sie heraus, ob der Tresor noch existiert, und wenn ja, wo er ist.» Eine Frage habe er noch, sagte Koch. «Wo war der Tresor, als einer der Schlüssel verschwunden war?»

«Soweit ich informiert bin, war der Tresor ursprünglich im Büro von Brugisser, als er noch Stellvertreter des Kommissärs war.» Beim Umzug an den Ort, wo der Diebstahl begangen wurde, sei er verloren gegangen.

Der Fund zwischen den Gleisen wurde vom Wissenschaftlichen Dienst der Stadtpolizei Zürich aufs Genaueste untersucht. Spuren, ausgenommen Fingerabdrücke, die vom unbekannten Finder stammen mussten, wurden weder auf dem Karton noch auf dem Schlüssel gefunden.

***

Früh machte sich auf die Suche. Zuerst fragte er herum, das brachte aber nichts. Schliesslich erinnerte er sich an seine ersten Tage in der Polizeischule. Das Kriminalmuseum! Einen ganzen Morgen lang verbrachte er dort. Klar doch, im Kriminalmuseum der Kantonspolizei an der Kasernenstrasse war dieser Kassenschrank.

Der Schlüssel passte ins Schloss.

Triumphierend klopfte Früh an Kochs Bürotür, platzte ohne das «Herein» abzuwarten hinein. Die Nachricht war rasch erzählt.

Koch umarmte Früh. «Gute Arbeit.»

«Etwas muss ich noch loswerden, Hauptmann Koch. Im Kriminalmuseum befindet sich der berühmteste Tresor der Schweiz. Ein Foto davon wurde 1963 sogar in der ‹New York Times› verewigt. Die Zeitungsseite davon ist am Tresor angeklebt. Damals ging die Meldung über diesen Diebstahl rund um die Welt. ‹Jemand begeht einen Geldraub in den heiligsten Räumen der Kriminalpolizei.› Damals eine Sensation, heute sozusagen ein Normalfall. Gestern entnahm ich der Zeitung, dass allein im Berner Oberland seit der letzten Jahrhundertwende Beträge in der Grössenordnung von einer halben Million aus den Kassenschränken von Polizeistationen entwendet wurden. Als Täter kommen nur Polizisten in Frage. Es war ein kurzer Artikel, den wohl die wenigsten zur Kenntnis nahmen.»

Er werde trotzdem ein Mediencommuniqué vom Stapel lassen, sagte Koch. Er trommelte für Montag, den 5. Mai, vierzehn Uhr, die Arbeitsgruppe «Brugisser» zusammen.

***

«Nun liegt der Obduktionsbericht vor.» Mit diesen Worten eröffnete Koch die Sitzung. «Herausgekommen ist nichts Überraschendes. Der Schuss muss aus nächster Nähe abgefeuert worden sein. Der Einschusswinkel beträgt nahezu null Grad, ist also waagrecht in den Schädel eingedrungen.» Zwei Meter, einen Meter, zwanzig Zentimeter vom Einschussloch entfernt. Alles sei möglich. Nur beim Letzteren käme ein Suizid in Frage. «Es kann somit beides, ein Mord oder ein Suizid gewesen sein.» Danach kam er auf den Fund zwischen den Gleisen des Bahnhofareals zu sprechen, die Mitteilung des anonymen Anrufers, die Entdeckung des Wachtmeisters Früh. Nach Koch war das ein sensationeller Fahndungserfolg.

Die Fahnder teilten nur halbwegs Kochs Euphorie. Man könne wohl vermuten, dass Brugisser im Besitz des vermissten Schlüssels war. Dass er womöglich auch der Dieb von 1963 gewesen sei. Allerdings sei er erst 1968, also fünf Jahre nach dem Diebstahl, in Verdacht geraten, den Raub begangen zu haben.

Koch versuchte die ausufernde Diskussion wieder in geordnete Bahnen zu lenken. Die Geschichte um den Raub im Kassenschrank und die Beschuldigung gegen Brugisser seien ihm wohl bekannt. «Der Fund vom 1. Mai auf dem Bahnhofareal könnte den Schluss zulassen, dass Brugisser tatsächlich im Besitz des seit 1959 vermissten Schlüssels gewesen war. Der Text beim gefundenen Schlüssel weist jedenfalls in diese Richtung. Ein Abschiedsgruss an ‹Meister Reineke›, seinem Freund, ein letztes Vermächtnis des Diebes von 1963, kryptisch, dem Zufall überlassend, dass es jemand findet.»

Ein Raunen ging durch die Reihen der Kommissionsmitglieder. Koch griff das Unbehagen auf. Er verstehe, dass das eine gewagte Vermutung sei. Brugissers Zuneigung Füchsen gegenüber sei den meisten Leuten, die mit ihm Umgang pflegten, bekannt gewesen. Gut möglich, dass sich das jemand zunutze gemacht habe, um eine irreführende Spur zu legen.

Koch klopfte dezidiert auf den Tisch. «Es geht mir nicht um eine Schuldzuweisung an Brugisser. Ist Brugisser tatsächlich umgebracht worden, wären der Text auf dem Karton und der gefundene Schlüssel hinterlegt worden, um ein Verbrechen zu vertuschen. Meine lieben Leute, jetzt seid ihr gefordert. Wir müssen mit Nachdruck den Bekanntenkreis Brugissers durchforsten. Den von heute und den von früher. Wobei die Betonung auf dem ‹von früher› liegt.»

5

April 1963

Der Diebstahl im Tresor der Kriporäume wurde auf eine Art und Weise bearbeitet, die Mathias Sonderegger sehr zu schaffen machte. Er dachte in schlaflosen Nächten darüber nach, was er tun könnte, um diesem Missstand zu begegnen. Er war ein Polizist in den unteren Rängen, doch nicht mehr ganz unten. Er hatte sein eigenes Büro, konnte selbstständig ermitteln und erfreute sich am Privileg, bei der Arbeit Zivilkleidung zu tragen. Die Arbeit gefiel ihm. Mehr noch: Er war Polizist aus Leidenschaft. Seine Bestimmung fasste er als Auftrag auf, gegen Ungerechtigkeiten anzukämpfen und die Gesetze anzuwenden.

Doch nun musste er zuschauen, wie seine Vorgesetzten diese Aufgabe nicht ernst nahmen, über die Gesetze hinwegsahen und vielleicht sogar selbst Delikte begingen. Sonderegger musste dagegen ankämpfen, nicht das Vertrauen in Polizei und Justiz zu verlieren.

Er fasste sich ein Herz und beschloss, dem Stadtrat Schläppi, der dem Departement Polizei und Justiz vorstand, einen Brief zu schreiben.

Zürich, Mittwoch, den 3. April 1963
Sehr geehrter Herr Stadtrat,
am Abend des 26. März 1963 wurden aus dem Kassenschrank der Polizeihauptwache Urania neunzigtausend Franken entwendet. Als Angehöriger der Kriminalpolizei war ich zum mutmasslichen Zeitpunkt des Diebstahls im obersten Stock des Gebäudes, dort wo sich der Tresor befindet. Es hielten sich zeitgleich neun weitere Personen dort auf, unter anderem Kriminalkommissär Brugisser.
Ich wurde von Major Brugisser in der Sache Gelddiebstahl verhört. Die Vernehmung fand in entspannter Atmosphäre statt, es wurden keinerlei Beschuldigungen gegen mich erhoben.

Weniger sanft umgesprungen ist man mit den beiden Putzfrauen. Sie wurden nicht nur stundenlang verhört, bei ihnen zu Hause fand auch eine Wohnungsdurchsuchung statt. Dabei konnten sie gar keinen Schlüssel zum Tresorraum haben. Sie durften dort nur in Anwesenheit des Kassenwarts Boden, Fenster und Wände reinigen.
An der ganzen Angelegenheit finde ich insofern problematisch, dass die Ermittlungen der Kriminalabteilung der Stadtpolizei übertragen worden sind. Wäre es nicht besser, damit eine aussenstehende Dienststelle zu betrauen? Die Kantonspolizei Zürich oder besser noch eine ausserkantonale Polizei.
sig. Detektivwachtmeister Mathias Sonderegger, Kriminalabteilung der Stadtpolizei Zürich

Bereits am nächsten Tag wurde Sonderegger zu Brugisser zitiert. Zugegen war auch Kommandant Huber der Stadtpolizei. Die beiden Herren sassen je auf einem Fauteuil am Besuchertisch. Sonderegger sah sich nach einer Sitzgelegenheit um.

«Wachtmeister, Sie bleiben stehen», schnauzte ihn Brugisser an.

Huber nahm den Brief, den Sonderegger an den städtischen Polizeidirektor Schläppi geschickt hatte, aus der Westentasche, entfaltete ihn, strich ihn glatt und sah den Wachtmeister längere Zeit wortlos an.

Dann begann er mit donnernder Stimme zu sprechen: «Sonderegger, was Sie sich da geleistet haben, ist in der langen Geschichte der Stadtpolizei Zürich noch nie vorgekommen. Sie haben nicht nur den Dienstweg übergangen, sondern auch Ihren Vorgesetzten dem Verdacht ausgesetzt, eine kriminelle Tat begangen zu haben. Wir sehen uns gezwungen, ein Disziplinarverfahren gegen Sie zu eröffnen. Abtreten!»

Sonderegger schlug die Hacken zusammen, entfernte sich gemessenen Schrittes aus dem Raum, ging zurück in sein Büro und versuchte weiterzuarbeiten. Das gelang ihm aber erst nach einer Stunde. Es ging um kleinere Sachen. Einen Ladendiebstahl, eine Messerstecherei mit einem Leichtverletzten und ein entwendetes Velo.

Während der Mittagspause machte er einen Spaziergang am Limmatquai, kaufte sich an einem Stand ein Sandwich. Auf das Essen in der Kantine verzichtete er.

Um halb zwei fühlte er sich wieder imstande zu arbeiten. Der erste Anruf kam von Brugisser. Er habe die Angelegenheit mit dem Brief ausführlich mit dem Polizeikommandanten besprochen. Sie beide seien übereingekommen, die Sache vorerst auf sich beruhen zu lassen. «Sollten Sie aber weiterhin als Querulant Schwierigkeiten machen, werden wir kein Auge mehr zudrücken ... Ich hoffe, Sie haben diese Botschaft verstanden.» Brugisser hängte grusslos auf.

Sondereggers Seelenzustand pendelte zwischen Erleichterung und Resignation. Vor einem Jahr hatte er ein Haus gekauft. Er hatte eine Frau und zwei Kinder. War es vertretbar, sein Familienglück aufs Spiel zu setzen? Nein, das konnte er seinen Lieben nicht antun. Aber war dieses Glück nicht auf Sand gebaut? Durfte er untätig hinnehmen, dass von seinen Vorgesetzten Recht und Gesetz mit Füssen getreten wurden?

Am Morgen danach nahm Sonderegger kurz nach Arbeitsbeginn einen Anruf entgegen. Vom Polizeiposten an der Langstrasse. Auf einem Zebrastreifen sei ein Erstklässler von einem Personenwagen angefahren worden. Der Bub liege nun schwer verletzt im Triemlispital. Der Lenker habe nach kurzem Anhalten Fahrerflucht begangen.

Sonderegger machte sich sogleich auf den Weg an die Langstrasse und sichtete auf dem Posten dort die eingegangenen Zeugenaussagen.

Wie üblich in solchen Fällen hatte niemand die Nummer auf dem Kontrollschild notiert. Immerhin konnte sich eine Frau erinnern, dass sie mit «LU 25» begann. Den Fahrzeugtyp hatten sich mehrere Personen übereinstimmend gemerkt. Eine schilfgrüne Mercedeslimousine. Bei der Kollision mit dem Schüler sei die Glasabdeckung des linken Schweinwerfers in die Brüche gegangen. Auch sei anzunehmen, dass die Karosserie bei der Kühlerhaube eine Delle bekommen habe. Der Polizist, der wenige Minuten nach dem Zusammenstoss an der Unfallstelle war, habe mehrere Lacksplitter sicherstellen können. Diese seien bereits auf dem Weg ins Labor.

Für Sonderegger eine wichtige Spur. Damit war es möglich, die Marke des Fahrzeugs mit den Zeugenaussagen abzugleichen. Das allein genügte aber nicht. Es gab zahlreiche Mercedeslimousinen in derselben Farbe. Man musste das Fahrzeug finden, um den fehlbaren Lenker zur Verantwortung ziehen zu können.

Sonderegger rief gegen zehn Uhr sein Team zusammen. Er las vier Korporale mit Detektivausbildung aus und wies sie an, alle Zeugenaussagen zu überprüfen und allenfalls nochmals nachzufragen. Zwei Spezialisten, die längere Zeit in der Autobranche gearbeitet hatten, bekamen die Aufgabe, die Halter sämtlicher im Kanton Luzern immatrikulierter Mercedeslimousinen ausfindig zu machen. Natürlich diejenigen zuerst, die auf den Kontrollschildern mit «LU 25» begannen und grün waren.

Sonderegger wollte gleich noch einen Augenschein an der Unfallstelle nehmen. Auf dem Weg dorthin fiel ihm der Sportwagen Brugissers auf. Er stand auf dem Parkfeld eines Nachtclubs am einen Ende der Langstrasse. Das brachte Sonderegger zum Nachdenken, denn er hatte am frühen Vormittag, bevor er wegfuhr, den käsebleichen Kommissär im Polizeigebäude gesehen. Unwahrscheinlich, dass Brugisser vor Arbeitsbeginn an der Langstrasse frühstückte und die paar Kilometer zum Kripogebäude zu Fuss zurücklegte.

Sonderegger liess seinen Fahrer beim Nachtclub anhalten und begab sich ins Lokal, traf dort einen mangelhaft ausgeschlafenen Barmann und fragte nach dem Herrn mit dem Sportwagen.

Das gehe ihn nichts an, sagte der Mann an der Theke, worauf Sonderegger seinen Polizeiausweis zückte. Der Barmann gab darauf den Namen des Halters preis – es war wie erwartet Brugisser – und erzählte, wie dieser bis zum Morgen mit einem anderen Herrn, dessen Identität er nicht kenne, gezecht habe.

Für Sonderegger keine Überraschung. Denn Brugisser, der in der Kripo den Übernamen «Playboy» hatte, schlug häufig über die Stränge, kam gelegentlich unausgeschlafen und nicht ganz nüchtern zur Arbeit.

Am Unfallort eingetroffen, fielen Sonderegger die grell weissen Markierungen der Spuren des Fluchtfahrzeuges und das getrocknete Blut des Opfers auf. Ein Polizist stand noch dort und bewachte die Unfallstelle. Er wollte von Sonderegger wissen, ob der Fahrer alkoholisiert gewesen sei. Das lasse sich anhand der Markierungen kaum mehr feststellen, aber dass er die signalisierte Geschwindigkeit massiv überschritten habe, schon, stellte Sonderegger fest und fuhr gleich weiter: «Wir werden den Burschen ausfindig machen, das garantiere ich Ihnen.»

Auf drei Uhr nachmittags bestellte Sonderegger sein Team nochmals zum Rapport.

Da lagen bereits einige Hinweise vor. Es gebe im Kanton Luzern nur sechs Mercedeslimousinen, deren Kontrollnummern mit «LU 25» begännen, vier davon trügen eine schilfgrüne Farbe.

Mit drei Haltern habe man schon Kontakt aufgenommen. Sie würden als Täter ausscheiden, da alle drei über ein hieb- und stichfestes Alibi verfügten. Vom vierten habe man Namen und Adresse. Es handle sich um einen Nationalrat. Man sei daran, ihn aufzutreiben und zur Rede zu stellen.

Sonderegger wies zwei Polizisten an, nach Verbindungen zwischen Brugisser und dem Nationalrat zu suchen.

Ein Treffen zwischen Sonderegger und dem Nationalrat kam drei Tage später am frühen Vormittag zustande. In einem Restaurant am Berner Bärenplatz, einen Katzensprung vom Bundeshaus entfernt.

Der Nationalrat gab sich zugeknöpft. Immerhin verweigerte er das Gespräch mit Sonderegger nicht, was er kraft seiner parlamentarischen Immunität hätte tun können. Sonderegger hatte ihm auch in Aussicht gestellt, dass er das respektieren würde. Allerdings wäre das kein Hinderungsgrund, die Untersuchung weiterzuführen, was dann mit Sicherheit so weit käme, und dass das Parlament trotzdem seine Immunität aufheben könnte.

Der Nationalrat gab zu, dass er in besagter Nacht an der Langstrasse mit einem Zürcher Freund zechte. Doch er beteuerte, mit dem Unfall nichts zu tun zu haben. Sonderegger gab sich mit dieser Aussage nicht zufrieden. Er bohrte weiter, wollte wissen, wer der Zechbruder war. Der Nationalrat weigerte sich, dessen Namen zu verraten.

Sonderegger griff zu einem Trick. «Ich weiss, wie Ihr Kumpan heisst: Werner Brugisser.»

Die Verblüffung des Nationalrats war mit Händen zu greifen. Er war Realist genug, zu erkennen, dass ihn Sonderegger übertölpelt hatte. «Stimmt, ich hielt mich mit Brugisser in der Bar auf. Wir haben die ganze Nacht durchgesoffen.»

«Wo ist Ihr Wagen?»

«Der müsste noch in der Garage von Brugisser stehen. Wir sind dort hingefahren, weil ich mich nicht imstande fühlte, mit dem Auto nach Bern zu fahren.»

Sonderegger lächelte verständnisvoll. «Zumindest war das ein weiser Entschluss. Wir werden selbstverständlich nachprüfen, ob das mit dem Standort des Wagens zutrifft. Wenn nicht, werde ich mich wieder an Sie wenden. Ich kann die Überprüfung von Bern aus anordnen.»

Sonderegger verabschiedete sich vom Nationalrat. Er rief einen seiner Mannen an. Eine halbe Stunde später kam die Rückmeldung. Der Wagen war nicht in Brugissers Garage. Dem nun unausweichlichen Gespräch mit dem Nationalrat konnte Sonderegger an diesem Tag nicht mehr nachkommen. Er bestieg den nächsten Schnellzug nach Zürich.

Nach der Mittagspause klopfte Sonderegger an Brugissers Büro. Eigentlich hätte er erwartet, einen zerknirschten, kurz vor dem Zusammenbruch stehenden Mann anzutreffen. Doch Brugisser gab sich aufgeräumt. Als Sonderegger ihn auf die Zecherei mit dem Nationalrat ansprach, benahm er sich so, als ob er sich nichts zuschulden hätte kommen lassen. Der Nationalrat sei ein guter Freund von ihm und politisch zuverlässig. Nicht ein bescheuerter linker Weltverbesserer, der gegen die Polizei arbeite. Dass man zwischendurch zusammen etwas trinke, sei überhaupt nichts Verwerfliches. Für Sonderegger war klar, dass

Brugisser und der Nationalrat sich ständig austauschten und auf dem Laufenden hielten.

Wo der Wagen des Nationalrats sei, wollte Sonderegger wissen.

«In einer Autowerkstatt in der Nähe meines Hauses», antwortete Brugisser salopp.

Dort war der Wagen tatsächlich. Ohne Dellen, ohne zersplitterte Scheinwerfer. Sonderegger liess ihn dennoch beschlagnahmen. Er wurde in einer Werkstatt der Stadtpolizei peinlich genau angeschaut. Proben vom Lack wurden genommen und diese im Labor des Wissenschaftlichen Dienstes untersucht. Das dauerte allerdings fünf Tage.

Nach den ersten Ergebnissen entsprach die Zusammensetzung des Lacks nicht den am Unfallort gefundenen Spuren.

Ein Hammerschlag gegen Sonderegger. Er konnte das kaum glauben. Aber er gab nicht auf. Bevor er auf die Polizeischule ging, hatte er eine Lehre als Automechaniker erfolgreich abgeschlossen. So wusste er, dass Autos vollständig neu lackiert werden konnten. Dazu musste die ursprüngliche Farbe entfernt und danach die neue aufgetragen werden. In der Zwischenzeit – seit dem Unfall waren mehrere Tage vergangen – lag ein solches Prozedere durchaus drin. Aber das konnte nachgewiesen werden.

Nun ging es darum, unter dem neuen Lack Reste der alten Farbe zu finden. Ein mühsamer Prozess, den Sonderegger auf sich nahm, denn er war überzeugt, dass es sich beim Wagen um das Unfallfahrzeug handelte. Die Hartnäckigkeit Sondereggers zahlte sich aus. Eine Woche später war eindeutig bewiesen, dass der Wagen des Nationalrats den Schüler auf dem Zebrastreifen angefahren hatte.

Dem Jungen ging es wieder besser. Die Verletzungen waren nicht so schwerwiegend, wie zunächst befürchtet wurde.

Nun musste Sonderegger die Unterlagen der Staatsanwaltschaft weiterreichen. Dabei wusste er, dass dem Staatsanwalt nicht zu trauen war. Er intervenierte bei Stadtrat Schläppi und regte an, die Untersuchungen von einem aussenstehenden Staatsanwalt durchführen zu lassen. Dem wurde nicht entsprochen. Sonderegger blieb nichts anderes übrig, als das zu akzeptieren. Allerdings legte er privat Kopien der Befunde der Werkstatt und des Labors an, was eigentlich nicht erlaubt war.

Nach dem abschlägigen Bescheid des Stadtrats war Sonderegger am Boden zerstört. Als er am Abend nach Hause kam, fiel das seinen beiden halbwüchsigen Kindern auf. Auch seiner Frau Klara, die tat aber so, als ob nichts geschehen wäre.

«Papa, ist dir etwas über die Leber gekrochen?», sprach ihn Helene an.

«Ja, das kann man wohl sagen. Es geschehen schlimme Dinge, und die Gerichtsbehörden schauen einfach weg, ebenso die verantwortlichen Polizeioffiziere.»

Nun reagierte seine Frau Klara. «Mathias, mach mal einen Punkt. Du bist und bleibst ein Weltverbesserer. Warum musst du dich immer mit deinen Vorgesetzten anlegen? Denk doch auch an deine Familie. Du bist auf dem besten Weg, deine Karriere zu versauen. – Auf dem Polizeiball vor ein paar Wochen habe ich mich mit deinem Chef, dem Herrn Dr. Brugisser, darüber unterhalten. Du hättest das Zeug zum Polizeioffizier, sagte er. Schade, dass du von deinen aufmüpfigen Hirngespinsten nicht lassen könnest.»

«Was sind Hirngespinste?», fragte Thomas.

Sonderegger warf seiner Frau einen Blick zu. «Das musst du jetzt erklären.»

«Frag nicht so dumm, Bub. Das verstehst du sowieso nicht», sagte Klara forsch.

«Ich versuche es dir begreiflich zu machen, mein Junge», funkte Sonderegger dazwischen. «Man meint damit etwas, das andere nicht verstehen oder nicht glauben können oder vielleicht nicht verstehen oder nicht glauben wollen. Genau das ist mir schon oft passiert. Wichtig ist, dass man selber überzeugt davon ist. Das ist aber nur möglich, wenn man weiss, dass es wahr ist.» Sonderegger sah Thomas lange an. Dann fragte er nach: «Hast du verstanden, was ich gesagt habe?»

«Ich glaube schon, ja.»

«Nein, nichts hast du verstanden. Ich sehe es deinen Augen

an. Ich versuche es dir nochmals zu erklären. Ist ja auch nicht ganz einfach. – Erinnerst du dich noch an Onkel Walter?»

«Ja, er lebt nicht mehr.»

«Stimmt. Leider ist er vor drei Jahren am Sustenpass mit dem Motorrad tödlich verunglückt. Kurz zuvor war er noch bei uns zu Besuch. Er hat – was er meistens machte – von seiner Zeit in der französischen Fremdenlegion erzählt.»

«Die Fremdenlegion! Das war ungemein spannend.»

Onkel Walter, sein Bruder, sei ein guter Erzähler gewesen, sagte Sonderegger. «Er konnte das, weil er diese Geschichten selbst erlebt hatte. Beim letzten Mal, als er uns besuchte, berichtete er über eine Fata Morgana in der Wüste.»

Das komme ihm bekannt vor, bemerkte Thomas. Es habe sich um eine Art Spiegelbilder gehandelt.

So sei es, bestätigte Sonderegger. Er erzählte Thomas die Geschichte:

Onkel Walter war als Sergeant – bei uns würde man Wachtmeister sagen – mit acht Soldaten in der algerischen Sahara auf Patrouille. Es herrschte eine Gluthitze. Zuvor tobte stundenlang ein Sandsturm. Als die Winde sich legten, der Himmel aufklarte, sah die Landschaft ganz anders aus. Sie seien vom Weg abgekommen, habe Onkel Walter seinen Mannen eröffnet. Man müsse jetzt einige Zeit nach Süden marschieren, dort befinde sich die Oase mit dem Armeestützpunkt, zu dem sie abkommandiert worden seien. Es könnte aber auch sein, dass man schon zu weit marschiert sei. Wichtig sei jetzt, häufig einen Halt zu machen und sich nach allen Richtungen umzusehen.

Plötzlich rief einer der Legionäre: «Hurra, dort drüben, südwestlich, ist die Oase. Ich sehe ganz deutlich Palmen.»

Die sähe er auch, sagte Onkel Walter. Aber dort könne die Oase nicht sein. Etwa zwanzig Kilometer entfernt, im südlichen Hintergrund, sei gut erkennbar ein Gebirgszug, nördlich davon, also direkt vor ihnen, breite sich eine Ebene aus. Dort gebe es keine Oase. Sie seien östlich des Zielortes vorbeimarschiert und müssten nun die Richtung Nordwesten einschlagen.

Onkel Walter versuchte seinen irritierten Untergebenen

klarzumachen, dass die Oase südwestlich des Spiegelbildes der wirklichen, der nordwestlich Liegenden, sei.

Zwei davon, sie litten besonders unter der Hitze und hatten überaus Durst, glaubten Onkel Walter nicht und liefen geradeaus weiter auf das Trugbild zu.

Dein Onkel rief ihnen nach: «Ihr läuft einem Trugbild nach. Was ihr dort drüben seht, ist ein Hirngespinst.»

Wie dann die Geschichte ausgegangen sei, wollte Thomas wissen.

Onkel Walter sei anderthalb Stunden später mit sechs Soldaten in der Oase angekommen. Die beiden, die sich seiner Anordnung widersetzt hätten, seien seither verschollen. Sie hätten sich von einem Hirngespinst täuschen lassen.

«Wer glaubt nun an ein Hirngespinst, du oder die Mutter?», fragte Thomas.

Mathias Sonderegger sah seinen Sohn ernst an. «Die Zukunft wird zeigen, wer recht hat.»

6

Mitte Mai 2014

Koch las in den Berichten, die ihm die Mitglieder der Arbeitsgruppe «Brugisser» zugestellt hatten, als fast wie bestellt das Telefon schellte.

Es war der Leiter einer Tauchequipe der Kantonspolizei. Man habe in der Limmat einen Revolver gefunden, beim Bootsverleih unterhalb des Mühlestegs. Die Waffe sei an einer längeren Schnur an einem losen, etwa ein Kilo schweren Stein befestigt. Es könne davon ausgegangen werden, dass es sich um die Tatwaffe beim Tod von Brugisser handle.

Koch ging zum Fenster, öffnete es und sah auf der Plattform unterhalb des Stegs eine Gruppe von Leuten in Taucheranzügen. Er rief ihnen zu: «Ich komme gleich.»

Er nahm zwei Stufen aufs Mal, als er die Treppe hinunterhechtete, und sein Herz klopfte laut. Vielleicht war damit der Fall Brugisser gelöst.

Koch diskutierte mit dem Führer der Taucherpatrouille. Sie kamen beide auf dieselbe Theorie. Brugisser könnte den Revolver und die etwa zwei Meter lange Schnur miteinander verbunden, die Waffe an die Schläfe gehalten und abgedrückt haben. Mit dem Gewicht des Steins müsste der Revolver über das Geländer in die Limmat gefallen sein. Ein Suizid als Mord vorgetäuscht.

Ein Mord als Suizid vorgetäuscht kam vor, und zwar weit häufiger als das Umgekehrte, das wusste Koch.

In der Zwischenzeit hatte er auch alle Berichte aus der Kommission «Brugisser» durchgelesen. Viel Neues stand nicht darin, nur in einem Punkt waren sich alle Mitglieder der Arbeitsgruppe einig: Brugisser hatte kaum Freunde, aber eine Menge Feinde. Es gab eine Handvoll, die ihm nicht gut gesinnt und durchaus noch handlungsfähig war. Koch hatte sich deren Namen herausgeschrieben.

Für den kommenden Morgen setzte er eine Sitzung der Gruppe «Brugisser» an.

***

Alle erschienen pünktlich. Koch informierte als Erstes über die gefundene Waffe in der Limmat, ohne diesen Fund zu kommentieren. Danach ging er auf die Recherchierberichte der Mitglieder der Arbeitsgruppe ein. Er konnte es sich nicht verkneifen, darauf hinzuweisen, dass er mehr erwartet hatte. Es folgte die Diskussion. Die verlief in der ersten Phase nicht nach dem Handstrecken-Verfahren. Koch sprach jedes Mitglied persönlich an, bat um eine Erläuterung des von ihm verfassten Berichts und fragte jeweils abschliessend, was derjenige vom Waffenfund am Vortag halte.

Die Antwort darauf war einhellig: Der Fall ist damit gelöst.

«Meine Damen und Herren, der Fall ist nicht gelöst. Hätte Brugisser nur Freunde gehabt, könnte man zum Schluss kommen, es lohne sich kaum mehr, weiter Zeit für die Ermittlung im Todesfall Brugisser zu verschwenden. Sollte jemand Brugisser beiseitegeschafft haben, ist das ohne Frage ein Profi, der virtuos auf der Klaviatur der Kriminalistik zu spielen weiss. Wir können die Akte ‹Brugisser› erst schliessen, wenn wir möglichst viele aus seinem Bekanntenkreis vernommen haben.»

Koch erteilte erneut jedem Mitglied des Teams einen Auftrag, der fristgerecht zu erledigen war. Auch wenn einige murrten, gingen sie doch nicht so weit, sich Kochs Anweisungen zu widersetzen. Sie taten das weniger aus Gehorsam denn aus Überzeugung, dass ihr Chef wohl einleuchtende Gründe für sein Vorgehen hatte.

Am Abend verschickte Koch ein Communiqué an die Medien.

Am Montag, den 19. Mai 2014, wurde nicht weit vom Mühlesteg in der Limmat ein Revolver gefunden. Der Wissenschaftliche Dienst der Stadtpolizei Zürich klärt ab, ob es sich um die Waffe handelt, mit der Werner Brugisser, ehemaliger Kriminalkommissär, am 23. April dieses Jahres zu Tode gekommen ist.

Zwei Zeugen meldeten sich am folgenden Tag. Sie hatten aus ihren Wohnungen am Limmatquai, auf der gegenüberliegenden Seite des Flusses, eine Beobachtung gemacht.

Beide kamen unabhängig voneinander in einem Abstand von zwei Stunden auf die Hauptwache und wurden Koch vorgeführt. Und beide sagten weitgehend dasselbe. Sie hätten beobachtet, wie der Tote auf dem Mühlesteg umgekommen sei. Ein betagter, aber wendiger Mann mit weissen Haaren sei vom Bahnhofquai auf den Mühlesteg gerannt und habe mit einer Waffe auf den Kopf des anderen Alten, desjenigen, der immer die Füchse fütterte, gezielt. Das laute Knattern des Presslufthammers auf der nahen Baustelle habe wohl den Knall übertönt. Der Angeschossene sei zusammengebrochen. Der Mörder habe die Waffe und danach einen grossen Stein in die Limmat geworfen.

Koch kamen diese Aussagen nicht glaubwürdig vor. Warum melden sich Augenzeugen eines Mordes nicht sofort bei der Polizei? Das fragte er die beiden Zeugen. Eigentlich wollten sie mit der Polizei nichts zu tun haben. Sie hätten zudem angenommen, dass weitere Personen diese Tat beobachtet hätten.

Noch aus einem anderen Grund machten Koch diese Zeugenaussagen wenig Freude. Er hätte eher eine Bestätigung der Selbstmordtheorie erwartet. Auch Suizid ist ein gewaltsamer Tod, den die Kripo zu bearbeiten hat, und er gilt eigentlich erst als befriedigend aufgeklärt, wenn die Ursache dafür bekannt ist.

Koch schrieb ein weiteres Communiqué, das er am selben Tag den Medien zustellte.

Im Todesfall Brugisser haben sich weitere Erkenntnisse ergeben. Die Kripo geht davon aus, dass es sich um Mord handelt. Zeugen, die den Vorfall am Mittwoch, den 23. April, um circa 17.00 Uhr beobachtet haben, werden gebeten, die Nummer 117 anzurufen oder sich an eine Polizeistelle zu wenden.

Es gingen Hunderte von Meldungen ein. Allerdings widersprachen sie sich häufig, waren oft vage und kaum mit dem zu vereinbaren, was wohl wirklich geschehen war.

Koch verzichtete darauf, die Gruppe «Brugisser» einzuberufen, bevor er nicht weitere brauchbare Hinweise zu diesem mutmasslichen Verbrechen hatte. Stattdessen nahm er sich vor, selbst Hand anzulegen. Er studierte die Liste der Brugisser feindlich Gesinnten. Fünf Namen waren das.

Der erste, den er sich vornahm, war Pfenninger Walter, ehemaliger Zürcher Stadtpolizist im Range eines Feldweibels, der im Jahre 2000 frühzeitig in den Ruhestand versetzt worden war. Aus den Unterlagen, die der Sachbearbeiter der Kommission über Pfenninger aus dem Polizeiarchiv ausgegraben und zusammengefasst hatte, ging hervor, dass er versucht habe, Brugisser zu erpressen. Allerdings waren die Akten darüber unvollständig und ergaben kein klares Bild über die Art der Erpressung und auch nicht den Grund.

Koch bot Pfenninger für Montag, den 26. Mai, um zehn in den Verhörraum auf. Pfenninger erschien zwanzig Minuten später. Koch überging diese Ordnungswidrigkeit, ohne dem Ex-Polizisten Vorwürfe zu machen.

Koch traf einen durchtrainierten weisshaarigen Mann an, der ausgesprochen unfreundlich dreinblickte und sich über die Vorladung beschwerte. Koch hörte Pfenninger geduldig an, ging aber mit keinem Wort auf das ein, was er vorbrachte.

«Herr Pfenninger, gegen Sie wurde im Jahre 2000 ein Disziplinarverfahren wegen Erpressung eingeleitet. In der Folge wurden Sie zwangspensioniert –»

Pfenninger schnitt Koch das Wort ab. «Das war eine reine Mobbing-Kampagne gegen mich. Nichts stimmt, was in den Akten über mich steht –»

Diesmal war es Koch, der das Gespräch unterbrach. «Herr Pfenninger. Erstens habe ich gar nichts über Ihre Akten gesagt. Zweitens dürften Sie gar nicht wissen, was in diesen steht. Ich habe Sie kommen lassen, um Ihre Sicht in dieser Angelegenheit zu erfahren.»

«Ich weiss nicht, weshalb ich mich zu dieser Sache äussern

sollte. Die Geschichte ist für mich zu Ende. Immerhin musste ich wegen der vorzeitigen Pensionierung eine massive Einkommenseinbusse in Kauf nehmen. Das reicht mir.» Pfenninger stand auf und schritt auf die Türe zu.

Koch sprang auf und versperrte ihm den Weg. «Herr Pfenninger, Sie enttäuschen mich masslos. Als ehemaliger Polizist wissen Sie genau, dass ein Vorgeladener nicht von sich aus das Verhör beenden darf.»

Koch fasste Pfenninger an beiden Schultern, führte ihn zum Sessel, wo er zuvor Platz genommen hatte, und drückte ihn unzimperlich darauf.

«Ich rede Klartext mit Ihnen. Wegen Ihres Erpressungsversuchs wird Sie niemand mehr belangen. Der ist ohnehin verjährt. Der Grund, weshalb Sie hier sitzen, ist ganz ein anderer. Der Mann, den Sie seinerzeit erpressen wollten, ist am 23. April 2014 gewaltsam ums Leben gekommen. Es gibt Hinweise, dass es sich um Mord handelt. Als Täter kommen Personen in Frage, die zu ihm in einem feindschaftlichen Verhältnis standen. Sie gehören diesem Personenkreis an.»

Pfenninger plusterte sich richtiggehend auf. «Nun hören Sie schon, Sie naseweiser Schnüffler, ich weiss doch, dass Brugisser sich selber eine Kugel in den Schädel getrieben hat. Mit einem fiesen Trick. Und nun kommen Sie und wollen mir das als Mord unterschieben.»

Koch schüttelte lächelnd den Kopf, fragte Pfenninger, auf was er damit anspiele. Auf den Waffenfund zwischen dem Mühlesteg und dem Bootsverleih. Ja, das sehe auf den ersten Blick wie ein Selbstmord aus. Doch es gebe andere Hinweise, die ihm, Pfenninger, mit Sicherheit nicht bekannt seien. «Nach diesem Verhör werden Sie zu einer Zeugengegenüberstellung geführt. Werden Sie von einer Zeugin oder einem Zeugen erkannt …» Koch zog ein Blatt Papier aus der Schreibtischschublade und wedelte damit. «Da ist der Haftbefehl gegen Sie. Die Wahrscheinlichkeit, dass Sie bereits heute als Täter erkannt werden, halte ich allerdings für gering. Die Ermittlungen gegen Sie werden so oder so weiterlaufen.»

Koch fiel auf, dass Pfenninger leicht erblasste.

Er wolle nun, sagte Koch, genau wissen, wie er, Pfenninger, im Jahre 2000 zu Brugisser gestanden sei. Vor allem, warum er ihn erpresst habe. Dabei gelte ein Grundsatz: Fast alle Opfer von Nötigungen hätten dunkle Flecken in ihrem Lebenslauf, die sie erpressbar machten. Das habe auch auf Brugisser zugetroffen, denn ein unbeschriebenes Blatt sei er wahrlich nicht gewesen.

Pfenninger nickte zum ersten Mal, um seine Zustimmung zu signalisieren. «Ja, dieser Brugisser war ein richtiges Schwein. Seine juristische Ausbildung hat ihm jedes Mal geholfen, die Schuld für seine krummen Sachen auf andere abzuwälzen.»

Kochs Blicke durchbohrten Pfenninger einige Sekunden lang. «Welche Sachen?», fragte Koch schliesslich.

Pfenninger wirkte verlegen. «Dazu möchte ich lieber nichts sagen.»

«Meinen Sie etwa den Geldraub aus dem Tresor der Kripo 1963?»

Pfenninger setzte ein unangenehmes Grinsen auf. «Dieses Delikt wurde nie aufgeklärt.»

Koch wurde ungehalten. «Herr Pfenninger, noch einmal: Weshalb haben Sie Brugisser erpresst? Sie können mir das jetzt verschweigen. Aber glauben Sie, ich würde das früher oder später nicht herausfinden?»

Pfenninger schien zu überlegen.

«Wir haben Zeit. Ich hindere Sie nicht daran, nachzudenken, bevor Sie eine Aussage machen», sagte Koch in einem versöhnlichen Ton.

Pfenninger begann zu reden. «Der Erpresser war nicht ich, vielmehr war es Brugisser. Er hat mich nach dem Vorfall von 1963 auf der Hauptwache Urania immer wieder genötigt.»

Koch entfuhr ein Lacher. «Vorfall? Vorfall, sagen Sie, Herr Pfenninger. Das ist ja ein Ding. Wenn ich Sie so reden höre, bekomme ich den Eindruck, Sie seien auch in die Sache verwickelt gewesen.»

«Denken Sie darüber, was Sie wollen. Das, was 1963 in der Hauptwache Urania vorgefallen ist, interessiert wohl niemanden mehr.»

«Falsch, Herr Pfenninger. Ich beginne mich dafür zu interessieren. Immerhin haben Sie eben zugegeben, dass Sie von Brugisser über Jahre hinweg erpresst wurden. Als Polizist dürften Sie wissen, dass bei der Täterfindung das Motiv eine wichtige Rolle spielt. Hätten Sie Brugisser ins Jenseits befördert, müssten wir zumindest nicht mehr danach suchen.»

Pfenninger rieb sich nervös die Hände. «Das war alles viel komplizierter, als Sie annehmen. Wenn Sie glauben, in diesem bewachten Gebäude hätte ein Einzelner ohne Wissen von andern diese Tat durchführen können, sind Sie naiv.»

Koch setzte eine verständnisvolle Miene auf. «Könnte sein, dass Sie damit recht haben.»

Das Gespräch zwischen Koch und Pfenninger ging in diesem Stil weiter. Koch erfuhr von Pfenninger nicht, was im Jahre 2000 zwischen ihm und Brugisser vorgefallen war.

Fünf Leute standen in Reih und Glied zur Identifizierung hinter der einseitig durchsichtigen Scheibe. Die Zeugin glaubte in Pfenninger den Täter zu sehen, war sich dessen aber überhaupt nicht sicher. Der Zeuge tippte auf einen anderen. Auch er liess sich nicht darauf behaften. Die Distanz zwischen ihm als Beobachter und dem vermeintlichen Täter sei einfach zu gross gewesen.

Schweren Herzens musste Koch nach dieser ergebnislosen Gegenüberstellung Pfenninger wieder laufen lassen. Er gab ihm aber deutlich zu verstehen, dass er ihn weiterhin im Auge behalten werde.

Koch liess auch die vier anderen Feinde Brugissers zu sich kommen. Keiner von ihnen schien aber der Täter zu sein. Er musste also die allfälligen Spuren, die Pfenninger hinterlassen hatte, verfolgen. Aber wie?

Wer kannte Pfenninger? Vor allem, wer kannte ihn über längere Zeit? Wer kannte ihn zwischen 1963 und 2000?

7

Mai 1963

Sondereggers Überraschung war gross. Es war am Montag der dritten Maiwoche, als er die Bürotür öffnete und Pfenninger im Korridor sah, gerade als er an ihm vorbeigehen wollte.

«Guten Tag, Wachtmeister Sonderegger. Wer hätte das gedacht? Nun arbeiten wir auf dem gleichen Stock. Dort hinten, mit Blick auf die Limmat, finden Sie mein Büro. Es kann sich mit Ihrem messen.»

Sonderegger erwiderte den Gruss, blieb stehen, drehte sich um und ging wieder in sein Arbeitszimmer zurück. Er setzte sich an den Schreibtisch, stützte den Kopf mit beiden Händen und dachte nach. Warum wurde Pfenninger ihm nicht vorgestellt, wie das bei allen andern Neueintretenden in den Polizeidienst üblich war?

Nach einigen Minuten stand Sonderegger auf. Kurz danach klopfte er an die Bürotür von Pfenninger. Das erwartete «Herein» kam nicht. Sonderegger drückte schliesslich diskret die Klinke nach unten, schob die Tür sachte auf. Pfenninger stand am Fenster und schaute hinaus. Er bemerkte Sondereggers Eindringen nicht.

«Guten Tag.»

Pfenninger fuhr zusammen, drehte sich blitzartig um. Erst Augenblicke später fasste er sich und fand Worte. «Ist das üblich hier, ungebeten in fremde Büros einzudringen?»

«Ist es bei Ihnen üblich, kein Zeichen von sich zu geben, wenn jemand anklopft?»

Ein selbstsicheres Grinsen huschte über Pfenningers Gesicht. Er gehe davon aus, dass er Anrecht auf Ungestörtsein habe. Nur Brugisser und allenfalls dessen Vorgesetzte hätten freien Zutritt zu seinem Büro.

«Was ist eigentlich Ihre Aufgabe in der Kripo-Abteilung?»

Pfenninger trat einige Schritte näher zu Sonderegger und

baute sich beinahe drohend vor ihm auf. «Ich werde hier mit Sonderaufträgen betraut.»

«Sonderaufträge? Das ist der Hammer. Dabei, dessen bin ich mir sicher, verstehen Sie überhaupt nichts von der Polizeiarbeit.»

«Ich bin Ihnen keine Rechenschaft schuldig. Bitte verlassen Sie mein Büro», gab Pfenninger zurück.

«Wenn Sie nicht möchten, dass ich mich hier mit Ihnen unterhalte, dann kommen Sie bitte in mein Büro. Ich denke, ich habe durchaus ein Anrecht darauf, zu wissen, wer auf diesem Stock ein- und ausgeht.»

Pfenninger runzelte die Stirn. «Also gut, dann komme ich auf einen Sprung zu Ihnen rüber.»

In Sondereggers Büro, das weit weniger geräumig war als Pfenningers, setzte sich Pfenninger ungefragt auf den einzigen bequemen Sessel, schlug die Beine übereinander und sah den Wachtmeister frech an.

Sondereggers Blick richtete sich derweil auf den Schreibtisch. Dort hatte Pfenninger seinen Schlüsselbund hingelegt. Sonderegger ergriff ihn und hob ihn in die Höhe, fasste unter den fünf Schlüsseln einen an, betrachtete ihn genau.

Pfenninger wollte aufspringen, seine Beinstellung hinderte ihn zunächst daran.

«Geben Sie mir bitte sofort den Schlüsselbund zurück.»

«Keine Sorge.» Sonderegger ging die paar Schritte auf ihn zu und streckte seinen Arm aus.

Pfenninger riss ihm die Schlüssel aus der Hand.

«Ein interessanter Schlüssel, Pfenninger.»

«Warum interessant?»

«Halten Sie mich eigentlich für blöd? Ich weiss genau, wie der Passepartout der Kripo-Abteilung aussieht.» Er bat Pfenninger, den Raum zu verlassen.

Wenige Minuten später schrillte das Telefon auf Sondereggers Schreibtisch. Es war Brugisser. «Wachtmeister, was unterstehen Sie sich, meinen persönlichen Mitarbeiter zu belästigen? Ich verbiete Ihnen ab sofort, sein Büro zu betreten.»

«Das wird nicht mehr geschehen. Aber wie um alles in der

Welt haben Sie Pfenninger einen Passepartout ausgehändigt? Machen Sie das sofort rückgängig. Andernfalls werde ich meine Kollegen davon in Kenntnis setzen.»

Brugisser schnaufte heftig, bis er sich zu einer Antwort durchringen konnte. «Das war nicht beabsichtigt. Ich werde Pfenninger für sein Büro einen normalen Schlüssel zuteilen lassen.»

«So ist die Sache für mich in Ordnung», sagte Sonderegger, legte den Hörer auf die Gabel und drehte die Wählscheibe. Er hob den Hörer erneut ab und wartete eine Weile, bis jemand keuchend abnahm. «Nigg, Schlosserei Langstrasse.»

«Mathias. Tag, Nikolaus, könntest du rasch zu mir herüberkommen?»

«Um was geht es?»

«Ich benötige ein Schloss mit fünf Schlüsseln. Du kennst dich in unseren Gefilden aus, hast ja bei uns immer wieder Schlüssel ausgewechselt.»

«Kein Problem. Ein Schloss mit zwei Schlüsseln habe ich vorrätig. Die restlichen drei werde ich dir morgen vorbeibringen. In zehn Minuten bin ich am Eingang der Hauptwache.»

«Ich werde dich unten abholen.» Sonderegger lächelte.

Eine Woche später konnte Sonderegger sein Büro nicht mehr öffnen. Kein Problem. Er hatte das erwartet. Er hatte deswegen immer Werkzeug dabei, und das Schloss, das er eine Woche zuvor durch ein neues ausgetauscht hatte, war in seiner Mappe. Minuten später war das ursprüngliche Schloss wieder montiert. Er öffnete es mit dem alten Schlüssel und begann seelenruhig zu arbeiten.

So um halb neun schrillte sein Telefon. Wie erwartet rief ihn Brugisser an. Er erkundigte sich, ob es Probleme beim Öffnen seiner Bürotür gegeben habe.

«Warum denn? Nicht dass ich wüsste.»

Brugisser legte wieder auf.

Am nächsten Tag schraubte Sonderegger auf dem obersten Fach des Wandschrankes einen kleinen Safe an. Er verdeckte ihn hinter Kleidungsstücken. Dort schloss er die Akten ein, von denen er Sicherheitskopien angefertigt hatte, um diese später mit nach Hause zu nehmen und dort zu verstecken.

Gegen Ende des Monats machte Sonderreger zur üblichen Zeit Feierabend. Auf dem Heimweg fiel ihm ein, dass er vergessen hatte, einen Rapport zu schreiben. Diesen sollte er an diesem Abend ins interne Postfach legen, sodass er am kommenden Morgen der zuständigen Person übergeben werden konnte. Also ging er wieder an seinen Arbeitsplatz zurück.

Als er sein Büro aufschliessen wollte, realisierte er, dass die Tür gar nicht verschlossen war. An seinem Schreibtisch stand Pfenninger und wühlte in einer Schublade. In wenigen Sätzen war Sonderegger bei ihm. Er schüttelte ihn kräftig durch, verpasste ihm rechts und links eine Ohrfeige, entwand ihm den Schlüsselbund, suchte nach dem Passepartout und bearbeitete ihn mit einer Zange so, dass er unbrauchbar wurde. Danach stiess er Pfenninger in den Gang.

Am nächsten Arbeitstag erwartete er einen Anruf von Brugisser. Der Anruf kam nicht.

8

Ende Juni 2014

Es war ein regnerischer, kalter Morgen. Koch war bereits um sieben Uhr in seinem Büro. Sein Schreibtisch war übersät mit unerledigten Papieren. Da war der unaufgeklärte Todesfall Brugisser. Seit Wochen kam man in dieser Sache nicht weiter. Akten über das Vorleben von Brugisser und des Hauptverdächtigten Pfenninger gab es zuhauf. Kein Zweifel: Pfenninger hätte ein Motiv gehabt, Brugisser ins Jenseits zu befördern. Ein sicheres Motiv, aber zwei unsichere Zeugenaussagen, das genügte einfach nicht. Dazu hatte Koch andere Pendenzen

Bereits um Viertel nach sieben schrillte das Telefon. Ungewöhnlich, denn zu dieser Zeit rief äusserst selten jemand an. Es war kein durchgestelltes Gespräch. Der Anrufer, der sich als Daniel Rüegg vorstellte, musste also Kenntnis von Kochs interner Nummer haben.

«Guten Tag, Herr Rüegg. Von wem haben Sie diese Nummer?»

Das möchte er nicht verraten, antwortete Rüegg.

«Rüegg?» Koch dachte einige Sekunden nach. «Sind Sie etwa der Rüegg vom Industrieberatungskonzern ‹Küchengeräte›?»

«Bingo. Nun ist es an mir zu fragen, wie Sie das herausgefunden haben. Wegen meines gestrigen Fernsehauftritts?»

«Nein. Ich sehe höchst selten fern. Ihr Name ist mir bei meinen Recherchen über den Todesfall Brugisser mehrmals aufgefallen.»

«Richtig. Wegen Brugisser rufe ich Sie ja auch an. Ich kannte Brugisser seit 1963 bis zu seinem Tod in diesem Frühjahr.»

«Ich erinnere mich nun. Ja, Sie waren das, der längere Zeit mit Brugisser zusammengearbeitet hat.»

«Zusammenarbeit würde ich das nicht nennen. Er war Kripokommissär, ich linker Aktivist und Studentenführer. Deswegen haben wir oft miteinander telefoniert.»

«Wir wissen das.»

«Kann schon sein. Aber ich habe so meine Zweifel, ob Sie alles, was wir miteinander besprochen haben, wissen.»

«Diese Zweifel könnten berechtigt sein.»

«Sehr wohl. Deshalb sollten wir uns treffen. Möglichst bald. Ginge es bei Ihnen heute?»

Sie verabredeten sich für in einer Stunde.

Daniel Rüegg klopfte pünktlich an Kochs Bürotür. Ein smarter Herr in dunklem Anzug mit Krawatte trat in sein Arbeitszimmer. Irgendwie wirkte er deplatziert in dieser Umgebung. Koch in leicht abgewetzten Jeans, einer Lumberjacke, darunter ein kragenloses Hemd, begegnete seinem Gast mit schlecht verstecktem Unbehagen. Rüegg sah sich zunächst um, verzog ein bisschen sein Gesicht, als sein Blick auf den mit Papieren übersäten Schreibtisch fiel.

«So ein richtiges Polizistenzimmer», sagte Rüegg leicht verächtlich.

«Es gefällt mir. Ich möchte nicht mit den schwarz geschalten Finanz- und Wirtschafts-Haien dort drüben tauschen.» Koch zeigte Richtung Westen. «Ich mag Teppiche nicht besonders, Herr Rüegg.»

«Lassen wir es gut sein, Wachtmeister.»

«Ich bin Hauptmann der Kripo-Abteilung.»

«Schade, dass Sie keine Uniform tragen.»

«Ich hasse Uniformen.» Koch wies mit der Hand Richtung Besprechungstisch. «Bitte, nehmen Sie dort Platz.»

Rüegg prüfte mit den Augen die hölzerne Sitzfläche und setzte sich schliesslich.

Koch setzte sich vis-à-vis hin. «Ich schlage vor, dass ich Ihnen mal einige Fragen stelle, so kommen wir am besten ins Gespräch.»

Rüegg nickte verhalten.

«Wann hatten Sie das letzte Mal Kontakt mit Herrn Brugisser?»

«Genau kann ich das nicht sagen. Es dürfte etwa einen Monat vor seinem Tod gewesen sein.»

Koch hob seine Augenbrauen. Die Antwort Rüeggs überraschte ihn. «Wo?»

«Bei ihm zu Hause.»

Kochs Erstaunen nahm zu. «Ich gehe davon aus, dass Sie Herrn Brugisser sehr gut gekannt haben, ihn gar zu Ihrem Freundeskreis zählten.»

«Nicht von Anfang an. Aber später kamen wir uns näher.»

«Ich kann da nur staunen. Jeder eintretende Mitarbeiter der Stadt- und Kantonspolizei bekommt heute immer noch Unterlagen über den Globuskrawall vom 29. Juni 1968 und wird aufgefordert, sie genau zu studieren. Ich jedenfalls habe das getan. Bei der gewalttätigen Auseinandersetzung zwischen der revolutionären Jugendbewegung und der Polizei gab es damals gegen zwanzig zum Teil schwer verletzte Demonstranten – etwa ein Dutzend Polizeimänner sowie einige Feuerwehrleute hatten leichte Blessuren. Die Hüter des Gesetzes waren mit Helm und gepanzerten Westen ausgestattet, die Protestler traten ungeschützt auf. Sie waren der Anführer der jugendlichen Rebellen. Brugisser kommandierte die Einsatzkräfte gegen Sie.»

«Man kann seine Einstellung ändern. Heute setze ich mich für eine liberale Wirtschaft ein.»

«Sie sind also ein Konvertit, der von einem Extrem ins andere gewechselt hat.»

Rüegg schüttelte indigniert den Kopf. «Mich würde ja interessieren, was in diesen Unterlagen steht. Ganz sicher fehlen darin einige wichtige Dokumente.»

Koch schmunzelte. «Kann schon sein. Wir haben die Unterlagen aus einem ganz bestimmten Grund bekommen. Darin werden nicht nur Gewalttaten der Demonstranten beschrieben, sondern die Übergriffe der Polizei auf wehrlose Gefangene. Das darf nie mehr geschehen, dass Ordnungskräfte in Uniform Prügelorgien gegen Festgenommene veranstalten. Die Stadtregierung und auch die kantonale Sicherheitsdirektion haben seit mittlerweile zwei Jahrzehnten ein wachsames Auge auf die Polizeieinsätze.»

«Nennen wir es doch beim Namen, Herr Hauptmann. Ein beschämender Kuschelkurs des linkslastigen Stadtrats. Hören

Sie sich bitte mal bei den einfachen Polizisten um. Was die sich alles bieten lassen müssen.»

Koch errötete. «Schluss jetzt, Herr Rüegg. Ich stehe voll und ganz hinter der Stadtregierung, obwohl ich ja dem Regierungsrat verantwortlich bin, also im Auftrag des Kantons arbeite. Wir greifen dort hart durch, wo es notwendig ist, vermeiden sinnlose Provokationen, halten uns an die Menschenrechte.»

Rüegg drückte seinen Zeigfinger auf die Stirn. «Wenn Sie mich weiter so respektlos behandeln, gehe ich gleich.»

Koch stand auf. «Das ist Ihnen freigestellt. Dann lade ich Sie vor, und das zu einem Zeitpunkt, den ich bestimme.»

«Wie undankbar. Ich war es ja, der den Kontakt zu Ihnen gesucht hat.»

«Früher oder später wäre ich ohnehin auf Ihre Person gestossen. Das wissen Sie genau.»

Rüegg blieb sitzen. Koch ging zu seinem Schreibtisch, zog einen Stuhl hervor und setzte sich darauf. «Gut, ich gehe davon aus, dass Sie bleiben wollen und bereit sind, mir Auskunft zu geben.»

Rüegg nickte.

«Wann haben Sie sich mit Brugisser versöhnt?»

«Ein, zwei Jahre nach den Globuskrawallen. So um 1970.»

Koch sah Rüegg ungläubig an. «Wirklich? Damals waren Sie ja immer noch Mitglied der linken Studentenschaft, wenn auch nicht mehr an vorderster Stelle.»

«Das wäre ja noch kein Grund, sich gegenseitig das Gespräch zu verweigern.»

«Eigentlich nicht. Nein. Aber die Demonstrationen gingen weiter. Immer wieder gab es Scharmützel zwischen aufmüpfigen Jugendlichen und der Polizei. Und es ist aktenkundig, dass Sie dabei eine führende Rolle spielten.»

Rüegg lachte aus vollem Hals. «Wenn Sie nur wüssten, was wirklich vorgegangen war.»

«Machen Sie sich keine Illusionen. Ich werde das früher oder später herausfinden.»

«Möglich. Ich habe eine saubere Weste. Ich habe mich nie strafbar gemacht.»

«Womit Sie wohl recht haben. Aber ich frage mich schon, warum Sie als Rädelsführer der Jugendunruhen stets unbehelligt blieben, während andere zu mehrmonatigen Gefängnisstrafen verurteilt wurden.»

Rüegg klopfte sich auf die Schenkel und prustete los.

«Etwas stimmt da nicht», sagte Koch ziemlich aufgebracht.

«Das herauszufinden, überlasse ich Ihnen.»

«Kommen wir zu Pfenninger», sagte Koch etwas genervt. Er zog aus einer Schublade seines Schreibtisches ein Klarsichtmäppchen heraus. Es war gut einen halben Zentimeter dick und enthielt wohl mindestens dreissig Blätter. «In den Akten über Pfenninger ist der Name Rüegg auch zu finden, recht häufig sogar.» Koch fixierte Rüegg. «Sie müssten Pfenninger eigentlich gut kennen.»

Rüegg wurde es sichtlich unbehaglich. «Pfenninger ist nicht mein Freund, er war es eigentlich nie.»

Blitzschnell fiel ihm Koch ins Wort. «‹Er war es eigentlich nie.› Das hört sich an wie eine aufgedrängte Freundschaft.» Koch zuckte mit den Schultern. «Vielleicht haben Sie damit ja recht. Der Sohn des Fabrikinhabers, das Herrchen aus gutem Hause, sollte mit einem aufstrebenden Proletenjüngling wie Pfenninger gemeinsame Sache machen.»

Rüegg räusperte sich mehrmals.

Koch genoss es. Er warf seinem Gegenüber einen selbstgefälligen Blick zu.

«Die Stadtpolizei hat viel über und noch mehr von Pfenninger zusammengetragen. Die Akten über die Jugendunruhen während der 68er sind ausserordentlich umfangreich, und Pfenninger hat sie immer wieder aufgestockt. Es war eine einseitige Sichtweise, die archiviert wurde. Dann, nach der politischen Wende von 1990, haben die an die Macht gelangten rot-grünen Stadtväter und -mütter eine Fachgruppe eingesetzt, die diese Unterlagen kritisch überarbeitete.»

Rüeggs Ärger war nicht zu übersehen, Koch reagierte darauf mit einem süffisanten Mienenspiel und bemerkte: «Sie haben wohl erwartet, ich würde Ihnen Details über meine Recherchen über Ihre Zusammenarbeit mit Pfenninger auftischen. Da schweige ich mich vorläufig aus.» Koch liess nur so nebenbei verlauten, man sei immer noch am Zusammentragen von Informationen. Er erwarte, dass da einiges ans Tageslicht komme. «Nur so viel kann ich sagen: Sie hatten engen Kontakt zu Pfenninger; und der ist nicht abgebrochen, als auch Ihnen klar wurde, dass er ein Spitzel im Dienst der Stadtpolizei war.»

9

April 1966

Sonderegger kämpfte am trüben Mittwochmorgen anfangs April mit Kopfschmerzen. Als er ein paar Schritte auf dem Gang machte, um tief durchzuatmen, entging ihm nicht, dass Brugisser das Besprechungszimmer in Begleitung von Stadtrat Arnold Schläppi und eines weiteren Mannes etwa Mitte zwanzig betrat. Der Stadtrat in dezent dunklem Anzug, der junge Mann ziemlich salopp bekleidet, in einem Wollpullover und Jeans. Der Gefreite Kari Schütz trottete gemächlich in massiven Schuhen hinterher, eine schwere Schreibmaschine auf beiden Händen balancierend.

Wenig später klopfte Schütz an Sondereggers Bürotür. Er überreichte ihm eine Durchschlagskopie des soeben angefertigten Protokolls. «Das könnte dich interessieren. Ich jedenfalls fand es ungewöhnlich. Und ja, ich weiss, ich dürfte das nicht machen. Aber mit meinen dreiundsechzig Jahren bange ich nicht mehr um meine Stelle.»

Sonderegger traute seinen Augen nicht, als er das Protokoll las. Schütz sah ihm dabei zu. Der junge Mann mit dem Wollpullover trug den Namen Daniel Rüegg. Sein Vater war Inhaber der landesweit bekannten Lösungsmittelfabrik Rüegg AG. Auch der junge Rüegg hatte mittlerweile von sich reden gemacht. Als Sprecher der Revolutionären Arbeiter und Studenten der Universität Zürich, «rasz». Die «rasz» war es, die sich mit der Stadtpolizei am vergangenen Wochenende Scharmützel mit mehreren Verletzten auf beiden Seiten geliefert hatte.

«Was hältst du davon?», fragte er Schütz.

«Komisch. Warum bringen die diesem Rüegg derart viel Respekt entgegen, dass sogar der Polizei-Stadtrat höchstpersönlich anwesend ist? Entweder haben sie die Hosen voll und befürchten richtige Unruhen, oder alle stecken unter einer Decke.»

«Das Erstere wie das Letztere könnte der Fall sein.»

«Sehe ich auch so. Ich war leider nur am Anfang dabei. Zuerst wurden die Personalien von Rüegg aufgenommen. Dann wurde er gebeten, dass er die Polizei im Voraus informiere, falls wieder ein Krawall bevorstehe. Zuerst weigerte er sich. Nach einigem Zureden Schläppis bestätigte er mit seiner Unterschrift das Anliegen des Polizeidirektors, und ich wurde gebeten, den Raum zu verlassen. Es könnte schon ein abgekartetes Spiel sein.»

«Im Protokoll steht ausser Rüeggs Personalien und dem Versprechen, die Polizei vor möglichen Ausschreitungen rechtzeitig zu warnen, nichts. Aber eigentlich ist das schon viel.»

***

In einem Seminarraum des Instituts für Neuere Geschichte begann eine Versammlung der Revolutionären Arbeiter und Studenten Zürichs. Daniel Rüegg eröffnete die Sitzung. Neben ihm stand, leicht unsicher, Walter Pfenninger. «Liebe Genossen, ich stelle euch Walter vor. Er ist neu bei uns, er wird sich im nächsten Semester an der Historischen Fakultät einschreiben. Trotzdem schlage ich ihn als neues Vorstandsmitglied vor. Er erfüllt alle Voraussetzungen für dieses Amt. Er hat seine Matura in einem Institut in Graubünden gemacht. Kennt ihn bereits jemand? Ist niemand da, der dort oben im Engadin zur Schule gegangen ist?»

Einer streckte die Hand auf, sagte aber, er sei in Chur in die Kantonsschule gegangen.

«Walter wird sich trotzdem wohlfühlen bei uns. Die ersten Lebensjahre und die Primarschule hatte er in Zürich verbracht. Danach besuchte er das Gymnasium im Engadin, bestand die Maturaprüfung, absolvierte einen Lehrgang in der Handelsschule und arbeitete ein paar Jahre als kaufmännischer Angestellter. Nun hat er sich entschlossen, ein Studium aufzunehmen. Hat jemand von euch Fragen an ihn?»

Niemand hatte das.

Während der ganzen Versammlung sagte Pfenninger kein

Wort. Er hörte zu und machte sich Notizen. Am Schluss wandte sich Rüegg schulterklopfend an ihn. «Wir müssen uns noch unter vier Augen sprechen. Unten an der Limmat, in einem stillen Kellerlokal.»

Wenn Rüegg zu einem seiner Kommilitonen etwas sagte, wurde das von den anderen respektiert. Die Versammlungsteilnehmer trennten sich von Rüegg und Pfenninger.

***

Es war ein ziemlich nobles Restaurant, in das Rüegg Pfenninger führte. Sie besprachen noch einiges, was Ziel, Zweck und die Organisation der «rasz» betraf. Pfenninger erkundigte sich bei Rüegg, wie er eigentlich von ihm erfahren habe. Er sei von einem Studienfreund auf ihn aufmerksam gemacht worden, erklärte Rüegg. Dann warf er Pfenninger einen geradezu verschämten Blick zu. «Ich muss dich vor mir warnen. Leider bin ich kein Proletensohn. Mein Vater ist ein stinkreicher Unternehmer, der meine Gesellschaftsvorstellungen radikal ablehnt. Er hat mich aber nicht aufgegeben und gibt sich immer noch dem Glauben hin, ich würde meinem Sozialismus dereinst abschwören und wieder in seine bourgeoisen Gefilde zurückkehren. Er ist tolerant, unterstützt und verwöhnt mich nach wie vor.»

Rüegg zog einen Scheck aus seiner Jackentasche und überreichte ihn Pfenninger. «Mit dem kannst du dir ein feines Fünfgangmenü auslesen. Es ist allerdings nur für heute Abend gültig. Also, Kumpel, greif kräftig zu.» Rüegg verabschiedete sich kameradschaftlich von ihm.

Als er den letzten Bissen der sättigenden Mahlzeit verschlungen hatte, trat die attraktive Kellnerin an seinen Tisch und führte Pfenninger in ein Séparée. Ein bisschen enttäuscht war er schon, als dort statt eines leichten Mädchens zwei ihm bekannte Herren auf ihn warteten: Stadtrat Schläppi und Kripo-Major Brugisser. Pfenninger hatte ein mulmiges Gefühl in der Magengrube. Verlegen musterte er sich im mannsgrossen Spiegel an der Wand. Dass er sich ziemlich schlampig angezogen hatte, machte ihm offensichtlich zu schaffen. Dem weltgewandten Schläppi fiel das gleich auf. «Schon gut, junger Mann. Das ist genau das richtige Outfit für ein Studentensitting.» Er stand auf und reichte Pfenninger ein dickes A4-Couvert. «Da drin ist ein Maturitätszeugnis, ausgestellt von einem Institut aus Graubünden. Mit der Unterschrift des Schuldirektors und des zuständigen Regierungsrates. Alles täuschend echt. Die Noten sind, wie Sie sich selber überzeugen können, genügend bis mittelmässig. Das fällt nicht auf. Sie dürfen auf gar keinen Fall auffallen. Immatrikulieren Sie sich in den nächsten Wochen an der Philosophischen Fakultät für das Fach Geschichte.»

Pfenninger machte grosse Augen.

Schläppi lachte. «Ich weiss, Sie haben keine Ahnung vom Universitätsbetrieb. Keine Angst, Major Brugisser und einige handverlesene Studenten werden Ihnen dabei zur Seite stehen, Ihnen sagen, für welche Vorlesungen Sie sich einschreiben müssen. Wie oft Sie diese zu besuchen oder zu schwänzen haben. Wir schicken Sie natürlich nicht dorthin, um zu studieren.»

Schläppi sah in Pfenningers erstauntes Gesicht. «Noch Fragen?»

«Was ist mit den handverlesenen Studenten gemeint?»

Eine gute Frage sei das, lobte Schläppi Pfenninger. Das deute darauf hin, dass er auch kritisch denken könne. Die handverlesenen Studenten seien Vertrauensleute der legitimen Ordnung. Damit seien die Polizei, die Justiz und die politische Führung gemeint. Die Vertrauensleute seien, anders als er, echte Studenten, die nicht in der Pflicht ihres Auftraggebers stünden, also nicht von der Polizei entlohnt und kontrolliert würden. Sie seien zuverlässige Personen mit der richtigen Gesinnung, die sich freiwillig andienten, um die demokratische Gesellschaft vor den Subversiven zu schützen. Sie wüssten übrigens nicht von seiner Spitzeltätigkeit.

Brugisser verzog keine Miene, tat so, als ob ihn alles nichts anginge.

Eingeschüchtert erkundigte sich Pfenninger, was denn seine Aufgabe sei.

«Wir wollen die Namen möglichst vieler Kommunisten. Wir können uns des Eindrucks nicht erwehren, dass es innerhalb der Studentenschaft immer mehr werden. Sie wirken im Dienst Moskaus und stehen wahrscheinlich unter der Kontrolle der DDR-Stasi.»

Nun brachte sich auch Brugisser in die Diskussion ein. «Das ist nur ein Teil Ihrer Aufgaben. Die anderen sind mindestens so wichtig. Sie werden im Vorstand der ‹rasz› auch ein gewichtiges Wort mitzureden haben, wenn es darum geht, Kundgebungen zu organisieren. Treten Sie dabei als Hardliner auf. Behindern Sie die Übergriffe, die gegen die Polizei und andere Ordnungskräfte verübt werden, nicht. Während dieser Aktionen halten Sie sich bitte im Hintergrund. Wir werden gnadenlos zurückschlagen. Merken Sie sich die Namen der Übeltäter.» Brugisser wühlte in seiner Mappe und zog eine kleine Schachtel heraus. «Da drin ist eine Minikamera. Machen Sie unauffällig Aufnahmen der Vorfälle.»

Pfenninger strahlte aus allen Poren. «Eine wunderbare Aufgabe. Ich werde mich kräftig ins Zeug legen, damit es in einem Jahr keine Krawalle mehr in Zürich gibt.»

Schläppi kniff die Augen zusammen. «Sie werden staunen, junger Mann. Wir haben schon ein Interesse, dass diese Unruhen abflauen. Doch je mehr Krawalle, desto mehr Mittel erhält die Polizei.» Schläppi klopfte sich genüsslich an die Schläfe. «Strategie mit Köpfchen.»

«Ich werde den Eindruck nicht los, dass Sie jetzt ein bisschen überfordert sind. Was ist Ihnen an Ihrem Auftrag noch nicht klar?»

Pfenninger zögerte, sah sich hilfesuchend um.

«Sprechen Sie frisch von der Leber weg.»

«Wenn ich ... sollte ich Straftaten gegen Polizisten begehen, werde ich dann zur Rechenschaft gezogen?»

Schläppi lachte, bis ihm Tränen in die Augen schossen. «Wie blauäugig Sie noch sind. Von keinem Ermittler haben Sie etwas zu befürchten, vom Staatsanwalt und den Richtern sowieso nicht. Von den einfachen Polizisten, die im Einsatz stehen? Da vertraue ich auf Ihre Geistesgegenwart und Ihren Selbsterhaltungstrieb. Von denen wissen nämlich die wenigsten über Ihre Mission Bescheid. Sehen Sie sich bitte vor, dass nicht der eine oder andere mit seinem Gummiknüppel Ihren Schädel traktiert, das könnte bleibende Schäden hinterlassen.»

10

November 1966

Ein Konzert von Martinshörnern jagte den Menschen Angst und Schrecken ein. Ambulanzen, Feuerwehr- und Polizeifahrzeuge rasten durch die Strassen. Um etwa fünf Uhr an diesem Donnerstag hatten sich einige hundert junge Menschen, vornehmlich Mitglieder der «rasz», auf den Tramgleisen beim Paradeplatz versammelt. Genau an der Stelle, wo sich mehrere Tramlinien verzweigten. Innert Minuten war es zu einem gigantischen Stau gekommen, der auch den Privatverkehr erfasste. Ein Automobilist verlor die Nerven und steuerte mit seiner Limousine in eine Gruppe von Kundgebungsteilnehmern. Mehrere Demonstranten blieben verletzt liegen. Der fehlbare Autolenker, ein betagter Herr, wurde aus dem Wagen gezerrt und auf eine Bank der gedeckten Haltestelle gedrückt.

Als erste Polizeipatrouille waren acht Mann unter dem Kommando von Wachtmeister Sonderegger zur Stelle. Er setzte sich neben den festgehaltenen Automobilisten und befragte ihn, was da los sei.

Dieses Lumpenpack, der Betagte wies mit beiden Händen auf die umstehenden jungen Leute, hätte einen Krawall veranstaltet. Er habe das unterbinden wollen und hätte mit seinem Fahrzeug einige von diesen Sauhunden ein bisschen herumgeschubst.

«Herumgeschubst?» Sonderegger geriet ausser sich. Er befahl einem seiner Männer, den Mann mit Handschellen und Fussfesseln fürs Erste bewegungsunfähig zu machen. Dieser reagierte unter lautstarkem Protest darauf, sagte, er sei der Fabrikbesitzer Rüegg Adolf, Milizoberst der Panzergrenadiere. Er werde dafür sorgen, dass der Anführer dieser Polizisten unverzüglich gemassregelt werde.

«Wenn Sie nicht sofort Ihren Mund halten, kleben wir ihn zu», schrie ihn Sonderegger an. Das wirkte.

Die Polizisten baten einige Passanten, zu Protokoll zu geben, was sie beobachtet hatten. Übereinstimmung herrschte darin, dass die Limousine unter heulendem Motor in eine Gruppe von Demonstranten gefahren sei. Einige fanden das genau die richtige Methode, Unruhestiftern das Handwerk zu legen.

Darüber, wie mit dem alten Rüegg verfahren worden war, widersprachen sich Zeugenaussagen. Einige wollten gesehen haben, dass er von jungen Männern kräftig durchgeprügelt worden sei. Eine Frau behauptete, er sei von diesen Schlampen, sie zeigte auf zwei junge Frauen mit Miniröcken, geohrfeigt worden. Als Sonderegger das hörte, lächelte er.

Er bat den Sanitäter, den er vorsorglich in die Patrouille eingeteilt hatte, Rüegg oberflächlich zu untersuchen. Der Sanitäter sagte kurz danach: «Ausser einigen blauen Flecken hat der Kerl keine Blessuren. Für das, was er angestellt hat, sind die jungen Leute gnädig mit ihm verfahren.» Das verursachte einige Unmutsäusserungen, vornehmlich von älteren Leuten.

Weniger glimpflich war es den Angefahren ergangen. Die meisten von ihnen zogen sich dabei leichte bis mittelschwere Verletzungen zu. Zum Glück gab es keine Toten.

Rüegg wurde in einen Polizeiwagen verfrachtet und zur Hauptwache Urania gefahren, wo ihn Sonderegger im Beisein vom Gefreiten Kari Schütz vernehmen wollte. Kaum hatten sich die drei Männer an den Verhörtisch gesetzt, stürmte Brugisser in den Raum und begann gleich zu toben. «Was fällt Ihnen beiden denn ein? Sie drangsalieren einen ehrbaren Bürger, dem unsere Stadt viel zu verdanken hat.»

Sonderegger schien geradezu zu explodieren. «Herr Major, das darf doch nicht wahr sein. Fährt dieser Halunke ganz vorsätzlich mir nichts, dir nichts in eine Gruppe von Menschen. Das ist eindeutig eine kriminelle Handlung.»

«Von wegen kriminelle Handlung. Was eine kriminelle Handlung ist, entscheide ich, nicht Sie. Wachtmeister, stoppen Sie unverzüglich die Vernehmung. Ich entziehe Ihnen diesen Fall.»

Sonderegger erhob sich schulterzuckend. Schütz tat es ihm nach. Beide verliessen das Zimmer.

Sonderegger versuchte von seinem Büro aus einige Kundgebungsteilnehmer, deren Personalien bei der Zeugenbefragung aufgenommen worden waren, zu erreichen. Bei dreien davon gelang es ihm. Er bat sie, gleich auf der Hauptwache zu erscheinen. Am Eingang nahm er sie in Empfang und ging mit ihnen ins Besprechungszimmer der Kripo. Dort händigte er jedem, es waren alle Studenten der Universität, ein Formular aus, auf dem oben in grossen dicken Lettern stand: *Anzeige gegen …*, weiter handgeschrieben in Blockschrift: *Herrn Adolf Rüegg, geb. 20. April 1899 …*

Unter Anleitung von Sonderegger füllten alle drei das Formular vollständig aus.

«Danke, meine Herren. Das Ganze kostet Sie keinen Rappen.»

Sonderegger geleitete die Studenten zum Ausgang. Kopierte danach die ausgefüllten Formulare je zweimal. Je eine Kopie behielt er für sich, die andern legte er ins Fach von Brugisser. Die Originale brachte er eigenhändig zur nächsten Poststelle, wo er sie als Einschreibsendung an die Staatsanwaltschaft Zürich aufgab.

***

Am nächsten Tag erschien Brugisser verspätet und verkatert an seinem Arbeitsplatz. Es war nach zehn Uhr. Sonderegger arbeitete bereits seit halb sieben in seinem Büro. Als Brugisser die drei Anzeigen in seiner Postablage fand, brüllte er wie ein angestochener Stier. Er donnerte gleich in Sondereggers Arbeitszimmer.

«Während meiner mehr als fünfzehnjährigen Tätigkeit bei der Kripo der Stadt Zürich ist so etwas noch nie geschehen. Ein untergeordneter Polizist nimmt sich die Frechheit heraus, eine hoch angesehene, bestens beleumdete Persönlichkeit zu diffamieren.»

«Ich bitte Sie, Herr Major. Die Anzeige wurde nicht von mir aufgegeben, sondern von Drittpersonen. Jeder Mensch in unserem Land hat das Recht, gegen einen andern eine Strafanzeige einzureichen.»

«Aber Sie haben diese Lümmel dazu angestiftet. Das toleriere ich nicht.»

«Das Einreichen einer Anzeige ist keine Straftat. Demzufolge jemandem dabei behilflich zu sein, auch nicht. Ob Sie das tolerieren oder nicht, ist für mich belanglos.»

Mit hochrotem Kopf verliess Brugisser das Zimmer. Dort sah er sich die Tagespresse an. Die Schlagzeilen verdarben ihm endgültig die bereits angeschlagene Laune.

Wütender Vater rast in Teilnehmer einer Demonstration, die sein Sohn organisiert hatte.

11

Ende September 2014

Es waren fast fünf Monate vergangen, und immer noch wusste man nicht, ob Brugisser sich selbst umgebracht hatte oder ermordet worden war.

Koch hatte zwar ein umfangreiches Dossier aus den Archivbeständen der Justiz und der Polizei zusammengestellt, aber viele Einzeldokumente aus Brugissers Zeit waren verschwunden. Es gab zum Beispiel mehrere Ordner, die mit «Unfall Rüegg Adolf» angeschrieben waren, aber darin fand sich nicht ein einziges Blatt Papier. Ebenso fehlten sämtliche Unterlagen zu einem verjährten Mordfall aus dem Jahr 1966. Sonderegger heftete ein A4-Blatt mit folgendem Vermerk in diese Ablagen:

Hier fehlen Dokumente. Da stimmt etwas nicht. Ich werde dem nachgehen. Hpm. Koch Arno, Mo, 22.9.2014

Koch beschloss, Daniel Rüegg nochmals zu vernehmen. Als Rüegg am nächsten Tag die Vorladung in seinem Briefkasten fand, rief er Koch ziemlich aufgebracht an. Er finde es eine Zumutung, in seinem Alter auf diese Art schikaniert zu werden. Er sei schliesslich kein Krimineller, den man nach Gutdünken auf die Hauptwache zitieren könne. Koch widersprach ihm dezidiert. Sogar ehrbare Bürger, die sich nie etwas zuschulden hätten kommen lassen, seien zwecks Aufklärung von Verbrechen vorgeladen worden. Diesem müsse zwingend nachgekommen werden. Lediglich eine plötzliche Erkrankung könne einen Grund darstellen, den Vorladungstermin zu verschieben. Das müsse aber mit einem Arztzeugnis belegt werden.

Missmutig erschien Rüegg zum festgelegten Zeitpunkt auf der Hauptwache Urania. Koch empfing ihn freundlich am Eingang und führte ihn ins Besprechungszimmer. Um der frostigen Atmosphäre entgegenzuwirken, liess er Kaffee und Kuchen auftragen.

Rüegg rührte nichts davon an.
«Herr Rüegg, leider sind wir im Tötungsdelikt Brugisser immer noch nicht weitergekommen. Wie in solchen Fällen üblich, gehen wir jeder Spur nach.»
«Tötungsdelikt? Sie gehen also von Mord aus. Sonderbar, der Täter würde dann immer noch frei herumlaufen.»
Koch korrigierte Rüegg. Ein Tötungsdelikt bedeute nicht gezwungenermassen Mord. Das reiche von Suizid über fahrlässige Tötung bis zu Raubmord. Man sei daran, den Tatbestand abzuklären. Er zog aus seiner Mappe einen Ordner heraus und begann darin zu blättern, entnahm ihm schliesslich einen auf einem Bogen Papier aufgeklebten Zeitungsartikel.

Zürcher Kurier, Donnerstag, 24. November 1966
Wütender Vater rast in Teilnehmer einer Demonstration, die sein Sohn organisiert hatte.

Rüegg reagierte verärgert. «Verdammt, was hat das mit dem Tod von Werner Brugisser zu tun?»
Koch lächelte. «Das habe ich mich auch gefragt und gleich eine Antwort gefunden. Ihr Vater kannte Brugisser und stand offensichtlich in bestem Einvernehmen mit ihm. Auch Sie kannten Brugisser und geben offen zu, mit ihm befreundet gewesen zu sein. Er war zur Zeit der Globuskrawalle, einige Jahre vorher und nachher, sozusagen Ihr Gegenspieler.»
Obwohl Koch, eine Antwort erwartend, Rüegg bohrend ansah, schwieg dieser.
«Wie war Ihr Verhältnis zu Ihrem Vater?»
«Mein Vater ist mehr als vierzig Jahre älter als ich. Trotzdem: Ich habe mit meinem Vater immer offen geredet, er auch mit mir. Wir haben einander respektiert, ungeachtet der unterschiedlichen Ansichten.»
Koch schüttelte ungläubig den Kopf. «Ihr Vater ist vorsätzlich in eine Versammlung der Revolutionären Arbeiter und Studenten Zürich gerast. Sie waren damals unbestritten deren Anführer.»
Rüegg hielt es nicht mehr auf dem Stuhl aus. Er stand auf

und ballte die Fäuste. «Sie lehnen sich da weit aus dem Fenster, Hauptmann Koch. Mein Vater wurde nie verurteilt, das getan zu haben.»

«Es stimmt: Er wurde in dieser Sache nicht verurteilt. Ich habe mich darüber über alte Presseartikel informiert. Aber es bestand eigentlich kein Zweifel, dass er damals ganz bewusst seinen Wagen als Waffe gegen linke Demonstranten eingesetzt hat.»

«Jetzt hört doch alles auf. Der Kripohauptmann recherchiert in alten Presseerzeugnissen, nicht in den Archiven der Justiz und der Polizei.»

«Wo und wie ich recherchiere, das lassen Sie getrost meine Sache sein.»

«Mein Vater litt zeitweise an Absenzen. Er muss vor dem Zusammenstoss von einer Bewusstseinstrübung erfasst worden sein. Ich habe ihn nie gewalttätig erlebt.»

Koch machte eine abwinkende Handbewegung. «Das Geschehen wurde von mehreren Dutzend Menschen beobachtet. Adolf Rüegg war während und nach diesem Vorfall bei vollem Bewusstsein. Ich lasse Sie als Sohn in Ihrem Glauben, doch ich ziehe meine Schlüsse. Zwischen Ihnen und Ihrem Vater muss es damals massive Differenzen gegeben haben.»

Rüegg lachte Koch frech ins Gesicht. «Sie geben vor, Sie wüssten alles, und versuchen aus mir Informationen herauszuholen. Auf solche plumpen Tricks falle ich nicht herein.»

«Der Vorfall auf dem Paradeplatz vom November 1966 wurde nie richtig aufgeklärt, weder von der Justiz noch von der Polizei, und das mit Rückendeckung der zuständigen politischen Behörde», hielt Koch fest. Nun stand auch er auf. «Eines lassen Sie sich gesagt sein, Herr Rüegg. Wir werden allem auf den Grund gehen, in dem Sie, Ihr Vater und Brugisser eine Rolle gespielt haben. Ich bin immer mehr überzeugt davon, dass der Schlüssel zur Aufklärung des Todesfalles Brugisser in der Vergangenheit liegt, in den Jahren vor, während und nach den Globuskrawallen. So, jetzt gehen Sie bitte.»

Kaum war Rüegg gegangen, schellte Kochs Telefon. Die Vermittlung der Zentrale leitete ausnahmsweise jemanden zu ihm durch, der sich hartnäckig weigerte, seine Identität preiszugeben. Trotzdem hörte Koch ihm geduldig zu.

«Es geht um den Fall Rüegg Adolf. Meine Tochter war eines der Unfallopfer. Ihre Verletzungen waren zum Glück nicht so gravierend, wie es anfangs schien. Dennoch erwischte es sie so schlimm, dass sie sich mehrere Wochen einer spitalärztlichen Behandlung unterziehen musste.»

Das waren die ersten Sätze, die der Mann äusserte. Es musste sich um einen betagten Mann handeln. Seine Stimme war brüchig, zitternd, schleppend und bisweilen unverständlich.

Koch wurde hellhörig. «Bitte reden Sie weiter, das interessiert mich sehr.»

«Danke, ich habe es immer wieder versucht. Bei der Kantonspolizei, bei der Stadtpolizei, bei der Stadtverwaltung, beim Staatsanwalt, beim ‹Zürcher Kurier›, den ‹Neuen Zürcher Nachrichten›, beim ‹Bild der Schweiz›, überall hat man mich abgewiesen. Ich kam gar nie dazu, zu erklären, worum es geht.»

Es gehe wohl um den Vorfall auf dem Paradeplatz vom November 1966, sagte Koch. Genau um den gehe es, bekam er zu hören.

«Wie ist Ihr Name?»

«Gast Robert.»

Koch bot Gast an, entweder zu ihm auf die Hauptwache zu kommen oder dass Koch ihm einen Besuch bei ihm zu Hause abstatte.

«Bei mir zu Hause? Tja, das wäre eine Zumutung für Sie. Ich wohne in einer behelfsmässigen Baracke am Stadtrand, in einem Schrebergarten. Meine Tochter ist gerade bei mir.»

Er wolle dennoch bei ihm vorbeikommen, bot ihm Koch an.

«Die Polizei? Lieber nicht.»

Er würde allein kommen, ohne Uniform. «Ich möchte wirklich gerne mit Ihnen sprechen. Der Unfall, den seinerzeit Adolf Rüegg verursacht hatte, blieb bis jetzt unaufgeklärt. Da offensichtlich noch Opfer davon am Leben sind, ist es gerechtfertigt, dass wir der Sache nochmals nachgehen.»

Gast beschrieb den Platz, wo er sich aufhielt. In ungefähr

einer halben Stunde sei er dort, stellte ihm Koch in Aussicht, ob das gehe.

«Ja, gerne.»

Auf dem Weg kaufte Koch einige Sachen ein. Einen Kaffeekocher. Hoffentlich hatte der Mann in seiner Hütte Stromanschluss. Brot, Rahm, Kaffeepulver. Bevor Koch sein Studium als Jurist begonnen hatte, war er mehrere Jahre als Betreuer von Obdachlosen, Drogenabhängigen und anderswie in Bedrängnis geratenen Menschen tätig gewesen. Nach der Matura entschloss er sich, den Randständigen beizustehen. Seine Eltern aus gutbürgerlichen Verhältnissen akzeptierten das und finanzierten ihm die Ausbildung als Sozialarbeiter.

Bei seiner Tätigkeit kam er immer wieder mit der Polizei in Berührung. Die Art und Weise, wie einige Polizeiangehörige mit den Menschen auf der Strasse umgingen, machte ihm zu schaffen. Ganz besonders störte ihn der unterschwellige Rassismus der uniformierten Ordnungshüter. Ein Teil der ins gesellschaftliche Abseits Geratenen hatte einen Migrationshintergrund, es waren schon damals, in den neunziger Jahren, nicht alles Weisse, sondern auch Leute mit mehr oder weniger dunkler Hautfarbe.

An seinem fünfundzwanzigsten Geburtstag beschloss Koch, Rechtsanwalt dieser Benachteiligten zu werden. Er schrieb sich an der Juristischen Fakultät der Universität ein. Nach sechs Jahren Studium und mehreren Praktika hatte er das Anwaltspatent in der Tasche.

So aus dem Nichts heraus, ohne Berufserfahrung eine Anwaltskanzlei zu eröffnen, wäre ein halsbrecherisches Unterfangen gewesen. Seine Eltern, die in einem Einfamilienhäuschen am Stadtrand wohnten, waren als Ruheständler nicht arm, aber zu wenig reich, um ihrem Sohn das zu finanzieren.

Warum nicht bei der Stadt oder dem Kanton anheuern?, fragte sein Vater.

Bei der Stadtpolizei war keine Stelle frei. Aber in der Kriminalabteilung der Kantonspolizei stehe ein Polizeioffizier kurz vor der Pensionierung, hörte er aus seinem Freundeskreis. Er erkundigte sich zunächst telefonisch bei der Personalabteilung des Polizeidepartements. Als er dort sein Profil durchgab, erhielt er eine aufmunternde Rückmeldung. Polizeioffiziere seien vorzugsweise Juristen. Er, Koch, würde für diesen Job als ehemaliger Sozialarbeiter die besten Voraussetzungen mitbringen. Obwohl seine Person für einige Betonköpfe im Korps mit Sicherheit gewöhnungsbedürftig sein würde.

Einen Monat später war Koch Oberleutnant der Kantonspolizei. Kurz später wurde er zum Hauptmann befördert.

Als Koch die Schrebergartensiedlung betrat, fing ihn Robert Gast am Eingangstor ab. Er sei bereits fünfundneunzig Jahre alt, vertraute er Koch an. Mit dem zerfurchten Gesicht machte er auf Koch einen sehr rüstigen und wachen Eindruck. In wenigen Minuten gelangten sie zu einem schmucken Häuschen mit vielen Blumenbeeten.

Im Raum, den man durch eine einfache Holztür betrat, sass eine Frau am kleinen Tisch. Koch schätzte sie zwischen sechzig und siebzig. Sie strickte und lächelte ihn an.

«Das ist Sabina. Seit ihr Freund sie zusammengeschlagen hat, redet sie nicht mehr. Sie spricht mit ihren hellen blauen Augen. Sie versteht alles, was man zu ihr sagt», klärte Gast Koch auf.

Koch nickte verständnisvoll.

«Kaffee oder Tee?», fragte Gast.

Er habe etwas mitgebracht, sagte Koch und packte den Wasserkocher aus. Er entnahm seiner Tasche eine Büchse mit gemahlenem Kaffee. «Sie dürfen das behalten.»

«Das wäre nicht nötig gewesen», meinte Gast und bekam feuchte Augen. Sabina stand auf, füllte den Kocher mit Wasser und schloss ihn an eine Steckdose an.

«Ich hole Milch aus dem Kühlschrank», sagte Gast.

Er habe auch Kaffeerahm mitgebracht, sagte Koch.

Das sei besser, meinte Gast und begann zu erzählen. Er schilderte minutiös die Lebensgeschichte seiner Tochter, die vor einer glänzenden akademischen Karriere stand. Dann kamen der Unfall auf dem Paradeplatz und eineinhalb Jahre später, Ende Juni 1968, die schweren Verletzungen im Keller des Globusprovisoriums. Gast schilderte Koch, dass seine Tochter von der Stadtpolizei verhaftet und im Globusprovisorium festgehalten und verprügelt worden sei. «Es folgte für Sabina ein langer Spitalaufenthalt, ihre schleppende Genesung, schliesslich die nie geklärte Auseinandersetzung mit ihrem Freund und Lebenspartner.»

Was Gast darlegte, stimmte mit den vielen Presseberichten überein, die Koch in den Archiven aufgestöbert hatte. Nur waren die Ausführungen jetzt persönlich und detailreicher. Koch war bei den Archivstudien nie auf den Namen Sabina Gast gestossen. Es war lediglich von einer jungen Frau die Rede gewesen, die als Wissenschafterin an der Universität tätig war.

«Haben Sie das alles zu Protokoll gegeben?», erkundigte sich Koch.

Ja, das habe er. Mehrmals. Gast sah Koch fragend an. «Haben Sie denn diese Protokolle nicht in Ihren Archiven gefunden?»

Koch schüttelte bedauernd den Kopf.

«Wollen Sie damit etwa sagen, diese Protokolle seien verschwunden?»

«Ja. Ich gehe leider davon aus.»

«Ist das rechtens?»

Koch wiegte langsam seinen Kopf von der einen zur anderen Seite. «Tja, das kann ich weder mit Ja noch mit Nein beantworten. Ist ein Gerichtsverfahren rechtmässig abgeschlossen, dann werden häufig die Ermittlungsakten geschreddert. Meist dann, wenn die mutmasslichen Täter freigesprochen wurden. Werden sie zu einer Freiheitsstrafe verurteilt, dürfte das nicht geschehen. Sollten später neue Erkenntnisse, die erhebliche Zweifel am Schuldspruch aufkommen lassen, auftauchen, ist eine Neuauflage des Prozesses zwingend.»

Adolf Rüegg sei freigesprochen worden, warf Gast ein.

«Nein», widersprach Koch. Es habe gar nie ein Prozess stattgefunden.

Gast schlug mit der Faust heftig auf den Tisch. «Das war ein handfester Skandal. Natürlich wollte ich das nicht hinnehmen. Aber man hat mir massiv gedroht, falls ich das nicht tun würde. Ich war damals als Primarlehrer bei der Stadt angestellt. Ein solider Beruf. Man verdiente nicht extrem viel, aber genug, um bequem über die Runden zu kommen. Wir besassen sogar ein

Reiheneinfamilienhaus, mit Hypotheken belastet zwar, doch mit meiner gesicherten Arbeitsstelle kein Problem. Zwei Monate vor dem Unglück am Paradeplatz war meine Frau völlig überraschend an einer Hirnblutung verstorben. Ein schwerer Schlag, aber existenziell verkraftbar. Sabina hatte ihr Studium im Sommer zuvor an der Universität abgeschlossen.»

Sabina holte drei Tassen aus dem Schrank. Der Kaffee war gebraut. Sie schenkte mit ruhiger Hand ein; ihre Behinderung war ihr nicht anzusehen.

«Drohungen?» Koch machte eine skeptische Miene.

«Ja, zunächst kam ein junger Mann in Zivil, der sich als Polizist ausgab, aber auf mein Nachfragen hin, er solle sich ausweisen, empört reagierte. ‹Glauben Sie allen Ernstes, ich sei Ihnen Rechenschaft schuldig? Wenn Sie sich weiter so halsstarrig aufführen, werde ich gleich wieder gehen. Ich bin hier, um Ihnen zu helfen.›» Er habe dann die Sache auf sich beruhen lassen, erzählte Gast weiter. Der angebliche Polizist habe daraufhin das Rekursschreiben aus seiner schwarzen Mappe gezogen. «Wenigstens durfte ich nun annehmen, dass es sich bei diesem Jüngling um eine Amtsperson handelte. ‹Ich habe diesbezüglich noch einige Fragen›, sagte er. Was ich mir denn von einem Prozess versprechen würde?, wollte er wissen. Das in einem ziemlich herablassenden Ton. ‹Einen Schuldspruch›, war meine selbstverständliche Antwort. ‹Rache, wollen Sie damit sagen?›»

Er sei über diese Bemerkung richtiggehend ausgeflippt, bekannte Gast. Er habe den «Polizisten» heftig angeschrien. Eine solche Unterstellung lasse er sich nicht bieten. «Was haben Sie denn davon?», habe er zurückgeschrien. Ein Prozess sei immer mit Risiken für den Ankläger verbunden. Die Haftpflichtversicherung des Unfallverursachers zahle auch ohne Gerichtsverfahren anstandslos. Übrigens sei seine Tochter nicht lebensgefährlich verletzt worden. Ihre Behandlung im Spital habe Direktor Rüegg aus freien Stücken aus der eigenen Tasche bezahlt.

«Ich hätte diesem Kerl am liebsten eine kräftige Ohrfeige verpasst. Was er sagte, traf nämlich gar nicht zu. Die Haftpflichtversicherung machte wirklich Einwände. Sabina habe an einer unbewilligten Demonstration teilgenommen und damit riskiert, verletzt zu werden. Erst als die Presse über den Fall berichtete und einen Prozess verlangte, hat Rüegg gezahlt.» Er habe schliesslich den «Polizisten» gebeten, sein Haus unverzüglich zu verlassen. Dieser aber habe sich widersetzt. Da habe er den jungen Mann überraschend angesprungen, ihn zu Boden gedrückt und mit einem Würgergriff vor die Haustüre geschleppt. «Ich rief danach auf der Hauptwache Urania an und verlangte Brugisser. Ich kannte ihn ja vom Unglück auf dem Paradeplatz her. Brugisser gab sich völlig ahnungslos. Jeder Polizeibeamte habe einen Ausweis bei sich, den er, ausser bei einer Verhaftung, auf Verlangen zeigen müsse. Also könne es sich nicht um einen Polizisten gehandelt haben. Brugissers Stimme klang seltsam gepresst. Ich glaubte ihm nicht so ganz. Dieses Misstrauen war auch da, weil ich wegen des Unfalls auf dem Paradeplatz alles andere als einen guten Eindruck von ihm hatte.»

Koch wollte wissen, ob er eigentlich herausgefunden habe, wer der junge Mann war.

Das habe er tatsächlich. Plötzlich habe er sich erinnert, dass er diesen Kerl schon mal gesehen haben könnte. Als er seine Tochter von einer Versammlung der revolutionären Studenten abgeholt hatte. «Ich war mir dessen nicht ganz sicher. Um alle Zweifel auszuräumen, sah ich mir das Fotoalbum meiner Tochter an. Sie hatte Bilder von allen ihren Kommilitonen, die bei der ‹rasz› aktiv waren, eingeklebt. Ich entdeckte den Mann auf mehreren Gruppenfotos. Auf fast allen hatte meine Tochter auch die Namen aufgeschrieben. Da wusste ich, wie dieser Kerl hiess: Pfenninger Walter.»

Als er diesen Namen hörte, verschluckte sich Koch am Kaffee. «Verdammt. Was Sie nicht sagen. Um Himmels willen, was haben Sie danach unternommen?»

«Ich rief nochmals auf der Hauptwache Urania an und verlangte Brugisser. Als ich ‹Walter Pfenninger› sagte, blieb Brugisser für einige Augenblicke stumm. ‹Noch nie gehört›, sagte er.»

«Ich fass es nicht. Haben Sie später herausgefunden, für wen Pfenninger tatsächlich arbeitete?»

«Ja. Leider viel zu spät. Erst 1970 oder 1971, als das ‹Bild der Schweiz› diesen dämlichen Schuft auffliegen liess. Ich mutmasste schon damals, er sei ein Verräter. Aber ich ging davon aus, die Haftpflichtversicherung von Rüegg habe ihn angeworben. Dass er aber schon Jahre vorher als Spitzel bei der Polizei tätig war, wäre mir nicht einmal im Traum eingefallen.»

«Warum haben Sie damals, Ende 1966, nicht die ‹rasz› informiert? Es hätte wohl auch genügt, Pfenninger an den Pranger zu stellen, wäre man davon ausgegangen, er würde zum Nachteil eines der tragischen Unfallopfer mit einer Versicherung zusammenarbeiten.»

Das sei wohl ein Fehler gewesen, räumte Gast ein. Aber einer Organisation, die ein Rüegg anführte, habe er auch nicht mehr vertrauen können.

Koch machte einige verlegene Handbewegungen. «Ihre Geschichte ist wirklich spannend. Aber warum haben Sie sich erst jetzt an uns gewandt?»

Das sei einem Zufall zu verdanken. «Ausgerechnet am Tag, an dem die Medien die Nachricht vom Tod Brugissers verbreitet hatten, war ich daran, die vielen Papiere, die meine Tochter während ihrer Tätigkeit bei den revolutionären Studenten gesammelt hatte, noch einmal durchzulesen, um sie allenfalls zu entsorgen. Was sollten wir damit noch anfangen?»

Koch nickte verständnisvoll und fragte mit einem Blick zu Sabina: «Hat sie nie mit Ihnen über ihre Tätigkeit bei den revolutionären Studenten gesprochen?»

«Nein, sie wusste, dass ich das gar nicht hören wollte.»

«Warum nicht?»

«Ich war seit meiner Jugend ein Gewerkschafter. Die Art und Weise, wie diese Studenten die Gesellschaft verändern wollten, war mir suspekt. Ich verstand ihre Vorgehensweise einfach nicht. Die meisten von ihnen gehörten der Oberschicht an. Ihre Eltern mussten nie um ihre materielle Existenz kämpfen wie ich und meine Vorfahren.»

Aber irgendwie habe ihn das Interesse seiner Tochter für

die revolutionären Studenten doch nicht einfach kaltgelassen. Sonst hätte er ihre Korrespondenz mit ihnen nicht so lange aufbewahrt, erwiderte Koch.

«Daran könnte etwas liegen», gab Gast zu. «Je mehr ich davon las, desto mehr wurde mir bewusst, dass ich das schon viel früher hätte tun sollen. Dann hörte ich die Nachricht vom Tod Brugissers im Radio. Man sollte sich nicht freuen, wenn ein Mensch stirbt. Doch in diesem Falle fiel es mir schwer, das nicht zu tun. Ich hatte keine Zweifel, dass Adolf Rüeggs Amokfahrt eine vorsätzliche Tat war. Und Brugisser hatte ihn vor der gerechten Strafe bewahrt.»

«Könnten Sie mir die Notizen Ihrer Tochter für eine kurze Zeit ausleihen? Darf ich sie kopieren? Die Originale bekämen Sie gleich zurück.»

Gast sah Sabina an. Sie nickte.

Gast reichte Koch einen grossen A4-Ordner mit den Aufzeichnungen Sabina Gasts.

Koch verbrachte den ganzen restlichen Tag mit der Lektüre des Ordners und markierte mehrere Passagen:

- Ich habe Daniel Rüegg nie getraut. Als Gründungsmitglied der «rasz» war ich gegen seine Aufnahme in diesen Verein. Ich blieb damit aber in der Minderheit.

- Rüegg wurde über das Aufnahmeverfahren informiert, hatte also Kenntnis davon, dass ich ihn nicht in der «rasz» haben wollte. In der Folge wollte er sich lange mit mir gut stellen. Er ging sogar so weit, mir eine Liebschaft anzubieten. Ich wies ihn zurück, was seine Eitelkeit masslos verletzte.

- Ich habe Rüegg seine linke Weltanschauung nie abgekauft. Für ihn waren das bloss Lippenbekenntnisse. Im Grunde ist er ein Bourgeois geblieben. Ich wunderte mich nicht, würde er dereinst in einer bürgerlichen Partei eine politische Karriere machen oder als Wirtschaftskapitän ein riesiges Vermögen anhäufen.

- Rüegg rief seine Mitstudenten auf, auch Gewalt anzuwenden. Dabei ging er stets «mit gutem Beispiel» voran. Er war der Erste, der Flaschen und Steine gegen die Ordnungshüter schleuderte, zog sich dann aber blitzartig zurück, um sich einer Verfolgung zu entziehen.

- Studentinnen und Studenten, die wegen Gewaltdelikten verzeigt wurden, durften bis zum Ende des Verfahrens die Vorlesungen, Übungen und Seminare nicht mehr besuchen. Viele sollten danach ihre jugendliche Verwegenheit bitter bereuen. Sie hätten sich das materiell eigentlich gar nicht leisten können.

- Mehrmals schleppten Polizisten Rüegg zwar auf die Hauptwache. Während andere Festgenommene sich Verhören in Gruppen unterziehen mussten, wurde er als Einzelperson vernommen. Man liess ihn immer ohne weitere Folgen laufen. Er prahlte damit, man hätte ihm rein gar nichts nachweisen können, und sparte nicht an Ratschlägen, wie man die Bullen mit Wurfgeschossen eindecken könne, ohne dabei ertappt zu werden. Rüegg wurde bisweilen auch von Schlägen mit Gummiknüppeln getroffen, aber immer so, dass er keine Verletzungen davontrug. Er habe eben eine geniale Taktik, solchen Attacken auszuweichen, spielte er sich auf.

In den Unterlagen stand auch vieles über Pfenningers Aktivtäten in der «rasz». Seine Rolle als Hardliner, der es zuwege brachte, beinahe jede Kundgebung zu Ausschreitungen mit den Ordnungshütern eskalieren zu lassen.

Und zwei weitere Notizen von Sabina Gast.

- Dieser Pfenninger ist ein Ekel. Was macht er überhaupt an der Uni? Er ist wohl zu dumm, um ein Studium durchzuziehen. Nun gefällt er sich in der Rolle eines Berufsrevolutionärs. Schlägt mit Marx- und Leninzitaten herum, ohne ihren Sinn zu verstehen, und entspricht damit hundertprozentig dem Klischee der rechten Mafia, die derzeit unsere einst offene Stadt an die Wand fährt.

- Dauernd hintertreibt er meine Bemühungen, Kundgebungen friedlich, aber dennoch kreativ abzuhalten. Ich werde das Gefühl nicht los, er werde durch unsere Gegenspieler manipuliert. Schläppis Schlägertrupp scheint begierig darauf zu warten, ihre Knüppel auf linken Schädeln tanzen zu lassen.

Koch liess den ältesten seiner Mitarbeiter, einen Gefreiten, zu sich kommen. «Du hast ja die Endphase der Zürcher Unruhen noch als junger Polizist erlebt. Lies einmal die Stellen, die ich mit rotem Marker hervorgehoben habe, durch. Danach würde mich deine Meinung darüber interessieren.»

Nach einem kurzen Besuch in der Kantine kam Koch erwartungsvoll zurück. Der alte Polizeimann war immer noch in die Lektüre von Sabina Gasts Papieren vertieft. Er blickte Koch mit einem vielsagenden Lächeln an. «Merkwürdig. Wenn dem wirklich so wäre, wie das hier drinsteht, müsste man die Geschichte der Zürcher Jugendunruhen umschreiben.»

Was er denn am ehesten berichtigen möchte?

«Die Rolle Rüeggs, dieses unheimlichen Oberschichtssprosses. Das mag sich anhören wie eine Spekulation. Aber die spätere Biografie Rüeggs lässt diesen Schluss durchaus zu. Dir dürfte ja auch bekannt sein, auf welche Seite Rüegg sich geschlagen hat. Und dieser Kerl masste sich mal an, sich der Sorgen und Nöte von uns Büezern anzunehmen.»

Das sei ihm wohl gegenwärtig. Aber Rüegg sei längst nicht der einzige 68er, der später das Lager gewechselt und sich neoliberalen Hardlinern angeschlossen habe, gab Koch zu bedenken.

Das erkläre aber nicht, warum Rüegg für seine Übergriffe bei den Krawallen nie zur Rechenschaft gezogen worden war, wandte der Gefreite ein. «Aber hilft dir Rüeggs Biografie bei den Ermittlungen im Mordfall Brugisser?»

Koch biss sich auf die Lippen. «Direkt tut sie das nicht. Wenn wir viele Hinweise zum Umfeld des Mordopfers haben, könnte doch etwas darunter sein, das uns bei den Ermittlungen weiterbringt», rechtfertigte er sich. Und er stellte gleich die nächste Frage. «Ist dir auch der Name Sonderegger in Sabina Gasts Unterlagen aufgefallen?»

«Der ist nicht zu übersehen. Sonderegger kommt dort oft vor.»

«Kanntest du Sonderegger?»

«Nur vom Sehen her. Ich trat 1975 nach Absolvierung der Polizeirekrutenschule in die Kripo Zürich Stadt ein. Der Name Sonderegger war damals bei uns allgegenwärtig und dennoch tabu. Er war die Unperson schlechthin, er wurde als abschreckendes Beispiel eines Querulanten, Kommunistenfreundes und Revoluzzers herumgeboten. Wir neu eingetretenen Polizisten schenkten dem anfänglich Glauben, bis wir von älteren Kollegen eines Besseren belehrt wurden. Viele im Korps bewunderten damals Sonderegger für seinen Mut, sich gegen die korrupten Machenschaften seiner Vorgesetzten zur Wehr zu setzen.»

Er wisse nun, sagte der Gefreite, dass Sonderegger drei Tage vor dem Unfall auf dem Paradeplatz mit der Tochter von Gast gesprochen hatte. Sie habe mit ihm über Daniel Rüegg geredet. Details darüber fehlten aber in den Aufzeichnungen. An einer anderen Stelle sei er auf einen weiteren interessanten Eintrag gestossen. Sonderegger habe ihr anvertraut, er würde alle wichtigen Dokumente auch privat sicherstellen. In einer so grossen Organisation wie der Zürcher Stadtpolizei könne das mitunter vorteilhaft sein, weil manchmal wichtige Dokumente aus unerfindlichen Gründen verschwänden. «Hatte etwa Sonderegger bei sich zu Hause oder an einem anderen Ort einen Tresor, an dem er ihm wichtig erscheinende Papiere oder Gegenstände aufbewahrte?»

Koch lächelte. Auch er mache das, gestand er ein. «Ist dir sonst noch etwas aufgefallen?»

«Nur andeutungsweise. Ich hätte wohl alle Dokumente lesen müssen, um sicher zu sein», räumte der alte Polizist ein. «Ich bekam den Eindruck, einige Seiten fehlten in Sabina Gasts Aufzeichnungen.»

Koch streckte den Daumen in die Luft. «Sehr aufmerksam. Damit hast du tatsächlich recht. Einige Blätter müssen nachträglich entfernt worden sein. Die Seiten sind alle nummeriert.» Koch begann darin zu blättern. «Hier zum Beispiel: nach Seite 31 und 32 kommen 35 und 36.»

«Warum das?»

Koch zuckte mit den Schultern. «Ich werde beim alten Gast nachfragen. Danke, deine Hinweise haben mir geholfen. Ich werde später darauf zurückkommen. Jetzt wünsche ich dir einen schönen Feierabend.»

Als Gast Kochs Anruf erhielt, schien er sich richtig zu freuen. Ob er in den vielen Aufzeichnungen etwas Brauchbares gefunden habe, erkundigte sich Gast.

«Auf jeden Fall. Aber ich hätte noch eine Frage. Warum fehlen in den Aufzeichnungen mehrere Seiten?»

Es verstrichen einige Augenblicke, bis Gast antwortete. «Ja, so ist es. Sabina hat sie herausgerissen, kurz bevor sie von ihrem Freund bewusstlos geschlagen wurde und danach den Verstand verlor.»

«Wer war es?»

«Ich möchte diesen Namen nicht mehr in den Mund nehmen. Durchkämmen Sie die Polizeiprotokolle der zweiten und dritten Oktoberwoche 1968, wenn die nicht bereits geschreddert worden sind.»

Koch las nochmals alles über Mathias Sonderegger in Sabinas Aufzeichnungen. Er hatte unter Brugisser gearbeitet und wurde von ihm bis zum Gehtnichtmehr schikaniert.

Der vor einigen Jahren verstorbene Sonderegger hatte noch eine Tochter und einen Sohn. Koch fand rasch heraus, wo sie wohnten. Beide in der Stadt Zürich. Er versuchte es zunächst mit der Tochter. Sie war sehr freundlich und offen für ein Gespräch. Ja, sie habe einiges von ihrem Vater aufbewahrt. Er sei zwar von der Stadt Zürich rehabilitiert worden, aber es sei nur eine halbe Wiedergutmachung gewesen. Immer noch hoffe sie, das Unrecht, das ihrem Vater widerfahren sei, werde nach so langer Zeit doch noch gesühnt. Es habe ja nicht nur ihren Vater, sondern die ganze Familie betroffen.

Ob er das einmal sehen dürfe, fragte Koch.

«Ja, sicher.» In ihrem Keller stehe sogar noch ein Tresor von ihm, dessen Schlüssel aber fehle.

«Wow, da bin ich noch rechtzeitig zu Ihnen gekommen.

Genau für den Tresor interessiere ich mich. Wir bei der Polizei haben ausgezeichnete Tresorknacker. Wir werden ihn öffnen, ohne dass er den kleinsten Schaden nimmt.»

Die Frau lachte. «Sie dürfen ihn samt Inhalt behalten.»

Es wurde spät an diesem Abend für Koch. Gegen Mitternacht wurde ihm bewusst, dass er Zugang zu den geheimen Aufzeichnungen des 2006 verstorbenen Sondereggers hatte. Wären sie der Justiz in den siebziger und achtziger Jahren in die Hände gefallen, existierten sie wohl nicht mehr.

12

Frühling 1967

An der Frohburgstrasse, beim Landsitz des Fabrikanten Adolf Rüegg, war ein Freund der Familie zu Gast. Sommerhalder Theodor, Dr. iur., Kommissär Vermögensdelikte der Stadtpolizei Zürich. Er strebte den Posten des Kommandanten der Kantonspolizei an, denn er stand auch in gutem Einvernehmen zu seinem Kollegen Werner Brugisser, der sich Hoffnungen machte, dereinst die Stadtpolizei zu kommandieren.

Der Zufall wollte es, dass zeitgleich, als Detektivwachtmeister Sonderegger eines Einbruchs wegen einige Häuser weiter oben in Augenschein nehmen musste, Sommerhalder dem Ausgang von Rüeggs Grundstück zutorkelte. Die Frohburgstrasse lag im noblen Quartier Unterstrass. Wenn dort in einer Villa oder einem Landsitz etwas geschah, das nach einem Verbrechen aussah, musste immer gleich eine Patrouille unter Führung mindestens eines höheren Unteroffiziers ausrücken.

Sonderegger hielt einige Meter nach dem Grundstück an und beobachtete, wie Sommerhalder verzweifelt versuchte, sein Auto aufzuschliessen. Danach preschte er mit heulendem Motor rückwärts auf die Strasse hinaus. Es krachte. Eine von unten herauffahrende Automobilistin schaffte es nicht mehr, rechtzeitig zu bremsen.

Sommerhalder stieg aus. Er konnte sich nur mühsam auf den Beinen halten und begann gleich zu toben. «Sie verdammte Schlampe, warum fahren Sie in einem Affenzahn durch eine Quartierstrasse?»

Sonderegger bekam alles Gesprochene mit, er hatte seine Wagentür einen Spaltbreit geöffnet. Er zögerte ein wenig, denn ihm war befohlen worden, sofort in der Liegenschaft oben nachzusehen, was geschehen war.

Im Wagen sassen noch drei andere Polizisten, ein Gefreiter und zwei junge Soldaten. «Fahrt mal zum Haus da drüben. Ich kümmere mich derweil um den Unfall da unten. Halt, dass ich es nicht vergesse, fordert bitte den Amtsarzt zwecks Entnahme einer Blutprobe an. Er soll gleich zum Ort der Kollision kommen.»

Augenblicke später stand Sonderegger vor Sommerhalder. Beide kannten einander.

Wutentbrannt schrie Sommerhalder: «Du dreckiger Wachtmeister, schlag vor mir die Hacken zusammen, wie sich das gehört.»

Sonderegger tat es nicht und sagte nur: «Herr Doktor, händigen Sie mir die Autoschlüssel aus.»

Sommerhalder dachte nicht daran, die Anordnung von Sonderegger zu befolgen. Dieser fackelte nicht lange, stellte ihn mit einem Klammergriff ruhig und entwand ihm den Autoschlüssel.

«Das hat Folgen, Sie werden auf der Stelle entlassen.»

Bald traf der Amtsarzt ein. Kurz danach kamen auch die drei Polizisten, die am Tatort des vermeintlichen Einbruchs waren, zurück. Es war nur ein Fehlalarm gewesen.

Sonderegger fuhr mit dem Arzt und dem mittlerweile in Handschellen gefesselten Sommerhalder ins nahe Universitätsspital, wo ihm eine Blutprobe entnommen wurde.

Als Sonderegger am nächsten Tag wie gewohnt um halb sieben sein Arbeitszimmer betrat, erledigte er die anfallenden Arbeiten. Er überflog die Rapporte der Nacht und leitete sie mit einem Vermerk an die zuständige Stelle weiter. Immer mit einem Seitenblick auf das Telefon. Er erwartete einen Anruf Brugissers. Dieser kam wenige Minuten nach acht. Sonderegger wurde von Brugisser in dessen Büro zitiert.

Brugisser war ungewohnt freundlich. «Wachtmeister, ich habe gestern eine Zusammenstellung Ihrer Präsenz in unserem Etablissement erhalten. Eindrücklich, muss ich sagen. Sie schuften wie ein angetriebener Ochse. Machen Sie vierzehn Tage frei.»

Sonderegger fiel vor Staunen die Kinnlade herunter. «Das kann ich mir doch nicht leisten. Es steht noch so viel an.»

«Ich möchte Sie während vierzehn Tagen nicht mehr auf der Hauptwache sehen. Das ist ein Befehl.»

Sonderegger schlug die Hacken zusammen. «Wenn's nicht anders geht. Zu Befehl.»

Klara, die Gattin Sondereggers, machte grosse Augen, als ihr Mann bereits um neun wieder vor der Haustür stand. Er erzählte ihr, was vorgefallen war. Sie lachten beide und beschlossen, einen kleinen Ausflug auf den Uetliberg zu machen.

Eine Stunde später sassen sie im Berggasthaus und genossen die frische Luft und die schöne Aussicht. Es war ein wunderbarer Märztag.

«Hast du darüber nachgedacht, warum Brugisser dir so plötzlich einige Freitage verschrieben hat?»

«Natürlich habe ich das.» Sonderegger erzählte seiner Frau, was am Vortag geschehen war.

Klara war offensichtlich beruhigt. «Eigentlich ist das ja ganz gut. Du hast getan, was du für richtig hieltest. Hast sozusagen dein Gewissen zufriedengestellt. Alles andere braucht dich nicht mehr zu kümmern.»

Sonderegger runzelte die Stirn. «Da täuschst du dich, Klara. Ich werde mich haargenau danach erkundigen, was mit meiner Anzeige gegen Sommerhalder geschieht.»

«Muss denn das sein? Du handelst dir so nur Scherereien ein. Was kümmert es dich eigentlich, wenn deine Vorgesetzten ein Verfahren gegen Sommerhalder abwürgen?»

So etwas sei gegen das Gesetz. Als Hüter von Recht und Ordnung habe er einen Eid abgelegt, der ihn verpflichte, sich gegen solche Verstösse zur Wehr zu setzen. Nach einem kleinen Streit versprach Sonderegger Klara, in dieser Sache vorläufig nichts zu unternehmen. Sollte allerdings ein weiterer ähnlicher Vorfall folgen, könnte er es nicht mehr verantworten, nur die Faust im Sack zu machen und zu schweigen. Dann würde er darauf bestehen, die Öffentlichkeit über derartige Machenschaften zu informieren.

Klara zuckte nur mit den Schultern. Sie redeten nicht mehr über die Polizeiarbeit.

Am ersten Arbeitstag nach den zwangsverordneten Ferien kontrollierte Sonderegger auf einem kleinen Parkfeld am

Strassenrand gerade ein als gestohlen gemeldetes Fahrzeug. Auf der gegenüberliegenden Fahrbahn stauten sich die Autos. Ein grosser weisser Mercedes schwenkte auf die Fahrbahn des Gegenverkehrs. Er kam nicht weit, vielleicht fünfzig Meter, dann stiess er beinahe mit einem entgegenkommenden Wagen zusammen. Beide Spuren waren blockiert. Sonderegger rannte zum stehenden Mercedes und riss die Führertür auf. «Was haben wir denn da für einen Vogel?»

«Halten Sie den Mund. Das geht Sie gar nichts an. Wer sind Sie überhaupt?»

«Stadtpolizei. Nehmen Sie bitte Ihre Sonnenbrille vom Gesicht.»

«Polizei? Das kann jeder sagen. Ohne Uniform. Zeigen Sie mir Ihren Ausweis.»

«Erst wenn Sie Ihre Sonnenbrille abgenommen haben.»

«Dann halt nicht.»

«Genug ist genug.» Sonderegger nahm dem Mann die Brille vom Gesicht. «Wen sehen wir denn da? Das darf ja nicht wahr sein. Ein alter Bekannter. Guten Tag, Herr Rüegg. Der Krug geht so lange zum Brunnen, bis er bricht. Das, was Sie sich geleistet haben, reicht für den Entzug des Führerausweises. Geben Sie Ihr Billet her.»

Adolf Rüegg hebelte an der Kupplung, sein Wagen machte einen Satz zurück. Sonderegger wurde zu Boden geschleudert. Adolf Rüegg beschleunigte, verlor die Kontrolle über das Fahrzeug vollends, geriet auf das Trottoir und krachte einige Meter weiter in einen Betonsockel.

Sonderegger rauchte nicht, trank nie über den Durst, körperlich gut trainiert, kräftig und fit überstand er diese Attacke ohne gravierende Blessuren. Eine solche Behandlung liess er sich aber emotional nicht bieten.

Unsanft zerrte er den betagten Adolf Rüegg aus seiner Limousine. In Ermangelung von Handschellen und Fussfesseln behalf er sich mit Kabelbindern, von denen er immer einige auf sich trug.

Er fuhr Rüegg zur Hauptwache und zerrte ihn in eine Arrestzelle. «So, mein Freund, fertig mit lustig. Jetzt lernen Sie mal den Knast von innen kennen. Nun lasse ich Sie hier mal ein Weilchen schmoren, so lange, bis Sie zur Besinnung kommen.»

Sonderegger war dabei nicht aufgefallen, dass er von Pfenninger beobachtet wurde. Weil Pfenninger Adolf Rüegg kannte, glaubte er, unverzüglich handeln zu müssen. Brugisser hatte aber bereits Feierabend gemacht, und Brugisser war die einzige Anlaufstelle von Pfenninger. Pfenninger rang sich durch, Brugisser anzurufen, mit der Aussicht, dass er von ihm deswegen zusammengestaucht würde, denn Brugisser hasste es, in seiner Freizeit gestört zu werden.

Erst als Brugisser von den Kabelbindern hörte, besann er sich eines Besseren. Er befahl Pfenninger, an seinem Arbeitsplatz noch zwei Stunden auszuharren. Er wolle zuerst in aller Ruhe das Abendessen einnehmen, dann werde er kommen.

In der Arrestzelle wurde Adolf Rüegg zwar von der Fesselung befreit, aber er musste, wie alle anderen Festgenommenen, Schuhbändel, Gurt und Portemonnaie abgeben. Rüegg sah sich in der Zelle um, aber das Wichtigste sah er nicht. Das Klo erkannte er nicht als solches.

***

Als Brugisser in der Tür der Arrestzelle stand, bot sich ihm ein trauriger Anblick. Ein winselnder Alter in durchnässten Hosen. Es stank nach dem Urin eines Greises. Für Brugisser bedeutete es eine Überwindung, sich Rüegg zu nähern und ihm die Hand zu schütteln. Er kam nicht umhin, das zu tun. Rüegg, achtundsiebzigjähriger Fabrikbesitzer und Oberst a. D., der während des Zweiten Weltkriegs Stadtkommandant von Zürich gewesen war, einem solchen Mann musste man auch in peinlichen Momenten beistehen. Brugisser fand Mittel und Wege, Rüegg aus seiner misslichen Lage zu befreien.

Nun war der Teufel auf der Hauptwache Urania los. Brugisser rief, nachdem er Rüegg neu eingekleidet und persönlich nach Hause gefahren hatte, Sonderegger an. Seine Frau hob ab. Ihr Mann sei gerade wieder abgefahren, er habe an seinem Arbeitsplatz noch etwas zu erledigen.

Brugisser eilte dem Ausgang zu, um Sonderegger gebührend in Empfang zu nehmen.

«Sonderegger, Sie sind ab sofort freigestellt. Was Sie sich da geleistet haben, reicht für eine Auflösung ihres Dienstverhältnisses mit der Stadtpolizei.» Brugisser sah Sonderegger herausfordernd an.

Sonderegger dachte nicht daran, zu Kreuze zu kriechen. «Ich habe mich vielleicht nicht ganz korrekt verhalten. Aber Adolf Rüegg gab sich renitent. In diesem Fall ist es einem Polizisten erlaubt, handgreiflich zu werden. Es ging nicht anders, ich musste den Kerl ruhigstellen.»

«Den Kerl ruhigstellen? Wo bleibt da der Respekt, Sonderegger? Rüegg ist eine hochgeachtete Persönlichkeit in unserer Stadt. Er hat eine solche Behandlung von einem subalternen Polizisten nicht verdient.»

«Brugisser –»

Brugisser fiel Sonderegger ins Wort. «Es heisst entweder Herr Doktor oder Herr Major. Anstand und Umgangsformen scheinen nicht Ihre Stärke zu sein.»

«Ihre wohl auch nicht. Sie haben mich einfach Sonderegger genannt.»

Brugisser begann vor Wut auf den Boden zu stampfen. «Es gibt sehr wohl einen Unterschied zwischen einem schäbigen Wachtmeister und einem höheren Stabsoffizier.»

«Ja, leider. Aber ich bin nicht mehr bereit, mir das bieten zu lassen. Ihre Frechheiten, Ihre Arroganz Untergebenen gegenüber haben das Mass des Erträglichen längst überschritten. Das ist das eine. Das andere: Ihre schützende Hand über gesetzeswidrigem Verhalten von sogenannten ‹hochgeachteten Personen›, Polizeioffizieren und dergleichen, ist nicht mehr hinnehmbar. Ich habe die Unterlagen darüber sichergestellt. Jetzt ist die Zeit gekommen, dass ich diese weiterleite.»

«Sonderegger, das ist Amtsgeheimnisverletzung. Wenn Sie das tun, werde ich Sie in den Knast bringen.»

«Noch glaube ich an den Rechtsstaat. Bei schwerwiegenden Verstössen gegen unsere Gesetze ist jeder Bürger angehalten, das weiter zu melden. Natürlich werde ich es zuerst auf dem

Dienstweg versuchen, aber sollte ich damit nicht zum Ziel kommen, werde ich es anderswie probieren. Ich stehe auf der Seite des Rechts.»

Ein zynisches Grinsen überzog Brugissers Gesicht. «Die Seite des Rechts? Sie amüsieren mich. Ich ziehe die richtige Seite vor.» Brugisser drehte sich auf dem Absatz um und verschwand.

***

Sonderegger suchte sein Büro auf. Er sammelte alles ein, was er für wichtig hielt, und ging zum Kopierer. Doch sein Zugangsgerät, ein Kästchen in Form einer Streichholzschachtel war bereits gesperrt. Er rief Kari Schütz an. Sonderegger erzählte ihm, was geschehen war.

«Ich vertraue dir», sagte Schütz, «in einer Viertelstunde stehe ich dir zu Diensten. Ich nehme mein Kästchen mit.»

Gegen Mitternacht erwischte Sonderegger gerade noch das letzte Tram. So blieb ihm erspart, dass er zu Fuss, es hätte eine gute Stunde gebraucht, den schweren Koffer nach Hause schleppen musste.

Beim Frühstück am folgenden Morgen stellte ihn Klara zur Rede. «Warum ist es gestern derart spät geworden?»

Sonderegger schilderte ihr, was sich am Vortag alles zugetragen hatte.

Klara reagierte geradezu hysterisch. Sie deckte ihn mit Vorwürfen ein. Er habe genau das erreicht, was sie schon lange befürchtete. «Du hast mit deinem Gerechtigkeitsfimmel unsere Existenz ruiniert. Wir hätten es so schön haben können. Ein gesichertes Einkommen, ein eigenes Heim. Alles geht nun den Bach hinunter.»

Noch sei das letzte Wort in dieser Sache nicht gesprochen. Er setze nach wie vor auf den Rechtsstaat. «Ich habe mir nichts vorzuwerfen. Es geschehen Dinge in unserer Stadt, die schlicht kriminell sind. Das Kader unserer Polizei, der Stadtrat, die Staatsanwaltschaft sind zutiefst korrupt. Tut mir leid, aber da mache ich nicht mehr mit.» Sonderegger stand auf und liess den Rest des Frühstücks stehen. Er nahm seinen schweren Koffer mit den Kopien der Dokumente vom Vortrag und ging damit zu seinem Freund Nikolaus Nigg, der in der Nachbarschaft wohnte. Dort, im Keller als Kühltruhe getarnt, lagerte Sondereggers Safe.

***

Als Sonderegger auf dem Weg zu Nigg war, fuhr ein Mannschaftswagen der Kripo Zürich vor seinem Haus vor. Zehn Polizisten rannten zur Eingangstüre. Der Patrouillenführer läutete zweimal nacheinander und rief: «Kriminalpolizei!» Ohne die Antwort abzuwarten, brach eine Handvoll Polizisten die Tür auf und stürmte ins Hausinnere. Sie wüteten dort den ganzen Vormittag, fanden aber nur Sondereggers schwarze Mappe, die ausser einem Schreibetui leer war.

Als sie sich kurz vor Mittag unverrichteter Dinge bei Brugisser zurückmeldeten, machte der ihnen die Hölle heiss. Ein Versager sei er, beschimpfte er den Gruppenführer, einen Korporal. Brugisser fragte ihn, was Sonderegger zur ganzen Aktion gesagt habe. Die Antwort brachte Brugisser noch mehr in Rage. Sonderegger sei nicht zu Hause gewesen.

«Haben Sie denn nicht seine Frau gefragt, wo er ist?», fragte Brugisser.

«Haben wir. Aber sie wusste es nicht.»

«Höre ich richtig? Sie wusste es nicht. Korporal, Sie sind ein verdammter Idiot. Warum haben Sie diese Zicke nicht durch die Mangel gedreht?»

Der Korporal verzog verlegen den Mund und zuckte mit den Achseln.

«Wir werden dieses Weibsstück schon zum Reden bringen. Aber nicht mit Ihrem erbärmlichen Haufen. Machen Sie, dass Sie wegkommen. Es soll mir heute ja keiner mehr von Ihnen unter die Augen treten.» Erleichtert zogen die zehn Mann von dannen und machten sich einen freien Nachmittag.

Brugisser rief Pfenninger an, bat ihn, in sein Büro zu kommen. Er schilderte ihm, was sich zugetragen hatte. Man müsse unbedingt in den Besitz von Sondereggers beiseitegeschafften

Papieren kommen, und das, bevor er damit zu den Zeitungen renne. «Denken Sie sich etwas aus, das dazu führen könnte, uns diese Dokumente unter den Nagel zu reissen. Kochen Sie mal seine Alte weich. Ich glaube zu wissen, dass sie nicht gerade Freude am Verhalten ihres Mannes hat. Das wäre alles.» Brugisser räusperte sich selbstgefällig.

Pfenninger schickte sich zum Gehen an. Er stand bereits im Türrahmen, als ihn Brugisser zurückrief. «Erlaubt ist alles, auch strafbare Methoden. Aber lassen Sie sich nicht dabei erwischen. Sie arbeiten auf eigenes Risiko.»

Pfenninger machte eine zustimmende Kopfbewegung.

«Wir verstehen uns, Junge.»

***

Pfenninger schloss sanft die Tür. Er hatte schon seit Längerem das Freizeitverhalten Sondereggers und seiner Frau beobachtet. Er wusste, dass er auch an Nicht-Arbeitstagen immer sehr früh aufstand. Spätestens um sechs war er aus den Federn. Er machte dann einen längeren Spaziergang in den nicht weit entfernten Wald. Auch wenn es regnete oder schneite, was in diesem Frühjahr mehr als einmal geschah. Pfenninger musste herausfinden, ob dies nach Sondereggers Freistellung immer noch so war. Am nächsten Morgen verliess Sonderegger um halb sieben sein Heim und ging zu Fuss zur nächsten Tramstation. Mit der schwarzen Mappe, die er immer dabeihatte, wenn er zur Arbeit ging. Es sollte offenbar für die Nachbarn so aussehen, als ob er wie üblich zur Arbeit ginge. Er stieg aber nicht ins Tram ein, sondern wählte einen Fussweg zum nahen Wald. Pfenninger ging zur nächsten Telefonkabine und wollte dies Brugisser mitteilen. Brugisser nahm aber nicht ab, er erschien selten vor neun an seinem Arbeitsplatz. Pfenninger versuchte es immer wieder. Um neun Uhr schaffte er es. Er teilte Brugisser seinen Befund mit und bat um drei Polizeimänner. Er werde die Alte von Sonderegger so richtig ausquetschen, mit der grossen Zuversicht, sie verrate das Versteck, wo Sonderegger sein Diebesgut aufbewahre.

«Machen Sie keine Dummheiten, Pfenninger», ermahnte

ihn Brugisser mit lachender Stimme. «Es sind uniformierte Polizisten dabei, und diese dürfen Sie nicht in illegale Aktionen verwickeln. Aber tun Sie, was Sie nicht lassen können.»

Kurz vor halb zehn fuhr ein Patrouillenfahrzeug der Stadtpolizei bei den Sondereggers vor. Pfenninger läutete. Momente später öffnete sich die am Vortag beschädigte Haustür knarrend. Klara Sonderegger stand drei Uniformierten und einem Zivilisten gegenüber.

«Schon wieder?», seufzte sie leise.

«Ja, schon wieder», antwortete Pfenninger mit frecher Miene. «Es hängt von Ihnen ab, wie lange es dauert.»

«Wer sind Sie eigentlich? Es wäre nichts als Anstand, wenn Sie sich bei mir vorstellten.»

«Ich bin Kommissär der Kantonspolizei. Sebastian Grieder ist mein Name.»

Einer der anwesenden Polizeimänner konnte sich nicht mehr beherrschen und prustete vor Lachen los. Ein anderer sagte leise, aber für Klara Sonderegger deutlich vernehmbar: «Arschloch.»

Sie entgegnete irritiert: «Das kaufe ich Ihnen nicht ab. Für einen Kommissär sind Sie eindeutig zu jung. Bitte machen Sie sich aus dem Staub. Wenn nicht, werde ich die Polizei anrufen und mich erkundigen, ob das rechtens ist, was Sie gerade tun.»

Einer der Uniformierten kam Pfenninger zu Hilfe. Er klaubte aus seiner Westentasche ein Kärtchen mit der Nummer Brugissers und hielt es Klara Sonderegger unter die Nase.

Sie kannte diese Nummer und liess die drei Polizisten und Pfenninger eintreten. «Trotzdem glaube ich nicht, dass Sie Kommissär sind und dann noch von der Kantonspolizei. Soweit ich informiert bin, werden die Ermittlungen gegen meinen Mann von der Stadtpolizei bestritten, und die Polizisten, die Sie begleiten, tragen auch deren Uniform.»

Pfenninger baute sich vor Klara Sonderegger auf. «Sie wissen eben nicht alles. Das glaubt vielleicht Herr Sonderegger. Aber dieser Fall wurde nun der Kantonspolizei übergeben. Man ist zur Einsicht gelangt, dass es schlecht ist, wenn die Stadtpolizei gegen einen ihrer Beamten ermittelt.»

Klara Sonderegger zuckte mit den Schultern und seufzte.

Pfenninger setzte eine zuckersüsse Miene auf. «Gute Frau, wir haben echt ein Problem mit Ihrem Gatten. Wir haben Grund zur Annahme, dass er Akten aus der Hauptwache hat mitlaufen lassen.»

Klara Sonderegger sah richtig hilflos drein. «Wie soll ich das wissen? Da müssen Sie meinen Mann fragen.»

Pfenninger schüttelte heftig den Kopf. «Das wird er uns mit Bestimmtheit nicht verraten. Da zählen wir auf Sie. Sie sind eine vernünftige Frau.»

Klara Sonderegger ballte ihre Hände zu Fäusten. «Ich soll meinen Ehemann verraten? Haben Sie noch alle Tassen im Schrank? Das macht keine anständige Frau.»

Pfenninger griff sich an die Stirn. Er könne das ja verstehen. Alle Frauen würden so handeln. «Typisch Frau. Sie denken mit dem Herz statt mit dem Kopf.»

Klara Sonderegger errötete leicht. «Sie sind ein ungezogenes junges Grossmaul. Was bilden Sie sich eigentlich ein? Sie verlassen sofort mein Haus. Ich ertrage Ihren Anblick nicht mehr.»

Pfenninger stampfte mit seinen Kampfstiefeln. Die beiden Polizisten konnten sich einen lauten Lacher nicht verkneifen. Pfenninger sah sie beleidigt an und befahl ihnen, die Frau an beiden Armen kräftig anzufassen.

Die Polizisten warfen sich nur erstaunte Blicke zu und machten keine Bewegung. Es war wieder der älteste von ihnen, der im Flüsterton eine Bemerkung fallen liess. «Der Kerl ist eine Zumutung.»

Pfenninger bekam einen hochroten Kopf, fuchtelte mit den Händen. «Wenn Sie sich nicht kooperativ zeigen, sehe ich mich leider gezwungen, andere Methoden anzuwenden.»

«Boss», sagte der ältere Polizist, das Wort in die Länge ziehend, «ich glaube, es ist Zeit, wieder zurück zur Hauptwache zu fahren.»

Dicke Schweisstropfen bildeten sich auf Pfenningers Stirn.

«Darf ich Ihnen ein Glas Wasser bringen?», fragte ihn Klara Sonderegger belustigt.

Die Polizisten prusteten los. Sie drehten sich auf dem Absatz um, sagten: «Danke, Frau Sonderegger», und schritten dem Ausgang zu.

Vor der Haustür kam es zu einer lautstarken Auseinandersetzung zwischen Pfenninger und den Polizisten. Klara Sonderegger bekam davon nur Wortfetzen mit.

Brugisser zu informieren, was zwischen ihm, den begleitenden Polizisten und Klara Sonderegger vorgefallen war, wagte Pfenninger zunächst nicht.

Gegen Abend stellte ihn aber Brugisser zur Rede. Pfenninger schilderte das Treffen ohne die Bemerkungen der drei Polizisten. Er sagte auch nicht, dass sie ihm einen Befehl verweigert hatten. Er sei nicht überrascht, beruhigte Brugisser Pfenninger. Klara Sonderegger sei wohl eine zu harte Nuss für ihn. Er werde sich Gedanken machen, wie man sie knacken könne.

***

Am nächsten Vormittag, Brugisser trudelte etwas verkatert in sein Büro, bestellte er telefonisch bei seiner Sekretärin einen Kaffee. «Wird gemacht. Aber zuerst muss ich die Kaffeemaschine reinigen. Das dauert eine Viertelstunde», sagte Anna. Brugisser brummte etwas. Er nahm sich den grossen Stoss der täglichen Post vor – diesmal war er besonders hoch. Nachdem er die ersten zehn grossformatigen Briefe geöffnet und angesehen hatte, kam er beim «Zürcher Kurier» an. Gleich fiel ihm die Schlagzeile auf der ersten Seite ins Auge:

Polizeiwachtmeister Sonderegger packt aus.

Der Puls von Brugisser schoss augenblicklich in die Höhe. Er überflog den Hinweis.

Mathias Sonderegger, Detektivwachtmeister der Kriminalabteilung der Stadtpolizei Zürich, macht sensationelle Enthüllungen über sonderbare Praktiken seiner Vorgesetzten. «Jeder ist vor dem Gesetz gleich?» Was eigentlich eine Selbstverständlichkeit wäre, gilt bei unserer Polizei nicht.

Auf Seite vier fand er einen halbseitigen Artikel. Er begann ihn zu lesen, wurde von Zeile zu Zeile blasser.

Nach dem ersten Abschnitt hielt er inne, weil es an der Tür klopfte. Anna brachte ihm den Kaffee. Er fuhr sie unfreundlich an. «Verschwinden Sie augenblicklich mit dieser Brühe. Mir ist die Lust darauf vergangen.»

Als Brugisser mit der Lektüre zu Ende war, ging es ihm gar nicht gut. Am Schluss des Artikels stand:

Fortsetzung folgt in der übernächsten Ausgabe.

Das Telefon schellte. Es war Stadtrat Schläppi.

Durch die Muschel röhrte es bedrohlich, sodass Brugisser den Hörer einige Zentimeter vom Ohr weghielt. «Das darf nicht wahr sein. Werner, wie konntest du das nur zulassen?»

«Entschuldige, Arnold, aber ich habe alle Vorkehrungen getroffen, dass das nicht geschehen sollte.»

«Jetzt ist es geschehen. Da hast du mir ein faules Ei ins Nest gelegt. Warum, verdammt noch mal, hast du Sonderegger nicht im Auge behalten?»

«Wir leben in einem Rechtsstaat. Ich konnte diesen windigen Gutmenschen doch nicht in Ketten legen.»

«Rechtsstaat? Mir bleibt die Spucke weg. Du wagst es, mir gegenüber das zu sagen. Du, Barhocker und Schürzenjäger, weisst du, wie oft ich dich schon aus einer verzwickten Lage herausgehauen habe? Von allen, die unter mir dienen, bist du derjenige, der sich am meisten krumme Touren leistet. Ich gebe dir genau einen Tag Zeit, um diesen durchgeknallten Wachtmeister zu neutralisieren.»

Brugisser wollte antworten, aber Schläppi knallte den Hörer auf die Gabel.

Erneut klopfte es an der Tür. Es war wieder Anna. In den Händen hielt sie ein Klarsichtmäppchen mit Dokumenten. Sie sah Brugisser entgeistert an. «Sie sind ja käsebleich, Herr Kommissär, ist Ihnen nicht gut? Soll ich Ihnen eine Tablette bringen?»

«Nichts sollen Sie mir bringen. Nehmen Sie die Papiere, die Sie mir geben wollen, gleich wieder mit. Ich habe heute keine Zeit, diesen Mist durchzulesen.»

«Aber Herr Kommissär, Sie müssen sie nur unterzeichnen. Stadtrat Schläppi möchte sie bis zum Mittag zurück.»

Brugisser schoss vom Stuhl hoch und schrie aus Leibeskräften: «Das hat mir gerade noch gefehlt. Dieser Schläppi macht mich fix und fertig. Er mischt sich in die operativen Geschäfte der Polizei ein. Und wenn etwas schiefgeht, müssen wir es ausfressen.»

Anna sah Brugisser ganz verdattert an. Sie rang nach Worten, aber es kam kein einziges über ihre Lippen.

«Gehen Sie! In einer Stunde können Sie diesen Wisch wieder abholen.»

Es war nach elf, als Anna schüchtern an die Bürotür von Brugisser klopfte. Kein Ton. Ganz sachte öffnete sie die Tür einen Spaltbreit, sodass sie den Schreibtisch ins Blickfeld bekam. Brugisser sass nicht dort. Sie schob langsam die Tür ganz auf. Keine Spur von Brugisser. Er war offensichtlich nicht mehr im Zimmer. Entgegen seiner Gewohnheit hatte er nicht abgeschlossen.

Auf den Zehenspitzen bewegte sich Anna behutsam zum Schreibtisch. Dort lag der Stoss Dokumente, den sie ihm zum Unterzeichnen hingelegt hatte. Sie zog aus dem obersten Klarsichtmäppchen die Papiere, blätterte durch und stellte fest, dass alles unterschrieben war.

Dann fiel ihr auf der Schreibunterlage ein A4-Block auf. Darauf stand in grossen Lettern, fahrig hingeschrieben:

Wegen Unwohlsein musste ich mich nach Hause begeben. Ich werde morgen früh wieder im Büro sein. Bitte rufen Sie mich heute nur in ganz dringenden Fällen an.

***

Nach der Mittagspause fanden sich im Sitzungszimmer des «Zürcher Kurier» sämtliche Redaktoren und die wichtigsten Journalisten ein. Zugegen war auch Stadtrat Schläppi.

Als Erster ergriff der Chefredaktor das Wort. Es sah den Journalisten, der den Artikel über die Enthüllungen Sondereggers geschrieben hatte, feindselig an.

«Sie, Sie, Herr … ähm … ähm …» Ihm fiel der Name des Anvisierten nicht ein. «Was Sie sich da», er hob die Frontseite der Zeitung in die Höhe, «geleistet haben, überschreitet eindeutig die Grenze des Tolerierbaren.»

Ein Raunen zog sich dem langen Tisch entlang. Das bemerkte auch Schläppi. Er sah besorgt zum Chefredaktor hinüber, der das Wort wieder übernahm. «Gar keine Frage, ich war schon immer ein Verfechter der Pressefreiheit. Sonst könnte ich ja gar nicht an diesem Posten wirken.»

Verhaltenes Gekicher.

«Ich kann Sie beruhigen, meine Dame», er sah zur einzigen Frau in der Versammlung, seiner Stellvertreterin, hinüber, «meine Herren, ich kann Ihnen versichern, wegen dieser Entgleisung wird der Herr … ähm … Jakob Ledergerber seiner Funktionen nicht enthoben, aber wir werden ihm ins Gewissen reden müssen.»

Schläppi warf seinen Blick auf den Chefredaktor und nickte anerkennend.

«Also, das ist so», fuhr der Chefredaktor fort, «es geht jetzt um Schadensbegrenzung. Es sind weitere Berichte über den Fall Sonderegger angekündigt worden. Die dürfen nicht erscheinen. Das ist ein Verwaltungsratsbeschluss.»

Einige Hände gingen hoch. Die Stirn des Chefredaktors wurde nass.

Ein Journalist begann zu sprechen. «Es ist so, wir sind gewohnt, frisch von der Leber weg zu schreiben. Dann geben wir den Text dem zuständigen Redaktor, der prüft den Artikel, macht allenfalls Änderungsvorschläge, die er aber mit uns zusammen bespricht. Ich bin dreissig Jahre bei dieser Zeitung. Ich kann mich erinnern, nur einmal nicht mit meinem vorgesetzten Redaktor einig geworden zu sein.»

Der Chefredaktor machte eine wegwerfende Handbewegung. «Das ist heute ja nicht das Problem. Es geht um Ledergerber. Er trägt die Verantwortung.»

Schläppi begann mit den Füssen zu scharren, bis der Chefredaktor ihm das Wort gab. «Ist etwas, Herr Stadtrat?»

Ein böses Lachen kam von Schläppi. «Tja … so was läuft bei

mir unter Führungsqualität. Als Vorgesetzter kenne ich die Stärken und Schwächen meiner Leute. Sie müssten genau wissen, wie weit sie sich zum Fenster hinauslehnen dürfen. Bei Ihnen, Herr Chefredaktor, ist das offenbar nicht durchwegs der Fall.»

Getuschel und Unmutsäusserungen unterbrachen die Diskussion.

Alle schauten gebannt auf Schläppi. Der machte aber überhaupt kein besorgtes oder beleidigtes Gesicht und sagte mit freundlicher, verdächtig sanfter Stimme, es liege ihm fern, auf die Pressefreiheit einzuwirken. Er masse sich nicht an, den Redaktoren Befehle zu erteilen. Schläppi wartete geduldig ab, bis wieder Ruhe eingekehrt war. Er wandte sich dem Chefredaktor zu, erkundigte sich, ob er Ledergerber einige Fragen stellen dürfe. Der Chefredaktor gestand ihm das sofort zu. Schläppi musterte Ledergerber mit scharfem Blick. «Sie sind mir einige Antworten schuldig. Wann hat Ihnen Wachtmeister Sonderegger die vertraulichen und geheimen Dokumente übergeben?»

Ledergerber schob sein Kinn nach vorn. «Sie waren nicht als geheim oder vertraulich gekennzeichnet –»

Schläppi unterbrach ihn. «Ihre vorgegaukelte Naivität ist unerträglich für einen Zeitungsmann des grössten Presseorgans unseres Kantons.»

Der Chefredaktor nickte heftig.

«Ach so, unser Chefredaktor scheint mit Ihnen einig zu sein, Herr Schläppi. Muss er wohl auch, um auf seinem Sessel kleben zu bleiben ...»

Der Chefredaktor begehrte lautstark auf. Schläppi bedeutete ihm, zu schweigen, und ergriff selbst wieder das Wort. «Geschehen ist geschehen. Was gedruckt und verbreitet wurde, lässt sich nicht mehr rückgängig machen. Jetzt muss vermieden werden, dass weitere solche Berichte über Interna der Kripo erscheinen. Noch einmal: Wann und wie hat Ihnen Herr Sonderegger diese Papiere übergeben?»

«Wann? Das kann ich nicht genau sagen. Wo, schon. Sie lagen in meinem Fach beim Empfang.»

«Haben Sie den Portier nicht gefragt, wer sie in Ihre Ablage gelegt hat?»

«Sie scheinen vom Journalistenhandwerk nicht viel zu verstehen, Herr Schläppi. Wenn ich solche Ratschläge befolgen würde, käme ich wohl nie dazu, einen einzigen Artikel zu schreiben.»

Der Chefredaktor sprang auf. «Verlassen Sie den Raum. Meine Gutmütigkeit ist zu Ende.»

«Gutmütig würde ich das nicht nennen, vielmehr eine peinliche Unterwürfigkeit gegenüber den Inhabern des Meinungsmonopols in unserer Stadt.» Ledergerber zeigte dabei auf Schläppi.

Der Chefredaktor zog ein Taschentuch aus seinem Hosensack und wischte sich die Schweissperlen von der Stirn. Er setzte sich. Schläppi eilte zu ihm und erkundigte sich anteilnehmend, ob ihm übel geworden sei.

Ledergerber suchte derweil ohne Hast seine Sachen zusammen und verstaute sie in seiner grossen alten Ledermappe. Er entnahm ihr noch einen Brief, schritt damit gemächlich zum in sich zusammengesunkenen Chefredaktor. «Hey, Chef, hier ist mein Kündigungsschreiben.» Ledergerber ging zur Türe, drehte sich nochmals um und rief: «Die Sache mit Detektivwachtmeister Sonderegger stinkt zum Himmel. Auf Wiedersehen.» Er drückte die Türklinke, entwischte ganz leise nach draussen und schob die Tür sanft zu.

Schläppi zog dem Chefredaktor das Couvert aus der Hand, riss es auf und begann zu lesen. Seine Augen wurden grösser und grösser. Er gab dem Chefredaktor den Brief wieder zurück. «Meine Damen und Herren, ich verabschiede mich jetzt von Ihnen. Etwas möchte ich Ihnen aber noch ans Herz legen. Vergessen Sie nie, wer Ihr Brötchengeber ist. Darf ich Sie nebenbei daran erinnern, dass ich im Verwaltungsrat Ihrer Zeitung sitze?» Er gab dem Chefredaktor einen Wink. Dieser riss sich zusammen, stand auf und folgte Schläppi.

Augenblicke später, in seinem Büro, stützte der Chefredaktor den Kopf in beide Hände und las das Kündigungsschreiben von Jakob Ledergerber. Schläppi beobachtete ihn dabei aufmerksam. Schliesslich legte er das Schreiben beiseite und warf Schläppi einen flehenden Blick zu. «Was nun? Können Sie nichts dagegen unternehmen? Es darf doch nicht sein, dass unsere Universität einen solchen Nestbeschmutzer als Dozenten einstellt.»

«Wem sagen Sie das?»

Schläppi schlug mit den Fingerknöcheln lautstark auf den Tisch. «Schon seit Jahren habe ich vor der bedrohlichen Entwicklung an unserer Universität gewarnt. Linke Wühlmäuse und Weltverbesserer haben Schritt für Schritt Positionen im Mittelbau besetzt, und nun kommen die Lehrstühle dran. Mehrere Gutmenschen sitzen bereits im altehrwürdigen Gremium der Professorenschaft. Jetzt ist es zu spät, etwas dagegen zu unternehmen. Ich kann Ihnen prophezeien, es wird noch schlimmer.»

Der Chefredaktor zuckte verlegen mit den Achseln.

«Ist das alles, was Ihnen dazu einfällt? Sie haben Ledergerber gross gemacht, seine linksextremen, gesellschaftszersetzenden Schreibereien toleriert. Und jetzt tun Sie so, als ob es Ihnen wie Schuppen von den Augen fiele, dass Sie ein Kuckucksei in Ihrem Nest ausgebrütet haben.» Schläppi wechselte unvermittelt seinen Gesichtsausdruck von entschlossen böse zu kumpelhaft sanft, schritt zum Chefredaktor und legte ihm beide Hände auf die Schultern. «Sie sind gerade sechzig geworden. Denken Sie an Ihre Gesundheit, bereiten Sie sich auf Ihren Lebensabend vor. Demissionieren Sie. Ich werde mich im Verwaltungsrat dafür einsetzen, dass Sie in den Genuss einer grosszügigen Abgangsentschädigung kommen.»

13

Sommer 1967

Sonderegger fühlte sich etwas verloren im Hauptgebäude der Universität. Er fragte sich nach dem Büro von Jakob Ledergerber durch. Den wenigsten, die er ansprach, sagte dieser Name etwas. In seinem Blickfeld tauchte eine junge, fröhlich dreinblickende Frau auf. Sie schenkte Sonderegger ein freundliches Lächeln, kam auf ihn zu und erkundigte sich, ob sie ihm helfen könne. Sonderegger glaubte, sie schon einmal irgendwo gesehen zu haben. Ein bisschen verlegen sagte er, wen er suche.

Sie strahlte ob der Antwort. «Jakob Ledergerber? Ein toller Typ. Seit heute Morgen bin ich seine Assistentin.»

«Sekretärin?», fragte Sonderegger.

«Nicht ganz. Ich bin Historikerin und arbeite an einer Doktorarbeit über die ‹Medien der Schweiz im Kalten Krieg›.»

Sonderegger machte ein schräges, verwirrtes Gesicht. «Bitte entschuldigen Sie meine Unhöflichkeit. Ich kenne mich in den akademischen Gepflogenheiten nicht aus. Ich bin ein einfacher Polizist.»

Die junge Frau sagte: «Ich führe Sie zum Büro von Dr. Ledergerber.»

Ledergerber empfing Sonderegger überschwänglich. «Hey, Sabina, wenn du wüsstest, was das für ein unerschrockener Mann ist. Er ist unglaublich wertvoll für uns.»

Die Frau errötete leicht. «Fast schäme ich mich jetzt ein wenig. Als er mir eröffnete, Polizist zu sein, behandelte ich ihn abschätzig. Aber wie konnte ich ahnen, dass er zu der Handvoll Anständiger dieser Spezies gehört?»

«Du untertreibst, meine Liebe. Es gibt mehr als nur eine Handvoll davon. Aber Wachtmeister Sonderegger ist der mutigste von allen.»

Ledergerber schickte Sabina ein verstecktes Handzeichen.

Sie öffnete die Tür und verabschiedete sich. «Auf Wiedersehen, Herr Sonderegger. Ich bin wirklich gespannt, was jetzt abgeht.»

«Du wirst es bald erfahren», rief Ledergerber Sabina nach.

Sonderegger sah sich im Büro um. Die Wände erregten seine volle Aufmerksamkeit. Sie waren behangen mit Zeitungsausschnitten, einige mit Stecknadeln befestigt, andere mit Klebestreifen. Das verlieh dem Raum etwas Unordentliches.

Ledergerber beobachtete Sonderegger, wie er an einem Bild hängen blieb. Dessen Miene verfinsterte sich. Ein Schmunzeln überzog Lederbergers Gesicht. «Was gefällt Ihnen daran nicht?», fragte er.

«Ich glaube, Sie haben da einen üblen Verbrecher an die Wand geheftet. Das ist doch Marx?»

«Richtig, das ist der alte Karl Marx. Für viele ein rotes Tuch. Aber ein übler Kerl? Nein, das ist er nicht. Er wurde und wird immer noch von den meisten falsch verstanden. Ein deutscher Jude, ein Philosoph, Wirtschaftswissenschafter, Journalist, der sich für die Arbeiterbewegung einsetzte. Als er lebte, wirkte und lehrte, gab es nirgends eine Demokratie, wie wir sie heute kennen. Ihm vorzuwerfen, er sei ein Antidemokrat, greift zu kurz. Er strebte eine klassenlose Gesellschaft an, eine Gesellschaft, in der alle Menschen die gleichen Rechte und Pflichten haben. Bis heute ist der Traum von Karl Marx nicht in Erfüllung gegangen. Ein Traum übrigens, den ich mit ihm teile.» Ledergerber sah Sonderegger forschend an, dessen Gesichtszüge sich entspannten.

«Wenn Sie so reden, möchte ich Ihnen nicht widersprechen. Ich habe eine hohe Meinung von Ihnen. Ich verstehe zu wenig von Philosophie und den Wissenschaften, als dass ich das beurteilen kann.»

«Sie sind zu mir gekommen, weil ich Sie darum gebeten habe. Ich habe die zahlreichen Dokumente, die Sie mir haben zukommen lassen, eingehend durchgearbeitet. Ich bin entsetzt. Wären es nicht amtliche Dokumente, könnte ich kaum glauben, was darin steht. Wir müssen Mittel und Wege finden, diese zu publizieren. Ich habe intensiv darüber nachgedacht und glaube, eine Zeitung gefunden zu haben, die dafür Hand böte. Der ‹Geradewegs›, eine der Partei der Arbeit, der PdA, der Schweizer Kommunisten, nahestehende Zeitung.» Ledergerber warf Sonderegger erneut einen nachdenklichen Blick zu.

Sonderegger biss sich auf die Lippen.

«Nicht einverstanden, Herr Sonderegger? Sie haben eine Frage auf der Zunge, eine Frage, die Sie lieber nicht stellen würden. Sie möchten wissen, ob ich ein Kommunist bin?»

Sonderegger sagte kaum wahrnehmbar: «Ja.»

«Ich bin nicht Mitglied der PdA. Kein Journalist, der nur im Entferntesten in Erwägung zieht, sich um eine Stelle in einem unserer Medienunternehmen zu bewerben, kann sich das Parteibüchlein der Kommunisten leisten. Was natürlich nicht heisst, dass alles schlecht ist, was aus dieser Küche kommt.» Ledergerber hielt einen Moment inne, um mit fast flüsternder Stimme weiterzufahren. «Schon gut, Herr Sonderegger. Ich sehe, dass Sie Ihre Erkenntnisse lieber nicht im ‹Geradewegs› veröffentlicht haben möchten.»

«Danke», sagte Sonderegger.

«Allerdings», Ledergerber kniff die Augen zusammen, «sollte aus dem Artikel gar nicht hervorgehen, dass Sie der Informant sind.»

«Natürlich», antwortete Sonderegger, «das ist notwendig, um mich vor einer Strafverfolgung zu schützen. Dennoch würde man annehmen, dass die Informationen von mir stammen. Sie würden schlecht ankommen bei der Bevölkerung, erschiene das im ‹Geradewegs›.»

«Stimmt. Aber die anderen Zeitungen unserer Stadt würden diese Artikel gar nicht veröffentlicht. Was bleibt uns dann übrig?»

Sonderegger zuckte mit den Schultern.

«Verstehen Sie, Herr Sonderegger? Ein zweifelhaftes Presseorgan schreibt Wahres. Wahres, das die anderen Blätter nicht abzudrucken wagen. Was finden Sie besser, dass die Wahrheit an den Tag kommt, oder dass sie der Öffentlichkeit vorenthalten wird, nur weil der Überbringer einen schlechten Ruf hat?»

Sonderegger wiegte unschlüssig den Kopf hin und her.

«Es gäbe allerdings noch eine andere Möglichkeit», wandte Ledergerber ein. Er zog ein A4-Blatt aus der Schublade. «Sehen Sie, das habe ich vorbereitet. Es ist ein Flugblatt, auf dem ich den nächsten Artikel, der im ‹Zürcher Kurier› nicht veröffentlicht wurde, geschrieben hatte.» Ledergerber reichte es Sonderegger, der es sorgfältig las.

«Sehr gut. Aber wer soll das verteilen?», fragte Sonderegger.

«Sie nicht, ich auch nicht. Aber machen Sie sich keine Sorgen. Ich werde Mittel und Wege finden, wie Ihre Informationen unter die Leute gebracht werden können, ohne dass man Ihnen an den Kragen gehen kann.»

Sonderegger nickte anerkennend. «Ich bin ja gespannt.»

***

Bereits zwei Tage später brachten an der Langstrasse und am Hauptbahnhof junge Männer und Frauen ein zweiseitig bedrucktes A4-Papier in Umlauf. Blitzschnell handelten die Verteiler, sodass die kurz darauf heranrückenden Polizisten keine Chancen hatten, sie zu stellen und zu befragen. Das Flugblatt hatte es in sich. Darin waren die Vorgänge um den Unfall vom April 1963 auf einem Zebrastreifen in der Langstrasse beschrieben. Das erheblich verletzte Opfer: ein Erstklässler. Die Fahrerflucht, die einem Freund von Brugisser oder allenfalls ihm selbst angelastet werden konnte. Einen Tag später erschien der Inhalt als Artikel im «Geradewegs». Er schlug wie eine Bombe ein. Die Zeitung wurde mehrmals nachgedruckt.

Stadtrat Schläppi reichte eine Strafanzeige wegen Amtsgeheimnisverletzung gegen unbekannt ein. Der «Unbekannte», dessen war man sich bei der Zürcher Justiz und Polizei sicher, musste der suspendierte Detektivwachtmeister Sonderegger sein. Erneut wurde eine Hausdurchsuchung bei ihm angeordnet und er selbst auf offener Strasse verhaftet, in Handschellen und Fussfesseln abgeführt. Wieder fand man nichts.

Brugisser tobte, Schläppi tobte. Auch weite Kreise der Bevölkerung tobten, nicht gegen den mutmasslichen Urheber Sonderegger, sondern gegen Brugisser und Schläppi. Die

Sache war noch nicht vorbei. Auf dem Flugblatt wurde eine Fortsetzung für die nächsten Tage angekündigt.

Im Besprechungszimmer von Schläppi jagte eine Krisensitzung die andere. Die Überbringer der verbotenen Nachricht sollten dingfest gemacht werden, was dann auf die Spur des Urhebers führen sollte. Während mehrerer Tage patrouillierten auffallend viele Polizistinnen und Polizisten im Hauptbahnhof und an der Langstrasse.

Die zweite Serie der Flugblätter tauchte in den Bahnhöfen Stadelhofen und Oerlikon sowie an der Tramhaltestelle am Paradeplatz auf. Am folgenden Tag erschien der Inhalt auf der Titelseite des «Geradewegs» und in der sozialdemokratischen «Volksstimme».

Nachdem die erste Ausgabe des «Geradewegs» nach wenigen Stunden bereits vergriffen war, beschlagnahmte die Polizei den Nachschub schon in der Druckerei, ein richterlicher Befehl lag vor; allerdings keiner gegen die «Volksstimme».

Danach wusste ganz Zürich mehr über den Mord an Lotta Kellenberger auf dem Uetliberg im Sommer 1966 Bescheid, als sie damals aus den anderen Medien erfahren hatten. Die Kellenbergers lebten in einer herrschaftlichen Villa am Zürichberg. Lottas Gatte, Reto, war ein landesweit bekannter Kunstflieger. Er war homosexuell. Lotta hatte Liebhaber, von denen Reto wusste. Die Leiche Lottas wurde in einem unwegsamen Gelände auf dem Uetliberg von Detektivwachtmeister Sonderegger gefunden. Er wurde mit der Voruntersuchung betraut. Dann aber entzog ihm Brugisser den Fall. Die Ermittlungen, die grösstenteils unter Verschluss gehalten wurden, liefen letztendlich ins Leere.

Ein dritter Flyer wurde angekündigt. Nun nahm sich auch die Mainstreampresse der Sache an. Sogar die «Neuen Zürcher Nachrichten» versuchten, den Wahrheitsgehalt der Berichte über die ans Tageslicht gelangten Machenschaften bei der Stadtpolizei in Zweifel zu ziehen.

***

In der Kripo und der Polizeidirektion der Stadt Zürich war loderndes Feuer im Dach. Es müsse endlich gehandelt werden, bekam ein eingeschüchterter Kommissär Brugisser von Schläppi per Telefon zu hören. «Du hast dich bislang zu wenig um diesen Fall gekümmert. Warum haben wir für teures Geld den Undercover-Pfenninger in deine Abteilung geschleust? Setzt den Burschen endlich auf diese Unruhestifter an. Nach Zeugenaussagen dürften die Verteiler dieser Dreckspost linksextreme Studenten sein. Und dorthin hat Pfenninger Zugang. Vielleicht haben wir Glück, und dieser erbärmliche Nestbeschmutzer Ledergerber beisst in Pfenningers Angel.»

Brugisser wehrte sich. «Studenten? Das wäre eine Möglichkeit. Aber bislang fehlen bei uns Anhaltspunkte, die auf eine Verbindung des Geheimnisverräters Sonderegger zu Studenten hinweisen.»

«Verkauf mich nicht für dumm, Werner. Immerhin steht Sonderegger dem Ex-Journalisten und Dozenten Ledergerber ziemlich nahe. Und Ledergerber kennt sich aus in der Universität Zürich. Ganz sicher hat er Kontakt mit der Studentenschaft, als Linker genau zu denen, die wir im Fadenkreuz haben.»

Brugisser gab sich geschlagen, wie immer, wenn er versuchte, Schläppi zu widersprechen. Minuten später stand Pfenninger in Brugissers Büro.

«Zu Befehl, Herr Major», krähte Pfenninger zackig und untertänigst. Was Brugisser zur knurrenden Bemerkung veranlasste, er solle zuerst bitte zuhören, erst danach könne er den Befehl ausführen. Ein Befehl übrigens, der heikel und nicht leicht umzusetzen sei. Brugisser erklärte Pfenninger die Sachlage. «Und nehmen Sie sich in Acht vor Ledergerber. Der Kerl ist nicht auf den Kopf gefallen. Er hätte das Zeug, Sie zu enttarnen. Das wäre nicht nur eine Katastrophe für Sie, sondern auch ein Tiefschlag für mich.»

Pfenninger machte einige verlegene Kaubewegungen. «Herr Major, ich werde Ihr Vertrauen in mich nicht erschüttern. Ich werde mich sehr, sehr behutsam zu Ledergerber herantasten. In der Zwischenzeit bin ich nicht untätig geblieben. Ich habe intensiv am Netzwerk der revolutionären Studentenschaft gearbeitet –»

Brugisser unterbrach ihn. «Überschätzen Sie sich bitte nicht. An den Intellekt der führenden Köpfe dieser Marxisten und Maoisten reichen Sie nicht heran. Zum Glück gibt es auch viele ungefährliche Dummköpfe in der linken akademischen Szene. Streichen Sie einige Sätze aus dem Kapital rot an, verinnerlichen Sie diese – Sie werden diese wohl kaum verstehen –, aber prahlen Sie damit. Man wird Sie als etwas doofen Mitläufer einstufen und Sie nicht ernst nehmen.»

«Das habe ich bisher eigentlich so gemacht. Rüegg hat mich eingeführt. Ich bin überzeugt, nie enttarnt zu werden.»

«Na toll. Pfenninger, kommen Sie auf den Boden zurück. Es ist so gut wie sicher, dass Sie dereinst enttarnt werden. Weniger, weil Sie nicht der Hellste wären, sondern der heiklen Aufträge, mit denen wir Sie betraut haben und betrauen werden, wegen.» Brugisser stand auf und legte Pfenninger die Hand auf die Schulter. «Bereiten Sie sich gut vor. Diesmal geht es buchstäblich um die Wurst. Kann sein, dass Sie Glück haben und die Kerle mit dem nächsten Flugblatt zuwarten. Wir können dieses kaum noch verhindern, aber es geht zunächst darum, herauszufinden, wer dahintersteckt.»

Pfenninger machte sich sogleich an die Arbeit. Er rief seinen Bekannten bei der «rasz», Daniel Rüegg, an und fragte ihn, ob diese Organisation etwas zu tun habe mit den Flugblättern gegen die Kripo und gegen Schläppi. Warum er das wissen wolle, erkundigte sich Rüegg. Er finde, darin stünden Sachen, die auch Thema linker Studenten seien. Man müsste von dieser Seite Sonderegger unterstützen.

«Recht hast du, Walter. Aber bislang haben sich die Fans von Sonderegger nicht bei uns gemeldet. Doch du bringst mich auf eine gute Idee. Wir können versuchen, uns an die Kampagne anzudocken.»

«Wie?»

«Lass das meine Sorge sein. Warte ab. Morgen wirst du davon erfahren.»

***

Anfang Juli erhielt Sonderegger eine Vorladung des Staatsanwalts. Es wurde ihm gestattet, mit einem Anwalt zu erscheinen. Einem sozialdemokratischen Kantonsrat mit dem Ruf, den Gerichten und der Polizei genau auf die Finger zu schauen. Der Staatsanwalt hielt sich streng an die ihm vorgegebenen Umgangsformen. Er versuchte, Sonderegger zum Geständnis zu bewegen, interne und damit geheime Akten aus dem Polizeiarchiv entwendet zu haben. Vergebens. Die Vernehmung wurde nach einer halben Stunde abgebrochen, und das, nachdem Sondereggers Verteidiger den Staatsanwalt bat, Beweise vorzulegen.

Fünf Wochen später kam es zur Gerichtsverhandlung. Sonderegger wurde vom Bezirksgericht wegen Verletzung des Amtsgeheimnisses und Nötigung zu einer Gefängnisstrafe von zwei Wochen verurteilt. Sein Anwalt legte Rekurs dagegen ein.

Die nächsthöhere Instanz, das Kantonsgericht, hielt zwar am Schuldspruch fest, reduzierte aber die Strafe auf fünfhundert Franken Busse.

***

Daniel Rüegg klopfte an die Bürotür von Ledergerber.

«Rüegg ist mein Name, Daniel Rüegg.»

Ledergerber machte den Anschein, diesen Namen noch nie gehört zu haben, was Rüegg ordentlich aus dem Konzept brachte.

«Weshalb besuchen Sie mich? Geht es um eine Assistentenstelle? Ist das der Fall, muss ich Sie leider enttäuschen.»

«Nein. Ihr Name ist im Zusammenhang mit dem suspendierten Detektivwachtmeister Sonderegger gefallen. Waren Sie bis vor Kurzem nicht Redaktor beim ‹Zürcher Kurier›?»

Ledergerber lächelte. «Dann wissen Sie wohl auch über meinen Abgang in diesem Haus Bescheid?»

«Ja, weiss ich. Das hat Sie zum Feindbild des bürgerlichen Establishments gestempelt. Damit haben wir etwas gemeinsam. Auch mich sieht man in dieser Rolle.»

«Sieht man? Offenbar verfügen Sie in diesen Gefilden über einen höheren Bekanntheitsgrad als ich.»

Rüegg wurde unsicher, denn Ledergerbers Gesichtsausdruck verriet ungläubigen Spott. «Haben Sie etwa Kontakt mit Studenten der ‹rasz›?», fragte Rüegg.

Ledergerber lachte laut auf. «Wie scheinheilig von Ihnen. Das wissen Sie doch. Das hört sich fast so an, als ob es Sie Wunder nähme, wen ich aus Ihrem ‹Verein› kenne. Haben Sie mich etwa deshalb aufgesucht?»

«Nein, nein …», stammelte Rüegg. «Ich bin gekommen, um Ihnen die Passivmitgliedschaft der ‹rasz› anzubieten.»

Ledergerber zog die Brauen hoch. «Wie viele aus dem Lehrkörper haben von diesem Angebot Gebrauch gemacht?»

«Etwa zehn Dozenten.»

«Nicht gerade überwältigend viel. Was bedeutet denn bei den Revolutionären Arbeitern und Studenten Zürichs eine Passivmitgliedschaft?»

«Passivmitglieder haben bei Versammlungen kein Wahl- und Stimmrecht, sonst dürfen sie alles.»

«Ich werde es mir überlegen. Haben Sie ein Bewerbungsformular mit Statuten?»

Nun plusterte sich Rüegg auf. «Herr Dr. Ledergerber, Statuten brauchen wir nicht, und die Aufnahme geschieht durch Handschlag von einem Vorstandsmitglied.»

«Interessant. Wenn ich Ihnen zum Abschied die Hand reiche, heisst das noch lange nicht, dass ich in Ihrem ‹Verein› mitmachen möchte.»

***

Am folgenden Tag erhielt Ledergerber einen Telefonanruf von Rüegg. Es gehe um den Fall «Sonderegger».

Warum er denn das nicht bei seinem gestrigen Besuch angesprochen habe, wollte Ledergerber wissen. Er habe nicht einfach mit der Tür ins Haus fallen wollen.

Ledergerber räusperte sich. «Eigentlich sind Sie aber doch mit der Tür ins Haus gefallen, und warum sprechen Sie vom

Fall ‹Sonderegger›? Es ist eine reine Vermutung, dass die ans Tageslicht gelangten Informationen über das Fehlverhalten der Stadtpolizei allein von Wachtmeister Sonderegger stammen.»

«Aber aus den Medien hat man erfahren, dass Sonderegger dahintersteht.»

«Aus welchen Medien?»

«Aus der ‹Volksstimme›, den ‹Neuen Zürcher Nachrichten› und …», Rüegg zögerte einige Augenblicke, «… und aus den Nachrichtensendungen von Radio DRS.»

«Das Letztere stimmt so halb. Dieser Tage wurde in mehreren Nachrichten berichtet, die Informationen könnten von Wachtmeister Sonderegger stammen. Die ‹Neuen Zürcher Nachrichten› waren sich dessen allerdings ganz sicher, vermieden es aber, auch nur ein Wort über die Enthüllungen zu verlieren. Das Wort ‹Enthüllungen› stand dort nirgends, stattdessen schrieb man von ‹Indiskretionen›.»

Rüegg blieb still.

«Sehen Sie das anders als ich?», fragte Ledergerber.

«Nein, überhaupt nicht. Die ‹Neuen Zürcher Nachrichten› sind ein rechtes, bourgeoises Parteiblatt. Sie nehmen immer die Position des Establishments ein.»

«Da wären wir uns ja einig. Aber was ist Ihr Anliegen? Möchten Sie Sonderegger unter die Arme greifen?»

«Nicht direkt. Aber mithelfen, die Enthüllungen zu verbreiten, da würden wir gerne Hand bieten.»

Ledergerber überlegte eine Weile. «Wirklich? Sind Sie sich dessen bewusst, dass Ihnen die Verteilung solcher Flugblätter als strafbare Handlung ausgelegt werden könnte? Sagt Ihnen der Name Walter Pfenninger etwas, er ist doch Mitglied in ihrem Club?»

Rüegg schluckte ein paarmal leer und sagte stockend: «Ja, ich habe schon von Walter Pfenninger gehört. Weiss er etwa, woher die Flugblätter stammen?»

«Nein, das weiss er nicht. Diejenigen, die sie drucken, geben ihre Identität nicht preis. Aber sie haben Pfenninger verraten, wo und wann er die Flyer abholen kann.»

Rüeggs Stimme zitterte leicht. «Und von wem wissen Sie das?»

«Pfenninger hat sich an Sonderegger herangemacht, ihn gefragt, ob die Informationen der Flugblätter von ihm stammten. Sonderegger hat das weder bejaht noch verneint. Er sei natürlich an allem interessiert, was an Unregelmässigkeiten der Stadtpolizei an die Öffentlichkeit gelange. Etwa zweihundert Flyer befänden sich in einem Plastiksack im Abfallkübel bei der Tramstation am Paradeplatz. Am Abend des kommenden Samstags würde er sie dort finden.»

«Wunderbar», rief Rüegg erleichtert. «Danke, Herr Dr. Ledergerber, Sie haben mir sehr geholfen.»

***

Schon um achtzehn Uhr standen am Samstag, den 5. August, zwei Männer beim Tramhäuschen am Paradeplatz und beobachteten den Abfallkübel. Immer wieder warfen Leute etwas hinein. Um acht Uhr abends war es eine jüngere Frau, die einen schweren Plastiksack entsorgte. Die beiden Zivilpolizisten sprachen sie an und baten sie, den Plastiksack wieder aus dem Kübel zu nehmen. Es waren tatsächlich farbige A4-Blätter drin. Doppelseitig bedruckt. Alle enthielten denselben Text. Die Frau wurde festgenommen und auf die Hauptwache Urania überstellt.

Mit einem neckischen Grinsen empfing Brugisser die Frau in seinem Büro. «Wissen Sie eigentlich, weshalb Sie verhaftet worden sind?»

Die Frau zeigte überhaupt keine Regung.

«Wie heissen Sie?», fragte Brugisser.

«Sabina Gast.»

«Beschäftigung?»

«Assistentin am Institut für Geschichte an der Universität Zürich.»

Brugissers Gesichtsausdruck hellte sich auf. «Sind Sie Mitglied der Revolutionären Arbeiter und Studenten Zürichs?»

«Mit Verlaub, das geht Sie nichts an.»

«Wir werden das herausfinden.»

«Soweit mir bekannt ist, führt die ‹rasz› keine Mitgliederlisten.»

«Geben Sie her», sagte Brugisser zu dem Mann, der den Plastiksack in Händen hielt.

Brugisser nahm ein Blatt heraus und begann es zu lesen. Er lief rot an. «Was ist das für eine verdammte Scheisse? Das sind ja Kochrezepte. Geleiten Sie dieses Weibsstück wieder zum Ausgang. Sie soll sich zum Teufel scheren.»

Wütend wählte Brugisser die Nummer von Pfenninger. «Gehen Sie sofort zum Paradeplatz. Sehen Sie nach, ob sich ein Plastiksack mit Flugblättern im Abfallkübel befindet. Wenn ja, bringen Sie ihn gleich zur Hauptwache.»

Eine halbe Stunde später klopfte Pfenninger an die Bürotür von Brugisser, mit einer grossen Stofftasche gefüllt mit roten A4-Blättern. Brugisser zog eines heraus und begann zu lesen. Seine Miene verdüsterte sich schlagartig. «Das darf ja nicht wahr sein», rief er entsetzt. «Wo hat der Mistkerl diese Informationen her?»

Es ging um den Gelddiebstahl aus dem Tresor der Hauptwache Urania, begangen in der Nacht vom 26. auf den 27. März 1963. Auszüge aus Vernehmungsprotokollen mit Erläuterungen von Detektivwachtmeister Mathias Sonderegger. Brugisser musste nicht mehr als eins und eins addieren, um den Täter herauszufinden. Ohne den Namen zu nennen, wussten er und somit alle andern, denen die Vorgeschichte noch einigermassen präsent war, wer gemeint war, den Kassenschrank ausgeraubt zu haben. Es konnte nur er gewesen sein.

Brugisser stützte den Kopf in beide Hände und überlegte. Pfenninger sah ihm dabei einigermassen konsterniert zu.

«Pfenninger, nun sind Sie dran. Wir können nicht verhindern, dass das, was hier draufsteht», Brugisser hob das Blatt in die Höhe, wedelte damit und zerriss es in kleine Schnipsel, «dass das, was hier draufsteht, unter die Leute kommt. Aber wir müssen sicherstellen, dass sich so etwas nie mehr wiederholt. Bringen Sie mir diejenigen, die dieses Pamphlet vervielfältigt, und diejenigen, die es zusammengestellt haben. Ich werde sie alle durch die Mangel drehen, bis sie mir verraten, wer ihnen die Unterlagen dazu geliefert hat.»

Pfenninger sagte zaghaft dazwischen: «Aber wir wissen doch beide, wer der Letztere ist.»

«Natürlich wissen wir das. Aber, verdammt noch mal, wir müssen ihm das beweisen. Hieb- und stichfest, Pfenninger. Erst wenn wir so weit sind, zappelt der Saukerl an unserer Angel.» Brugisser ballte beide Fäuste. «Ich möchte ihn hängen sehen. Leider verbietet unsere Rechtsordnung das. Aber hinter Gitter werde ich ihn bringen, samt seinen Helfershelfern. Das garantiere ich. Haben Sie eine Idee, wie das zu bewerkstelligen wäre?»

Pfenninger zuckte unschlüssig mit den Achseln.

«Aber ich habe eine. Morgen gegen Abend werden wohl die Flyer an verschiedenen Orten der Stadt verteilt. Ich werde ein halbes Hundert Polizisten aufbieten, um festzustellen, wo das überall stattfindet. Sobald die erste Verteilaktion angelaufen ist, werden Sie per Funk informiert. Sie begeben sich mit einigen Mitgliedern der ‹rasz› an die Tramhaltestelle am Paradeplatz und bringen diese Skandalpapiere unter die Leute. Dann wird eine Polizeipatrouille auftauchen. Tun Sie so, als ob Sie fliehen möchten. Das wird aber niemandem mit Flugblättern in Händen gelingen. Der ganze Platz ist weiträumig von unseren Männern umstellt. Leisten Sie bei der Verhaftung Widerstand. Man wird Sie unsanft ruhigstellen. Sie werden dabei einige Schrammen abkriegen. Ihre Kumpel und die unbeteiligten Passanten sollen den Eindruck bekommen, dass Sie sich gegen die Staatsgewalt auflehnen. Und wer weiss, vielleicht machen es Ihnen einige nach. Hämatome, verursacht durch Polizeifäuste und Schlagstöcke, machen sich ja bei linken Studiosi besonders gut.» Dabei schmunzelte Brugisser genüsslich.

Pfenninger nickte folgsam und machte dabei ein Gesicht, als ob er in eine Zitrone gebissen hätte. «Ich werde Sie nicht enttäuschen. Aber –»

«Aber?», fragte Brugisser, mit einer Miene, die absolute Unterwürfigkeit einforderte.

«Aber ich hoffe, Sie haben einen Sanitäter dabei?»

«Pfenninger, Sie sind ein Waschlappen. Sie werden doch ein paar Prügel aushalten können.»

Pfenninger verteilte am nächsten Abend gegen halb sieben Uhr am Paradeplatz in aller Seelenruhe Flyer an Passanten. Ein Dutzend Kommilitonen halfen mit. Kaum hatten sie damit begonnen, stürmten zwanzig, dreissig Stadtpolizisten in Kampfmontur den Paradeplatz. Die Helfer Pfenningers stoben in alle Himmelsrichtungen, doch alle wurden gefasst und gefesselt. Einige von ihnen widersetzten sich der Festnahme. Mehrere auf das Tram Wartende machten ihrem Ärger durch Buhrufe und Pfiffe Luft. Weit mehr aber klatschten Beifall.

Pfenninger war einer der wenigen, die sich widerstandslos festnehmen liessen. Das hinderte die Uniformierten nicht daran, gnadenlos auf ihn einzudreschen. Kurze Zeit später vernahm man das Dreiklanghorn der Ambulanz. Der übel zugerichtete Pfenninger und zwei seiner Mitstreiter wurden auf Bahren geschnallt und ins nahe Unispital gefahren.

Pfenninger konnte trotz allem noch von Glück reden. Anders als bei seinen Leidensgenossen waren nur Fäuste, aber keine Schlagstöcke auf seinen Kopf gesaust. Der eine kam mit einer mittelschweren Hirnerschütterung davon, der andere zog sich einen Schädelbruch zu.

Das entnahm Pfenninger am nächsten Tag der Morgenausgabe der «Neuen Zürcher Nachrichten». Er war nach einer ambulanten Behandlung im Spital wieder in seiner Wohnung. Der Mund war schief im Gesicht, ein Schneidezahn fehlte, die Nase war stark angeschwollen, ein Unterarm geschient, eine Rippe gebrochen. Er hatte starke Schmerzen, bei der kleinsten Bewegung stöhnte er.

Das Telefon schrillte. Ächzend erhob er sich und schlurfte zum Apparat. Es war Daniel Rüegg.

«Pfenninger, nun bist du bei uns definitiv aufgenommen. Niemand würde dich jetzt noch als unzuverlässig einstufen.»

Pfenninger schnaubte. «Aber dafür war der Preis verdammt hoch. Du solltest mich mal sehen. Bis ich wieder unter Leute gehen kann, wird es sicher eine Woche dauern.»

Rüegg lachte röhrend. «Alle von uns haben Ähnliches erlebt. Und du bist ja noch glimpflich davongekommen. Den einzigen Vorwurf, den du dir gefallen lassen musst: Du hast dich nicht zur Wehr gesetzt. Das haben die Bullen eben als Beleidigung empfunden und deshalb an weniger sensiblen Körperpartien kräftig hingelangt.»

«Daniel, mir tut alles weh. Auch das Sprechen macht mir Mühe. Darf ich das Gespräch abbrechen?»

Rüegg kicherte unverschämt. «Aber sicher, mein Freund. Erhol dich gut.»

Pfenninger hatte gerade aufgelegt, als es erneut schellte. Am anderen Ende meldete sich Brugisser.

«Wie geht es Ihnen, Herr Pfenninger? Ich habe vernommen, dass unsere Mannen Sie ordentlich durchgewalkt haben. Das sind halt auch nur Menschen. Vielleicht waren Sie ein bisschen zu hochnäsig. Diese Leute mögen es nicht, wenn man sie von oben herab behandelt. Aber jetzt wissen Sie ja Bescheid und werden hoffentlich etwas freundlicher zu Ihnen sein.»

Pfenninger kochte innerlich. Aber er liess sich nichts anmerken. «Herr Major … Herr Doktor, ich habe mich immer bemüht, mit den Kollegen auf der Hauptwache korrekt zu sein.»

«Das ist es eben, Pfenninger. Ihnen fehlt es an Einfühlungsvermögen. Die Urania-Polizisten sehen Sie nicht als Kollegen. Für sie sind Sie ein Zugelaufener, einer, der nicht ihre Ausbildung durchgestanden hat. Kommt dazu, dass Sie im Vergleich zu ihnen Privilegien haben. Ein eigenes Büro und sie nehmen fälschlicherweise an, Sie verdienten mehr. Auch wenn ihnen das nie gesagt wurde, sie wissen doch alle, dass Sie ein Spitzel sind. Solche Leute mag man nicht, auch bei uns nicht, obwohl sie einsehen, dass es Leute wie Sie braucht, Leute, die die Drecksarbeit verrichten. Was man auf der Hauptwache von Ihnen erwartet, ist Respekt vor den tatsächlichen Polizisten. Genau den Respekt, den der kleine Mann auf der Strasse vor den Hütern des Gesetzes haben soll. Ich will hoffen, Sie verstehen mich.»

«Ich werde darüber nachdenken und werde alles daransetzen, mein Verhalten zu ändern.»

«Da tun Sie gut daran. Sie haben gar keine andere Wahl.»

«Darf ich Ihnen eine Frage stellen, Herr Dr. Brugisser? Sollte ich einmal auffliegen, was habe ich für berufliche Perspektiven bei der Stadtpolizei?»

«Gute Frage. Wir werden Ihnen einen Ausbildungsplatz auf der Polizeischule anbieten. Danach werden Sie bei uns unten anfangen können. Mit allen Aufstiegschancen, die einem Polizeisoldaten offenstehen. Sie können bei maximalem Einsatz den höchsten Mannschaftsgrad, den eines Feldwebels, erklimmen.»

«Was braucht es, um Offizier zu werden?»

«In der Regel ein Universitätsstudium. Ausnahmen sind ganz selten. Die meisten Beamten im Offiziersrang sind Juristen. Ein Studium müssen Sie sich aus dem Kopf schlagen. Ihr Maturazeugnis ist getürkt. Sie werden ja nicht gezwungen, bei der Stadtpolizei zu bleiben. Aber ich denke, eine gleichwertige Stelle dürften Sie anderswo nirgends finden.»

Pfenninger schossen nach diesem Gespräch Tränen in die Augen. Er zog sein Tagebuch aus der Schublade, das sich im Möbel befand, auf dem der bereits in die Jahre gekommene Telefonapparat stand, und schrieb hinein:

Einmal werde ich Ihnen, Brugisser, alles heimzahlen. Sie haben genau gewusst, dass es mein sehnlichster Wunsch war, ein Universitätsstudium zu absolvieren. Anderthalb Jahre habe ich im Selbststudium für die Maturitätsprüfung geschuftet. Dann kam das Angebot des Kriminaldienstes der Stadtpolizei. Ich erhielt das ersehnte Papier umsonst. Aber nun weiss ich, dass es mir gar nichts nützt. Im Gegenteil. Das durch Vermittlung der Kripo der Stadt Zürich gefälschte Papier wird als Fälschung enttarnt werden, sobald ich mich zu einer Prüfung an der Uni Zürich anmelde.

Ich werde mich auch an keiner anderen Schweizer Universität immatrikulieren dürfen. Man würde mich dort gleich durch eine gezielte Indiskretion auffliegen lassen, denn nicht mehr benötigte Undercover werden von der Polizei noch Jahrzehnte danach überwacht.

Ebenso wird es mir verwehrt sein, diese Prüfung nachzuholen. Ein erschwindeltes Maturazeugnis verbietet das.

***

Auch Brugisser ging es nach dem Gespräch mit Pfenninger schlecht. Der interne Postbote legte drei Tageszeitungen in sein Fach. Auf der Frontseite berichteten alle über die Vorfälle vom Vortag auf dem Paradeplatz. Zwei davon machten in einem beigefügten Kommentar allein die Verteiler der Flugblätter für die Ausschreitungen verantwortlich. Sie beschrieben wahrheitsgetreu, was geschehen war. Brugisser hatte nichts anderes erwartet, hingegen hatte er nicht mit der Ausführlichkeit gerechnet, mit der alle drei Printmedien auf den Inhalt der Flugblätter eingingen. Da sah der begleitende Kommentar nur wie eine hilflose Alibiübung aus. Brugisser war entsetzt. Was war geschehen? Seit Menschengedenken war jede Redaktion einer Zeitung sehr darauf bedacht, die Polizei mit Samthandschuhen anzufassen. Sogar die linke «Volksstimme» und das noch linkere «Geradewegs» liessen die Finger von einer harschen Polizeischelte. Ein geradezu klassischer Fall von Selbstzensur. Die Polizei war für Herausgeber und Journalisten immer eine Bedrohung. Eine Hausdurchsuchung lag allemal drin, es brauchte lediglich grünes Licht vom Staatsanwalt. Die Behörden konnten sich ja im Nachhinein bei den Presseleuten entschuldigen. Da fiel der Polizei kein Stein aus der Krone. Sie wurden auch noch dafür entschädigt, dass sie beim Filzen der Redaktionsstuben zu wertvollen Informationen kamen, die sie dann nach Belieben einsetzen durften. Sollte all das jetzt ein Ende haben?

Brugisser schielte fortwährend auf den Telefonapparat. Er erwartete einen Anruf von Schläppi. Dass er an diesem Tag anrufen würde, war sicher. Im schlimmsten Fall musste sich Brugisser bis zur Mittagspause gedulden.

Eigentlich hätte er in diesen Morgenstunden einige seiner Untergebenen besuchen sollen. Aber er wagte nicht, seinen Schreibtisch zu verlassen. Er hatte immer da zu sein, wenn Schläppi nach ihm rief.

Es war einige Minuten nach zwölf, als ihn abermals das Schrillen des Telefons aufschreckte.

Mit «Fräulein Müller von der Polizeidirektion» meldete sich eine unangenehm gellende Stimme. Er solle sich Punkt dreizehn Uhr zehn im Vorzimmer von Stadtrat Schläppi melden.

Normalerweise wenn Schläppi etwas von Brugisser wollte, meldete er sich persönlich bei ihm. Brugisser bekam einen Schweissausbruch. Er sah auf die Uhr. Schläppis Amtssitz lag zehn Fussminuten von Brugissers Büro entfernt. Er verspürte das Gegenteil von Hunger. Ihm war kotzübel. Er hielt es aber nicht mehr in seinem Büro aus. Draussen regnete es in Strömen. Die Zeit bis zum Termin mit Schläppi durch einen Spaziergang zu überbrücken, lag nicht drin. Er zog den Regenmantel über und eilte zu einem Restaurant, das sich am Weg zur Polizeidirektion befand. Kein besonders gepflegtes Lokal. Brugisser war nicht danach, Leuten zu begegnen, die ihn kannten und ihn womöglich auf die Zeitungsartikel ansprachen.

Brugisser vertiefte sich in die Menükarte. Eigentlich wollte er nicht essen. Und die Speisen, die hier angeboten wurden, behagten ihm überhaupt nicht. «Proletenkost», fluchte er leise. Er wählte etwas Neutrales: Schnitzel, Pommes frites mit grünem Salat. Als die Serviererin, die ihn neugierig von der Theke aus betrachtete, sah, wie er die Karte weglegte, trippelte sie rasch an seinen Tisch in einer Ecke des verrauchten Raumes. «Haben Sie gefunden, was Sie suchen, Herr … Herr Dr. Brugisser?»

Brugisser fuhr zusammen. Offenbar kannte man ihn auch hier. Kein Wunder, sein Bild war ja in fast allen Zeitungen, die in den Beizen auflagen. Er sah die Frau missbilligend an, wollte etwas sagen, aber entschied sich nach einigem Zögern, doch zu schweigen.

«Oh, entschuldigen Sie. Habe ich Sie mit jemand anderem verwechselt?»

Brugisser nickte schwach. Er ging zur Theke und holte sich die «Neuen Zürcher Nachrichten». Drei Exemplare waren ausgelegt. Es waren die einzigen, die noch dalagen. Offenbar las in diesem Restaurant kaum jemand diese Zeitung.

Er begann sofort darin zu blättern, überflog den einen oder anderen Artikel. Zwischendurch schaute er auf und bemerkte, dass ihn verschiedene Gäste anstarrten. Als er eintrat, war es sehr laut im Raum gewesen, nun tuschelten alle. Brugisser nahm an, dass er und seine Rolle beim Gelddiebstahl auf der Hauptwache

Urania in der Nacht vom 26. auf den 27. März 1963 das Thema waren.

Überraschend bald erhielt er das gewünschte Mahl. Er stocherte ein wenig im Salat, der in Sosse richtiggehend ertränkt wurde, herum. Es schien, als ob man dadurch vertuschen wollte, dass das Grünzeug schon einige Tage in der Küche gelegen hatte. Er zog das Blatt mit dem frischesten Aussehen heraus, schüttelte die Sosse ab. Es war eine nach Grossmutter Art, wie aus der Speisekarte zu entnehmen war. Das Blatt schmeckte faulig, sodass Brugisser es in die Glasschale zurückspuckte. Er sah auf und erschrak ob des entsetzten Blicks der Serviererin. Diese wandte sich kurz ab, wohl um den Eindruck zu erwecken, sie habe Brugissers Handlung nicht bemerkt.

Als Nächstes versuchte er es mit einem Stäbchen Pommes frites. Er stach mit der Gabel hinein. Das Stäbchen brach entzwei. Irgendwie hatte es eine glasige Konsistenz. Um das Stück in den Mund zu bekommen, nahm er das Messer zu Hilfe. Das Stück war gründlich versalzen und offensichtlich in ranzigem Öl frittiert worden. Das überforderte nun Brugissers körperliche und seelische Verfassung. Er sah sich verzweifelt im Raum um, suchte nach dem Schild, das den Weg zur Toilette wies, und rannte los. Nach längerem Herumirren im spärlich beleuchteten Korridor fand er die Türe mit dem aufgeklebten Männchen. Er riss sie auf und wäre beinahe rücklings zurückgestolpert, derart penetrant stank es dort drinnen nach Kacke und Pisse.

Brugisser musste sich übergeben und verkleckerte damit seine Hose. Er war dem Schluchzen nahe, doch er durfte keine Emotionen zeigen, auch nicht, als ein pissender Restaurantgast ihn mit dem Spruch «Du verdammte Sau hättest das auch draussen machen können» bedachte.

Brugisser hastete in den Essraum hinauf, warf dort drei Zehnernoten hin, dreimal so viel wie der Preis des Essens, rannte zurück zur Hauptwache Urania. Im Schrank seines Büros hing seine frisch gereinigte und gebügelte Ausgangsuniform. Er zog diese an, stürzte zur Tür hinaus und eilte zum Amtssitz von Schläppi.

Er war fünf Minuten zu spät und machte sich auf eine Zurechtweisung des Stadtrats gefasst.

Schläppis Arbeitszimmer war eine Suite, mit kostbaren Teppichen ausgelegt. An den Wänden hingen Bilder von bekannten Malern, das verschaffte dem Raum das Aussehen einer distinguierten Galerie. Die handverlesenen Besucher, die Schläppi darin empfing, liess er auf bequemen Polstersesseln, so an die drei Meter von seinem Arbeitstisch entfernt, sitzen. Schläppi war dafür bekannt, um sich herum Distanz zu schaffen.

Schläppi lachte ausgelassen, als er Brugisser in der Uniform sah. «Gratuliere, du hast aus dem Übelsten das Beste gemacht. Dass du allerdings glaubtest, du könntest dich in der Proletenbeiz verstecken, war schon recht blauäugig.» Er schüttelte den Kopf. «Wie hätte ich wohl reagiert, wenn du mit deiner verpinkelten Hose in diesen Raum getreten wärest?»

Brugisser zuckte zusammen. «Wie kannst du denn wissen, dass …?»

«Ich weiss sozusagen alles, was in meiner Direktion läuft. Mein Lieber, ich habe die Leute im Griff. Leider trifft das auf dich nicht zu. Das faulste Ei in meiner Polizei wurde in deiner Abteilung ausgebrütet. Sonderegger, meine ich, dieser dämliche Nestbeschmutzer.»

Schläppi langte zur Tabakspfeife, die er auf seiner ordentlichen, fast leeren Tischfläche in einem dickglasigen, kunstvollen Behälter aufbewahrte. Mit der anderen Hand zog er eine kleine Schublade heraus und entnahm ihr eine Büchse. Brugisser roch es von seinem Sessel aus. Es war der aromatisch duftende, sündenteure Tabak, den Schläppi direkt aus Kuba bezog. Er stopfte ihn umständlich in die Pfeife. Dann sah er Brugisser mit zusammengekniffenen Augen an. «Wir haben echt ein Problem. Nicht dass dir eine nicht verifizierte Indiskretion untergeschoben wird, du wärest am Tresordiebstahl vom März 1963 beteiligt. Aber dass ansonsten seriöse Zeitungen sich nicht scheuen, solche Nachrichten zu verbreiten.»

«Aber was soll ich gegen diese Verleumdung tun?»

Schläppi grunzte. «Du bezeichnest das als Verleumdung, so, als ginge es hier allein um deine Person. Nein, um dich geht es nicht. Man zielt da auf mich und mein Ressort. Soll ich dich denen als Bauernopfer zum Frass hinwerfen?»

Brugissers Miene sprach Bände, aber er sagte nichts darauf.

Schläppi hob den Zeigefinger. «Das soll aber nicht heissen, dass ich dich auf Gedeih und Verderb halten kann. Es könnte der Tag kommen, an dem ich dich fallen lassen muss. Du würdest aber weich landen. Meine Beziehungen, die ich über Jahrzehnte gepflegt und stets ausgebaut habe, erlaubten es mir, dich ohne Gehaltsverlust unterzubringen. Als Sicherheitschef in einem Konzern zum Beispiel.»

Schläppi liess Brugisser erst gar nicht aufbegehren. «Mein lieber Werner, ich meine es ja nur gut mit dir. Ich wäre der Letzte, der deine Existenz ruinieren würde. Stimmt schon, als Sicherheitsbeauftragter dürftest du dich nicht mehr in deiner schmucken Uniform zeigen. Stattdessen würde man dir jeden Monat einen neuen Massanzug verpassen. Einen wie die Banker an der Bahnhofstrasse tragen. Das würde, ich versichere es dir, dein Ansehen heben.»

Brugisser flehte Schläppi richtiggehend an. «Die Leute sollen mich nicht bewundern, sie sollen mich fürchten. Ich möchte einen Zug Polizeigrenadiere auf eine Ansammlung aufmüpfiger Studenten hetzen.» Brugisser schlug sich mit der Faust auf die Stirn. «Sausen Schlagstöcke auf die Schädel dieser linken Brut, finde ich das nicht schlimm.»

Schläppi bewegte seinen feisten, haarlosen Schädel hin und her. Brugisser sackte zusammen. Schläppi sah ihn belustigt an und sagte: «Und jetzt kommen wir endlich zur Sache.»

Schläppi reichte Brugisser ein A4-Papier und bat ihn, es sorgfältig durchzulesen. Schläppi beobachtete Brugisser dabei aufmerksam und stellte mit Befriedigung fest, wie sich dicke Schweisstropfen auf der Stirn des Kommissärs bildeten. Nach einigen Minuten legte Brugisser das Blatt beiseite und warf Schläppi einen angstvoll fragenden Blick zu.

Schläppi musterte Brugisser abschätzig. «Fragen?»

«Ja. Darf ich ohne richterlichen Befehl Sondereggers, Ledergerbers und Gasts Wohnung verwanzen?»

«Bist du eigentlich bescheuert, oder tust du nur so? Als Jurist muss dir klar sein, dass so was illegal ist. Als Polizeioffizier dürftest du wissen, dass wir auf richterliche Verbote scheissen, sollten sie unsere Ermittlungen behindern. Und genau das trifft in diesem Fall zu.»

«Aber Sonderegger wird mit Sicherheit die Wanzen rechtzeitig entdecken.»

Schläppi wiegte langsam den Kopf hin und her. «Meinetwegen, dann überwachst du ihn anders, mit der althergebrachten Methode.»

Brugisser murrte. «Das kommt uns aber teuer zu stehen. Ich benötige dazu rund um die Uhr zwei Mann.»

Schläppi schnellte vom Sessel auf. «Werner, du bist ein Erbsenzähler. Was sind zwei Mann gegen die Überführung eines Amtsgeheimnisverräters? Ich befehle dir, unter Umgehung des Dienstweges zwei Mannstellen rund um die Uhr für diese wichtige Aufgabe freizuhalten.»

Brugisser ächzte. «Gehen wir von einem Wochenpensum mit vierundvierzig Stunden aus, sind das mit Wochenenden und Ferienanteil gut und gerne acht Polizeipersonen, die für andere Aufgaben wegfallen.»

«Rechnen kann ich auch. Ich werde veranlassen, dass deiner Abteilung zehn zusätzliche Männer zugeteilt werden. Es können auch Frauen sein. Für Überwachungsaufgaben genügen Weiber. Ich werde bewirken, dass mindestens sechs davon vom Verkehrsdienst abgezogen werden.»

Brugissers Miene war immer noch angespannt. «Auch die Zusammenstellung des Abhörteams bereitet mir Kopfzerbrechen. Wir bearbeiten derzeit fünf Tötungsdelikte. Zwei Mordkommissionen sind im Einsatz.»

«Morde sind wie das Amen nach einer Predigt. Sie kommen immer wieder. Die Aufklärungsquote ist nicht grösser, wenn eine vielköpfige Mordkommission daran beteiligt ist. Das Gegenteil trifft zu.»

Brugisser zuckte resigniert die Schultern.

«Nun zum nächsten Problem. Das ist noch vollkommen ungelöst. In der Studentenschaft Zürich rumort es. Die Linken nehmen dort überhand. Wir müssen dieser Entwicklung einen

Riegel vorschieben. Pfenninger arbeitet nicht schlecht, aber er benötigt Verstärkung. Du musst einen zweiten Undercover einschulen.» Schläppi überreichte Brugisser ein weiteres Blatt. Darauf stand:

ABPLANALP CHRISTOPH

Darunter ein längerer Text mit den Personalien, der Ausbildung, dem privaten und beruflichen Lebenslauf und dem Ergebnis der Sicherheitsüberprüfung.

Brugisser strich mit dem Finger über eine Passage:

Abplanalp hat zwei Vorstrafen.

«Was für Vorstrafen?», erkundigte er sich.

«Das hat dich gar nicht zu interessieren. Undercover dürfen keine Unschuldslämmer sein.»

14

Ende Oktober 2014

Koch hatte sich viel Zeit genommen, die Akten Sondereggers zu durchstöbern. Er scheute keine Mühe, sie auf ihre Echtheit zu überprüfen. Alles, was darin aufgezeichnet war, musste er belegen können, denn sie waren nicht auf legalem Weg in Sondereggers Datensammlung gelangt. Aber was wahr war, das durfte Koch für seine Ermittlungen verwenden. Am 27. Oktober, einem Montag, bestellte Koch die Arbeitsgruppe, die nun in Mordkommission umbenannt worden war, in das geräumige Sitzungszimmer der Hauptwache Urania.

«Meine Damen und Herren, im Mordfall Brugisser ist ein neuer Name aufgetaucht …»

Ein Mitglied der Kommission wedelte mit beiden Händen, um Koch zu unterbrechen.

«Gibt es ein Problem?», fragte Koch.

«Warum heisst es jetzt plötzlich Mordkommission? Es steht immer noch gar nicht fest, ob es sich beim Fall Brugisser um Mord handelt.»

«Da haben Sie wohl vorläufig recht. Vorläufig. Aber mein kleiner Finger sagt mir, dass in diesem Fall ein Gewaltverbrechen verborgen ist.»

«Beweise?»

«Tja, Feldweibel Guyer, manchmal frage ich mich, was in Ihrem Kopf vorgeht. Sie sind mir schon in der ersten Sitzung in dieser Kommission aufgefallen. Fast scheint mir, Sie wüssten mehr von der Sache als wir. Warum rücken Sie damit nicht heraus?»

Der weisshaarige Guyer wollte protestieren, doch Koch liess ihn nicht mehr zu Wort zu kommen.

«Lassen Sie mir die Gelegenheit, Ihnen einen Namen preiszugeben: Abplanalp Christoph.»

Die meisten zuckten mit den Achseln, offensichtlich sagte

ihnen dieser Name nichts. Nicht Guyer. Eine leichte Blässe überzog sein Gesicht. Koch fiel das auf.

«Na ja, Feldweibel Guyer. Das dürften die wenigsten hier drinnen wissen. Als Abplanalp bei der Stadtpolizei seinen Posten räumen musste, haben Sie ein Gesuch um eine Versetzung zur Kantonspolizei gestellt. Das wurde vor allem damit begründet, dass Sie jahrelang mit Oberleutnant Abplanalp eng zusammengearbeitet hätten. Dem Gesuch wurde entsprochen.»

Im Raum kam ein Getuschel auf.

«Ihre Reaktion, Kolleginnen und Kollegen, wundert mich nicht. Wer ist Christoph Abplanalp?» Koch startete die Powerpointpräsentation. Auf der Leinwand erschien das Bild eines jungen Mannes. Darunter stand das Datum: 1. Dezember 1967. «So sah er damals aus. Er wurde von der Kripo als Undercover engagiert.» Koch konnte ein Schmunzeln nicht unterdrücken. «Gibt es heute noch Undercover in unserer Abteilung?» Er sah forschend in die Runde.

Niemand äusserte sich dazu.

«Ja, es gibt sie noch. Aber sie figurieren nicht in unserem Personalverzeichnis. Wir stellen keinen oder keine von denen fest an. Das hat man 1967 noch gemacht. Mit verhängnisvollen Folgen.»

Das nächste Foto erschien auf der Leinwand. Ein fast schon alter Mann, mehr weiss als grau. Wieder erschien das vorher gezeigte Bild des jungen Mannes. Und nun war klar, es musste sich um dieselbe Person handeln.

«Kennt jemand diesen Mann?», fragte Koch.

Niemand wollte ihn kennen.

«Feldweibel Guyer, warum melden Sie sich nicht? Ihnen müsste das neue wie das alte Bild bekannt vorkommen.»

Guyer antwortete nicht. Er setzte eine gleichgültige Miene auf, so als ob ihn das gar nicht interessieren würde.

«Ich verhörte heute Morgen Abplanalp, Oberleutnant der Stadtpolizei Zürich bis 1998. In den Wochen zuvor haben wir hart gearbeitet und das Archiv des verstorbenen Sonderegger durchforstet, Hunderte von Dokumenten ausgewertet, und wir fanden Unglaubliches.»

Guyer sprang von seinem Sessel auf und fiel Koch ins Wort. «Ich erinnere Sie daran, Herr Koch, dass diese Dokumente aus dem Polizeiarchiv gestohlen wurden von einem deswegen suspendierten Detektivwachtmeister. Sie können deshalb nicht gegen einen Angeschuldigten verwendet werden.»

«Tja, Guyer, wir leben in einem Rechtsstaat. Da trifft man immer wieder auf Leitplanken, die verhindern sollen, vom gesetzlich vorgeschriebenen Weg abzukommen. Aber in diesem Falle touchieren wir die Leitplanke gar nicht, wenn wir uns auf die Dokumente im Polizeiarchiv stützen. Auf diese Dokumente dürfen wir sehr wohl zugreifen. Es sind ja unsere, wir haben sie angelegt. Einige Originale der Kopien von Sonderegger befinden sich tatsächlich noch dort, andere sind verschwunden. Wohl nicht entwendet, vielmehr geschreddert worden. Aber es lässt sich an den Kopien nachweisen, dass sie von den Dokumenten aus dem Polizeiarchiv angefertigt worden sind. Es ist unerheblich, ob Sonderegger davon Gebrauch gemacht hatte oder nicht. Das hat er ja schon vor vielen Jahren mit mehr oder weniger Erfolg versucht. Das hat man ihm heimgezahlt. Gnadenlos. Man hat ihn seiner Existenz beraubt. Er hat damit doch nur auf grauenvolle Ungerechtigkeiten verweisen wollen. Ja, er machte dabei Fehler: den Dienstweg zu umgehen, Dokumente zu entwenden. Verzeihlich. Jeder mutige, anständige Mensch hätte es an seiner Stelle auch getan.»

Guyer schüttelte missmutig den Kopf. «Ich verstehe die Welt nicht mehr», sagte er.

«Sie sprechen wahre Worte», entgegnete Koch.

Gelächter.

Guyer lief rot an und stapfte aus dem Raum.

«Gut. Jetzt können wir ungestört arbeiten. Was hat die Vernehmung von Abplanalp ergeben?» Koch öffnete seine wuchtige Ledermappe und zog einen Stoss Papiere heraus, knallte ihn auf den Tisch. «Nehmen Sie je ein Exemplar. Fünf geheftete Blätter. Auf der letzten Seite finden Sie eine Zusammenfassung der wichtigsten Aussagen Abplanalps. Es sieht nicht nach viel aus, doch der Inhalt ist bedeutend.»

Abplanalp: *Ich kannte Brugisser. Ich kenne auch Pfenninger. Ich gehe davon aus, dass Pfenninger Brugisser umgebracht hat.*
Koch: *Können Sie das belegen?*
Abplanalp: *Das kann ich nicht. Aber Pfenninger hat als Einziger in Brugissers Umfeld ein Motiv gehabt.*
(Abplanalps Blick ist komplett emotionslos.)
Abplanalp: *Seit mehr als vierzig Jahren kenne ich Pfenninger. Mittelmässig begabt, selbstbemitleidend, ein Versager rundum. Brugisser hat mich 1968 engagiert. Brugisser war intelligent, intrigant, korrupt, ein Blender und ein Playboy. Ich habe jahrzehntelang für ihn gearbeitet. Schläppi habe ich von allen am meisten respektiert. Er war der grösste Schweinehund, der mir je über den Weg gelaufen ist. Aber er war mein Schweinehund.*
Koch: *Haben Sie eine Vorstellung, wie Brugisser umgekommen ist?*
(Abplanalp grinst.)
Abplanalp: *Dazu äussere ich mich nicht.*
Koch: *Haben Sie ein Alibi für die Zeit, als Brugisser ums Leben kam?*
Abplanalp: *Ich kann für diesen Tag, den 23. April 2014, jede Minute ausweisen. Ich bin damals, um sechzehn Uhr fünfunddreissig, an der Hauptwache Urania vorbeispaziert.*
Koch: *Haben Sie etwas vom Vorfall mitbekommen?*
Abplanalp: *Ja. Über die Details möchte ich mich nicht äussern. Ich war lange genug Polizist, um genau zu wissen, was man sagen muss, um sich nicht selbst zu belasten.*

Koch beobachtete, wie die Mitglieder der Mordkommission ihn nach der Lektüre dieses Papiers ungläubig anstarrten.

«Abplanalp ist ein knallharter Bursche. Er lässt nichts anbrennen. Möglich, dass während der Tatzeit Fotos mit Handys gemacht wurden, auch vom gegenüberliegenden Ufer der Limmat.»

Im Sitzungszimmer kam Unruhe auf. Anwesende schlugen Koch vor, Abplanalp sofort festzunehmen.

Das könne er nicht. Man müsste dann alle, die zu dieser Zeit auf dem Limmatquai an der Hauptwache vorbeischlenderten, verhaften. Er sehe eine andere Möglichkeit, Abplanalp in die Pflicht zu nehmen. Der Schlüssel dazu liege im Archiv von Sonderegger, das er auch nach seiner Entlassung aus der Kripo ergänzt habe. Über viele Jahre. Dieses Archiv enthalte zahlreiche vertrauliche und geheime Polizei- und Gerichtsprotokolle.

Hände gingen hoch. Koch ging darauf ein. Ob denn das zulässig sei, fragten mehrere.

Das private Anlegen von unter Geheimhaltungspflicht stehenden Aufzeichnungen sei natürlich illegal. Wäre Sonderegger deswegen überführt worden, hätte ihm das ein Strafverfahren eingetragen. Doch nach seiner Entlassung aus dem Korps der Zürcher Stadtpolizei habe kein Anlass mehr bestanden, ihn zu verdächtigen, Kopien aus den Originalen des Archivs angefertigt zu haben. Jemand anderes aus der Abteilung des Kommissärs Brugisser müsse das gewesen sein. Im Nachhinein müsse er sagen, zum Glück seien diese Dokumente in die Sammlung von Sonderegger gelangt. «Das sind alles Kopien von Originalen, soweit wir sie überprüfen konnten. Die Originale, von denen diese Kopien angefertigt wurden, befinden sich nur noch teilweise in den Kellern der Hauptwache und des Gerichtsgebäudes; die meisten sind verschwunden. Und das ist ein Skandal. Peinlich, dass diese Unterlagen den Untersuchungsbehörden ursprünglich zur Verfügung gestanden haben und sie nicht ausgewertet wurden.» Nun sei leider vieles davon verjährt und damit nicht mehr strafrechtsrelevant. Koch fuhr weiter: «Wenn ein Vergehen mit einer Freiheitsstrafe von mehr als drei Jahren bedroht ist, beträgt die Verfolgungsverjährung fünfzehn Jahre. Das reicht also bis ins Jahr 1999 zurück. Aus Kopien von Archiv-Protokollen geht hervor, dass Abplanalp im Verdacht steht, im Sommer 2004 ein Delikt begangen zu haben, das mit bis zu fünf Jahren Gefängnis geahndet werden kann. Über eine ähnlich gelagerte Straftat gibt es Aufzeichnungen im Frühjahr 2000. Sobald der Staatsanwalt grünes Licht gibt, werden wir Abplanalp in Untersuchungshaft setzen.»

Wieder ging eine Hand hoch. Sie gehörte einem langjährigen Detektivwachtmeister. «Ich hatte mit Abplanalp viel zu tun und bin überhaupt nicht verwundert, dass er kriminelle

Taten begangen hat. Ich habe selber einiges zu Protokoll gegeben und war verwundert, später nichts mehr davon zu hören. Meine Sorge: Was, wenn Abplanalp Wind von der anstehenden Festnahme bekommt und sich dieser durch Flucht ins Ausland entzieht?»

Abplanalp werde rund um die Uhr bewacht. Sobald er Anstalten mache, sich über die Grenze abzusetzen, werde man ihm das verweigern, antwortete Koch.

Koch beendete die Sitzung und ging mit seinen engsten Mitarbeitern in die Cafeteria der Hauptwache. Sein Handy surrte. Es war der Chef des Überwachungsteams von Abplanalp. Koch wurde schlagartig bleich und bellte ins Mobiltelefon: «Abplanalp verschwunden? Sagen Sie, dass das nicht stimmt.»

Am kommenden Morgen erhielt Koch die Nachricht, Abplanalp sei wiederaufgetaucht. Koch fiel ein Stein vom Herzen. Seine Zufriedenheit über den glücklichen Ausgang dieses Vorfalls fand eine halbe Stunde später ein jähes Ende. Koch wurde mit der Nachricht konfrontiert, Pfenninger sei tot zwischen den Gleisen des Güterbahnhofs aufgefunden worden. Nicht von einem Bahnwagen oder einer Lokomotive überrollt, sondern durch Genickschuss ins Jenseits befördert.

Kurze Zeit danach ging es auf der Hauptwache wie in einem Bienenhaus zu und her. Koch rief die Mordkommission auf den frühen Nachmittag wieder zusammen.

Mit Ausnahme Guyers waren um halb zwei Uhr alle da. Ungläubig staunend nahmen die Anwesenden zur Kenntnis, dass Koch vorläufig nicht die Absicht habe, Abplanalp festzunehmen. Man werde ihn verschärft beobachten. Dass er mit dem Mord an Pfenninger etwas zu tun habe, könne er sich gut vorstellen. Ebenso, dass Abplanalp nicht der Einzige sei, der Pfenninger nach dem Leben getrachtet habe. Das weitere Vorgehen: Die Spurensicherung müsse diesmal aufwendig, mit grosser Sorgfalt, aber auch speditiv vorgenommen werden. Derjenige, der Pfenninger umgelegt habe, sei mit Sicherheit ein Profi. Es sei absehbar, dass der Täter kaum Spuren hinterlassen habe. Neben der Spurensicherung müsse das persönliche

Umfeld von Abplanalp gründlich durchforstet werden. Die Aufzeichnungen Sondereggers würden dafür hilfreich sein, aber sie genügten nicht, da sie lediglich bis 2005 reichten. Das Beziehungsnetz von Pfenninger habe man intensiv ausgeforscht. Abplanalp sei derzeit der Hauptverdächtige.

15

Herbst 1967

Abplanalp erschien zum Vorstellungsgespräch bei Brugisser. Zunächst war es eine Konversation unter vier Augen. Brugisser fragte nicht nach den Personalien, nicht nach dem Lebenslauf, weder dem beruflichen noch dem privaten. Hingegen wollte er wissen, was Abplanalp sich unter einem Undercover vorstelle, ob er unter Umständen bereit wäre, das Gesetz zu übertreten. Die Antworten befriedigten Brugisser durchwegs. Ihm machte Eindruck, wie Abplanalp auf die letzte Frage reagierte. Ohne zu zögern, mit einer kalten Selbstverständlichkeit. Ob er auch bereit wäre, im Interesse des Staates jemanden umzubringen, bohrte Brugisser weiter. Abplanalp antwortete, ohne eine Miene zu verziehen: «Klar, aber nur bei einer angemessenen Entschädigung und Garantien, dass ich deswegen nicht belangt werde.»

Brugisser sah Abplanalp lächelnd an. «Haben Sie noch Fragen?»

«Ja, mehrere. Warum fragen Sie mich nicht, was ich für eine Ausbildung habe, ob ich Erfahrung für diesen Job mitbringe –»

Brugisser unterbrach ihn. «Wir wissen genau über Sie Bescheid. Über Ihre kriminelle Vergangenheit, über Ihre Zeit in der Fremdenlegion, über alles.» Brugisser zog ein zweiseitiges Papier aus einer Schublade und reichte es Abplanalp. «Da, lesen Sie.»

Lebenslauf von Abplanalp Christoph, geb. 31. Oktober 1940 in Bern.
Vater: Abplanalp Hans, Instruktionsoffizier, Kommandant des Waffenplatzes Bern; Mutter: Abplanalp Ida, geborene Merz
1947–1951: Primarschule Kirchenfeld-Schosshalde, Bern Stadt
1952–1960: Freies Gymnasium Bern
1957: Selbstmord der Mutter

Frühjahr 1960: Maturitätsprüfung
Juni 1960: Überfall auf die Post in Heimberg BE, anschliessend Flucht nach Frankreich
Oktober 1960–Juli 1963: Fremdenlegion
Juli 1963: Rückkehr in die Schweiz
15. Juli 1963: Verhaftung im Bahnhof Lausanne
August 1963–Februar 1964: Militärstrafanstalt Zugerberg
März 1964: Prozess. Abplanalp wird beschuldigt, am Überfall auf die Post Heimberg mitgewirkt zu haben. Wegen der damals nicht erreichten Volljährigkeit und der bereits abgesessenen Haftstrafe auf dem Zugerberg wird der Angeklagte zu einer Gefängnisstrafe von sieben Monaten, bedingt erlassen mit einer Bewährungsfrist von zwei Jahren, verurteilt.
Frühjahr 1964–Herbst 1966: Studium an der Rechtswissenschaftlichen Fakultät der Universität Zürich, ohne Abschluss
Herbst 1966–Dezember 1967: Geschäftsführer des Cabaret-Dancing «Silbermond» im Niederdorf, Stadt Zürich
Dezember 1966: Strafanzeige wegen Nötigung; April 1967 zu einer bedingten Gefängnisstrafe von sechs Monaten verurteilt

Brugisser beobachtete während der Lektüre Abplanalp, danach musterte er ihn. «Den ersten Test haben Sie bestanden.»

«Danke. Meine Vorstrafen scheinen für diesen Job kein Hindernis zu sein?»

Brugisser lachte herzlich. «Nein. Ganz im Gegenteil. Wir stellen als Spitzel keine Hirtenknaben ein. Da müssen wir auf Leute zugreifen, die Beziehungen zur Unterwelt haben. Noch eine Frage?»

«Warum wird im Lebenslauf der Freitod meiner Mutter erwähnt? Das ist das einzige Private in Ihrer Aufzeichnung. Kennen Sie denn die Hintergründe?»

«Diese kennen wir. Ihr Vater war ein unsäglicher Grobian. In seinen vier Wänden lebte er eine Schreckensherrschaft aus. Er schlug Sie und Ihre Mutter mindestens einmal wöchentlich blutig. Nun ja, strafbar ist das bis dato nicht. Aber mit Sicherheit hat es an Ihnen Spuren hinterlassen. Ihnen ist damit eine einzigartige Beziehung zur Gewalt mitgegeben worden.»

Das erste Mal bemerkte Brugisser im Gesichtsausdruck Abplanalps so etwas wie Emotionen. «Das erstaunt Sie vielleicht. Wir prüfen peinlich genau, wer sich als Undercover eignet. Dabei ziehen wir auch unseren Hauspsychologen zurate.»

«Wie lange, glauben Sie, Herr Brugisser, werde ich bei Ihnen tätig sein? Was geschieht nachher?»

«Gute Frage. Die Dauer des Anstellungsverhältnisses können wir nicht festlegen, das hängt von verschiedenen Faktoren ab. Eine entscheidende Rolle spielt natürlich, dass Sie unerkannt bleiben. Ist einmal Ihre Identität gelüftet, sind Sie als Spitzel nicht mehr tauglich. Nun kommt ein Aber. Auch einen aufgeflogenen Spion dürfen wir nicht einfach aus den Augen verlieren.»

Abplanalps Augenbrauen zogen sich zusammen. Offenbar wollte er etwas sagen.

Brugisser kam ihm zuvor. «Machen Sie sich keine Sorgen um Ihre Zukunft. Den meisten Undercovern bieten wir eine Ausbildung in einer Polizeischule an. Sie müssen sich danach aber für mindestens zehn Jahre verpflichten. Mit Aufstiegschancen zum höheren Unteroffizier. Bei Ihnen ist es jedoch anders. Sie haben das Gymnasium mit der Matura abgeschlossen. Wir können Ihnen nicht verbieten, sich an einer Universität zu immatrikulieren und zu studieren.»

«Wie soll ich das finanzieren?»

«Arbeiten Sie bei uns und schreiben Sie sich für das nächste Semester an der Rechtswissenschaftlichen Fakultät ein.»

Abplanalp hob abwehrend die Hand. «Das dürfte nicht ganz so einfach sein mit meiner letzten Vorstrafe.»

Brugisser setzte eine Pokermiene auf und sah Abplanalp an. «Das werden wir regeln, was die Universität Zürich betrifft. Bei anderen Hochschulen dürfte es allerdings Schwierigkeiten geben.»

«Verstehe ich Sie richtig, erhalte ich diesen Job nur, wenn ich mich an der Rechtswissenschaftlichen Abteilung der Universität Zürich immatrikuliere?»

«So ist es.»

«Ich interpretiere das so: Mein Wirkungsumfeld als Spitzel haben Sie auch bereits festgelegt. Es ist die Studentenschaft.»

«Genau. Und zwar nicht nur die linken Studentinnen und Studenten, sondern auch die auf der anderen Seite: die Verbindungsbrüder. Nicht dass wir etwas gegen die Letzteren hätten, aber es geht uns darum, diese in unsere Strategie einzubinden. Und sie allenfalls von unüberlegten Aktionen abzuhalten. Denn es gibt einige unverbesserliche Saufbrüder darunter.»

«Was sehen Sie für mich konkret vor?»

«Sie treten den Revolutionären Arbeitern und Studenten Zürichs, ‹rasz›, bei. Sie werden ohne Umschweife aufgenommen. Kurzfristig erwarten wir von Ihnen, dass Sie sich um einen Sitz im Vorstand dieser Gruppe bewerben; mittelfristig, dass Sie für einen Sitz in der offiziellen Studentenschaft kandidieren. Wir gehen davon aus, dass die ‹rasz› die nächsten Wahlen in den Studentenrat gewinnt.»

Abplanalp war damit einverstanden, schob nach, er könnte auch anderswo eingesetzt werden. Brugisser hob beide Daumen in die Höhe. Das sei ihm durchaus bewusst. Abplanalps Tuchfühlung mit Exponenten krimineller Organisationen könnte zum richtigen Zeitpunkt wertvoll für Justiz und Polizei sein. An dieser Aufgabe würden bereits einige andere arbeiten. Er könnte sich vorstellen, mutmasste Brugisser, dass er, Abplanalp, für besonders heikle Fälle neben seiner Spitzeltätigkeit an der Universität beigezogen würde.

Brugisser und Abplanalp wurden handelseinig. Abplanalp verliess die Hauptwache mit einem unterschriebenen Vertrag.

***

Schon am nächsten Tag nahm Abplanalp an einer Versammlung der «rasz» teil. Er wurde von Pfenninger empfohlen und, nachdem er sich selbst vorgestellt hatte, mit kräftigem Beifall aufgenommen. Diese Zustimmung kam nicht zuletzt wegen Abplanalps Worten zustande. Bei seiner Vorstellung verschwieg er die dunklen Punkte in seinem Lebenslauf nicht. Er gab zu, in seiner Jugend an einem Überfall auf eine Postfiliale mitgemacht zu haben. Er gab zu, sich als Fremdenlegionär angedient zu haben. Er gab zu, wegen Nötigung in einem Cabaret-Dancing verurteilt worden zu sein. Das Letztere relativierte er. Es sei nicht eine Nötigung, sondern eine Zurechtweisung gewesen. Er habe die Personalbeauftragte getadelt, weil sie die Löhne der unteren Angestellten gedrückt habe. Das kam gut an. Niemand fragte nach, wie es sich genau abgespielt hatte.

Sabina Gast war fasziniert von Abplanalps Auftritt. Sie lächelte ihm zu, immer wieder. Offenbar zum Missfallen Rüeggs. Er sah Sabina immer wieder verärgert an und schüttelte den Kopf.

Nach stundenlangen Diskussionen über die einzuschlagende Strategie lichteten sich die Reihen allmählich. Übrig blieben am Schluss Walter Pfenninger, Sabina Gast, Daniel Rüegg und Christoph Abplanalp. Rüegg zog sich entnervt zurück, als er realisieren musste, dass Sabina und Christoph wie Kletten aneinanderhafteten.

Christoph Abplanalp anerbot Sabina Gast, sie nach Hause zu begleiten. Sie wohnte circa zwanzig Fussminuten vom Versammlungslokal der «rasz» entfernt.

Abplanalp lenkte das Gespräch auf Sonderegger. Man sollte mehr tun für diesen Polizisten, ihm sei Unrecht geschehen, und es geschehe ihm weiter Unrecht. «Kennst du ihn überhaupt, Sabina?»

Nein, das tue sie nicht. Aber sie könne sich an einen gemeinsamen Bekannten wenden. Einen Schlosser, der in der Nähe von ihr wohne und an der Langstrasse eine Werkstatt betreibe. Sie habe ihn mehrmals mit Sonderegger zusammen gesehen.

Ob sie denn mehr über diesen Mann wisse, fragte Abplanalp nach.

Sie habe von Mitgliedern der «rasz» mitbekommen, dass er so nebenbei eine kleine Druckerei besitze, dass die in der Stadt gestreuten Flugblätter in Sachen Sonderegger dem Anschein nach von ihm vervielfältigt wurden.

«Höchst interessant. Dann muss er wohl im Besitz der aus dem Polizeiarchiv geklauten Unterlagen sein.»

Sie wisse darüber nichts Genaueres. Aber möglich wäre es schon.

Nach Umwegen kamen sie schliesslich beim Haus an, wo Sabina wohnte.

Sie unterliess es, ihn in ihre Wohnung zu bitten. Abplanalp bemühte sich auch nicht darum. Vor der Eingangstüre verabschiedete er sich von ihr mit einem innigen Kuss.

Am Tag danach bezog Abplanalp seinen Arbeitsplatz in der Hauptwache Urania. Es war im Büro von Pfenninger.

Kaum eine Woche später trafen sich Pfenninger, Daniel Rüegg und Abplanalp im Sitzungszimmer der Studentenschaft Zürich. Rüegg widerstand der Versuchung, sich zur Zuneigung zwischen Sabina Gast und Christoph Abplanalp zu äussern, doch sein Gesichtsausdruck und seine Gebärden liessen auf ein tiefes Missfallen gegenüber Abplanalp schliessen.

Abplanalp teilte den beiden mit, in einigen Minuten würden auch Brugisser und Schläppi hier eintreffen.

Rüeggs Miene erstarrte. «Was soll denn das? Was hast du dir hier herausgenommen? Das ist doch eine Besprechung zwischen uns ‹rasz›-Mitgliedern.»

Abplanalp grinste Rüegg zynisch ins Gesicht.

Es klopfte. Schläppi und Brugisser standen im Türrahmen.

Distanziert, aber freundlich hiess Rüegg die beiden willkommen. «Was für eine Ehre. Wir wissen Ihren Besuch zu schätzen.»

«Danke», sagte Schläppi. «Wenn wir uns schon die Mühe machen, Sie in den heiligen Hallen der Alma Mater aufzusuchen, muss es einen bedeutsamen Grund haben.» Er und Major Brugisser hätten ein längeres Gespräch mit Abplanalp gehabt. Da sei es ihnen wie Schuppen von den Augen gefallen. Ja, Abplanalp sehe das völlig richtig. Man müsse mit der «rasz» ins Gespräch kommen. Das bedeute ja nicht, deren Standpunkt zu übernehmen oder umgekehrt ihr zu verbieten, Kundgebungen durchzuführen.

Schläppi sah die Sitzungsteilnehmer mit gönnerhaftem Augenblinzeln an. «Wir haben an der Langstrasse eine geräumige Wohnung gemietet. Sie bietet genügend Platz für zwei komfortabel einzurichtende Büros, einen grossen Versammlungsraum und was sonst alles dazugehört. All das kostet die ‹rasz› keinen Rappen.»

Rüegg machte ein gequältes Gesicht. «Diese Idee mit der Wohnung finde ich etwas seltsam. Wie soll ich das meinen Leuten schmackhaft machen? Sie wollen nicht auch noch sagen, diese Wohnung sei verwanzt. Halten Sie uns eigentlich für blöd?»

Dazu wolle er sich nicht im Detail äussern, sagte Schläppi. Nur so viel: Die Kripo habe schon lange fast alles mitbekommen, was im engeren Kreis der «rasz» besprochen worden sei. Er könne sich schwerlich vorstellen, dass ein Christoph Abplanalp mit seiner harten militärischen Ausbildung Wanzen in den eigenen Aufenthaltsräumen nicht bemerken würde. Dabei sah er Rüegg mit einem Lächeln auf den Stockzähnen an. «Ab jetzt halten Sie die Meetings und Vorstandssitzungen der ‹rasz› in den Räumen dieser Wohnung ab.»

«Das dürfen Sie uns nicht vorschreiben, Herr Stadtrat.»

Schläppi kicherte. «Rüegg, haben Sie denn eine Wahl? Die Wohnungen in diesen Gebäuden sind Eigentum der Stadt. Und die Stadt hat sich verpflichtetet, Jugendorganisationen zu unterstützen. Wir stellen auch Verbindungsbrüdern und der Liberalen Studentenschaft Räume gratis zur Verfügung.»

Brugisser sagte fast kleinlaut, Schläppi habe recht. Man müsse alle Studentenvereine gleich behandeln.

***

Eine Stunde später trafen sich Abplanalp, Pfenninger und Schläppi mit Brugisser im Kripokommissariat.

Schläppi musterte Abplanalp. «Sie haben eine weibliche Person in der ‹rasz› kennengelernt und offenbar Gefallen an ihr gefunden. Wir wissen, dass Sie sie nach der Versammlung nach Hause begleitet haben.»

Abplanalp lachte lauthals und zeigte auf Pfenninger. «Der eine Spion überwacht den andern.» Er machte eine kurze Pause. «Stimmt, diese Frau ist mir sympathisch. Aber das beruht auf Gegenseitigkeit. Ich habe auf dem Heimweg mit ihr geplaudert und Neues erfahren. Über Sonderegger und seinen Freund, einen Schlosser, der an der Langstrasse arbeitet. Ich habe seinen Namen und seine Adresse ausfindig gemacht.» Abplanalp zog zwei Zettel aus seiner Vestontasche und reichte sie Brugisser und Schläppi. «Noch etwas: Dieser Mann soll bei sich zu Hause die Flyer gedruckt haben, die Studenten der ‹rasz› verteilten.»

«Und was schliessen Sie daraus?»

«Dass der Schlosser im Besitz von Kopien der aus dem Polizeiarchiv entwendeten Akten ist.»

Brugisser seufzte. «Von Kopien. Aber wie viele Kopien wurden davon angefertigt? Ich habe keine Ruhe, bis alle gefunden worden sind.»

Schläppi sah Brugisser scharf an. «Der einzige Weg das herauszufinden, sollte dir wohl klar sein, Werner. Wir müssen diesem Mann auf die Pelle rücken. Ihn in Gewahrsam nehmen, eine Hausdurchsuchung anordnen. Und das schon morgen.» Schläppi warf einen rüffelnden Blick auf Abplanalp. «Mich irritiert, dass Sie uns das nicht gleich gestern gesagt haben.»

Abplanalp wehrte sich. «Das hat einen guten Grund. Hätte ich das getan, wäre Sabina Gast misstrauisch geworden. Hätte Verdacht geschöpft, diese Information wäre offensichtlich durch mich an die Kripo weitergegeben worden. Ich wäre Gefahr gelaufen, als Spitzel aufzufliegen, bevor ich mich richtig in meinen neuen Job eingelebt hätte.»

Verständnisvolles Nicken von Schläppi. «Cleveres Bürschchen. Hätten Sie es Brugisser bereits gestern anvertraut, hätte er wohl sofort seine Mannen losgeschickt.»

Brugisser seufzte bedrückt, unterliess es aber, dagegen etwas einzuwenden.

***

Es war ein trüber, nebliger Abend im Oktober. Des Herumsitzens und Trübsalblasens überdrüssig, wollte Sonderegger vor dem Nachtessen einen kurzen Spaziergang machen. Als er vor die Haustür trat, gewahrte er zwei Autos der Stadtpolizei auf der gegenüberliegenden Strassenseite. Vier Polizisten stiegen aus, bewegten sich raschen Schrittes auf ihn zu.

«Sonderegger, stehen bleiben!»

Sonderegger kam dem Befehl nach und rief: «Was ist denn los?»

«Sie sind festgenommen. Steigen Sie bitte in den vorderen Wagen ein.»

Sonderegger befolgte auch diese Aufforderung, riss die Türe zu den Hintersitzen auf und setzte sich. Das Fahrzeug fuhr blitzartig los. Das Martinshorn heulte auf, was Sonderegger zur Bemerkung veranlasste: «Ich bin doch kein Schwerverbrecher. Wohin geht die Reise?»

«Zu Ihrem Busenfreund Nikolaus Nigg.»

Als der Wagen vor dem Parkfeld Niggs abrupt stehen blieb, fielen Sonderegger zwei weitere Polizeifahrzeuge auf. Drei Ordnungshüter standen im Rahmen der Haustür. Sie trugen einen schweren Gegenstand aus dem Gebäude, den Sonderegger als Niggs Druckmaschine erkannte. Weitere Polizeimänner schleppten vollbepackte Kehrichtsäcke zu einem Kleinlaster.

Sonderegger wurde unsanft aus dem Wagen gestossen, sodass er sich nur mit Mühe auffangen konnte, um nicht zu stürzen. Da stand unvermittelt Brugisser vor ihm. «Sonderegger, nun geht es Ihnen an den Kragen.»

Sonderegger schüttelte den Kopf.

Zwei Polizeisoldaten legten Sonderegger Handschellen an und führten ihn ins Haus. Brugisser folgte ihnen in einem Abstand von einigen Metern. «Stopp», befahl er. «Sonderegger, Sie haben noch die Chance, mit einem blauen Auge davonzukommen. Wo sind die verdammten Aktenkopien, die Sie geklaut haben? Wenn wir sie finden, sind Sie dran.»

Sonderegger spielte den Ahnungslosen, was Brugisser schier zur Weissglut trieb. Um das Mass voll zu machen, provozierte Sonderegger Brugisser mit der Bemerkung: «Ich kann Ihnen folgen, Herr Kommissär. Sie benötigen wohl die Kopien mit den Fingerabdrücken. Könnte es nicht sein, dass derjenige, der die Originale kopiert hat, dafür Handschuhe benutzte?»

«Sonderegger, treiben Sie es nicht zu weit. Wir werden Sie

weichkochen, bis Sie grau sind, auch wenn das lange dauert. Wir werden jedenfalls Nigg durch die Mangel drehen, bis er wie ein Vögelchen zu singen beginnt.»

Sonderegger hob die immer noch gefesselten Hände, streckte den Zeigefinger nach vorn. «Ihre Methoden sind mir vertraut, Brugisser, Sie sind eine Lachnummer. Wer garantiert Ihnen, dass Nikolaus Nigg auf Ihre faulen Tricks hereinfällt?»

«Jetzt reicht's. Abführen zum Verhör in der Hauptwache.»

Nigg und Sonderegger, beide zwischen zwei blutjungen Polizeisoldaten, begegneten sich im engen Korridor, der zum Vernehmungsraum führte. Nigg schien das erste Verhör gut überstanden zu haben. Er grinste über das ganze Gesicht.

Sonderegger stand diese Prozedur noch bevor, aber auch er sah dem, was ihn erwartete, gelassen entgegen. «Wir treffen uns heute Abend auf ein Bier in der ‹Büezerbar› an der Langstrasse», rief er Nigg frohgemut zu.

***

Es war die erste Nacht, die Abplanalp im Bett von Sabina verbrachte. Sie strahlte am Morgen danach und bereitete ein aufwendiges Frühstück zu.

«Christoph, würdest du bitte den Briefkasten leeren?» Sie schob ihm den Schlüssel dazu entgegen.

Folgsam erhob sich Abplanalp. Eine Minute später war er wieder zurück und begann in den «Neuen Zürcher Nachrichten» zu blättern. Er blieb kurz an einem Artikel hängen, zog die Brauen zusammen. Sabina realisierte das und fragte: «Ist etwas Unangenehmes drin?»

Abplanalp brummte ein wenig unwillig: «Nein, nichts Besonderes.»

Sabina setzte sich an den Tisch, nippte an der Kaffeetasse und vertiefte sich in den «Zürcher Kurier». Plötzlich rief sie aus: «Verdammt, das darf nicht wahr sein. Sie haben Sonderegger und seinen Freund Nigg verhaftet.»

«Das gibt es doch nicht. Steht das dort drinnen?»

«Ja, auf der ersten Seite.»

«In den ‹Neuen Zürcher Nachrichten› bin ich noch nicht darauf gestossen. Auf den ersten drei Seiten steht nichts davon.» Abplanalp blätterte weiter. Er hielt inne. «Da habe ich's. Auf Seite sieben, ziemlich unauffällig, rechts unten. ‹Suspendierter Wachtmeister der Stadtpolizei festgenommen›. Lass mich den Artikel in aller Ruhe lesen. Dann reden wir darüber, was dagegen zu machen ist.»

Abplanalp sah Sabina mit gespieltem Missbehagen an. «Eine knifflige Angelegenheit. Da steht, sie hätten im Haus des Freundes von Sonderegger eine kleine Druckmaschine, mit der er die Akten aus dem Polizeiarchiv vervielfältigt habe, gefunden. Da steht auch, sie hätten Kopien der Akten gefunden. Die Bullen dürften auf Spuren von Sonderegger gestossen sein. Fingerabdrücke. Damit wäre er überführt, und es könnte ihm der Prozess gemacht werden.»

Sabina warf Abplanalp einen verständnislosen Blick zu. «Das sagst du einfach so. Sonderegger hat Wahrheiten an die Öffentlichkeit gebracht. Eine Wahrheit, die ohne sein Zutun unter den Teppich gekehrt worden wäre. Das ist legitim.»

«Legitim ist es. Aber legitim muss nicht unbedingt legal sein. In diesem Fall ist es das leider nicht, es verstösst eindeutig gegen das Gesetz.» Er seufzte gequält. Sonderegger werde um eine Freiheitsstrafe wohl nicht herumkommen, das habe aber auch Vorteile.

«Vorteile?» Sabina unterbrach ihn heftig. «Dass ich nicht lache. Er wird während dieser Zeit keiner Beschäftigung nachgehen können, nichts verdienen. Was ist mit seinen Kindern? Mit seiner Frau? Wie soll deren Leben weitergehen?»

Abplanalp presste die Fäuste auf die Tischplatte. «Vordergründig hast du recht. Aber wenn du alles darum herum mitberücksichtigst, liegst du wohl falsch. Es sind noch nicht alle Geheimakten an die Öffentlichkeit gedrungen …»

Sabina unterbrach ihn abermals. «Woher weisst du denn das?»

Er wisse es natürlich nicht genau, doch man könne annehmen, dass im Sonderegger freundlich gesinnten Umfeld weiteres brisantes Material lagere. Er denke da an Ledergerber.

«Wie willst du denn das wissen? Immerhin bin ich Ledergerbers Assistentin.» Sabina machte eine kurze Pause. Dann lächelte sie. «Mein Chef hält sich in Sachen Sonderegger eigenartig bedeckt. Obwohl er mir viel anvertraut, scheint er in diesem Fall zurückhaltend zu sein. Aber vielleicht hast du tatsächlich recht. Plötzlich zieht er Trümpfe aus seinem Ärmel. Lassen wir uns überraschen.»

Das bedeute aber nicht, einfach die Hände in den Schoss zu legen. Man müsse sich in der «rasz» mal umsehen, um nach Unterstützung zu suchen.

«Du bist erst wenige Tage bei diesem ‹Verein› und machst dir die Illusion, dort bereits massgebend mitzubestimmen.»

Diese Illusion mache er sich. Er habe ihr das noch nicht anvertraut. Er sei von «rasz»-Präsident Rüegg neben Pfenninger als Sekretär engagiert worden. Ein unentgeltlicher Job, aber attraktiv.

Sabina schluckte leer. «Wirklich? Traust du denn Rüegg? An deiner Stelle wäre ich vorsichtig. Ich glaube, er hat einen Höllenzorn auf dich. Er wird dir niemals verzeihen, dass du bei mir gelandet bist und er abgeblitzt ist.»

«Es ist mir nicht entgangen, wie Rüegg reagiert hat, als er bemerkte, dass wir zwei uns sympathisch sind.» Doch Rüegg habe sich unter Kontrolle. Einfluss und Macht bedeuteten ihm mehr als Frauen. «Rüegg scheint realisiert zu haben, dass ich für die ‹rasz› ein Gewinn sein könnte. Ganz besonders, da ich ihm angeboten habe, keine materielle Gegenleistung anzunehmen.»

Sabina platzte schier vor Lachen. «Keine materielle Gegenleistung annehmen? Wie du dich wieder geschwollen ausdrückst. Bei der ‹rasz› arbeiten alle unentgeltlich. Wir sind keine Scheisskapitalisten.» Sie beugte sich über den Tisch und küsste ihn auf die Stirn. «Du bist echt grossartig, ich kann mich nicht erinnern, dass jemand anderes so schnell die Karriereleiter in der ‹rasz› aufgestiegen ist. Deine ehrliche Vorstellung an der letzten Vollversammlung war klasse und hat die Wirkung nicht verfehlt. Du bist eine Bereicherung für die studentische Linke in Zürich.»

Abplanalp winkte lässig ab. «Tja, Ehrlichkeit, das habe ich

schon seit meiner Kindheit von der Mutter mitbekommen. Das, obwohl sie damit schlecht gefahren ist. Du weisst ja, sie hat sich umgebracht, meines Vaters wegen, der seine Familie terrorisierte. Der Vater ist ein Mahnmal, das mein künftiges Leben prägen wird.»

Sabina stand auf, schob ihren Stuhl neben Abplanalp, legte zärtlich die Arme um seine Schultern. «Sag mir, Christoph, hast du der Gewalt als Durchsetzungswerkzeug wirklich abgeschworen? Der Postraub nach der bestandenen Maturitätsprüfung, die fast drei Jahre Fremdenlegion und die Nötigung, die dir eine Verurteilung eingebracht hat?»

«Ich bin gerührt, dass du zu mir hältst. Die Fremdenlegion war für mich trotz aller Widrigkeiten, oder vielleicht gerade wegen dieser, eine wertvolle Erfahrung. Sie hat mir vor Augen geführt, was Gewalt wirklich ist. Und das Gerichtsverfahren wegen Nötigung … Ihm folgte ein ungerechtes Urteil. Obwohl ich das Gegenteil nicht beweisen kann, es war keine Nötigung.» Abplanalp bekam Augenwasser und setzte eine überzeugende Unschuldsmiene auf. «Glaubst du mir?»

Sabina glaubte ihm.

***

Nach dem Frühstück, das bis zehn Uhr dauerte, machte sich Abplanalp auf den Weg. Er war wohlgelaunt, bis er beinahe mit Sonderegger zusammenstiess. Leise brummte er: «Brugisser hat diesen Schuft nicht rumgekriegt.»

Bevor Abplanalp das Gebäude betrat, in dem die neue geräumige Wohnung der «rasz» untergebracht war, sah er sich um. Eine reflexartige Geste, die er sich in der Fremdenlegion angewöhnt hatte. Da gewahrte er auf der gegenüberliegenden Strassenseite ein Polizeiauto. Was kommen würde, war ihm klar. Spitzbübisch freute er sich darauf.

Im chaotischen Aufenthaltsraum traf er auf Pfenninger und zwei junge Frauen, offensichtlich Studentinnen, die sich erregt über Rosa Luxemburg unterhielten.

Schon polterte es an die Türe. Es waren zwei Stadtpolizisten in Kampfmontur. Der Kleinere, Ältere zeigte mit einem Lächeln zuerst auf Pfenninger, dann auf Abplanalp. «Ihr zwei, stellt euch mit dem Gesicht zur Wand, dort neben das Möbelstück, das wohl in besseren Zeiten als Sofa gedient hat.» Lässig befolgten Abplanalp und Pfenninger die Aufforderung. Danach rissen die Uniformierten den beiden die Hosen herunter.

Abplanalp protestierte lautstark. «Das ist die Höhe. Das dürfen Sie in Anwesenheit von zwei Mädchen nicht tun.»

«Wir sind nicht Mädchen, sondern Frauen», tönte es schrill durch den Raum.

Schadenfreudig rief der grössere Polizist dazwischen: «Hört, hört, die Weiber wollen offensichtlich noch mehr nackte Haut sehen. Wollen wir ihnen diesen Gefallen tun?»

Der Kleinere winkte ab. «Wir dürfen es nicht übertreiben.»

Abplanalp und Pfenninger wurden in das Polizeiauto gezerrt und zur Hauptwache abgeführt. Dort erwarteten sie bereits Brugisser und Schläppi.

***

«Wir müssen unsere Strategie ändern», sagte Schläppi im Befehlston. «Ich habe diesbezüglich klare Vorstellungen, die leider von der Staatsanwaltschaft nicht geteilt werden.» Er sah dabei Brugisser fragend an.

«Arnold, als Jurist verstehe ich die Bedenken des Staatsanwalts. Du möchtest grünes Licht für eine U-Haft Sondereggers?»

Schläppi wiegte langsam den Kopf hin und her. «Nicht unbedingt. Zumindest nicht zu diesem Zeitpunkt. Eine Kette reisst am schwächsten Glied. Das schwächste Glied scheint mir Nigg zu sein. Dem müssen wir so richtig einheizen.»

«Einverstanden, aber auch bei ihm müssen wir die gesetzlichen Vorgaben einhalten.»

Schläppi schlug mit der Faust auf die Tischplatte. «Leben wir eigentlich in einem Richterstaat oder was? Setz den Kerl zunächst einmal fest und lass ihn in der kältesten, stinkigsten, verwahrlosesten Zelle schmoren, so lange bis er zu zwitschern beginnt.»

«Das würde Probleme mit der Justiz geben.»

«Hör mit deinen Bedenken auf. In unsere Justiz sind die bürgerlichen Parteien und die Sozis eingebunden. Auch die Letzteren haben von den Schweinereien der Stadtpolizei profitiert. Die Frau des Regierungsrats, die mit einer Whisky-Fahne einen massiven Gartenzaun flachgelegt hat, und das kurz vor den Wahlen. Wir haben ein Auge zugedrückt, seitdem kriecht uns der kantonale Justizdirektor in den Hintern. Was wollen wir mehr? Der wird keinen Finger rühren, wenn wir Nigg ausser Gefecht setzen.»

Brugisser stöhnte. «Gut, wenn du die Verantwortung übernimmst.»

«Lass diese blöden Sprüche. Was du in Auftrag gibst, das hast du auch zu verantworten. Ich habe dir immer wieder aus der Patsche geholfen. Du würdest längst hinter Gittern schmachten, hätte ich meine schützende Hand», Schläppi stand auf und versetzte Brugisser eine Kopfnuss, «hätte ich meine schützende Hand nicht über deinen bescheuerten Schädel gehalten.»

Brugisser fügte sich. Er werde Nigg bereits heute Nachmittag einbuchten.

«Nicht heute Nachmittag, morgen in aller Herrgottsfrühe, ganz nach Gestapo-Manier, soll Nigg verhaftet werden.»

Als Brugisser an seinen Arbeitsplatz zurückgekehrt war, lag der Haftbefehl gegen Nikolaus Nigg auf seinem Schreibtisch, unterzeichnet vom Untersuchungsrichter. Brugisser sprach leise zu sich: «Der Untersuchungsrichter, warum nicht der Staatsanwalt? Eigentlich wäre das Sache des Staatsanwalts. Wenn das nur gut geht …»

***

Nikolaus Nigg war Junggeselle. In seinem Bekanntenkreis galt er als komischer Kauz. Er redete wenig, aber las viel. Nikolaus wuchs als Einzelkind auf. Die Mutter war weit über vierzig, als er geboren wurde. Sie wäre bei der Niederkunft beinahe gestorben. Der Vater hatte damals gerade die Schwelle des Fünfundsechzigsten überschritten. Kurz nach seinem fünfzehnten Geburtstag war Nikolaus Vollwaise. Seitdem wohnte er allein im ziemlich baufälligen Häuschen, das er von seinen Eltern geerbt hatte. Er schrieb Bücher, die er selbst druckte. Im Dachstock war seine kleine Druckerei. Er hatte sie aus der Konkursmasse einer eingegangenen Lokalzeitung zu einem Spottpreis erworben und in unzähligen Arbeitsstunden wieder zum Laufen gebracht.

Nigg hatte bis zu jenem Donnerstag im Oktober 1967 nie etwas mit der Polizei zu tun gehabt. Umso grösser war das Erstaunen der Nachbarn, als er im Morgengrauen von einer Polizeipatrouille bloss mit einem Pyjama bekleidet in ein Polizeiauto gestossen wurde. Er liess das Ganze stoisch und ohne das kleinste Anzeichen von Widerstand über sich ergehen; schon zum zweiten Mal.

Nicht so die eiligst zusammengelaufenen Anwohner. Sie beschimpften die Polizisten mit wüsten Worten und bewarfen sie mit Eiern und anderen Gegenständen, was zu weiteren Festnahmen führte.

Nigg wurde in das Untersuchungsgefängnis an der Rotwandstrasse im Kreis 4, nicht weit von seinem Wohnort entfernt, überstellt und in eine ungeheizte Zelle eingesperrt.

***

Um acht Uhr klingelte an Ledergerbers Arbeitsplatz das Telefon. Am Apparat war einer von Niggs Nachbarn. Er schilderte dem jungen Dozenten, der viele an der Langstrasse persönlich kannte, was am frühen Morgen vorgefallen war. Das empörte Ledergerber masslos. Er machte sich gleich auf den Weg zum Gefängnis, dessen Direktor ein Onkel von ihm war.

Eine Viertelstunde stand er in Niggs Zelle im Beisein des Direktors. Nigg, immer noch im Pyjama, schlotternd, durchgefroren, berichtete, was ihm widerfahren war. Ungläubig sahen sich Ledergerber und sein Onkel an. Letzterer verabschiedete sich für einige Minuten. Er kam mit zwei Aufsehern zurück. Der eine schleppte einen Jutesack hinter sich her, der andere trug ein Tablett, darauf eine Thermosflasche und eine Blechtasse.

Der Direktor nahm die Thermosflasche, schraubte sie auf, goss dampfenden Tee in die Tasse und reichte sie Nigg. «So, nehmen Sie ein paar Schlucke, es wird Ihnen danach schlagartig besser gehen. Dann werden Sie neu eingekleidet. Nicht mit Gefängnisklamotten, nein, mit Hosen, Hemd und Jacke, wie man sie in unserer Stadt auf der Strasse trägt. Ich werde veranlassen, dass Sie noch diesen Vormittag dem Untersuchungsrichter vorgeführt werden, und zwar nicht unter vier Augen, dieser Herr da», er zeigte auf Ledergerber, «wird dafür einen Anwalt besorgen.»

Nigg machte grosse, verängstigte Augen. «Einen Anwalt? Ich kann mir so einen nicht leisten.»

Der Direktor lachte. «Keine Sorge, Herr Ledergerber und ich werden dafür aufkommen.»

Bereits um zehn Uhr wurde Nigg von zwei Wärtern aus der Zelle geholt und ins Verhörzimmer geleitet. Dort erwarteten ihn der Untersuchungsrichter und ein Anwalt, den Nigg noch nie gesehen hatte. Am Verhörtisch sassen auch Brugisser, Ledergerber und sein Onkel.

Der fragende Blick Niggs fiel dem Direktor auf. «Seien Sie beruhigt, der Anwalt wird in die Vernehmung eingreifen, wenn sie in die falsche Richtung läuft.»

Nigg nickte schwach, obgleich er wohl kaum verstand, was mit der «falschen Richtung» gemeint war. Der Untersuchungsrichter warf dem Direktor einen zornigen Blick zu. Das Verhör lief stockend an. Nigg gab auf die Fragen des Untersuchungsrichters einsilbig Antwort.

«Sie reden um den heissen Brei herum, Nigg. Wenn Sie daran interessiert sind, hier möglichst bald freizukommen, geben Sie bitte präzisere Antworten», sagte der Untersuchungsrichter.

«Das kann ich nur, wenn die Fragen präzis gestellt sind.»

«Werden Sie mir bitte nicht frech –»

«Herr Untersuchungsrichter …», warf der Anwalt ein. Was bereits reichte, dass der Ton des Verhörenden augenblicklich freundlicher wurde.

«In Ihrem Haus, so sagte man uns, soll ein Tresor eingebaut sein. Wo finden wir ihn?»

Nigg schmunzelte müde. «Der Zweck eines Tresors liegt ja darin, dass Aussenstehende ihn nicht öffnen und auch nicht finden können.»

Der Untersuchungsrichter hob verblüfft seine Augenbrauen und rang nach Worten. Der Anwalt kam ihm dabei zu Hilfe. «Gute Kripo-Männer finden üblicherweise den Tresor in einem Haus und können ihn auch öffnen.»

Nach einigen Kaubewegungen hatte sich der Untersuchungsrichter wieder erholt. Er musterte Nigg böse. «Wo haben Sie diesen verdammten Tresor in Ihrer Hütte versteckt?»

Der Anwalt unterbrach den Richter erneut. «Ich bitte Sie, Herr … Niemand verbietet Ihnen, den Tresor zu verdammen. Aber Nikolaus Nigg ist nicht verpflichtet, Ihnen zu verraten, wo sich sein Tresor befindet.»

Nigg setzte ein gutmütiges Lächeln auf. «Ich wäre bereit, Sie dort hinzuführen. Allerdings möchte ich den Tresor selbst öffnen und Ihnen den Inhalt zeigen. Ich tue das allerdings nur in Gegenwart des Anwalts oder Herrn Ledergerbers. Zwei weitere Bedingungen: Der Tresor soll von der Polizei nicht abgeschleppt werden. Um das sicherzustellen, verlange ich, dass sich dabei kein Polizist im Haus aufhält. Wenn Sie den Inhalt des Tresors gesehen haben, bitte ich Sie, meine Liegenschaft zu verlassen. Sie dürfen erst nach einer halben Stunde wieder zurückkehren.»

Der Richter wurde feuerrot. «Was erlauben Sie sich, Untersuchungshäftling? Wer Bedingungen stellt, sind nicht Sie, sondern ich.»

Wieder griff der Anwalt ein. Da niemand Nigg verpflichten könne, preiszugeben, wo der Tresor versteckt sei, dürfe er durchaus Bedingungen stellen, wie er aufzufinden sei. Der Untersuchungsrichter habe nur die Wahl, Nigg entweder auf freien Fuss zu setzen oder mit ihm zusammen zu seinem Haus zu fahren, um sich den Inhalt von ihm zeigen zu lassen.

Der Untersuchungsrichter sah den Direktor mit verzerrter Miene an, fast so, als würde er Hilfe von ihm erwarten. «Muss ich mir das bieten lassen, was meinen Sie dazu?»

«Tja, da bleibt Ihnen wohl nichts anderes übrig. Wäre auch

die Unterschrift des Staatsanwalts auf dem Haftbefehl gestanden, dann hätten Sie ihm die heisse Kartoffel weiterreichen können. An Ihrer Stelle würde ich auf Niggs Angebot einsteigen. Eine Demütigung hinzunehmen ist allemal besser, als in ein Strafverfahren verwickelt zu werden.»

Der Richter wandte sich an Ledergerber. «Wie denken Sie darüber, Herr Doktor?»

Er sehe das genauso wie der Direktor.

Der Richter zischte einige wüste Flüche, schickte sich dann in das Unabwendbare.

Eine Viertelstunde später waren die Männer in der Mansarde von Niggs Häuschen. Dort stand eine antike Pfaff-Nähmaschine. Ein Tisch, darauf das Teil, mit dem genäht wird, darunter das schmiedeeiserne Pedal. Links, auf der kleinen Tischfläche, eine Schuhschachtel. Darin eine Geldkassette und sorgfältig gefaltete A4-Blätter, die sich bei näherem Hinsehen als Durchschläge von Schreibmaschinentexten erwiesen. Offensichtlich die Gebrauchsanweisung des Geräts. Nigg zog die Papiere heraus und wollte sie entfalten.

«Lassen Sie diesen verdammten Scheiss, das will ich gar nicht lesen», motzte der Untersuchungsrichter. «Öffnen Sie die Kassette.»

Nigg tat das. Darin waren einige Banknoten und ein alter Schlüssel. Zu welcher Tür der Schlüssel passe, wollte Brugisser wissen.

Nigg nahm ihn, ging zu einem Wandschrank und öffnete ihn. Darin waren auf etwa zehn Tablaren Bergkristalle. Nigg setzte eine ernste Miene auf und verkündete: «In diesem Schrank befindet sich eine grosse Anzahl von Informationen.»

Verärgert schimpfte Brugisser: «Darin sind nicht die Auskünfte, die ich suche. Wirklich nicht.»

Nigg sah Brugisser enttäuscht an. «Schade, wirklich schade, ich habe mein Möglichstes getan, um Ihnen zu helfen.»

«Blödmann», rutschte es Brugisser heraus. Der Anwalt wies ihn erneut zurecht.

«Am besten, ich verabschiede mich», zeterte Brugisser.

«Da ist nicht mehr viel zu holen, ich schliesse mich Ihnen an», sagte der Gefängnisdirektor. Der Anwalt und Ledergerber blieben.

Nigg trat zum Fenster auf der Strassenseite, um sich zu vergewissern, dass Brugisser gegangen war. Der Polizist, der ihn, zusammen mit dem Direktor, dem Anwalt, Ledergerber und Nigg vom Gefängnis hierhingeführt hatte, startete, kurz nachdem Brugisser und der Direktor eingestiegen waren.

«Nun ist mir wohler. Ich werde Ihnen jetzt etwas Interessantes zeigen.»

Erwartungsvoll sahen Ledergerber und der Anwalt Nigg zu, wie er die Schuhschachtel an sich nahm und wieder öffnete. Er zog die Blätter mit dem Durchschlagtext hervor, faltete sie auseinander. «Stimmt, auf der Vorderseite steht der Text, eine Gebrauchsanweisung der Nähmaschine. In den Zwischenräumen Bleistiftskizzen. Sehen Sie sich diese Skizzen genauer an.»

Er zog die ersten zehn Blätter heraus. Es waren Zeichnungen von Einzelteilen des Geräts. Aber auf dem elften Blatt hatten die Skizzen plötzlich nichts mehr mit der Nähmaschine zu tun.

Nigg zeigte auf eine Kartenskizze, darauf Weg- und Strassennamen durch die Anfangsbuchstaben abgekürzt. «Wer die Gegend nicht kennt, die damit dargestellt ist, weiss mit der Zeichnung nichts anzufangen.» Er legte den Finger auf einen rot ausgemalten Kreis. «Das stellt ein Versteck dar, ein ausrangiertes zementiertes Senkloch. Dort befinden sich in einem alten Kassenschrank die Kopien aus dem Polizeiarchiv, die Sonderegger angefertigt hat. Sehr unwahrscheinlich, dass ihr Lagerungsort bei einer Hausdurchsuchung der Polizei aufgefallen wäre. Aber nicht ganz unmöglich. Deshalb eine zweite Sicherung.»

Nigg öffnete die Geldkassette, entnahm ihr den alten Schlüssel und öffnete abermals die Tür des Schrankes mit den Bergkristallen. Er zog das unterste Tablar hervor. Die Kristalle lagen auf einem zugeschnittenen Packpapier. Zunächst legte er sie vorsichtig in einen Stoffsack. Dann nahm er den Bogen Packpapier heraus. Zum Vorschein kamen zwei Tresorschlüssel. Der eine passe zum eben gezeigten Plan. Der andere zum zweiten Versteck. Er wendete das Papier und hielt es Ledergerber und dem Anwalt vors Gesicht. Da war der Plan mit dem zweiten Versteck. Dort seien die Kopien der Kopien. «Doppelt genäht hält besser.» Nigg lachte fröhlich.

Wie viele Kopien denn in den Verstecken lagerten, erkundigte sich Ledergerber.

So an die vierhundert, sagte Nigg.

Wer vom Versteck wisse, fragte der Anwalt.

Nigg antwortete: «Sonderegger und ich.»

Eine zusätzliche Sicherung sei kein Luxus, gab Ledergerber zu bedenken. Er schlug vor, die beiden Pläne zu kopieren und diese vom Anwalt verwahren zu lassen. Nigg war damit einverstanden. Ledergerber holte später die Zustimmung Sondereggers ein, die er vorbehaltslos erhielt.

16

November und Anfang Dezember 2014

Seit dem Mord an Pfenninger war beinahe ein Monat vergangen, ohne dass Koch und seine Leute greifbare Ergebnisse vorweisen konnten. Langsam wurden die Kommandanten der Stadt- und Kantonspolizei ungeduldig, und in den anderen Abteilungen gab der Fall Pfenninger zu reden, und Koch kam dabei nicht besonders gut weg.

Am nasskalten, nebligen Morgen des 19. November, einem Mittwoch, glaubte Koch, einen Schritt weitergekommen zu sein. Die Wohnungsdurchsuchung des verstorbenen Pfenningers war erst teilweise ausgewertet. Den Ermittlern fielen dabei Tausende von Dokumenten in die Hände. Die Hälfte davon hatten Koch und seine Fahnder durchgesehen, ohne dass sie auf brauchbare Hinweise stiessen.

Da endlich fand ein junger Polizist eine Notiz mit Pfenningers Handschrift.

Ich habe schreckliche Angst, demnächst umgelegt zu werden. Sollte ich irgendwo tot aufgefunden werden, bin ich nicht eines natürlichen Todes gestorben. Derjenige, der mir nach dem Leben trachtet, ist Charlie, der Ex-Legionär. 24. Oktober 2014

Der Polizist rannte mit der Notiz augenblicklich zu Koch, dessen Büro vis-à-vis lag.

Koch schlug sich mit der flachen Hand auf die Stirn. «Das ist vielleicht ein Ding. Charlie: Codename des US-Militärs für Mitglieder des Vietkong, der Armee für die Befreiung Südvietnams. Slang-Ausdruck für Kokain.»

Er denke an das Letztere, sagte der Polizist. Koch meinte, vielleicht habe es mit beidem etwas zu tun. Aber Kokain sei auch für ihn das Schlüsselwort.

Der Polizist sah fast ein wenig enttäuscht drein. «Es sieht ganz so aus, als ob wir den Falschen im Verdacht hatten. Abplanalp können wir wohl von unserer Liste streichen.»

«Da wäre ich mir nicht so sicher. Wir müssen jetzt auf Jahre zurück die Geldüberweisungen von und zu den Konti von Abplanalp überprüfen.»

«Hat er denn mehrere?»

«Deren viele, mindestens zehn. Das ist unseren Ermittlern schon aufgefallen. Wir von der Kripo gingen deshalb von allfälligen Vermögensdelikten aus und beauftragten die dafür zuständige Abteilung, Abplanalps Finanztransaktionen genauer unter die Lupe zu nehmen. Derzeit sind die Leute dort aber derart überlastet, dass sie Bagatellfälle zurückschieben müssen, hat man mich vertröstet. Nun sieht das Ganze nicht mehr nach einem Bagatellfall aus. Wenn Mord im Spiel sein könnte, ist die Höhe von veruntreuten Vermögenswerten höchstwahrscheinlich nicht von Belang.»

Koch pfiff leise vor sich hin. Dann sah er auf, zeigte mit dem Finger auf den Polizisten. «Allerdings traue ich unseren Finanzspezialisten nicht über den Weg. Ging es darum, Drogenvergehen aufzuklären, haben sie regelmässig versagt. Ich hätte eine bessere Lösung. Wir versuchen das selber. Ich teile dir fünf unserer Leute zu, die etwas von Geldgeschäften verstehen. Darunter zwei Frauen, die man in der Gruppe für Wirtschaftskriminalität der Kantonspolizei herausgeekelt hat. Beide sind derzeit keiner Abteilung fest zugeteilt. Das bedeutet, dass ich sie in mein Team aufnehmen kann.»

Der Polizist senkte den Blick unsicher zu Boden. «Eine davon glaube ich zu kennen. Sie hat den Dienstgrad eines Wachtmeisters, äh … äh, den einer Wachtmeisterin.»

«Und du lediglich den eines Gefreiten. Kein Problem. Dienstgrade spielen bei mir eine untergeordnete Rolle. Man arbeitet so oder so zusammen. Es gibt keine Person, die einfach befiehlt. Dann ist diese Frau der Form halber die Chefin der Gruppe.»

Am Montag darauf klopfte der Gefreite an Kochs Bürotür. Seine Gruppe habe Interessantes über die Konti von Abplanalp gefunden. Abplanalp betreibe derzeit neun Konti bei verschiedenen ausländischen Banken, eines bei der Raiffeisenbank. Die Einzahlungen bei der Raiffeisen unterschieden sich nicht von jenen anderer Personen mit dem Ruhegehalt eines Polizeioffiziers. Ganz anders sei es bei den übrigen Konti. Die Geldbewegungen seien dort auffällig. Wochen von Stillstand wechselten sich mit solchen von extremer Hektik ab. Sehr grosse Geldbeträge würden pro Transaktion zwar nicht eingelegt oder bezogen. Doch zusammengerechnet handle es sich um Summen in siebenstelliger Höhe. Die Differenz zwischen den einbezahlten und eingenommenen Beträgen belaufe sich im Jahr 2012 auf gut eine Million Franken. Sie würden nun daran arbeiten, herauszufinden, für was die Zahlungen erfolgten. Eigenartig sei, dass sie alle von derselben Adresse kämen: Carrera 41A, 2143, Envigado Departamento de Antioquia, Kolumbien. «Envigado ist eine Stadt mit circa hundertsiebzigtausend Einwohnern, sie grenzt an die Metropole Medellín. Der Verdacht liegt nahe, dass das überwiesene Geld zum Kauf von Drogen bestimmt war», mutmasste der Polizist. Koch sah das auch so, gab aber zu bedenken, dass der Verdacht allein nicht ausreiche, um einzugreifen. Es brauche weitere Hinweise. Man müsse davon ausgehen, dass Abplanalp sich wohl überlegt habe, wie er Geldtransfers auf seinem Konto abwickeln lasse, ohne deswegen belangt zu werden.

«Ich hoffe, wir kommen ihm auf die Schliche. Wir haben uns die Geldüberweisungen genau angesehen. Haben die Zahl-Abfertigungen mit den Vorfällen auf dem Drogenmarkt verglichen. Etwas am 10. September 2014 im Flughafen Kloten hat uns stutzig gemacht.» Kurz vor der Landung eines Langstreckenjets der Delta Airlines sei von der Besatzung ein Notruf an den Tower gesendet worden. Eine Passagierin habe nach heftigen Bauchkrämpfen das Bewusstsein verloren. Man glaube, sie befinde sich in Lebensgefahr. Wenn die Maschine das Ende der Landebahn erreicht habe, werde man mit Rollen zum Gate abwarten, bis eine Ambulanz zur Stelle sei. Während die Rettungssanitäter die Frau untersuchten, verschied sie.

Die Obduktion ergab, dass die Frau fünfzig Fingerlinge mit Kokain in sich trug. Einer davon war beim Magenausgang geplatzt, die mehrere hundertfache letale Dosis hat zum sofortigen

Tod geführt. Dann das schier Unglaubliche: Auf der Passagierliste stand auch der Name Christoph Abplanalp.

Weitere Recherchen ergaben zudem, dass Abplanalp am Vortag mehrere elektronische Zahlungen in Auftrag gab, aber nach dem Vorfall in der Maschine der Delta Airlines eine davon sistierte.

Koch glaubte, das müsste den Staatsanwalt überzeugen, einen Haftbefehl gegen Abplanalp auszustellen, was es nicht tat. Koch entschied sich für eine Vorladung, mit dem Risiko, dass Abplanalp ihr nicht nachkommen würde.

***

Doch Abplanalp erschien pünktlich in der Hauptwache Urania. Koch nahm ihn dort persönlich in Empfang und führte ihn in den Vernehmungsraum.

«Am 10. September sind Sie, Christoph Abplanalp, mit der Delta Airlines von Bogotá herkommend auf dem Flughafen Zürich Kloten gelandet. Haben Sie etwas vom Zwischenfall bemerkt, der sich unmittelbar nach der Ladung ereignete?», begann Koch.

«Ja, diesen Zwischenfall habe ich mitbekommen, wie wohl alle anderen Passagiere auch. Einen gut halbstündigen Halt auf der Piste vergisst man nach einem so langen Flug nicht so schnell.» Ohne die geringste Gemütsregung reagierte Abplanalp auf die erste Frage Kochs.

«Wissen Sie auch, was damals geschehen ist?»

«Auch das ist mir in Erinnerung. Einige Minuten vor dem Landeanflug kam aus dem Lautsprecher die Meldung, ob sich in der Maschine ein Arzt befinde. Eine Passagierin sei ernsthaft in Schwierigkeiten.»

«Haben Sie später auch vernommen, wie dieses Ereignis ausgegangen ist?»

«Ja. Als aufmerksamer Zeitungsleser ist mir das nicht entgangen. Die ‹Neuen Zürcher Nachrichten› berichteten ausführlich darüber.»

«Herr Abplanalp, uns ist auch bekannt, dass Sie am Vortag

sechs grössere Beträge auf ein Konto einer Bank in Kolumbien überwiesen und einen davon circa zwei Stunden nach der Landung in Zürich von Ihrem Internetanschluss zu Hause aus sistiert haben.»

Abplanalp zeigte überhaupt keine Gemütsbewegung.

Koch bohrte weiter. «Um was für Waren, die Sie bezahlt haben, handelte es sich?»

Abplanalp sah Koch mit gespielter Verwunderung an. «Muss ich das preisgeben?»

Diese Frage hatte Koch nicht erwartet. Er überlegte einige Augenblicke. «Es könnte unter Umständen besser sein, wenn Sie uns über diese Geschäfte aufklärten. Jedenfalls, sollten Sie nichts mit dem Ableben der Frau in der Delta Airlines zu tun haben.»

«Tue ich das nicht, mache ich mich verdächtig? Hören Sie, Herr Koch, haben Sie schon Unverdächtige vorgeladen? Ich sehe derzeit keine Veranlassung, Ihnen zu verraten, für welche Waren ich am 9. September 2014 Geld überwiesen habe.»

«Versuchen wir es auf einem anderen Weg. Unsere Recherchen haben ergeben, dass Sie in diesem Jahr bereits viermal nach Bogotá geflogen sind –»

Abplanalp unterbrach Koch. «Ich bin weitergeflogen. In Bogotá habe ich nur einen Zwischenhalt eingelegt.»

«Das ist uns bekannt, Herr Abplanalp. Ihr Zielflughafen ist derjenige von Medellín. Dort wurden Sie mit einem Taxi abgeholt und nach Envigado gefahren. Wir glauben auch zu wissen, wohin. Bei welcher Firma wirken Sie eigentlich dort mit?»

«Ich würde mich wundern, wenn Sie das nicht wüssten. Die Niederlassung von ‹Águilas Negras› in Envigado in der Provinz Antioquia.»

«Stimmt. Sie sagen mir nichts Neues. ‹Águilas Negras› ist eine rechtsextreme paramilitärische Organisation, die von Menschenrechtsorganisationen als Todesschwadron eingestuft wird.»

«Kommen Sie mir nicht mit Menschenrechtsorganisationen, diesen Vereinen von Gutmenschen und linken Weltverbesserern.»

Koch hob den Zeigefinger. «Abplanalp, wenn Sie sich mit

der Terrororganisation ‹Águilas Negras› einlassen, könnten Sie sich ernsthafte Schwierigkeiten einhandeln. Sie hat unter dem Präsidenten Uribe begonnen, reihenweise Gewerkschafter, linke Politiker und Aktivisten von Friedensorganisationen zu ermorden. Santos, seit 2010 amtierend und Nachfolger von Uribe, ist kein Freund der ‹Águilas Negras›, geht gegen sie vor, bisher aber ohne durchgreifenden Erfolg.»

«Das stört mich nicht im Geringsten. Seien Sie sich bewusst, dass viele in unseren Polizeikorps diese Widerstandorganisationen gegen linke Wühlmäuse bewundern.»

Diese Diskussionen würden kaum zur Lösung des anstehenden Kriminalfalls beitragen, gab Koch zu bedenken. Aber da komme noch etwas dazu. «Águilas Negras» finanziere sich vorwiegend durch den Drogenhandel. «Ich gehe davon aus, dass Ihre geschäftlichen Aktivitäten, Herr Abplanalp, in Kolumbien mit dem Drogenhandel zu tun haben.»

Abplanalp setzte eine Unschuldsmiene auf. «Ich soll ein Drogenhändler sein? Das müssen Sie mir erst beweisen.»

«An diesem Beweis arbeiten derzeit mehrere meiner Mitarbeiter.» Koch stand auf, warf Abplanalp einen abfälligen Blick zu und verliess das Verhörzimmer, ohne ihm die Hand zu schütteln.

Am kommenden Tag rief Koch die Mordkommission «Pfenninger» zusammen. Dass Abplanalp etwas mit der Tötung von Pfenninger zu tun habe, liege für ihn durchaus drin, sagte Koch. Trotzdem könne vorläufig kein Haftbefehl gegen ihn ausgestellt werden. Gegen sein Engagement in einer kriminellen Organisation in Kolumbien, die die dortige Regierung bis 2010 mit Glacéhandschuhen angefasst habe und heute unwirksam bekämpfe, könne man in ihrem Land vorerst nichts ausrichten. Man müsse sich intensiver mit den Vorfällen der Drogenszene Zürichs befassen und herausfinden, ob dort Fäden zu Abplanalp führten. Würde man solche finden, wäre das zwar kein Beweis für den Mord an Pfenninger, aber man hätte damit wenigstens einen Grund, Abplanalp festzunehmen.

Nicht alle in der Kommission teilten Kochs Sicht. Wenn

es bei Drogenvergehen bleibe, dürfte Abplanalp nicht allzu viel passieren. Es würde höchst selten ein Strippenzieher der Drogenkriminalität überführt. Immer wieder gelinge es diesen, ihre Verantwortlichkeiten auf die kleinen Dealer und die Drogenkonsumenten abzuwälzen.

Koch entgegnete, daran sei schon etwas. Aber der Weg zu den grossen Fischen beginne eben mit dem der kleinen. «Auf ihnen zu den grossen vorzudringen, ist unsere Chance.»

***

In der letzten Woche des Novembers 2014 fielen auf den Drogenumschlagplätzen des ganzen Stadtgebiets von Zürich vermehrt Polizeikontrollen auf. Anfang Dezember rief Koch zu einer Medienkonferenz auf, die gut besucht wurde.

Es gebe Hinweise, dass der Mord an Pfenninger mit dem lateinamerikanischen Kokainhandel zusammenhänge, der vom Drogenkartell der kolumbianischen Millionenstadt Medellín dominiert werde, informierte Koch die Journalistenschar.

Im Medienraum der Hauptwache Urania wurde es unglaublich still. Man hätte eine Stecknadel fallen hören. Dann dämpfte Koch die Erwartungen: Der gewaltsame Tod von Pfenninger sei damit noch nicht aufgeklärt. Es würden, bis Licht ins Dunkel dieses Verbrechens eindringe, noch zahlreiche Arbeitsstunden auf die Fahnder der Kripo der Stadt Zürich warten.

Die Medienleute befriedigten diese Informationen nicht. Es schossen viele Hände hoch. Koch hörte sich die Fragen geduldig an und gab Antworten darauf, wenn auch oft nur vage. Er wolle an dieser Stelle nicht präzis auf die Hinweise über den Drogenmarkt eingehen, betonte er. Würde die Öffentlichkeit davon Wind bekommen, könnte dies die Ermittlungen, die noch voll im Gange seien, gefährden. Diese Praxis sei in der Schweiz bei allen Kriminalpolizeien üblich.

Den Einwand einer offensichtlich verärgerten Zeitungsredaktorin, warum er denn überhaupt eine Medienkonferenz angesagt habe, wenn nichts zu berichten sei, liess Koch nicht gelten. Er habe durchaus neue Informationen gegeben. Neu sei zum Beispiel, dass der Tod von Pfenninger etwas mit der Drogenszene in der Stadt zu tun haben könnte.

Ob auch der Tod von Brugisser etwas mit dem Rauschgifthandel zu tun habe, war die nächste Frage.

Koch war erleichtert. Das stehe noch nicht fest. Denkbar wäre es. Selbstverständlich werde man in dieser Richtung ermitteln. Allen hier drinnen müsste bekannt sein, dass die beiden Mordopfer, Brugisser und Pfenninger, dem Korps der Kripo Zürich bis zu ihrer Pensionierung, die allerdings schon Jahre zurückliege, angehörten.

Daraufhin ging ein unüberhörbares Raunen durch den Saal. Zwischenrufe wie «unglaublich», «die Hauptschuldigen am schlechten Ruf der Stadtpolizei», drangen durch das Stimmengewirr bis zu Koch. Er schickte sich an zu gehen. Ein lautstarker Protest hinderte ihn daran.

«Feiger Kerl, zieht den Schwanz ein und flüchtet», schrie der Reporter des «Bild der Schweiz» empört.

Er lasse sich solche Anwürfe nicht bieten, erwiderte Koch. «Noch einmal, und ich werfe Sie eigenhändig aus dem Raum.» Dann machte er klar, dass er immer bereit sei, an einer sachlichen Diskussion mitzuwirken. Es stimme, dass sowohl Brugisser wie auch Pfenninger umstrittene Polizeivertreter gewesen seien, die durch Verfehlungen von sich reden gemacht hätten. Solche Leute gebe es halt auch vereinzelt im öffentlichen Dienst. Beide seien denn auch diszipliniert und vorzeitig in den Ruhestand entlassen worden. Koch hielt beide Hände vors Gesicht. «Verdammt, das hätte ich wohl nicht sagen sollen.»

Eine Frau, die Koch zum ersten Mal gesehen hatte, streckte die Hand auf, gab sich als Mitarbeiterin des «Zürcher Kurier» aus und fragte: «Mir ist in der Stadt die verstärkte Polizeipräsenz der vergangenen Tage aufgefallen. Stand diese in Zusammenhang mit Ihren Ermittlungen im Tötungsdelikt Pfenninger?»

«Ja», bestätigte Koch, und seine Miene erhellte sich augenfällig.

«Ist es dabei zu Verhaftungen gekommen?»

«Wir haben sechs Personen in Untersuchungshaft genommen. Drei davon mit einem Schweizer Pass. Die andern sind im Besitz einer Aufenthaltsbewilligung. Ihre Herkunftsländer liegen in Lateinamerika. Alle wurden in flagranti beim Verkaufen von Drogen ertappt. Nachträgliche Untersuchungen ergaben, dass sämtliche Festgenommene über Verbindungen mit der Banco de la República Colombia Geschäftsbeziehungen haben, und zwar mit der Niederlassung in Envigado, der Nachbarstadt der Drogenmetropole Medellín. Es handelt sich offensichtlich um Personen aus dem Netzwerk der berüchtigten Medellín-Connection.»

Die Anwesenden machten sich hastig Notizen auf Papier oder in ihre iPads. Koch hielt einen Moment inne. «Sie können wohl nachvollziehen, dass wir diesbezüglich nicht detaillierte Angaben machen und keine Namen nennen können. Etwas möchte ich allerdings nicht zurückhalten: Einer der in U-Haft Genommenen gehört dem mittleren Kader einer grösseren Schweizer Bank an.»

Die Stimmung gegenüber Koch wurde schlagartig wohlwollender. Der Mann vom «Bild der Schweiz» stand auf, schritt zum Podium, schüttelte Koch herzlich die Hand und entschuldigte sich für seinen Ausrutscher von vorhin.

17

Frühjahr 1968

Stadtrat Schläppi bestellte Pfenninger und Abplanalp in sein Büro. Als sie dort anklopften, stellten sie fest, dass auch Brugisser dabei war. Schläppi empfing sie mit einem kurzen Hinweis. «Ich besprach mich eben mit Major Brugisser. Wir sind übereinstimmend zur Erkenntnis gelangt, dass wir unruhigen Zeiten entgegengehen. Unsere Jugend beginnt aufzumucken. Wir sind gefordert.» Schläppi erinnerte an das Gastspiel der Rolling Stones im letzten Frühling im Hallenstadion, das in wüsten Krawallen mit der Stadtpolizei endete.

Er zog eine Schublade aus seinem riesengrossen Schreibtisch heraus, entnahm ihr ein geheftetes Papier, setzte seine Lesebrille auf und begann zu lesen

Neue Zürcher Nachrichten, 4. September 1967
Gemeinderat Walo Strub hat am 27. April 1967 folgende schriftliche Anfrage eingereicht:
Am 14. April 1967 fand im Hallenstadion eine Veranstaltung der Rolling Stones statt. Dafür wurden rund 260 städtische Polizisten und Feuerwehrleute aufgeboten.
Dieser Anlass kann nicht anders als eine verantwortungslose Verführung Jugendlicher zum totalen Blödsinn bezeichnet werden. Man ruft nach freiwilligen Arbeitskräften zur Beseitigung von Waldschäden, der Altersbetreuung und vielem andern auf, und gleichzeitig werden Tausende von Jugendlichen zu einer tumultuösen Orgie ermuntert. Für diesen Klamauk wird ein Viertel des Polizeiapparates aufgeboten. Dabei stehen dringende Aufgaben verkehrstechnischer Natur an, es fehlen Polizeimänner für die Kontrolle des Milieus und andere Aufgaben zum Schutze unserer Bürger. Und was tut unsere Stadtregierung? Sie mobilisiert Hunderte von Ordnungshütern auf Kosten des Steuerzahlers, und das, um für geldgierige Veranstalter Bütteldienste zu leisten.

Ich rede deshalb dem Stadtrat ins Gewissen: Es darf niemals Sache der Polizeiorgane sein, Manifestationen der Massenhysterie organisatorisch zu erleichtern oder gar erst zu ermöglichen. Wäre es nicht sinnvoller, den Veranstalter dafür bezahlen zu lassen? Es ist kein Geheimnis, dass Mitglieder der Rolling Stones in eine Rauschgiftaffäre verwickelt sind und deswegen in England gerichtlich belangt werden. Man muss davon ausgehen, dass die Rolling Stones verbotene Substanzen, die bei uns unter das Betäubungsmittelgesetz fallen, in unser Land schmuggeln. Ist sich der Stadtrat dieser Sachlage bewusst? Welche Massnahmen hat er dagegen getroffen?

Meine Antwort als verantwortlicher Stadtrat:
Die Jugend lässt seit Jahrzehnten Freude an Lärm und Spektakel erkennen. Sachbeschädigungen, Schlägereien und Körperverletzungen in diesen Ausmassen sind allerdings bis anhin nicht festgestellt worden. Die Ereignisse anlässlich des Konzerts der Rolling Stones haben die Polizeidirektion veranlasst, die Ortspolizeibewilligung der Hallenstadion AG zu ergänzen. Künftig besteht die Möglichkeit, die von der Polizei ausgestellte Bewilligung mit der Auflage zu verbinden, dass der Veranstalter für sämtliche der Stadt aus der Veranstaltung erwachsenden Kosten aufzukommen hat.
Wir wissen, dass die Rolling Stones in England in eine Rauschgiftaffäre verwickelt sind. Es lagen indessen keine Meldungen vor, dass die Rolling Stones während ihres Gastspiels in Zürich gegen das Betäubungsmittelgesetz verstossen hätten.

Schläppi musterte Abplanalp und Pfenninger. «Was sagt uns der Vorstoss des Stadtparlamentariers Walo Strub?» Er zeige, wie die Bürger der Stadt Zürich über jugendliche Krawalle denken.

Abplanalp bat, eine Frage stellen zu dürfen. «Herr Stadtrat, aber was ziehen Sie für Lehren daraus?»

Darauf hätte er gleich eingehen wollen, räumte Schläppi ein. Das Ereignis vom April 1967 im Hallenstadion habe die Stadtpolizei nicht unvorbereitet getroffen. Man habe mit Ausschreitungen gerechnet und genügend Ordnungskräfte aufgeboten, um sie in den Griff zu bekommen.

Warum habe er sich trotz Bedenken seiner Kollegen für eine Bewilligung eingesetzt?

Man brauche nicht das Gras wachsen zu hören, um ein Donnergrollen in der Jugendszene wahrzunehmen. Eine kleine Minderheit von Studenten und Studentinnen an den Universitäten und höheren Schulen ihres Landes sei drauf und dran, aus dieser Entwicklung Kapital zu schlagen, um ihr rotes Süppchen daraus zu kochen. Diese Studiosi seien vom kommunistischen Virus aus dem Osten infiziert. Es gehe jetzt darum, die aufmüpfigen Jugendlichen von ihrer destruktiven Bahn abzubringen und für den rechtschaffenen Weg zu gewinnen. Für ihn sei das Hallenstadion zu einer Spielwiese geworden. Das nächste Experiment sei bereits aufgegleist. Das Konzert von Jimi Hendrix am 31. Mai 1968.

Schläppi zeigte auf Pfenninger und Abplanalp. «Sie zwei werden dabei sein und dafür sorgen, dass diese Veranstaltung zu einem Prüfstein unserer Einsatzkräfte wird.» Da war sie wieder, diese Miene des Polizeivorstandes: Hart und zynisch, zu absolutem Gehorsam auffordernd.

«Haben Sie mich richtig verstanden? Drogenexzesse werden nicht toleriert. Es geht darum, dem linken Gesindel richtig die Hölle heisszumachen und endlich zu zeigen, wer Meister in diesem Land ist.» Seine Augen richteten sich auf Brugisser. «Und du, Werner, sei dafür besorgt, dass deine Männer einsatzbereit und auf alles vorbereitet sind.»

«Schon gut. Aber ich bin Kommissär der Kriminalpolizei und nicht für die Einsatzkräfte bei Demonstrationen verantwortlich.»

Das sei ihm schon bewusst, sagte Schläppi, aber für die Feinarbeit trage in diesem Fall die Kripo die Verantwortung. Eine Liste der zu Verhaftenden sei im Voraus zu erstellen. «Dazu kommen die, die sich zu spontanen Straftaten hinreissen lassen. Darüber muss jede eingesetzte Patrouille selbst entscheiden.» Er werde selbstverständlich in der Kommandozentrale dabei sein.

18

Mai 1968

Sabina und Abplanalp hatten sich verabredet, wieder mal eine Nacht zusammen zu verbringen. Als Abplanalp an der Wohnungstür läutete bei Sabina, öffnete Robert Gast. «Schön, Sie wieder mal zu sehen.» Er streckte Abplanalp die Hand entgegen und sagte: «Ich verabschiede mich gleich, bei mir zu Hause stehen noch einige wichtige Dinge an.»

Es war ein wunderbarer, heller, warmer Spätfrühlingsabend. Sabina und Abplanalp entschlossen sich zu einem Spaziergang in das nahe Wäldchen. «Das nächste Mal, wenn wir zusammen ausgehen, könnten wir mal ein Konzert besuchen.»

Sabina sah Abplanalp mit offenem Mund an. «Du und ein Konzert? Was ist denn plötzlich in dich gefahren? Du verstehst doch überhaupt nichts von Musik. An welche Veranstaltung denkst du?»

«Jimi Hendrix tritt am 31. Mai im Hallenstadion auf.»

«Wow, einen solchen Vorschlag hätte ich dir gar nicht zugetraut. Aber wenn ich darüber nachdenke, macht er durchaus Sinn. Auch wenn Hendrix sich als apolitisch bezeichnet, ist er genau das Gegenteil. Er ist zu einer Gallionsfigur der Bürgerrechtler in den USA geworden. Bei jedem seiner Auftritte wird klar, worum es ihm geht. Um den Kampf für die Gleichberechtigung der diskriminierten grossen afroamerikanischen Minderheit. Er ist auch in unseren linken Kreisen zu einem Symbol für Freiheit, gegen Unterdrückung, gegen Rassismus, gegen den Krieg in Vietnam geworden.»

«Genau so ist es. Die Idee, Jimi Hendrix' Auftritt zu besuchen, stammt natürlich nicht von mir. Nicht von mir als Musikbanause. Man hat sie mir als Sekretär der ‹rasz› gesteckt. Daniel Rüegg machte mich darauf aufmerksam. Er ist der Meinung, dass wir uns an der Organisation beteiligen sollten. Natürlich müssen wir das. Ich werde mich richtig darauf stürzen. Wir werden in der Studentenschaft dafür Werbung machen. Wir werden Jugendverbände, die der ‹rasz› nahestehen, animieren, es uns gleichzutun. So kommen gut und gerne zusätzlich einige tausend Teilnehmer mehr zusammen.»

Sabina umarmte Abplanalp, küsste ihn auf den Mund. «Du bist echt eine Wucht. Ich werde dich dabei nach Kräften unterstützen. Das verspricht ein Riesenhappening zu werden. Hoffentlich macht uns die Stadt nicht einen Strich durch die Rechnung.»

«Du sprichst etwas an, das mir ebenfalls Sorgen macht. Die ortspolizeiliche Bewilligung steht noch aus. Ich weiss, wie Schläppi tickt. Ohne ihn geht da nichts. Uns bleibt nur übrig, abzuwarten und Tee zu trinken.»

«Kennst du denn niemanden, der einen guten Draht zu Schläppi hat?»

«Schon, ja. Einige Studienkollegen, doch diese sind total reaktionär. Ich glaube nicht, dass sie sich für so etwas einspannen liessen. Würde ich sie darauf ansprechen, könnte sich das sogar kontraproduktiv auswirken. Die Hoffnung stirbt zuletzt, sage ich mir in solchen Situationen immer.»

Diese Befürchtungen hielten Sabina nicht ab, Pläne für die Durchführung des Hendrix-Konzertes zu schmieden. Sie sparte auch nicht an guten Ratschlägen. Das überdimensionierte Polizeiaufgebot habe sich beim Auftritt der Rolling Stones vor einem Jahr negativ ausgewirkt.

Abplanalp seufzte. So wie er Schläppi kenne, werde dieser das Konzert nur mit einem grossen Polizeiaufgebot bewilligen.

«Das ist irgendwie nachvollziehbar», erwiderte Sabina stirnrunzelnd. «Jimi Hendrix' Musik ist aufmüpfig und elektrisierend. Sie richtet sich schlechthin gegen Autoritäten. Man müsste die Ordnungskräfte diskret an einem Ort in der Nähe platzieren, in einer oder besser in mehreren Seitenstrassen, sodass die Konzertbesucher die geballte staatliche Gewalt nicht vor Augen haben.»

Abplanalp setzte eine Miene auf, die Sabina als hoffnungsvoll interpretierte. «Eine Delegation der ‹rasz› könnte Schläppi um einen Termin bitten. Ihm deinen Vorschlag schmackhaft machen. Wir dürfen davon ausgehen, dass er an Ausschreitungen nicht interessiert ist.»

Sabina sah Abplanalp forschend an. «Bist du dir da so sicher? Ich werde den Eindruck nicht los, dass Schläppis Herz höherschlägt, wenn er Schlagstöcke auf die Schädel von linken Studentinnen und Studenten sausen sieht.»

Das wolle er ja nicht ganz ausschliessen. Trotzdem werde er alles unternehmen, dass Schläppi, den er berechnend und nicht als Dummkopf einstufe, ihrem Vorschlag zustimme.

Einen Tag danach teilte Abplanalp Sabina mit, Schläppi habe viel Verständnis für ihr Anliegen. Ein grosses Polizeiaufgebot sei allerdings unvermeidlich. Man werde die Ordnungskräfte so aufstellen, dass sie von den Konzertbesuchern nicht wahrgenommen würden. Er hoffe auch, dass die Polizisten nicht zum Einsatz kämen.

Sabina war mit dieser Antwort zufrieden. Sie hätte ein weiteres Anliegen. Es betreffe Mathias Sonderegger. Ob man ihn nicht auf irgendeine Art in die Veranstaltung mit Jimi Hendrix einbinden könne.

«Du rennst offene Türen ein, Schätzchen», sagte Abplanalp. «Wir haben uns heute Morgen an der Vorstandssitzung der ‹rasz› genau dieses Themas angenommen. Sonderegger wird Gelegenheit bekommen, während der Pause kurz sein Anliegen anzubringen. Rüegg hat bereits mit Hendrix telefoniert. Er findet diesen Einschub ausgezeichnet.»

Das erste Konzert von Jimi Hendrix fand am 30. Mai, einem Donnerstag, statt. Dafür waren etwa dreitausend Besucher ins Hallenstadion geströmt. Es kam kaum zu Zwischenfällen, ein bisschen Mobiliar ging zu Bruch, aber das wurde von den meisten Anwesenden gar nicht bemerkt.

Am Tag darauf war die Halle fast bis auf den letzten Platz besetzt. Gegen zehntausend Personen, in der Mehrzahl Jugendliche, beklatschten Hendrix frenetisch, als er die Bühne betrat.

Plötzlich kam eine sonderbar aggressive Stimmung auf. Sie wurde von einer Gruppe geschürt, die dem afroamerikanischen Gitarristen nicht gut gesinnt war. Sie bestand aus etwa zwanzig kahl rasierten jungen Männern, die ihre Lederwesten mit Nazisymbolen behängt hatten. Sie besetzten die teuersten Plätze direkt am Rand der Bühne. Sie verzerrten demonstrativ schmatzend Mohrenköpfe. Immer wieder versuchten sie, die Veranstaltung zu stören. Sie riefen zwischendurch: «Nigger, go home!» Die Organisatoren reagierten sofort. Um zu verhindern, dass die Unruhestifter die Bühne betraten oder im Aufnahmebereich der Mikrofone zu hören waren, schoben sich etwa ein Dutzend Saalwächter zwischen die Bühne und die erste Sitzreihe. Es waren sportlich durchtrainierte Mitglieder der «rasz».

Schläppi und Brugisser, die ebenfalls am Konzert teilnahmen, entging dieser Vorgang nicht. Schläppi drehte sich zu Brugisser und sagte ihm etwas ins Ohr. Da der Lärmpegel in der Halle ziemlich hoch war, musste Schläppi sehr laut sprechen. Der «Horcher» des Ordnungsdienstes der «rasz» bekam die Worte Schläppis mit: «Verdammt, die Lümmel hatten den Auftrag, erst auf unser Zeichen hin aktiv zu werden, das wäre während der Pause vorgesehen gewesen. Jetzt drohen unsere Gegenmassnahmen ins Leere zu laufen.»

Rüegg erbleichte, als ihn ein Abgesandter des «Horchers» über die Bemerkung informierte. Dann erkundigte er sich bei ihm, wie er von diesem Ausspruch erfahren hatte. Es wären Wanzen an den reservierten Plätzen all derer angebracht worden, die im Verdacht stünden, nicht auf Seiten der Sympathisanten Hendrix' zu stehen.

«Um Himmels willen, wenn das rauskommt. In diesem Falle werden wir die grössten Schwierigkeiten haben.» Hilflos sah Rüegg in die Runde. «Wer hat denn das angeordnet? Das war kein Vorstandsbeschluss.»

Der Abgesandte setzte eine schelmische Miene auf. «Das war eine Massnahme unseres Sicherheitsdienstes. Wie du weisst, ist dieser innerhalb der ‹rasz› autonom, also nur der Vollversammlung verantwortlich und von dieser gewählt. Wir können ja nicht ausschliessen, dass im Vorstand Polizeispitzel sitzen.»

Rüegg streckte dem Abgesandten wütend den Zeigefinger

entgegen. «Das ist eine ungeheuerliche Unterstellung. Diejenigen, die das angeordnet haben, werden es auch zu verantworten haben. Sollte es auffliegen, wird sich der Vorstand davon distanzieren.»

Der Abgesandte lachte herzlich. «Meinst du, ein solches Dementi würden die Betroffenen glauben?» Er klopfte Rüegg mit beiden Händen auf die Schulter. «Egal, wir wissen nun, dass Schläppi Radau will. Das ist Gold wert. Wir werden angemessen darauf reagieren. Dir, Genosse Rüegg, bleibt gar nichts anderes übrig, als mitzuspielen.»

Rüegg wurde immer unruhiger. Abplanalp und Pfenninger sassen viele Stuhlreihen von ihm entfernt. Es war für ihn unmöglich, einen der beiden vor der Pause zu erreichen.

Sabina Gast und Christoph Abplanalp sassen zusammen. Sabina stupste Christoph lachend an, als sie feststellte, was sich vor der ersten Reihe abspielte. «Mich juckt es vor Entzücken, wenn ich sehe, was sich da gerade zusammenbraut. Mich dünkt, die idiotischen Glatzköpfe sind übertölpelt worden.»

Abplanalp liess sich überhaupt nichts anmerken. Für Sabina kein Grund, sich Gedanken zu machen. Ihr Geliebter zeigte in solchen Fällen kaum je eine Spur von Erregung.

«Was glaubst du, was geschehen wird?»

«Zunächst kaum etwas. Der Auftritt von Sonderegger dürfte so ablaufen, wie vom Vorstand der ‹rasz› geplant. Was danach allerdings geschieht, steht noch in den Sternen. Ich vermute, Sonderegger wird wieder mal Glück haben.»

«Das Letzte verstehe ich nicht. Warum braucht er dazu Glück? Die Bullen haben ja keine Ahnung, dass er heute Abend Gelegenheit erhält, vor fast zehntausend Menschen seinen Standpunkt zu vertreten.»

«Bist du dir da so sicher?»

Sabina sah Abplanalp fragend an, bohrte aber nicht weiter.

Die Störenfriede in der ersten Reihe waren verstummt.

Über die Lautsprecher kam zu Beginn der Pause die Meldung, bitte einen Moment sitzen zu bleiben. Jimi Hendrix werde den mutigsten Polizisten des Kantons Zürich kurz begrüssen.

Aus dem Lausprecher kamen die Worte: «Mathias Sonderegger betritt die Bühne. Jimi Hendrix geht auf ihn zu, umarmt ihn.» Im Saal begann es zu toben. Man empfing Sonderegger mit stehenden Ovationen, mehrere Minuten lang. Plötzlich kam Bewegung in die erste Sitzreihe. Zwei, drei setzten zum Sprung auf das Podium an, was ihnen gründlich misslang. Sie fielen rücklings auf ihre Stühle zurück. Im Nu waren mehr als hundert Jungs zwischen der ersten Sitzreihe und dem Podium.

Es tauchten etwa zwanzig Uniformierte auf, eine Hälfte mit gezogenen Faustfeuerwaffen, die andere mit erhobenen Schlagstöcken. Sie riefen: «Hände auf den Rücken, Polizei!» Niemand befolgte ihren Befehl. Die, die sich zwischen die erste Sitzreihe und die Bühne geschoben hatten, verwickelten die Ordnungshüter in ein Handgemenge. Einige Schüsse gingen los. Sekunden später sprang ein Hüne auf die Bühne, rechts und links mit zwei grossen Plastiksäcken in Händen. Er leerte die Säcke auf der Bühne aus und rief: «Das sind die Pistolen der Bullen.»

Ein lautes Gelächter rauschte durch die Zuschauerreihen.

Er nahm zwei der Waffen und warf sie in einen der vielen bereitgestellten, mit Wasser gefüllten Eimer. Alle auf der Bühne taten es ihm nach. Ein kräftiger Applaus kam auf.

Sonderegger begann ins Mikrofon zu sprechen. Es wurde augenblicklich still.

«Liebe Mitbürgerinnen und Mitbürger unserer Stadt. Etwas möchte ich festhalten. Die Waffen, die eben unbrauchbar gemacht wurden, waren nicht tödlich. Sie enthielten meist Platzpatronen, allenfalls noch Gummischrot. Trotzdem: Ich danke Ihnen allen herzlich. Ihre Reaktion zeigt mir, dass mein Kampf gegen Korruption und Amtsmissbrauch in unserer Justiz, Polizei und Verwaltung nicht umsonst ist. Die meisten Polizisten sind ehrbare, anständige Menschen. Unter den Offizieren darunter gibt es aber mehr als einen, der Verbrechen begangen hat und bislang dafür nicht zur Verantwortung gezogen wurde. In einem Rechtsstaat ist das nicht tolerierbar. Helft mir, gegen diese Machenschaften aufzustehen.»

Die Menschen im Saal erhoben sich von den Sesseln, Sprechchöre kamen in Gang, zuerst zaghaft, dann immer lauter. «Sonderegger, ja, wir werden mit dir zusammen für die Gerechtigkeit kämpfen. So lange, bis der letzte Kriminelle im Polizei- und Justizapparat hinter Gittern ist.»

Diese Sätze jagten etwa ein Dutzend Mal durch die Halle, bis an mehreren Stellen des Stadions grosse Gruppen von Polizisten in Kampfmontur auftauchten. Sie prügelten, sich zur Bühne vorarbeitend, brutal auf die Konzertbesucher ein. Das Heulen von Martinshörnen war kilometerweit in der Umgebung des Hallenstadions zu hören. Ambulanzen rasten zu Dutzenden in die Notfallstationen der umliegenden Spitäler.

Bald war das Stadion leer geräumt. Die daraus Vertriebenen scharten sich auf den Vorplätzen zusammen. Einige von ihnen bedachten die Ordnungskräfte mit Schimpfworten. Rüegg und Pfenninger mischten sich unter die Menge, um sie herum bildete sich eine Gruppe, die durch besonders aggressives Verhalten auffiel. Es flogen Steine und andere Gegenstände gegen die Polizisten.

Die Hüter des Gesetzes machten keinen Unterschied zwischen der kleinen Schar von Randalierern und den nicht Gewalttätigen. Sie begannen wahllos auf die Konzertbesucher einzuprügeln. Diese versuchten zu entkommen. Vergebens, denn das Areal war weiträumig von in Kampfmontur aufmarschierten Gesetzeshütern umstellt. Nach zwanzig, dreissig Metern Flucht liefen sie jeweils einer anderen Patrouille direkt unter die Schlagstöcke. So erging es auch Sabina. Sie hatte Abplanalp längst aus den Augen verloren. Sie weinte und fühlte sich wie ein getriebenes Wild. Ein Wild, das zwischen Jägern hin und her gehetzt wurde. Nicht nur Knüppel liessen die Uniformierten auf ihren Kopf sausen, sondern einer hetzte auch seinen Hund gegen sie. Dieser biss sie in die Waden. Sie wurde ohnmächtig und erwachte nach langen Minuten in einer Ambulanz. Sie sah ins Gesicht eines Rettungssanitäters. Dieser hielt ihr die Hand über die Stirn. «Tut mir leid, ich schäme mich für diese entfesselten, brutalen Schläger. Ich habe gesehen, was diese Schweine Ihnen angetan haben. Morgen werde ich zur Zeitung gehen und berichten, was sich unsere Stadtpolizisten da geleistet haben.»

Bevor Sabina im Stadtspital Waid von einem Polizeioffizier

verhört werden sollte, gelang es ihr mit Hilfe einer Krankenschwester, ihren Chef, Jakob Ledergerber, telefonisch zu kontaktieren. Es war drei Uhr in der Früh, als er aus dem Schlaf geschrillt wurde. Sabina hatte sich so weit erholt, dass sie in der Lage war, ihm zu berichten, was im und um das Hallenstadion vorgefallen war.

Zwanzig Minuten später betrat Ledergerber das Krankenhaus und verlangte den leitenden Notfallarzt zu sprechen. Er hatte Glück und sah in ein vertrautes Gesicht. Die beiden hatten sich während der Studentenzeit in Diskussionszirkeln der Universität kennengelernt. «Sei unbesorgt, ich werde keinen Bullen zu Sabina Gasts Bett heranlassen.»

Der Krawall in der Umgebung des Hallenstadions ging langsam, aber sicher dem Ende entgegen. Die Konzertbesucher, viele von ihnen mit Kopfverletzungen, liess die Polizei endlich ziehen. Mehrere tausend Jugendliche schlugen den Weg Richtung Hauptbahnhof ein. Die Jungs und Mädchen sangen Lieder und spazierten, sich die Hände haltend, friedlich durch die leeren Gassen der Stadt.

***

Sonderegger versteckte sich im Hallenstadion an einem Ort, wo er nicht nur das Innere, sondern auch die Umgebung überblicken konnte.

Als die Luft rein war, machte er sich durch Nebenstrassen und die engen Gassen auf den Weg nach Hause. Dieser führte am Hauptbahnhof vorbei. In der grossen Halle machte er halt. Zu Hunderten fanden sich die aus dem Hallenstadion Vertriebenen hier ein. Er sah keinen einzigen Uniformierten, obwohl sich eine Gruppe aus mehreren Dutzend jungen Männern herausgebildet hatte, die zu randalieren begannen. Sie rissen Sessel aus den Halterungen, warfen Töpfe des Blumenladens herum und schlugen Scheiben eines Restaurants ein.

Der Mehrheit der in der Bahnhofhalle Versammelten missfiel dies. Sie baten die Radaubrüder lautstark, von weiteren Vandalenaktionen abzusehen.

Sonderegger glaubte, eine bekannte Stimme zu hören. Es war die des Studentenführers Daniel Rüegg, der auf einem aus dem nahen Imbisslokal herausgezerrten Tisch stand und in ein Megafon sprach. «Genossinnen und Genossen. Das war eine historische Nacht. Der Beginn eines Aufstandes gegen die herrschende Ordnung. Gegen Repression, Unterdrückung und Ausbeutung. Wir von den Revolutionären Arbeitern und Studenten Zürichs sind nicht mehr bereit, das hinzunehmen. Das, was sich hier anbahnt, ist nicht bloss eine Unmutsäusserung, nicht bloss ein Protest, auch nicht ein Krawall. Nein, hier findet eine Revolution statt. Seht euch die Geschäfte und Lokale hier an. Es sind Institutionen der Besitzenden, des Kapitalismus also. Machen wir sie dem Erdboden gleich.»

Sonderegger verzog sein Gesicht. Er rief: «Was für ein Blödsinn!»

Doch seine Worte wurden von denen Rüeggs übertönt. Etwas anderes fesselte Sondereggers Aufmerksamkeit. Unter den Rowdies fielen ihm zwei besonders auf. Pfenninger und Abplanalp. Der Erstere warf Blumentöpfe in ein Schaufenster, der andere übergoss Kehrichtkübel mit einer brennbaren Flüssigkeit, wahrscheinlich mit Benzin, und zündete sie an. Immer mehr der anwesenden Jugendlichen schlossen sich den gewaltbereiten «Revolutionären» an. Die randalierende Menge ergoss sich bald auf die Gassen und Strassen um den Bahnhof. An der Tramstation wurden Billet-Automaten zertrümmert, Anzeigetafeln aus den Verankerungen gerissen. An der Bahnhofstrasse ging es erst richtig los. Neonbeleuchtungen wurden mit Steinen bombardiert. Dutzende von Schaufensterscheiben gingen zu Bruch, Verkehrsschilder wurden geknickt.

Sonderegger mochte diesem Treiben nicht mehr untätig zusehen. Er ging zu der einzigen noch intakten Telefonkabine und rief von dort aus die Hauptwache Urania an. Der Gefreite an der Rezeption reagierte verstört, als ihn Sonderegger bat, seinen Vorgesetzten umgehend zu informieren, eine Hundertschaft zum Hauptbahnhof zu entsenden. Dort sei eine wüste Randale im Gange. Es verging eine weitere Stunde, bis eine kleine Patrouille von Stadtpolizisten endlich eintraf. Einzugreifen brauchten sie nicht mehr. Der Schaden war angerichtet, und diejenigen, die ihn zu verantworten hatten, waren nicht mehr am Tatort. Um nicht unverrichteter Dinge abzuziehen, nahmen die Polizisten die Erstbesten – Jugendliche mit langen Mähnen – in Gewahrsam und führten sie auf die Hauptwache ab, wo sie bis zum Morgen zusammen in einer viel zu kleinen Zelle eingesperrt wurden.

***

In der Mitte des Vormittags führte sie ein junger Gefreiter in den Verhörraum, wo sie von Brugisser befragt wurden. Er drohte ihnen: «Wenn ihr mir nicht verratet, wer diese Zerstörungen in der Bahnhofhalle und deren Umgebung angerichtet hat, werdet ihr dafür geradestehen müssen.»

Brugisser hatte offenbar nicht mit der Reaktion der jungen Leute gerechnet. Sie hatten nämlich ausreichend Zeit gehabt, sich auf die Vernehmung vorzubereiten. «Erstens: Sie haben nicht das Recht, uns einfach zu duzen. Zweitens: Wenn Sie glauben, Sie könnten mir nichts, dir nichts Leute verhaften, ohne dass Sie ihnen ein Vergehen nachweisen können, täuschen Sie sich.»

Brugisser musste einige Male leer schlucken, bis ihm eine Entgegnung auf die seiner Meinung nach ungebührliche Provokation einfiel. «Werden Sie nicht frech. Hier drin, in diesem, meinem Raum, gelten andere Regeln. Da ist es Verhafteten nicht gestattet, zu hinterfragen, weshalb wir sie eingebuchtet haben. Noch einmal: Wer hat die Randale begangen?»

Der von seinen Kumpanen ausersehene Sprecher sah seine Mitgefangenen längere Zeit an. «Es ist nicht meine Art, Leute, die sich für dieselbe Sache einsetzen wie ich, zu verraten. Aber in diesem Falle kann ich Ihnen zwei besonders üble Gewalttäter nennen.»

Die beiden anderen signalisierten mit einer Kopfbewegung ihre Zustimmung.

«Der eine heisst Walter Pfenninger, der andere Christoph Abplanalp.»

Brugisser kullerten vor Entsetzen schier die Augen aus den Höhlen. Sekunden später hatte er sich wieder gefasst. «Wie sollte ich Ihnen das glauben? Reden ist gut, aber falsche Anschuldigungen zu verbreiten könnte Sie teuer zu stehen kommen.»

Es schrillte das Wandtelefon. Einer der drei Polizisten, die Brugisser beim Verhör assistierten, ging raschen Schrittes an den Apparat, hob ab und sagte laut: «Verhörraum zu Diensten von Major ...» Weiter kam er nicht. Er drehte sich um und rief: «Herr Major, Stadtrat Schläppi möchte Sie sprechen.»

Brugisser schoss auf, rannte zum Telefon und nahm den Hörer in Empfang. Er begann heftig zu schnaufen. «Das darf nicht wahr sein, der Sohn des kantonalen Polizei- und Justizdirektors. Du verdammte Scheisse. Wir werden gleich handeln.» Brugisser wartete die Antwort von Schläppi ab und ging mit zerknirschter Miene zu seinem Sessel zurück. Er sah geradezu flehend den jungen Mann an, der ihn eine Minute zuvor dermassen geärgert hatte. «Es ist unseren Polizisten am Hauptbahnhof ein bedauerlicher Irrtum unterlaufen. Im Namen der Kripo der Stadt Zürich bleibt mir nichts anderes übrig, als mich zu entschuldigen.»

Der Angesprochene lächelte schadenfreudig, aber sagte nichts.

«Sie sind alle ab sofort frei. Ich werde veranlassen, dass Sie in unserer Kantine ein Frühstück bekommen. Ein Fahrer wird jeden von Ihnen mit meinem Dienstwagen nach Hause fahren.» Brugisser überwand sich, jedem von ihnen die Hand zu schütteln. Dann verschwand er eiligst aus dem Raum.

***

Fast zur gleichen Zeit betrat Christoph Abplanalp, ein mit Geschenkpapier umwickeltes kleines Paket haltend, den Empfang des Waidspitals. Er erkundigte sich nach Sabina Gast. Nachdem er sich mit der Identitätskarte ausgewiesen hatte, erschien eine Krankenschwester und führte ihn zu ihrem Zimmer. Sabina strahlte, als sie sein besorgtes Gesicht sah.

«Es tut mir so leid, Liebes. Ich habe dich gestern Abend lange verzweifelt gesucht. Erst heute Morgen habe ich erfahren, was dir zugestossen ist.»

Sabina streckte Abplanalp beide Arme entgegen und sagte vorsichtshalber: «Fass mich nur sanft an, all meine Glieder schmerzen.»

Mit einem Schmunzeln öffnete sie das Päckchen, das ihr Abplanalp in die Hände gelegt hatte. «Hast du es selber eingepackt?»

Er nickte.

«Na ja, irgendwann wirst du es schon noch lernen. Kirschstängeli», rief sie entzückt. «Darauf habe ich gerade Lust.» Sie öffnete die Schachtel und steckte ihm das erste in den Mund. Danach kostete sie ein anderes.

Einige Augenblicke später trat ein Mann in Weiss, der Stationsarzt, in das Zimmer und sagte: «Junger Mann, ich muss Sie leider bitten, den Raum zu verlassen. Wir müssen Ihre Freundin in die Röntgenabteilung bringen und einige Aufnahmen machen. Das wird eine gute Stunde dauern.»

Abplanalp küsste Sabina zärtlich. Er habe in einer halben Stunde einen wichtigen Termin. Vielleicht reiche es ihm, am späten Nachmittag nochmals zu kommen.

***

Radio und Fernsehen strahlten an diesem Morgen Sondersendungen aus. Sie ergriffen Partei für die Polizei. Erst Tage später meldete sich die Presse. Die sozialdemokratische «Volksstimme» und der noch linkere «Geradewegs» stellten in ihren Artikeln kritische Fragen zum Polizeieinsatz während der Nacht vom 31. Mai auf den 1. Juni. Die bürgerlichen «Neuen Zürcher Nachrichten» verteidigten grundsätzlich ebenfalls die Polizei, publizierten daneben aber einen Augenzeugenbericht:

Eine Trillerpfeife ist zu hören. Zur selben Zeit ziehen Polizisten die Schlagstöcke und verdrängen, um sich hauend, die Umherstehenden Richtung Innenstadt. Der Reporter zeigt einem Uniformierten seinen Ausweis, erkundigt sich bei ihm nach dem

Standort des Einsatzleiters. Er erhält zunächst den Bescheid: «Das geht dich nichts an», und wird unsanft weggestossen. Ein anderer Polizist droht ihm mit dem Gummiknüppel. «Verreis, du Söihund!»
Schon im Laufschritt fliehend, wird unser Berichterstatter mit Knüppelhieben auf den Rücken eingedeckt. Alles rennt so schnell wie möglich die Strasse aufwärts: vorn die Konzertbesucher, hinter ihnen stöckeschwingend die Hüter des Gesetzes. Polizeihunde dürfen zubeissen, zu Boden Geschlagene werden weiter mit Hartgummiknüppeln traktiert. Ein Polizeioffizier verhält sich vordergründig korrekt, doch die meisten seiner Leute geben sich ihrer unbändigen Lust am Dreinschlagen hin. Die Brutalität der Knüppelschwingenden und der Hundeführer wird für besonnene Beobachter immer unerträglicher. Da fragt man sich, ob die richtigen Leute für den Polizeidienst ausgewählt wurden.

Schläppi bestellte, nachdem er den Artikel gelesen hatte, Brugisser zu sich und las ihm die Leviten. Er wälzte alle Schuld auf ihn ab.

Einige Stunden nach dem Treffen mit Schläppi bestellte Brugisser Pfenninger und Abplanalp in sein Büro.

Beide betraten gleichzeitig Brugissers Arbeitszimmer. «Ich gratuliere Ihnen zu diesem Desaster», empfing sie Brugisser mit grimmiger Miene. Alles habe er ihnen bestens vorbereitet. Dann seien diese versoffenen Glatzköpfe gekommen und hätten sich stupide in Szene gesetzt. «Warum haben Sie das eigentlich nicht kommen sehen? Pfenninger, ich bin enttäuscht von Ihnen. Sie kennen einige dieser Brüder persönlich und hätten es in der Hand gehabt, sie im Voraus darauf aufmerksam zu machen, dass derart blödsinnige Provokationen der ganzen Sache schaden.»

Pfenninger kaute heftig, ohne etwas zwischen den Zähnen zu haben, wagte es nicht, etwas zu erwidern.

Danach musterte Brugisser Abplanalp. «Sie sind ein Versager. Sie konnten nicht verhindern, dass mein und Schläppis Sessel verwanzt waren. Sie waren über den Sitzplan informiert. Warum haben Sie nicht veranlasst, dass unsere Stühle vor dem

Konzert genauer angeschaut worden sind? Warum lassen Sie es zu, dass Ihr Sicherheitsdienst unabhängig von Ihnen arbeitet? Es wäre für Sie ein Leichtes gewesen, in dieses Gremium einen Mann Ihres Vertrauens einzuschleusen.»

Abplanalp warf Brugisser einen zynischen Blick zu. «Sie sind doch ein hoher Kripooffizier. Sie wissen auch, dass die Leute der ‹rasz› nicht auf den Kopf gefallen sind. Warum haben Sie nicht gemerkt, dass Sie sich auf einen verwanzten Stuhl setzten?»

«Abplanalp, das lasse ich mir von Ihnen nicht bieten. Sie stehen zu sehr in meiner Schuld. Bitte denken Sie daran, Sie essen unsere Brötchen. Wenn wir Ihnen den Geldhahn zudrehen, sind Sie niemand mehr. Sie landen hinter Gittern.» Einen Moment lang sah Brugisser zu Boden, dann sah er einen nach dem anderen an. «Wissen Sie, was mich am meisten ärgert an der ganzen Sache?»

Die Angesprochenen blickten sich verstört an, ohne auf Brugissers Frage zu antworten.

Brugisser schlug zornig mit der Faust auf den Tisch. «Dass uns Sonderegger am 31. Mai durch die Lappen gegangen ist. Wir wollten ihn auf dem Podium festnehmen. Hätten auch Jimi Hendrix in Gewahrsam und von ihm eine Blut- und Urinprobe genommen. Für mich, und nicht nur für mich, stand fest, dass er total mit Drogen verladen war. Wir mussten zusehen, wie beide unbehelligt davonkamen. Das wurmt mich masslos.»

Es klopfte an der Tür. Rüegg stand davor. Brugisser sah ihn mit zusammengezogenen Augenbrauen an. «Zwei Ihrer Kumpels sind schon da. Nichtsnutze wie Sie. Die beiden sollen verreisen. Ich mag sie nicht mehr ansehen.»

Abplanalp und Pfenninger verliessen den Raum. Abplanalp mit einem hämischen Grinsen, Pfenninger einem Hund mit eingezogenem Schwanz gleich.

«Nun kommen Sie an die Reihe, Rüegg.»

Schläppi erschien im Türrahmen, ohne anzuklopfen. Er fing gleich an zu reden. «Ich war immer offen und anständig Ihnen gegenüber, Daniel Rüegg. Ich habe Sie immer angehört, sogar um Ihre Meinung gefragt. Stimmt, Sie stehen auf der anderen Seite. Aber ich kann mich des Eindrucks nicht erwehren, dass

Sie im Grunde einer von uns sind. Sie entstammen einem guten Haus. Aus einer prominenten Unternehmerfamilie. Es kann ja nicht in Ihrem Interesse liegen, unsere Gesellschaft zu zerstören.»

Rüegg redete dazwischen. «Ich will nichts zerstören, sondern verbessern.»

«Einem anderen Revoluzzer würde ich das abnehmen. Aber nicht Ihnen. Sie sind ein Egomane. Es geht Ihnen nur um Ihren eigenen Vorteil, Sie wollen aus der derzeitigen Situation Profit schlagen. Aber nicht nur das. Es ist Ihnen ein Bedürfnis, stets im Mittelpunkt zu stehen. Als Student links zu sein, macht sich derzeit gut. Derzeit, aber wie ist es in zehn Jahren? Dann sind Sie nicht mehr Student. Und Ihrem Hang zum Luxus können Sie nicht mehr abschwören, so wenig wie Sie es bis jetzt geschafft haben, auf die extravaganten Annehmlichkeiten Ihres Daseins zu verzichten.»

«Sie wollen mich überzeugen, auf Ihre Seite hinüberzuwechseln. Das ist vergebliche Liebesmüh. Ich bleibe bei meinen Ansichten.»

«Das will ich nicht. Machen Sie vorläufig nur so weiter. Animieren Sie Ihre Mitläufer zu Gewalttaten, das kann uns nur recht sein. Bekräftigen Sie alle, die zu Ausschweifungen neigen, wenn es um Drogenkonsum geht. Ich will nur hoffen, dass Sie nicht in dieses Fahrwasser abtauchen.»

Rüegg stierte Schläppi mit offenem Mund an. «Ich verstehe das nicht mehr.»

«Denken Sie nach. Aktivieren Sie Ihre Gehirnzellen. Irgendwann kommt uns das derzeitige Feindbild, der Kommunismus, abhanden. Zeit, dass wir uns nach einem neuen umsehen.»

Schläppi streckte Rüegg die Hand entgegen. «Gut so, wir werden die nächste Zeit Gegner bleiben, aber Gesprächspartner müssen wir nach wie vor sein. Allerdings werde ich dafür sorgen, dass Sie künftig mit Major Brugisser verhandeln. Er wird froh sein, wenn Sie ihn über bevorstehende Aktionen informieren. Wir werden Gegenrecht halten. Einen guten Ratschlag des alten Freundes Ihrer Familie sollten Sie aber nicht ausschlagen: Anstiften, aufwiegeln liegt für Sie drin. Was Sie aber nicht dürfen, ist, selber Hand anlegen. Überlassen Sie das bitte anderen.»

Schläppi schubste Rüegg mit zufriedener Miene aus dem Büro.

***

Sabina war knapp zwei Wochen nach dem Konzert wieder an ihrem Arbeitsplatz an der Uni. Ledergerber rief sie an, bat sie, rasch zu ihm ins Büro zu kommen.

Als sie dort eintrat, legte Ledergerber ihr den Artikel der «Neuen Zürcher Nachrichten» vor. «Kennst du diesen Artikel?»

«Den kenne ich sehr wohl. Typisch ‹Neue Zürcher Nachrichten›. Reaktionäre Berichte und Kommentare, dazwischen glaubwürdige Reportagen über denkwürdige Ereignisse.»

«Du bringst es auf den Punkt. Immer wieder ärgere ich mich über die politische Stossrichtung dieses Blattes. Doch etwas muss man ihm lassen: Häufig versteckt sich eine Wahrheit dahinter. Es ist nicht immer ganz einfach, sie auszumachen. Dieser Artikel ist jedenfalls ein bedeutsames Zeitdokument.»

Ledergerber erklärte Sabina, weshalb er sie zu sich habe kommen lassen. «Ich bin gerade daran, ein Strafverfahren gegen die Zürcher Stadtpolizei vorzubereiten. Zürcher Polizisten haben dich in der Nacht vom 31. Mai auf den 1. Juni gedemütigt und verprügelt. Du wurdest dabei mittelschwer verletzt. Sogar die ‹Neuen Zürcher Nachrichten› haben deinen Fall in einem Artikel erwähnt.»

Ein Mädchen, das sich auf der Suche nach seinen Freunden befand, wurde von einem «Hüter der Ordnung» brutal geohrfeigt. Danach traktierte ein weiterer Uniformierter es mit seinem Gummiknüppel. So begann die Eskalation der Gewalt.

«Mädchen? Dass ich nicht lache. Die Schuldigen zu bestrafen dürfte aber schwierig sein. Polizisten in Kampfmontur tragen keine Namensschilder, sie unterscheiden sich kaum voneinander und können nur aus nächster Nähe erkannt werden.»

Das sei richtig, erwiderte Ledergerber. Man wisse nicht, wer geohrfeigt, wer mit dem Schlagstock geprügelt habe. Dass es geschehen sei, darüber bestehe aber absolut kein Zweifel. Das genüge vollauf für eine Untersuchung. Es gehe ja gar nicht um die Personen, die die Übergriffe begangen haben, sondern um die für die Einsätze Verantwortlichen. Und diese müssten zur Rechenschaft gezogen werden. Brugisser und letzten Endes auch Schläppi.

Wie er die Chancen einschätze, dass dies wirklich geschehe, fragte Sabina.

Ledergerber pfiff leise. «Weitgehend null.» Trotzdem verfehle eine solche Anzeige nicht die Wirkung. Mit jeder Anzeige würden die Verantwortlichen der Stadtpolizei an Glaubwürdigkeit verlieren. Dann könne der Fall an die Öffentlichkeit gezerrt und diskutiert werden.

Es stehe ein zweites Thema an; ein Thema, das er mit ihr besprechen wolle: Mathias Sonderegger. Er sei am 1. Juni 1968, einen Tag nach dem Monsterkonzert von Jimi Hendrix, festgenommen worden, mehrere Tage in Untersuchungshaft gesessen, dann ohne Auflagen freigelassen worden.

«Ein Skandal», empörte sich Sabina.

Das denke er auch. Aber ihr Rechtsstaat lasse das zu. Entschuldige sich der Staatsanwalt, der Aussteller des Haftbefehls, gebe es keinen Anlass zu einer Anklage. Dem zu Unrecht Eingebuchteten werde eine kleine Entschädigung entrichtet, unter Umständen auch der Verdienstausfall für die Knast-Tage. Im Falle von Sonderegger sei das nicht nötig gewesen, da er als vom Amt Suspendierter gar keinen Anspruch mehr auf Lohn hatte. Dann sei das ganze Verfahren erledigt. «Für uns», sagte Ledergerber, «ist es aber nicht erledigt. Wir müssen zumindest erreichen, dass es publik gemacht wird. Denn es ist als schikanöser Racheakt zu werten. Die Kopien, die Sonderegger aus dem Polizeiarchiv sichergestellt hatte, sind für Justiz und Polizei nach wie vor unauffindbar. Solange das so ist, werden sie Sonderegger nicht in Ruhe lassen.»

Sabina errötete leicht. Von der Festnahme Sondereggers habe sie tatsächlich nichts gewusst, aber irgendwie fühle sie sich schuldig. Sie habe nämlich die Idee gehabt, Sonderegger sollte am Monsterkonzert neben Jimi Hendrix auftreten.

Ledergerber schlug sich mit beiden Händen auf die Schenkel. «Donnerwetter! Das ist dir also eingefallen. Eine ausgezeichnete Idee war das. Wir können davon ausgehen, dass die Bullen den alt Wachtmeister bereits auf dem Podium des Konzerts festnehmen wollten und ihn genüsslich mit Knüppeln grün und blau geschlagen hätten, um sich danach noch scheinheilig zu entschuldigen.»

«Ich habe dazu noch eine Frage. Kannst du all das mit deiner Position als Universitätsdozent unter einen Hut bringen? Es würde mir sehr leidtun, wenn du dir deswegen Probleme einhandeln würdest.»

«Ja, derzeit schon noch. Unsere Universitäten sind autonom. Ich, aber auch die meisten meiner Kollegen, werden dieses Recht mit Zähnen und Klauen verteidigen.»

19

Dezember 2014

Koch hatte ein langes Gespräch mit dem Staatsanwalt.

«Ich riskiere Kopf und Kragen», klagte der Staatsanwalt weinerlich. «Denn allzu viel habe ich nicht in Händen. Abplanalps Nähe zu den rechtsextremen Todesschwadronen der Provinz Medellín wäre nach unseren Gesetzen eigentlich noch kein Grund für eine Festnahme. Abplanalp hat mächtige Freunde in der rechtspopulistischen Szene. Zum Beispiel ein Nationalrat und Anwalt haben ihm bei mehreren Gerichtsverfahren beigestanden.»

Koch hielt ihm entgegen, dass es dabei um zivilrechtliche Angelegenheiten gegangen sei. Um Erbsachen und Familienstreitigkeiten. Nun liege aber ein strafrechtlicher Tatbestand vor. Er wolle diesen Politiker noch finden, der einen Mandanten wegen Verdachts auf Rauschgiftdelikte verteidige.

Da würde er sich wundern, Geld stinke nicht. Aber er werde es riskieren, Abplanalp in die Bredouille zu bringen, sagte der Staatsanwalt. Schliesslich hatte Koch ihn so weit, dass er einen Haftbefehl gegen Abplanalp ausstellte.

Am frühen Morgen des 12. Dezember, einem Freitag, umstellten ein Dutzend Stadtpolizisten die Villa von Abplanalp. Der Patrouillenführer läutete am Eingangstor. Einmal, zweimal, dreimal. Eine verschlafene Stimme meldete sich über die Türsprechanlage. Was denn los sei. Er sei lediglich der Hauswart. Herr Abplanalp sei derzeit ausser Haus.

Der Polizist fluchte und fragte nach: «Wo?»

«In Perpignan.» Aber er habe keine Ahnung, in welchem Hotel. «Und überhaupt: Wer sind Sie eigentlich?»

«Kriminalpolizei.»

«Heiliger Strohsack. Was ist denn Schlimmes geschehen?»

Das dürfe er Drittpersonen nicht sagen. «Auf Wiedersehen.»

Koch war enttäuscht, als seine Mannen unverrichteter Dinge auf den Posten zurückkehrten. Er gab die Meldung des Patrouillenführers an die Mordkommissionen «Brugisser» und «Pfenninger» weiter, mit dem Auftrag, gemeinsam nach dem Aufenthaltsort von Abplanalp zu fahnden.

Am Nachmittag teilte ihm der Sprecher beider Kommissionen mit, Abplanalp befinde sich nicht mehr in Südfrankreich. Er sei nach Paris gereist und gestern mit einer Maschine der Air France nach Buenos Aires geflogen. Dort sei er im Hotel «Tango de Mayo» abgestiegen, habe eine Suite für mindestens einen Monat gemietet.

Koch war hochzufrieden mit dem Ergebnis dieser Recherche. Da er des Spanischen in Wort und Schrift mächtig war, sich schon mehrmals in der argentinischen Hauptstadt aufgehalten hatte und zudem dort einen hohen Polizeioffizier persönlich kannte, griff er zum Hörer und wählte Mario González' direkte Nummer. Er hatte Glück, in Argentinien war es gerade neun Uhr und der Polizist schon in seinem Büro. Er hörte sich geduldig Kochs Anliegen an. Argentinien sei zwar auch ein Rechtsstaat, aber in Sachen Ermittlungen bestünden dort wohl weniger Hindernisse als in der Schweiz. Wenn es die Not erfordere, sei ein unbürokratisches Vorgehen möglich. Er bat Koch um ein wenig Geduld. Die Sache könne sich schon einige Stunden hinziehen, bis nachmittags Ortszeit frühestens.

Es war dreiundzwanzig Uhr, als das Telefon in Kochs Wohnung schrillte. Seine Frau hob ab. «Der erwartete Anruf aus Buenos Aires», rief sie ihm zu.

Abplanalp sei derzeit in seinem Büro, teilte ihm Kochs Kollege aus Argentinien mit. Der Vogel habe sich einer Verhaftung widersetzt und sitze in Fussfesseln und Handschellen neben ihm.

«Gut, dass es Argentinien gibt», bemerkte Koch lachend. «Bei uns wäre das nicht gestattet. Aber in Südamerika nützt uns dieser Kerl nichts, wichtig wäre schon, dass du ihn nach Zürich überstellst.»

«Eben, das ist die Kehrseite der Medaille. Das funktioniert

nur, wenn wir das Justizministerium der Republik Argentinien mit einbinden können. Dazu bedarf es eines offiziellen Auslieferungsgesuchs der Schweizer Landesregierung.»

Das würde wohl einige Zeit dauern, bemerkte Koch.

«Sehr wohl. Da könnten Monate vergehen.»

Koch hatte einen anderen Vorschlag. Man müsste Abplanalp dazu bringen, dass er freiwillig in die Schweiz zurückkehren würde.

Daran habe er auch schon gedacht. Aber in seiner Abteilung gebe es keinen einzigen, der Deutsch spreche.

«Nicht nötig», erwiderte Koch. «Abplanalp kann sich sehr gut auf Spanisch verständigen.»

Kochs Kollege war einen Moment sprachlos. «Komisch. Abplanalp reagiert überhaupt nicht, wenn man ihn auf Spanisch anspricht.»

«Nun ja, was hältst du davon, wenn ich nach Buenos Aires fliege und Abplanalp in deinem Verhörzimmer vernehme?»

«Ausgezeichnet. Wann können wir dich am Aeropuerto de Ezeiza abholen?»

«Am kommenden Mittwoch.»

«Grossartig. Aber denk daran, bei euch beginnt gerade der Winter, bei uns ist bereits Sommer.»

Es war ein trüber, nasser Abend an diesem 16. Dezember 2014. Die Maschine der Swiss, die um sieben Uhr dreissig abends hätte abfliegen sollen, hob verspätet ab und landete kurz vor Mitternacht in Madrid. Nach einem Zwischenhalt von vier Stunden startete der Airbus der Aerolíneas Argentinas. Er landete um halb eins nachmittags Ortszeit in Ezeiza, der Nachbarstadt von Buenos Aires, wo sich der internationale Flughafen befand. Vor der Zollkontrolle fing ihn Mario González ab. «Hallo, Arno, schön, dich wiederzusehen. Ich habe mir anderthalb Stunden freigeschaufelt, um dir die Einreiseformalitäten, die in unserem Land mitunter langwierig sein können, zu ersparen. Check im Hotel ein, das du von der Schweiz aus reserviert hast. Ich lade dich bei mir zu Hause zum Nachtessen ein.»

González geleitete Koch bis zum Ausgang des Flughafens.

«Steig in meinen Dienstwagen ein, ich fahre dich gleich zum Hotel. Welches hast du gebucht?»

«Tango de Mayo.»

«Extra dort?»

Koch bejahte. Er erhielt an der Rezeption die Zimmerschlüssel. Den Bediensteten, der ihm die Koffer ins Zimmer tragen wollte, wies er zwar ab, gab ihm dennoch ein fürstliches Trinkgeld.

Als er vor der Zimmertür stand, fiel ihm auf, dass sie einen Spaltbreit offen war. Er schob sie auf und stellte fest, dass bereits zwei Männer drin standen. Sie trugen eine ihm unbekannte Militäruniform mit einem Patronengürtel und zwei grosskalibrigen Faustfeuerwaffen.

«Arno Koch? Sind Sie das?»

«Ja, der bin ich. Womit kann ich Ihnen dienen?»

Der kleinere der beiden hatte ihn auf Spanisch angesprochen und war bass erstaunt, dass er ihm umgehend in seiner Sprache antwortete. Der ältere, grössere und stämmigere Mann zog seine Pistole aus dem Halfter und richtete sie auf Koch. «Wir nehmen Sie fest.»

Der Jüngere eilte zu ihm, zog aus seiner grossen Uniformseitentasche Handschellen hervor und fesselte Kochs Handgelenke.

Koch liess sich nicht kleinkriegen. «Wer sind Sie eigentlich? Ihre Uniform ist nicht die der hiesigen Polizei und auch nicht die der Armee.»

Sie seien Funktionäre einer privaten Sicherheitsfirma. In Europa nenne man das «paramilitärischer Kampfverband», sagte der Ältere.

Der Jüngere ergänzte: «Oder Todesschwadronen.» Er grinste dabei gemein und gab weitere Anweisungen. «Wir verlassen jetzt zusammen das Hotel durch einen unterirdischen Ausgang. Dazu fahren wir mit dem Lift in das vierte Untergeschoss. Stellen Sie sich auf eine etwa zehnstündige Autofahrt, teils auf engen Strassen mit Schlaglöchern, ein. Endstation ist ein Camp im Urwald.»

Koch wollte etwas fragen. Man bedeutete ihm, zu schweigen. Der Ältere drückte ihm die Pistole ins Kreuz.

Trotz der holprigen Fahrt und der harten Pritsche, an die er gefesselt wurde, gelang es Koch, einige Stunden zu schlummern. Am Zielort wurde er brutal aus dem Schlaf gerissen. Es waren weit und breit keine Bäume zu sehen, er war umgeben von Geröll und Steinen. Wahrscheinlich befand er sich in einer Art Wüste oder in einer unwirtlichen Gegend weit oberhalb der Baumgrenze. Ganz sicher nicht, wie angekündigt, in einem Urwald. Rechts und links glaubte er hohe, steile, nebelverhangene Berge auszumachen. Dann sah er an der nur teilweise mit einem Belag versehenen Strasse ein Ortschild: Las Cuevas Evita Perón.

Er wurde unsanft aus seiner Zelle, die mehr einem Raubtierkäfig glich, gezerrt und nach kurzer Fusswegstrecke in ein baufälliges Steinhaus, das aus einem grossen Raum zu bestehen schien, geschubst. Dessen Boden war aber mit Teppichen ausgelegt, und zwar von der luxuriösesten Sorte. In der Mitte stand ein grosser Tisch. Dahinter sass auf einem Stuhl, der das Aussehen eines Thrones hatte, ein älterer Mann in schmucker Uniform. Vermutlich ein Boss dieser geheimnisvollen kriminellen Organisation, in deren Gefangenschaft Koch geraten war. Er kniff sich mehrmals in die Wange, um sicherzugehen, nicht etwa einen Alptraum durchzumachen.

Der Mann hinter dem grossen Tisch sprach ihn an. Nicht auf Spanisch, sondern auf Hochdeutsch. Wie Koch bald herausfand, war es ein norddeutscher Dialekt. Zackig, scharf, fast furchteinflössend. «Comodoro Schröder, Kommandant der argentinischen Zweigstelle der ‹Águilas Antioquia›, wenn Ihnen das etwas sagt.»

«Das sagt mir nichts.»

«Wir befinden uns an der Grenze zwischen Argentinien und Chile. In den südlichen Anden.»

Er begreife aber immer noch nicht, weshalb er von dieser seltsamen Armee verschleppt worden sei, sagte Koch. Er habe sich nie in die Angelegenheiten Argentiniens eingemischt.

«Nein, aber Sie haben als Zürcher Kripomann unsere Geschäftsbeziehungen mit der Schweiz empfindlich gestört.»

«Geschäftsbeziehungen?»

«Wir pflegen das so zu benennen.»

«Drogen?»

«Das sind für uns Medikamente, die vielen Menschen unbekannte Welten eröffnen.»

Koch schüttelte indigniert den Kopf. «Ein unfassbarer Zynismus. Ich habe überhaupt keine Lust, mit Ihnen darüber zu diskutieren.»

Der Comodoro übergab sich beinahe vor Lachen. «Was sagen Sie? Diskutieren? Hier wird nicht diskutiert, hier wird befohlen oder gehorcht. Für Sie gilt fortan das Letztere.» Er drückte auf einen Knopf. Es ertönte eine laute Glocke. Ein Mann mit schmutziger, zerlumpter Uniform erschien im Türrahmen.

«Schaffen Sie mir dieses Stück Dreck aus den Augen. Sperren Sie ihn in den Schuppen dort drüben ein.» Er zeigte auf die gegenüberliegende Strassenseite.

Es war eine klägliche, verwahrloste Behausung, in die Koch eingeschlossen wurde. Ein Blechdach, das offensichtlich undicht war. Denn an verschiedenen Stellen an den es stützenden Mauern waren Spuren von eingesickertem Regen festzustellen. Drinnen lag eine Pritsche, an die der Soldat ihn festband.

In den frühen Abendstunden vernahm Koch ein von der Ferne sich näherndes Motorengeräusch. Es war kein Strassenlaster, kein Traktor, auch kein schlecht gewarteter Bus, kein altertümliches Auto. Das Dröhnen kam von oben. Ein Helikopter, ganz offensichtlich. Nein, es mussten mehrere sein. Der Krach wurde immer lauter. Durch eine Ritze des Raumes sah er nach draussen und stellte fest, dass etwa ein Dutzend Uniformierte auf der Strasse von der Siedlung wegrannten. Sie verschwanden dort, wo die Strasse zu enden schien. Inzwischen war der Lärmpegel zu einem wuchtigen Donnergrollen angewachsen. Die Helikopter hatten die Siedlung erreicht, kreisten darüber und warfen über dem Haus, in dem der Comodoro residierte, Bomben ab, bis es schliesslich in sich zusammenstürzte.

Koch war wie gelähmt vor Angst, nun würde wohl die Hütte, in der er gefangen war, unter Feuer genommen, denn die Helikopter kreisten immer noch über ihm. Ein Geschoss traf eine Mauer des Schuppens, in dem er lag. Granatsplitter jagten durch den Raum. Einer musste Koch getroffen haben, denn am linken Arm begann er zu bluten. Er gewahrte neben sich zwei Blechstücke, die vom Dach stammen mussten, das durch den Angriff arg in Mitleidenschaft gezogen wurde. Er konnte den Strick, der ihn an die Pritsche fesselte, damit mit einer Hand durchschneiden. Er schaffte es, durch ein grosses Einschlussloch nach aussen zu entkommen, und rannte in der Gegenrichtung des Fluchtweges der Kämpfer von Schröder entlang der Strasse, während die Helikopter wegflogen.

Die Ruhe war nur vorübergehend. Eine zweite Angriffswelle kam. Koch befand sich aber bereits mehrere hundert Meter ausserhalb der Siedlung. Er warf sich in eine Senke und wartete ab, bis die Helikopter über ihm weggedonnert waren. Dann hastete er weiter. Die ganze Nacht lang. Das war möglich, weil die Strasse ein ziemlich starkes Gefälle aufwies. Im Morgengrauen stellte er eine von unten heranrollende Lastwagenkolonne fest.

Er hielt nach einem Versteck Ausschau. Er fand einen Unterstand, hinter dessen Wand er sich verkriechen konnte, ohne von der Strasse aus gesehen zu werden.

Die Autos kamen näher. Zu seiner Erleichterung stellte er fest, dass es Militärfahrzeuge der argentinischen Armee waren. Er ging an den Strassenrand und winkte. Das erste hielt an. Der Fahrer stieg mit gezogener Waffe aus, realisierte aber rasch, dass er einen verletzten, unbewaffneten Zivilisten, der auch noch mit Handschellen gefesselt war, vor sich hatte. Koch berichtete ihm, was er in den letzten Stunden erlebt hatte. Der Armeeangehörige leitete die Nachricht seiner Kommandozentrale weiter. Die Rückmeldung kam postwendend. Koch wurde angewiesen, beim Unterstand auszuharren, bis der angeforderte Rettungshelikopter eingetroffen sei. Er werde ins nächste Spital geflogen und dort medizinisch versorgt.

Es war ein Militärspital, in das Koch eingewiesen wurde. So weit sauber und hygienisch. Der Arzt, der ihn behandelte, war ein Kubaner. Ein sympathischer Mensch, wie Koch fand. Er operierte ihm eine Kugel, die bis in den Knochen des Oberarms eingedrungen war, heraus.

Er müsse noch ein paar Tage im Lazarett bleiben, stellte ihm der Kubaner in Aussicht. Morgen werde eine Delegation von militärischen Untersuchungsrichtern bei ihm aufkreuzen, um ihn als Zeugen zu vernehmen.

Am nächsten Morgen schon kamen die Militärrichter. Gegen zehn an der Zahl. Alle in schmucken Uniformen. Die Ränge konnte Koch nur schwer abschätzen, er ging aber davon aus, dass alles hohe Offiziere waren. Einer wahrscheinlich ein besonders hoher. Viel Eichenlaub am Hut, an der Brust und an den Achselpatten prangten zwei grosse Sterne. Seine Kollegen sprachen ihn mit «mein General» an. Er war es, der Koch Fragen stellte. Ein sehr auf Anstand bedachter Mann. Zuerst erkundigte er sich nach Kochs Befinden. Er wollte wissen, warum Koch nach Argentinien gereist war. Die Antwort musste ihn hoch befriedigt haben. Die Präsidentenfamilie, die Kirchners, hätten ihre Wurzeln in der Schweiz. Er sei ein Anhänger der Präsidentin, leider werde sie derzeit von einem rechtsradikalen Mob angefeindet.

Koch schaute in die Runde und wurde den Eindruck nicht los, dass nicht alle der Delegation gleicher Meinung wie ihr Vorgesetzter waren. Einige runzelten gequält die Stirn, einer erdreistete sich sogar, den Kopf zu schütteln.

«Die Verbrecher», sprach der General, «die Sie vorgestern gekidnappt haben, gehören der Opposition an. Wir haben ihnen in den vergangenen Tagen eine gehörige Lektion erteilt. Leider gelang es einigen von ihnen, sich über die Grenze nach Chile abzusetzen.»

Nach dieser Einführung wurde Koch vom Justizoffizier gebeten, möglichst detailliert über seine Entführung zu sprechen. Er kam diesem Wunsch gerne nach und berichtete präzis in einem militärischen Jargon, was den Leuten offensichtlich grossen Eindruck machte. Der General sagte wohlwollend schmunzelnd, auch für ihn, Koch, gebe es Platz in der argentinischen Armee. Er wäre dort längst nicht der einzige mit einem Schweizer Pass.

Koch fasste dieses unterschwellige Angebot als Kompliment auf, bedankte sich, ohne aber darauf einzusteigen.

Es klopfte. Der General rief: «Herein!» Im Türrahmen stand

Mario González. Der General begrüsste ihn überschwänglich. Offensichtlich kannten sich die beiden gut und zogen im argeninischen Sicherheitsapparat am gleichen Strick.

González ging schnellen Schrittes auf Koch zu, umarmte ihn. «Arno, das ist ja noch gut ausgegangen. Deine Verschleppung hat mir einen gehörigen Schrecken eingejagt. Ich war offenbar zu wenig vorsichtig.»

Der General nahm González in Schutz. «Wir haben uns alle täuschen lassen. Die Drogenmafia wütet in unserem Land nach wie vor. Wir tun, was wir können, um dieser Pest Herr zu werden.»

Der General erhob sich und beendete die Sitzung.

«Arno, ich bin dir noch einige Erklärungen schuldig», sagte González sichtlich betroffen. «Als du unserer Einladung am Abend nicht Folge geleistet hattest, überkam mich ein ungutes Gefühl. Der Fahrer, den ich geschickt hatte, um dich im Hotel abzuholen, kam verstört zurück. Du hättest normal eingecheckt, habe man ihm an der Rezeption beteuert. Er sei mit dem Portier zu deinem Zimmer gegangen. Nach vergeblichem Anklopfen habe er die Tür geöffnet. Das Zimmer war unbenutzt und leer. Deine Reisetasche fehlte. Da konnte etwas nicht stimmen. Erst gestern, als du von einer Militärpatrouille nicht weit von Las Cuevas aufgegriffen wurdest, erhielt ich Bescheid über die näheren Einzelheiten deiner Entführung.»

Wie sich Abplanalp verhalten habe, als er von seiner Flucht erfuhr, erkundigte sich Koch.

Er habe davon gar nichts erfahren. «Als er vorbeikam am nächsten Morgen wie abgemacht, fragte er beiläufig, ob sich etwas Neues ereignet habe. ‹Nein›, sagte ich und sah ihn aufmerksam an. Er zeigte überhaupt keine Regung.»

Das bedeute gar nichts, meinte Koch. Abplanalp sei bekannt dafür, keine Emotionen zu zeigen. Er habe schwer den Verdacht, dass Abplanalp über die Entführung genau im Bild gewesen sei.

González nickte versonnen. «Dieser Schuft, aber wie sollen wir ihm auf die Schliche kommen?»

Abplanalp sei ein harter Brocken. Das Problem bei ihm: Er

kenne das Polizeihandwerk aus dem Effeff. Koch erkundigte sich, wann Abplanalp sich das nächste Mal bei der Kommandantur melden müsse.

Morgen werde er um zehn Uhr vorbeikommen.

Und wenn er nicht erscheine?

«Dann nehmen wir ihn wieder mal fest. Kein Problem. Er wird rund um die Uhr überwacht.»

Er fühle sich ausgezeichnet, tat Koch kund. Ob es nicht möglich wäre, dass er sich bereits morgen auf der Kommandantur einfände, um mit Abplanalp zu sprechen.

Das sah González ganz anders. «Unsere Lazarettärzte sind stur. Wenn sie entschieden haben, einen Patienten einige Tage zu behalten, lassen sie ihn bestimmt nicht am nächsten Morgen laufen. Die geben dich erst am Montag oder Dienstag frei.»

Arno Koch stöhnte auf. «Am Mittwoch ist Heiligabend. Den möchte ich zu Hause mit meiner Frau feiern.»

«Das wirst du niemals schaffen. Vorgestern bist du angeschossen worden, gestern wurde dir eine Kugel aus dem Unterarm entfernt. Morgen traust du dir zu, den harten Knochen Abplanalp zu verhören. Ich hätte eine bessere Idee. Deine Angetraute soll zu uns fliegen. Dann können wir, deine und meine Frau, du und ich, zusammen Weihnachten feiern. Die Aerolíneas Argentinas fliegt am Sonntag nonstop von Rom nach Buenos Aires.»

González zog sein Handy aus der Westentasche. «Ruf sie gerade an.»

Koch überlegte kurz und wählte die Mobilnummer seiner Frau.

Es war ein kurzes Gespräch, denn er erfuhr, dass sie bereits alles wusste, was passiert war. Sie hatte sich auch schon entschlossen, für den Sonntag einen Flug nach Argentinien zu buchen. Mit der Aerolíneas Argentinas, das hatte Mario González bereits am Vortag mit ihr arrangiert, und das auch noch auf Kosten der Republik Argentinien.

Koch kannte den Stolz der Argentinier. Obwohl ihm diese Grosszügigkeit hinten und vorn nicht recht war, wusste er, dass er dieses Angebot niemals abschlagen durfte.

Am Montag erlaubte man Koch, das Militärspital zu verlassen. Er wurde mit einer Maschine der argentinischen Armee direkt in die Hauptstadt geflogen. Dort bezog er ein komfortables Hotel, das González für ihn reserviert hatte und in dem seine Carmen auf ihn wartete. Es lag in sicherer Entfernung vom «Tango de Mayo», der Unterkunft Christoph Abplanalps. González hatte dafür gesorgt, dass nicht einmal den Leuten der Rezeption Kochs Name bekannt gegeben wurde.

Am Abend war Koch mit seiner Frau Carmen bei den González zum Nachtessen eingeladen. Bei dieser Gelegenheit bekam Koch den abgefangenen Brief zu lesen, der am Morgen unter der Tür von Abplanalps Hotelsuite durchgeschoben werden sollte. Er enthielt weder einen Absender noch eine Unterschrift. Es stand lediglich ein auf Deutsch verfasster Satz drin:

Die Sache mit dem Büttel aus der Schweiz ist schiefgelaufen.

«Was denkst du darüber?», fragte González.

«In der Interpretation dieser Nachricht dürften wir uns einig sein. Abplanalp wusste von meiner Entführung, hat sie allenfalls selbst angeordnet. Aber was haben wir mit diesem Brief in den Händen? Ein Beweisstück?»

«Das weisst du genauso wie ich. Als Beweis taugt diese Mitteilung kaum etwas. Aber immerhin sitzt der Überbringer in einer Arrestzelle der Polizeikaserne. Ich habe ihn heute Nachmittag bereits vernommen. Der Kerl gab sich taub und stumm. Die Verhörmethoden, die bei uns vor zehn Jahren noch erlaubt waren, dürfen wir heute leider nicht mehr anwenden. Dennoch hoffe ich, dass der Vogel nach einigen Wochen Kerker zu zwitschern beginnt.»

«Nach einigen Wochen?», bemerkte Koch leicht verzagt. So lange könne er nicht in Buenos Aires ausharren.

González lachte. «Wie lange bist du denn schon an diesem Fall? Komm schon. Wir werden morgen Dienstag Abplanalp in seinem Hotel festnehmen und in die Kommandantur bringen, wo du ihn mal nach Strich und Faden ausquetschen darfst.»

Das Nachtessen bei den González war ausgezeichnet und reichhaltig. Die beiden ungefähr gleichaltrigen Ehepaare verstanden sich bestens. González' Partnerin, Paloma, musste aber ein Machtwort sprechen. «In diesen Räumen wird, bis Weihnachten vorüber ist, nicht mehr über Kriminalfälle geredet.»

Nach dem Essen erhob sich Paloma, trippelte zu einem alten Möbelstück und öffnete es. Darin war ein Plattenspieler, nein, ein wahrhaftiges Grammofon aus den 1920er Jahren.

Sie legte eine Platte auf. Es klang wunderschön, besonders mit den Hintergrundgeräuschen, die den alten Tonträgern einen aparten Charme verleihen. Ein Tango Argentino. Sie zog ihren Mann vom Tisch weg und setzte mit ihm zu einem feurigen Tanz an.

Carmen lächelte ihrem Mann mit einem leicht maliziösen Gesichtsausdruck zu. Er sah besorgt drein, offenbar in Erwartung dessen, was ihm zu blühen drohte. Paloma legte eine neue Platte auf. Wiederum ein Ohrenschmaus. Dann ging sie zu Arno Koch.

Paloma fing mehrere unbeabsichtigte Fusstritte ein; nachdem ihre Schuhe wiederholt unter seine geraten waren, brach sie die Vorstellung ab und geleitete Arno Koch zurück zum Tisch. Sie tätschelte ihm zärtlich die Wange und hauchte: «Gut gemacht.»

Mario González verzog keine Miene, aber als ihm Carmen in die Augen blickte, realisierte sie, dass seine Seele vor innerem Lachen kochte. All das tat der Fröhlichkeit des Abends keinen Abbruch.

Am nächsten Morgen sass Koch im Verhörzimmer der Polizeikommandantur von Buenos Aires Abplanalp gegenüber. Anwesend waren auch Mario González und ein eigens herbeigeschaffter deutschkundiger Protokollführer.

Es war eines der seltenen Male, dass Koch in Abplanalps Gesicht eine leichte Erregung festzustellen glaubte.

«Sie da?», fragte Abplanalp verwundert.

«Tja, das hätte wohl nicht sein sollen. Als Sie hier den Raum betreten haben, dachten Sie wohl, ich schmachtete gefesselt in einer der windschiefen Hütten in Las Cuevas am Fusse des Andenpasses nach Chile.»

Koch sah Abplanalp forschend an. Er schien sich wieder erholt zu haben und liess sich nichts mehr anmerken.

«Abplanalp, Sie sind ein Gangster. Ich werde Sie überführen.»

«Sie wollen mich überführen?», grölte Abplanalp mit heiserer Stimme. «Da müssen Sie mir zuerst beweisen, was ich Unrechtes verbrochen habe.»

Koch entnahm einer schwarzen Ledertasche eine Klarsichtmappe mit einem daumendicken Stoss Papiere. Er zog sie heraus, hob sie in die Höhe. «Da sind Unterlagen über Ihre Bankverbindungen mit einer Menge von Geldtransaktionen.»

Abplanalp sah Koch völlig unbeeindruckt an. «Sie brauchen mir das gar nicht zu zeigen. Ich kenne diese Dokumente. Ich wüsste nicht, was daran ungesetzlich wäre.»

«Gesetzlich oder ungesetzlich, das hängt auch davon ab, von wo Sie Geld bezogen und an wen Sie es ausbezahlt haben.»

Abplanalp hob den Zeigefinger in die Höhe. «Ich kann aus reiner Gutmütigkeit einer x-beliebigen Person ein Geschenk machen und eine y-beliebige Person kann Geld an mich anweisen. Nirgends in diesen Papieren finden Sie einen Vermerk, für was die Transaktionen vorgenommen wurden …»

Das sei eine recht eigenmächtige Auslegung, unterbrach ihn Koch. «Wir werden alles versuchen, herauszufinden, wer an Sie Geldbeträge überwiesen hat und an wen Sie einbezahlt haben.»

Abplanalp brummte verächtlich. «Sie verstehen kaum etwas von Finanzgeschäften. Meine Konten lagern auf kolumbianischen Banken. Nur die Anweisungen, die ich über die Raiffeisenbank betätige, werden registriert. Das gilt auch für Geldbeträge, die mir in der Schweiz ausbezahlt werden.»

Die Tricks der Geldwäscher, Drogen- und Waffenhändler kennen er und seine Leute zur Genüge, hielt ihm Koch entgegen. Richtig, es sei alles andere als einfach, diesen Ganoven auf die Schliche zu kommen. Aber man habe in den Polizeien der Schweiz und anderen Ländern in den letzten Jahren kräftig dazugelernt. Immer mehr Kriminelle dieser Branche würden in die Falle tappen. Und irgendwann könnte es ebenfalls ihn, Abplanalp, erwischen. Dazu dürften allenfalls andere, wenn auch unfreiwillig, beitragen. «Zum Beispiel derjenige, der am gestrigen Montag einen Brief in eine Suite des Hotel ‹Tango de Mayo› hereinschmuggeln wollte, was die Polizei im letzten

Moment verhindern konnte. Der Mann wird nun auf argentinische Staatskosten verpflegt und rund um die Uhr betreut. Seine Identität, die er bei seiner Festnahme nicht preisgeben wollte, ist inzwischen enthüllt. Die argentinischen Ermittler haben auch seine Bankkonten geknackt. Und raten Sie, Abplanalp, was haben die herausgefunden? Sie haben vor einer Woche diesem Mann fünfzehntausend Peso, umgerechnet etwa tausend Schweizer Franken, überwiesen. Für welche Leistung?»

«Ich bin nicht verpflichtet, Ihnen das zu verraten.»

Koch schob seine Unterlippe nach vorn. «Richtig, sind Sie nicht. Aber meine argentinischen Kollegen werden den Grund früher oder später herausfinden. Es wird der Moment kommen, Abplanalp, wo wir genügend Puzzleteile zusammengelegt haben, um ein umfassendes Bild Ihrer Tätigkeiten im Drogen- und Waffengeschäft zu erhalten. Dann haben wir auch ausreichend Material zusammen, um Sie wegen anderer Delikte zur Verantwortung ziehen zu können. Wegen Mordes an Walter Pfenninger, allenfalls auch an Werner Brugisser.»

Abplanalp entliess einen widerlichen Rülpser und sagte: «Koch, Sie langweilen mich.»

«Was mein Anliegen betrifft, bin ich vorläufig fertig mit Ihnen. Ich denke, trotz aller Widerwärtigkeiten hat sich meine Reise nach Argentinien gelohnt. Ich bin in meinen Ermittlungen viel weitergekommen, als ich noch vor einer Woche zu hoffen gewagt hätte. Allerdings sind auch andere hinter Ihnen her.» Koch warf González einen vielsagenden Blick zu.

«Aber nicht heute, Abplanalp», sagte González. «Wir werden uns nach den Festtagen Ihrer annehmen. Sie bleiben vorläufig in unserer Arrestzelle in Haft.»

Abplanalp protestierte dagegen. Das würde er kaum überleben in der derzeitigen Hitze.

Man werde dafür sorgen, dass ihm nichts zustosse. «Wir wollen einem Lebenden, nicht einem Toten den Prozess machen.»

González bat Koch, ihn in sein Büro zu begleiten. Ein Büro, wie Koch es sich vorstellte, war das nicht. Ein Prunksaal, so etwa in der Grösse von zwei Schulzimmern.

«Arno, was hältst du von unseren Ermittlungen?»

«Ich bin überwältigt. Etwas macht mir allerding ein wenig Sorgen. Wenn ihr Abplanalp nachweisen könnt, dass er mit dem Todesschwadronen-Kommandeur Schröder zusammengearbeitet hat, wird er wohl kaum die Schweiz wiedersehen. Das heisst, wir könnten ihn wegen Mordes nicht zur Verantwortung ziehen.»

González nickte leicht verlegen. «Ganz so abwegig ist diese Annahme nicht. Aber wir könnten eine Lösung finden, die beide Parteien, uns und die Schweizer, zufriedenstellt.»

Koch glaubte, das erste Mal bei González ein Pokerface auszumachen.

«Wir halten Abplanalp zunächst in Buenos Aires in Haft und treiben die Ermittlungen in Sachen Schröder mit Volldampf weiter. Die Gelegenheit scheint nicht ungünstig. In Kolumbien ist der rechtsnationale Uribe als Präsident abgetreten. Sein Nachfolger ist weltoffener, liberaler gesinnt und ein entschiedener Gegner der Todesschwadronen. Da auch die kolumbianische Drogenmafia in die Angelegenheit verwickelt ist, dürfen wir vom Staat Kolumbien Hilfe erwarten.»

Auf der Stirn von Koch bildeten sich Sorgenfalten.

«Gräm dich nicht, Arno. Mein Vorschlag kommt erst: Sobald aus der Schweiz ein Auslieferungsbegehren eintrifft – die Begründung prüfen wir sicher nicht nach –, darf ihn ein Schweizer Justizbeamter bei uns abholen. Wir haben kein Interesse daran, diesen Greis durchzufüttern, bis er krepiert. Abplanalp ist so oder so eine Nebenfigur im Krieg gegen die Drogenmafia.»

Koch bedankte sich bei González.

20

Juni und Juli 1968

Es war der Dienstag nach Pfingsten, der 4. Juni, als Schläppi wieder einmal Brugisser zu sich zitierte.

Als der Kommissär anklopfte, rief Schläppi: «Herein!», liess es sich aber nicht nehmen, das Papier, das er gerade in seinen Händen hielt, zu Ende zu lesen. Dann sah er auf. «Werner, ich habe mit dir ein ernstes Wort zu reden.» Der Stadtrat machte dabei aber alles andere als ein ernstes Gesicht.

«Der Mai 1968 ist zu Ende», begann Schläppi in pathetischem Ton. «Es haben sich denkwürdige Ereignisse in Zürich zugetragen, die sicher noch weitere Kreise ziehen werden. Alle Augen waren auf Paris gerichtet. Nicht unbedingt auf Zürich. Doch auch in unserer Stadt hat sich Bemerkenswertes abgespielt.» Er kniff die Augen zusammen, was seine Visage noch verschlagener erscheinen liess. Er blickte Brugisser herablassend an. «Was denkst du eigentlich über die Ereignisse in Paris?»

Brugisser zuckte mit den Schultern.

«Schon gut. Das strategische Denken kannst du getrost mir überlassen. Ich werde dir erklären, was die Unruhen in Frankreich für uns bedeuten. Sie werden auch unsere Jugend anstacheln. Aber für mich kamen sie nicht aus heiterem Himmel.»

Dann höre er wohl das Gras wachsen, meinte Brugisser.

«Was du nicht sagst, Werner.» Schläppi tippte mit dem Finger an die Schläfe. «Da steckt eine Kampagne dahinter, die von Moskau aus gesteuert wird.»

Brugisser, der sich selbst als geschichtskundig und politisch vorausschauend einschätzte, versuchte zu widersprechen. «Arnold, mir scheint, du siehst das zu einfach. Denk doch an die Tschechoslowakei. Dort wurde der Hardliner Novotny von Dubcek abgelöst. Auch dort erhebt sich die Jugend, aber gegen Moskau, gegen die Stalinisten.»

Schläppi, dem solche Belehrungen, besonders, wenn sie von

einem Untergebenen kamen, zuwider waren, wies Brugisser zurecht. «Verdammt, auch Dubcek ist ein Kommunist. Das Schlimmste, was uns passieren kann, ist, wenn die Kommunisten sich im Schafspelz plötzlich demokratisch gebärden. Du, Werner Brugisser, bist ein linksliberaler Naivling. Steh bitte mit beiden Füssen auf dem Boden.»

Brugisser sah missmutig auf seine Füsse.

Schläppi fuhr fort und verwies auf die Krawalle nach dem Konzert der Rolling Stones vor einem Jahr. Die seien nach dem genau gleichen Schema abgelaufen wie die in der Nacht vom 31. Mai auf den 1. Juni dieses Jahres.

Und auch da habe Rüegg die Hand im Spiel gehabt, redete Brugisser dazwischen.

«Rüegg? Rüegg? Rüegg? Den nimmst du viel zu ernst. Das ist ein verwöhntes Oberschichtbubi. Aber wie oft muss ich dir noch klarmachen, das Problem sind nicht die Krawalle. Man kann sie nicht verhindern. Mich stört aber, dass die Ordnungskräfte zu wenig dezidiert gegen sie vorgehen. Das müsste nicht sein. Schreib dir das bitte hinter die Ohren, Werner, daran hast du vor allem Schuld. Hast Schiss vor Schädelbrüchen, du musst dich damit abfinden, dass auf die Köpfe der Unruhestifter Gummiknüppel sausen. Da verhalten sich die Polizisten de Gaulles, die Compagnies Républicaines de Sécurité, die CRS, weit weniger zaudernd. Die Zahl der gespaltenen Schädel von jungen Radaubrüdern gehen nach jeder Demo in die Dutzende.»

Brugisser war über diese Worte aufgebracht.

Nachdem Schläppi Brugisser hinlänglich gekränkt hatte, zeigte er sich wieder grosszügig. «Lassen wir es gut sein. Ich weiss ja, wie man dir danach an den Karren fahren würde. Schliesslich hast du die Einsätze zu verantworten. Mit solchen Weicheiern im Schlepptau musst du wohl zur sanften Methode greifen. Ich bin ja schon zufrieden, wenn du die Suppe am Köcheln belässt.»

Ob er das mit der Suppe noch ein bisschen konkreter darstellen könne, fragte Brugisser.

«Dreinschlagen, sodass es verdammt wehtut, aber minimalen körperlichen Schaden anrichtet. Das wird die Jungen und

Mädchen nicht daran hindern, sie werden es immer von Neuem versuchen. Ich meine, sie werden immer wieder Kundgebungen anzetteln.» Brugisser werde bald Gelegenheit haben, es besser zu machen, prophezeite Schläppi.

Brugisser horchte auf.

«Sagt dir das Stichwort Globus etwas?»

«Klar doch. Das Magazin zur Globus AG, französisch: Grands Magasins Globus SA, italienisch: Grandi Magazzini Globus SA. In Zürich hatte diese Warenhauskette einen Gebäudekomplex von der Stadt gemietet, für den sie nun keine Verwendung mehr hat. Das Bauwerk steht derzeit leer.»

«Und die Revolutionären Arbeiter und Studenten Zürichs möchten es sich unter den Nagel reissen und daraus ein autonomes Jugendzentrum machen, selbstredend unentgeltlich», ergänzte Schläppi. Aber der Stadtrat wolle darauf nicht einsteigen, er habe beschlossen, das Globusprovisorium anderweitig zu vermieten. «Die ‹rasz›-Leute haben gegen diesen Entscheid Protestkundgebungen angekündigt. Die solide bürgerliche Mehrheit in der Stadtregierung wird sich davon ganz sicher nicht einschüchtern lassen.»

Auch das sei ihm bekannt, erklärte Brugisser. Die «rasz» habe für den 29. Juni eine Demonstration angekündigt.

Schläppi öffnete eine Schublade des grossen Schreibtisches, zog daraus ein Blatt Papier hervor und streckte es Brugisser unter die Nase. «Kennst du das?»

Brugisser kannte es nicht.

«Verstehe ich nicht», fuhr ihn Schläppi an. Das Papier habe ihm eben Abplanalp zugehalten. Es sei als Flugblatt gedacht, das eine Woche vor der Demonstration verteilt und versandt werden solle. Versandt an Tausende von Adressen in der ganzen Schweiz. Das sei ja nicht unüblich, die «rasz» kündige ihre Kundgebungen immer auf diese Weise an. Unüblich sei aber eine Aufforderung darauf.

Bretter, Nägel, Hämmer, Holz, Latten, Stangen und anderes Baumaterial sind an die Demo mitzubringen. – Das Organisationskomitee.

«Verdammt», entfuhr es Brugisser. Er nehme an, dasselbe

Papier liege auch auf seinem Schreibtisch. «Sollen wir etwas dagegen unternehmen?»

«Nicht unbedingt. Wir warten ab. Dieses Flugblatt wird auch an die Medien verschickt. Was ist eigentlich mit ‹Organisationskomitee› gemeint?»

«Das sind immer wieder andere, die als Organisatoren einer Kundgebung unter den Fittichen der ‹rasz› auftreten. Es kann sogar sein, dass einige davon gar nicht der ‹rasz› angehören. – Wer, glaubst du, hat die Aufforderung auf den Flyer geschmuggelt?»

Schläppi prustete vor Lachen. «Frag nicht so dumm. Wir wissen beide, wer es getan hat. Nicht Pfenninger, der andere. Und sein Name wird sicher nicht darauf erscheinen.» Dann forderte er Brugisser eindringlich auf, mit Abplanalp kein Wort darüber zu sprechen. Er, Brugisser, wisse ja jetzt, was er zu tun habe, falls das Flugblatt mit dieser Aufforderung in Umlauf komme. Natürlich werde es schon vor der Kundgebung am 29. Juni einigen Wirbel geben; das Organisationskomitee werde die Aufforderung als Missverständnis herabstufen. Das sei aber ohne Belang, viele der Demonstranten würden ihr nachkommen. Und die Sicherheitskräfte müssten darauf vorbereitet sein, sich gegen Nägel, Hämmer, Latten und Stangen zu wehren.

Das Flugblatt kam am 20. Juni in Umlauf. Bereits einen Tag danach war der Teufel los. Einer der Unterzeichner war ein veritabler Redaktor der grössten Tageszeitung des Kantons. «Skandal» hiess es landauf, landab. Das Organisationskomitee liess verlauten, die Aufforderung sei ironisch gemeint, sozusagen als Scherz einzuordnen.

Schläppi schaltete sich ein. Er sei von dieser Ankündigung überrascht worden. Er erliess einen «dringenden Appell an alle Demonstrationswilligen», der Aufforderung auf dem Flyer nicht Folge zu leisten. Man komme aber nicht umhin, sich auf Gewaltausbrüche einzustellen.

An die Adresse von potenziellen Krawallmachern schrieb er folgende Botschaft:

Wir werden mit aller Härte durchgreifen, sobald der erste Hammer oder der erste Nagel oder die erste Latte gegen die Ordnungshüter geschleudert wird.

Hundertschaften der Stadtpolizei stellten sich schon vor Beginn der Demonstration, die auf vierzehn Uhr angekündigt war, um das Globusprovisorium am Bahnhofquai auf. Schläppi, der städtische Polizeikommandant Huber, der Feuerwehrkommandant, Kommissär Brugisser und weitere hochrangige Sicherheitsoffiziere beobachteten die Situation vom Balkon des benachbarten Gebäudes «Du Nord» aus und erteilten Einsatzbefehle.

Anfänglich schien es, dass nur etwa hundert Personen an der Kundgebung teilnehmen würden. Doch von den Seitengassen her füllten immer mehr Menschen die Strasse und den Platz vor dem Globusprovisorium. Eine Viertelstunde später waren es bereits Tausende.

Vom Balkon des «Du Nord» sprach Huber ins Megafon: «Räumen Sie bitte die Strasse und das angrenzende Trassee des Trams und den Platz bei der Bahnhofbrücke.»

Dieser Platz war eine neuralgische Stelle im Zürcher Tramnetz, dort kreuzten sich zahlreiche Linien. Bald verkehrten im Umkreis des Bahnhofs keine Trams mehr. Das war nicht im Sinn des Organisationskomitees. In seinem Namen ergriff Sabina das Megafon. «Wir wollen den Verkehr in der Stadt nicht blockieren. Bitte gebt den Platz vor der Bahnhofbrücke frei. Bewegt euch zur Sechseläutenwiese beim Bellevue. Bauen wir dort ein symbolisches Altersheim für die Jugend.»

Danach reichte Sabina das Megafon an Sonderegger weiter. Er fiel in der Menge auf, weil er bedeutend älter war als die meisten Teilnehmer der Kundgebung. «Ich bin nur zufällig da, als Passant. Sie schaffen sich nur Probleme, wenn Sie die öffentlichen Verkehrsbetriebe der Stadt lahmlegen. Nehmen Sie, liebe junge Leute, Vernunft an. Befolgen Sie die Empfehlungen der Frau, die eben zu Ihnen gesprochen hat. Sie wollen doch die Herzen der Zürcherinnen und Zürcher gewinnen. Sie dürfen sie nicht verärgern.»

Abplanalp, der wenige Meter von den beiden entfernt war,

biss sich verärgert auf die Lippen. Pfenninger, der neben ihm stand, forderte über ein weiteres Megafon die Demonstranten auf, den Appell von Sabina zu ignorieren, und auf Ratschläge von Gruftis könne man verzichten.

Dennoch zeigten die Appelle von Sabina Gast und Mathias Sonderegger Wirkung. Die meisten Jugendlichen zogen vom Platz bei der Bahnhofbrücke ab, und nur wenige Unverbesserliche setzten sich auf die Tramschienen.

Über das Megafon auf dem Balkon der Einsatzleitung meldete sich erneut Polizeikommandant Huber zu Wort. «Wir sehen uns nun gezwungen, den Bahnhofplatz zu räumen. Sollten sich dort Menschen aufhalten, die nichts mit den Krawallmachern zu tun haben, werden sie gebeten, sich in die Bahnhofhalle zu begeben.»

Kaum waren diese Worte verklungen, hörte man das Dreiklanghorn eines Tanklöschfahrzeuges der Feuerwehr. Bald schoss von einem Wenderohr ein scharfer Wasserstrahl, der die Jugendlichen richtiggehend von den Tramschienen wegspülte. Eine junge Frau wurde vom nassen Geschoss mitten ins Gesicht getroffen, an einen Laternenpfahl geschleudert und blieb liegen. Erst eine Viertelstunde später konnte sie von einer Ambulanz in die Notfallstation des Stadtspitals Triemli gefahren werden. Wie sich später herausstellte, hatte sie sich einen Schädelbruch zugezogen und ein Auge verloren. Es war die erste ernsthaft Verletzte des Polizeieinsatzes.

Als die vom Wasserstrahl Beiseitegeschobenen versuchten, wieder auf die Beine zu kommen, waren sie umringt von Stadtpolizisten, die ihre Schlagstöcke zogen und brutal auf die Köpfe der Jugendlichen eindroschen. Von Passanten, die auf der Bahnhofbrücke nicht weiterkamen, waren Protestrufe zu vernehmen. Einige spendeten Beifall.

Die Demonstrationsteilnehmer um den Bahnhof herum zerstreuten sich, als sie realisierten, dass Uniformierte auf sie Jagd machten. Einige rannten in die Bahnhofhalle. Doch auch dort wurden sie von knüppelschwingenden Ordnungshütern unsanft empfangen, festgenommen, in die Kellerräume des nahen Globusprovisoriums abgeführt und darin eingesperrt.

Andere wiederum versuchten, in eine Seitenstrasse, in einen Hauseingang oder in ein Restaurant zu flüchten. Viele realisierten, dass kein Entkommen mehr möglich war, und gingen in die Offensive über. Sie beschafften sich in der an den Bahnhofplatz angrenzenden Baugrube des «ShopVilles» Steine, Latten, Eisenstangen, leere Bierflaschen und weitere Gegenstände, die sie als Wurfgeschosse und Nahkampfwaffen gegen die Polizisten und Feuerwehrleute einsetzten.

Die Kampfzone dehnte sich kurz nach den Ausschreitungen um den Bahnhof weiter aus. Sie reichte plötzlich bis zur Sechseläutenwiese beim Bellevue, wohin der grösste Teil des Demonstrationszuges gewichen war – nach der deeskalierend gemeinten Aufforderung von Sabina.

Mehrere Züge der Stadtpolizei setzten den zunächst noch friedlich Protestierenden nach, griffen sie von hinten nicht nur mit Knüppeln, sondern auch mit Gummischrot und Tränengasgranaten an. Die jungen Leute setzten sich zur Wehr. Sie suchten nach Wurfgegenständen in Abfallkübeln und Hauseingängen und bewarfen damit ihre Verfolger. Es war ein ungleiches Kräftemessen. Die Demonstranten wurden auseinandergetrieben, verprügelt, viele davon wahllos verhaftet und ebenfalls ins Globusprovisorium überstellt, wo sie, wie die vom Bahnhofareal, eingekerkert wurden.

Für die Gefangenen im Globusgebäude, hundertsiebzig an der Zahl, war die Sache noch nicht ausgestanden. Zornentbrannte Ordnungshüter schlugen auf die Gefesselten ein und verletzten sie teilweise erheblich.

Auch Sabina wurde festgenommen, just in dem Moment, als sie auf der Sechseläutenwiese beim Bellevue über das Megafon die Kundgebungsteilnehmer zum wiederholten Mal dazu aufrief, auf gewalttätige Gegenwehr zu verzichten.

In einem unterirdischen Raum des Globusprovisoriums wurde sie zunächst von zwei jungen Polizeibeamten an ihren Brüsten betatscht. Als sie sich dagegen wehrte, wurde sie mit Stockhieben auf den Kopf ruhiggestellt. Kurz danach verlor sie das Bewusstsein. Ein Sanitäter, der den Raum betrat, wurde von einer Mitgefangenen auf Sabinas Gesundheitszustand aufmerksam gemacht. Er reagierte augenblicklich und fuhr sie in die Notfallabteilung des nächstgelegenen Krankenhauses. Dort musste sie wegen einer sich anbahnenden Hirnblutung operiert werden.

Sabina trug verschiedene Ausweispapiere auf sich, auch einen Arztbericht über ihren kopfverletzungsbedingten Aufenthalt im Waidspital vor mehr als einem Jahr, so konnten die Ärzte schnell und souverän handeln. Ihr Vater wurde am selben Abend informiert. Er setzte sich danach mit Sabinas Chef, Jakob Ledergerber, in Verbindung.

***

Die Nachricht von den schweren Verletzungen seiner Assistentin Sabina gingen Ledergerber derart unter die Haut, dass er bereits am nächsten Tag versuchte, sich ein genaues Bild von den Ereignissen um den Bahnhof und das Bellevue zu machen. Er las die Pressemitteilung der Polizei, die Bilanz zog: neunzehn verletzte Demonstranten, fünfzehn verletzte Polizisten, sieben verletzte Feuerwehrleute sowie erhebliche Sachbeschädigungen. Diese Zahlen wurden von zahlreichen Beobachtern, mit denen er sprach, in Frage gestellt. Die Verletzungen der ungeschützten Demonstranten wären ungleich schwerer als die der Ordnungskräfte gewesen: Schädelbrüche, Quetschungen, Frakturen und Verrenkungen an Gliedmassen, gravierende Augenschäden bis zum Verlust der Sehkraft. Das schien Ledergerber plausibel, denn die Polizisten waren durch Helme und schlagfeste Uniformen geschützt. Hunderten jugendlichen Kundgebungsteilnehmern wurden die Wunden vom Hausarzt behandelt, die das nicht meldeten.

Anschliessend rief Ledergerber alle seine zehn Assistenten, Doktoranden und Diplomanden in sein Büro, um weitere Erkundigungen über das Geschehen des Vortages einziehen zu lassen. Als versierter Medienmann hatte er dafür gute Karten. Seine Verbindungen zu den verschiedensten Presseorganen von Stadt, Kanton und Bund erlaubten ihm, eine ganze Schar von Reportern, die den Ablauf der Kundgebung beobachtet hatten, ausfindig zu machen. Am Abend waren so viele Berichte beisammen, dass sie einen ganzen Bundesordner füllten.

Eine der wichtigsten Nachrichtenquellen war für ihn Mathias Sonderegger. Ledergerber bat ihn um ein Gespräch am Sonntagnachmittag.

Sonderegger hatte unter vielen anderen auch Pfenninger und Abplanalp an der Kundgebung beim Globus beobachtet, wie beide strafbare Handlungen begingen. Bei dieser Gelegenheit verriet er Ledergerber, dass sowohl Pfenninger als auch Abplanalp als Undercover bei der Stadtpolizei unter Vertrag standen. Er machte ihm aber auch klar, dass er diese Information nicht hätte weitergeben dürfen. Ledergerber verstand das und versprach Sonderegger, sie so lange geheim zu halten, bis er finde, man könne die beiden auffliegen lassen. Es müsse so oder so davon ausgegangen werden, dass in der «rasz» weitere Maulwürfe, die der Polizei, der Justiz und verschiedensten Medien ihre Dienste anbieten würden, tätig seien. Ledergerber fand aber auch, man müsste Sabina über das Doppelleben Abplanalps einweihen. Das würde er übernehmen, aber erst, wenn die Zeit dafür reif sei. Er müsse damit abwarten, bis Sabinas Gesundheitszustand diese für sie bittere Enthüllung verkraften könne. Sonderegger war mit diesem Vorschlag einverstanden.

Ledergerber war in der kommenden Woche damit beschäftigt, alle Hinweise, Nachrichten, Zeitungsartikel, Fernseh- und Radiosendungen, Gesprächsprotokolle und Interviews über den Krawall am 29. Juni zu verarbeiten. Das hatte zur Folge, dass er bei vielen privaten und öffentlichen Stellen nachfragen und Auskünfte einholen musste. Am Schluss hatte er ein Papier von dreihundert Seiten zusammengestellt.

Das Dokument war als Informationsquelle für seine Vorlesungen, Pressemitteilungen und allenfalls Vorbereitungen für einzureichende Anklagen gegen Justiz und Polizei gedacht.

Für seine Kolumne, die periodisch in den «Neuen Zürcher Nachrichten» erschien, stützte sich Ledergerber auf dieses Arbeitspapier.

Die Kundgebung vom 29. Juni 1968 rund um das Globusprovisorium muss vor dem Hintergrund der Ereignisse im Mai 1968 in Paris gesehen werden. In der französischen Hauptstadt hat sich die studentische Jugend erhoben. Ihr schlossen sich auch Menschen ohne akademische Ausbildung an, besonders Arbeiter und Angestellte zwischen zwanzig und fünfundsechzig Jahren. Der Protest hat sich mittlerweile auf ganz Frankreich ausgeweitet. Er droht nun auf die umliegenden Länder überzuschwappen. Auch auf die Schweiz.

Es fehlt nicht an Stimmen, die die sowjetischen Machthaber in Moskau dafür verantwortlich machen, den Kommunismus schlechthin. Leute, die diese Ansicht vertreten, sind paranoide Verschwörungstheoretiker. Es gibt keine zentrale Organisation, die die Unruhen in Frankreich steuert. Ebenso wenig wurden die Ausschreitungen nach dem Konzert von Jimi Hendrix Ende Mai und die vom vorletzten Wochenende von fremden Mächten geplant und vollzogen. In Paris wie in Zürich war die Ursache dafür eine tiefe Unzufriedenheit, die in beiden Städten ähnliche Gründe haben mag.

Zuallererst eine Unzufriedenheit darüber, wie an den Universitäten und anderen höheren Schulen gelehrt wird. Die Lernenden werden immer noch, wie in den vergangenen Jahrhunderten, als Zöglinge wahrgenommen. Sie haben nichts zu sagen, wenn es um die Lehrpläne und den Unterricht geht.

Kaum mehr als fünf Prozent der Jugendlichen besuchen in unserem Land Universitäten und Hochschulen. Der Anteil mag in Frankreich etwas höher liegen, aber sie bilden auch dort eine kleine Minderheit. Und ihre Eltern gehören wie bei uns der Ober- oder oberen Mittelschicht an. Es kann gut sein, dass er in fünfzig Jahren, also zwischen 2015 und 2020, wesentlich höher ist.

Und nun setzen sich diese jungen, eigentlich privilegierten Menschen an die Spitze einer Bewegung, die sie selbst als revolutionär bezeichnen.

Wird ihnen das Heer von Arbeitern und Angestellten folgen? In Frankreich könnte man zum Schluss kommen, dass dem tatsächlich so sein könnte. Vielleicht, weil dort die soziale Unrast um einiges grösser ist als in unserem Land. Aber in der Schweiz?

Kaum vorstellbar. Der Lehrling, der Buschauffeur, der Tramführer, der Uniformpolizist, der Strassen-, Fabrik- und Bauarbeiter, der Bürolist oder Banker versteht diese jungen Menschen, die auf die Strasse gehen, um zu protestieren, ganz bestimmt nicht. Das ist die Schwäche der derzeitigen Jugendbewegung. Sie wird als Teil der Elite angesehen, der man immer schon misstraut hat. Aber darf man gegen diesen Teil der Jugend so vorgehen, wie das nach dem Konzert von Jimi Hendrix im Hallenstadion und anlässlich der Kundgebung gegen die Vermietung des Globusprovisoriums an finanzkräftige Geschäftemacher geschehen ist? Man darf nicht.
Wenn Polizisten heute Jugendliche mit massiven Stockschlägen eindecken dürfen und ihnen dabei lebensgefährliche Verletzungen zufügen, können morgen auch Arbeiter, Angestellte und Rentner die Opfer sein. Das an die Adresse derer, die die Polizei zu solchen Übergriffen noch anfeuern.

Das öffentliche Klima wurde in Zürich von Tag zu Tag giftiger. Zu den recht zahlreichen Menschen, die für die protestierenden Jugendlichen Verständnis aufbrachten, gehörten besonders häufig Lehrpersonen von Gymnasien und Berufsschulen und Universitätsprofessoren. Eine immer grössere Anzahl von Politikern und Medienmachern forderte deren Entlassung.

Sabina erholte sich nur schleppend von ihren Verletzungen, die ihr von den Polizisten im Keller des Globusprovisoriums zugefügt worden waren. Ihre Fähigkeit zu sprechen war Ende Juli noch unbefriedigend. Auch das Gedächtnis wies immer noch grosse Lücken auf. An die Ereignisse kurz vor der Kundgebung bis Wochen danach konnte sie sich überhaupt nicht erinnern.

Sie durfte von Glück reden, dass eine Zeugin, ebenfalls eine festgenommene Kundgebungsteilnehmerin, alles beobachtet hatte. Diese wandte sich nach ihrer Freilassung gleich an Ledergerber. Es kam zu einem Gespräch mit ihm, zu dem er auch Sonderegger beizog. Sonderegger wusste aus seiner Zeit als Detektivwachtmeister gut Bescheid über Vernehmungsmethoden, darüber, was Polizisten gestattet war und was nicht.

Ledergerber und Sonderegger halfen Sabinas Vater, Robert

Gast, eine Strafanzeige gegen den fehlbaren Ordnungshüter aufzusetzen. Der Name des Beamten war der Zeugin bekannt.

Kurz nachdem die Anzeige eingereicht wurde, bekam die Zeugin Besuch von zwei Polizeioffizieren und einem Gerichtsschreiber. Die drei Herren baten die Zeugin eindringlich, ihre Beschuldigungen gegen den Polizisten zurückzunehmen. Nach seinen Aussagen habe er sich zur Zeit von Frau Gasts Unfall gar nicht im Keller des Globusprovisoriums aufgehalten. Sie drohten der Zeugin mit einer Klage wegen Verleumdung, sollte sie die Anzeige aufrechterhalten.

Sie bleibe bei ihrer Zeugenaussage. Es gebe noch weitere Personen, die den Prügelpolizisten zur fraglichen Zeit beobachtet hätten.

«Nennen Sie bitte deren Namen!», entgegnete der Gerichtsschreiber im Befehlston.

«Ich denke nicht daran.»

«Wenn Sie diese Namen nicht preisgeben, machen Sie sich strafbar.»

«Für wie blöd halten Sie mich eigentlich? Ich kenne mich in der juristischen Materie gut aus.» Dann musterte sie alle drei der Reihe nach und verriet ihnen, dass sie kurz vor dem Lizentiatsexamen der Rechtswissenschaften stehe.

Einer der beiden Polizisten liess sich zur Bemerkung hinreissen: «Vielleicht fallen Sie ja durch.»

«Etwas anderes fällt Ihnen wohl nicht ein. Wenn Sie glauben, ich sei in der Sache allein auf mich gestellt, täuschen Sie sich. Ich habe prominente Personen, die mir mit Rat und Tat zur Seite stehen.»

«Welche?»

«Privatdozent Ledergerber und Mathias Sonderegger.»

Der Gerichtsschreiber wechselte seine Gesichtsfarbe von rot zu weiss. «Das darf nicht wahr sein. Diese zwei Arschgeigen … Sind Sie eine Kommunistin?»

«Sind Sie ein Neonazi?»

«Ich lasse mir solche Beleidigungen nicht bieten. Sie haben mich im Beisein von Zeugen verunglimpft. Wir werden uns vor dem Richter sehen.»

In diesem Moment öffnete sich eine Tür, und ein jüngerer Mann trat ein. «Ich habe alles genau mitgehört. Ich bin damit auch Zeuge. Zeuge eines Erpressungsversuchs. Und das auch von einem Vertreter der Justiz, im Beisein von zwei hochrangigen Polizeibeamten.»

«Wer sind Sie überhaupt?», fragte der Gerichtsschreiber.

«Die junge Frau ist meine Freundin und so nebenbei bin ich Rechtsanwalt.»

Die drei Herren verliessen fluchtartig den Raum.

21

Spätsommer 1968

Anfang August wurde Sabina Gast ins Universitätsspital verlegt und dort nochmals am Kopf operiert. Danach erholte sie sich gut. Sie konnte wieder sprechen. Auch das Gedächtnis kehrte, bis auf die Episode im Keller des Globusprovisoriums, zurück.

Christoph Abplanalp wurde nun erlaubt, sie zu besuchen. Das tat er ausgiebig, sehr zum Verdruss von Ledergerber. Die Zuneigung von Sabina zu Abplanalp wurde dadurch inniger. Er erzählte ihr ausführlich, was am Nachmittag und Abend des 29. Juni geschehen war und dass er tapfer gegen die Bullen gekämpft habe.

Sabina hörte aufmerksam zu. Eigentlich war sie bereits über den Ablauf des Krawalls informiert. Ledergerber hatte ihr seine umfangreiche Dokumentation darüber zukommen lassen. Allerdings mit der Auflage, diese zunächst geheim zu halten. Abplanalps Schilderungen trafen nicht in allen Teilen zu; das stellte sie bald fest. Vor allem, dass er sein Verhalten, das ihrer Absicht, keine Konfrontation mit den Sicherheitskräften zuzulassen, widersprach, mit keinem Wort erwähnte. Das machte ihr zu schaffen. Aber sie legte es so aus, als ob ihr Geliebter sich schämte, zur Organisation der Kundgebung eine andere als ihre Meinung zu haben.

In der zweitletzten Augustwoche konnte Sabina nach Hause. Der Arzt, der sie betreute, gestattete ihr, reduziert ihre Arbeit wiederaufzunehmen.

Es war ein wunderbarer Spätsommermorgen, als sie fröhlich das Institut an der Uni betrat.

«Guten Tag, Sabina, schön, dass du wieder auf dem Damm bist», begrüsste sie ein gut gelaunter Ledergerber.

«Mir geht es wunderbar. Gestern ist Christoph in meine Wohnung eingezogen.»

«Das darf doch nicht …» Ledergerber brach abrupt ab.

Sabina warf ihm einen verwunderten Blick. «Ist was nicht in Ordnung?»

«Nein, nein, schon gut. Ich freue mich ja, dass es dir so blendend geht.» Ledergerber besprach mit ihr die anstehenden Arbeiten. Danach rief er Sonderegger an und berichtete ihm vom Wohnungswechsel Abplanalps.

«Tragisch», fand Sonderegger. «Ich würde heute Abend am liebsten zu ihr gehen, sie über Abplanalps Doppelleben aufklären. Allenfalls sogar in seiner Anwesenheit.»

Lederberger überlegte lange, bis er darauf etwas sagte. «Mutig. Aber ich könnte das nicht verantworten.»

«Keine Angst, ich werde es nicht tun. Wir müssen nächstens zusammensitzen und darüber reden, wie wir dieses Problem aus der Welt schaffen.»

«Abplanalp aus der Welt schaffen? Wenn das so einfach wäre … Einverstanden. Die nächsten zwei Wochen bin ich allerdings so ausgelastet, dass ich diese heikle Angelegenheit nicht angehen möchte. Danach aber nehme ich mir dafür Zeit.»

Die Bemühungen Ledergerbers, die Ereignisse vom 29. Juni gerichtlich aufzuarbeiten, waren nicht erfolglos. Die Kantonsregierung beauftragte einen Oberrichter, die polizeilichen Übergriffe zu untersuchen. Stadtrat Schläppi zeigte sich darüber empört und beklagte die Einmischung des Kantons in kommunale Angelegenheiten. Der Justizdirektor hielt ihm entgegen, dass nicht ein Staatsanwalt aktiv werde, um eine Anklage vorzubereiten. Es gehe lediglich um eine Bestandsaufnahme, mit dem heimlichen Wunsch, den Globuskrawall zu einer Bagatelle herunterzustufen.

Das brachte Schläppi erst richtig auf die Palme. «Das hätte wohl zur Folge, dass die Anzeigen gegen die Unruhestifter im Papierkorb landen würden. Da bin ich dagegen. Die Bevölkerung erwartet von uns, dass wir diese Kerle hart anfassen. Mehrere Monate Knast, unbedingt.»

Es brauchte für den kantonalen Justizdirektor viel Überzeugungsarbeit, Schläppi von seinem Vorschlag zu überzeugen.

Die Verfahren gegen die fehlbaren Polizisten wurden bis

auf eines eingestellt. Der Fall, in dem weiter ermittelt wurde, war derjenige, bei dem Sabina Gast erheblich verletzt wurde. Es kam zwar zu einem Schuldspruch, doch wurde dem Beamten die Strafe erlassen. Er sei durch die Gewaltausbrüche der Demonstranten derart traumatisiert gewesen, dass er sich im Kellergeschoss des Globusprovisoriums nicht mehr im Griff hatte. Gegen dieses Urteil wurde kein Rekurs eingelegt.

***

An einem Montag Ende August um sechs Uhr morgens läuteten zwei Gefreite der Kripo an der Haustür Sonderegger. Es liege ein Haftbefehl gegen ihn vor, sagten die Hüter des Gesetzes dem bereits rasierten und angezogenen Sonderegger. Er verabschiedete sich in aller Eile von seiner Frau und den beiden Kindern. Es war nicht das erste Mal, dass er abgeführt wurde. Er rechnete immer damit, dass sich das wiederholen könnte. Deshalb hatte er sich einen mit dem Nötigsten gepackten Koffer bereitgelegt.

Als die beiden, die Sonderegger abführen wollten, ihn mit dem Koffer in der Hand sahen, sagte der eine verächtlich: «Aha, der Mann stellt sich auf einen längeren Aufenthalt im Knast ein. Ein schlechtes Gewissen?»

Sonderegger sah ihn bedauernd an. «Ich habe wenigstens ein Gewissen, ob ein gutes oder schlechtes, ist Privatsache. Es gibt aber auch Leute, die haben überhaupt kein Gewissen. Habt ihr beide eines?»

«Werde nicht frech, du –»

Sein Kompagnon schnitt ihm das Wort ab. «Nicht in Diskussionen verwickeln, das hat uns der Chef angeraten.»

Sonderegger sollte von Brugisser vernommen werden. Dabei würde auch Schläppi sein, was ein krasser Regelverstoss war. Um mit einem Stadtrat zu reden, musste keiner verhaftet werden. Für Sonderegger war klar, dass man ihm einen Kuhhandel nahelegen wollte.

Die beiden Herren begrüssten den geschassten Wachtmeister ungewohnt freundlich. Für Sonderegger war es keine Überraschung, dass Schläppi ihn als Erster ansprach. «Heute geht es zunächst um eine alte Sache. Sie erinnern sich wohl an das Flugblatt der ‹rasz› Anfang August des vergangenen Jahres?»

«Die Sache mit dem Geldraub in der Hauptwache Urania?»

«Genau. Im Flyer waren Auszüge aus Polizeiprotokollen abgedruckt. Interna, die nicht an die Öffentlichkeit gehören. Wir haben Grund zur Annahme, dass Sie diese Protokolle kurz vor Ihrer Entlassung kopiert und weitergereicht haben. Können Sie das bestätigen?»

«Für wie bescheuert halten Sie mich, Herr Stadtrat? Ihnen dürfte doch klar sein, dass ich auf eine solche Frage nicht eingehe.»

Schläppis Miene wurde ernster. «Ihre Reaktion verwundert mich nicht. Aber Sie müssen damit rechnen, dass wir eines Tages belegen können, dass Sie dahinterstecken. Dann gnade Ihnen Gott.» Schläppi zog ein Papier aus seiner Jacketttasche. «Lesen Sie das alles sorgfältig durch, und Sie tun gut daran, es zu unterzeichnen.»

Die Passagen, auf die es ankam, waren mit gelbem Marker hervorgehoben.

Sie erhalten monatlich bis zu Ihrem 65. Altersjahr eine Invalidenrente, die achtzig Prozent Ihres letzten Monatsgehalts beträgt. Die Zahlung beginnt rückwirkend mit dem Tag, an dem wir Ihnen keinen Lohn mehr entrichtet haben. Die Teuerung ist dabei berücksichtigt. Die Gelder, die Sie und wir auf Ihr Ruhegehaltskonto einbezahlt haben, werden Ihnen auf Wunsch zurückerstattet. Wir empfehlen Ihnen aber, die Altersvorsorge weiterhin über die städtische Pensionskasse abwickeln zu lassen.
Als Gegenleistung erwartet der Stadtrat von Ihnen:
Erstens: ein umfassendes Geständnis bezüglich des Dokumentendiebstahls aus dem Polizeiarchiv. Auf eine weitere Strafverfolgung verzichtet er.
Zweitens: die Herausgabe aller entwendeten Archivdokumente.
Drittens: keine weiteren Veröffentlichungen über die Polizei und die Gerichte während Ihrer Beschäftigung als Beamter der Stadt Zürich.

Schläppi machte ein gönnerhaftes Gesicht. «Es sollte Ihnen ein grosser Stein vom Herzen fallen. Das ist ein sehr grosszügiges Angebot. Es ist uns nicht leichtgefallen, diesen Kompromiss vorzuschlagen. Wir geben Ihnen eine Woche Zeit, sich zu überlegen, ob Sie diesem Vertrag zustimmen wollen. Sind Sie damit einverstanden, senden Sie das unterschriebene Exemplar im beigelegten Couvert als Einschreibsendung zurück. Abgabedatum ist der Poststempel.»

Sonderegger liess die Frist verstreichen, ohne den Vertrag zu unterzeichnen und zurückzusenden.

22

Erste Januarhälfte 2015

In der ersten Jahreswoche bat Koch um einen Termin beim Staatsanwalt. Er wollte ihn über seine Reise nach Argentinien informieren, ihn bitten, den Haftbefehl gegen Abplanalp zu verlängern und diesen auch Interpol zu übergeben. Weiter wünschte Koch ein Gesuch an die argentinische Regierung für die Auslieferung von Abplanalp an die Schweiz.

Der Staatsanwalt meldete Bedenken an. Das mit dem Haftbefehl für die Schweiz sei in Ordnung. Ihn an Interpol weiterzuleiten sei auch möglich. Man könne Argentinien ersuchen, Abplanalp mit der Absicht einer Überstellung an die Schweiz festzunehmen. Ein solches Begehren müsse gut begründet sein und könne nur über das Eidgenössische Justiz- und Polizeidepartement erfolgen. All das brauche Zeit, unter Umständen viel Zeit. Es komme dazu, dass Interpol lediglich eine Organisation ohne eigentliche Befugnisse sei. Kein Staat sei verpflichtet, Gesuchen von Interpol zu entsprechen. Er werde tun, was sich machen lasse, so der Staatsanwalt. Für Koch war damit klar, dass er wesentlich mehr belastendes Material gegen Abplanalp benötigen würde, um seine Auslieferung zu bewirken.

Er berief eine Sitzung der nun vereinten Mordkommissionen «Brugisser» und «Pfenninger» ein. Das zwanzigköpfige Gremium wollte Koch keine Hindernisse in den Weg legen, die Polizisten hatten jedoch auch andere Aufträge zu erledigen. Je weiter die Tötungsdelikte an den beiden Greisen Brugisser und Pfenninger zurücklagen, umso weniger interessierte man sich für sie. Es blieb Koch somit nichts anderes übrig, als einen Teil seiner persönlichen Mitarbeiter dafür freizustellen und selbst kräftig Hand anzulegen.

Einer von Kochs Gefreiten klopfte sämtliche Nachbarn des verstorbenen Brugisser ab. Alle wollten Brugisser nur flüchtig oder nicht gekannt haben, ausser eine Frau. Sie hatte Brugisser die Wäsche gemacht und für ihn geputzt.

Es falle ihr ein Stein vom Herzen, sagte sie zum Mann aus Kochs Abteilung, als er sie besuchte. «Brugisser hat mir vor seiner letzten Ferienreise Hefte übergeben, mit der Bitte, sie zu vernichten, falls ihm etwas zustossen sollte. Ich, von der Neugierde getrieben, schmökerte nach Brugissers Tod in diesen Wachstuchheften. Es steht viel Privates darin, aber noch mehr über seine Tätigkeit bei der Zürcher Stadtpolizei. Von dem verstehe ich zwar wenig. Dennoch kann ich mich des Eindrucks nicht erwehren, dass sich die Polizei dafür interessieren dürfte.»

Es waren etwa zwanzig Wachstuchhefte, die sich Koch nun vornahm. Nach der Lektüre war er ernüchtert, aber auch beeindruckt. Koch fand dort einen anderen Brugisser, als er aus den zahlreichen Dokumenten des Polizeiarchivs und der Sammlung Sondereggers zu kennen glaubte. Ein getriebener, verunsicherter und einsamer Mensch. Dass er in jungen Jahren als Strahlemann und Playboy wahrgenommen wurde, konnte Koch gut nachvollziehen. Es war die Fassade vom geltungssüchtigen Blender, der grosse Probleme mit seinem seelischen Gleichgewicht hatte.

Brugisser hatte neben seiner Frau, mit der er zwei Kinder zeugte, zahlreiche Geliebte. Aus vielen Einträgen ging hervor, dass er seiner Gattin, die ausserordentlich attraktiv gewesen sein musste, nicht genügte.

Die Ehe der Brugissers hielt trotz allen Widerwärtigkeiten. Doch seine Untergebenen misstrauten ihm, seine Vorgesetzten schätzten ihn gering, nachdem die Öffentlichkeit von seiner zweifelhaften Rolle beim Diebstahl aus dem Tresor der Hauptwache erfahren hatte. Diese Geschichte blieb an ihm hängen bis zu seiner vorzeitigen Pensionierung.

In seinen Aufzeichnungen behauptete er zwar, das Geld nicht an sich genommen zu haben. Aber irgendwie wurde nicht klar, ob er doch mehr über den Dieb gewusst hatte. Sicher war, dass nach dem Diebstahl der Zahlungsverkehr auf seine Konti, er hatte deren drei, nie überprüft wurde. Hinweise, dass er in dieser Zeit durch ausserordentliche Geldausgaben aufgefallen wäre, konnte Koch nirgends finden. Er drückte einen Klebezettel über eine Textstelle und notierte darauf:

Ich gehe einmal davon aus, dass Brugisser nicht der Dieb war. Aber er hat in dieser Sache ermittelt. Der Verdacht, dass er aus einem unerfindlichen Grund den Täter gedeckt hat, bleibt bestehen.

Texte über private Angelegenheiten gab es von den siebziger Jahren an bis zu seinem Ausscheiden aus dem Polizeidienst fast keine mehr.

Die meisten Einträge Brugissers waren Berichte über seine Tätigkeit auf der Hauptwache Urania. Die Personen, mit denen er am meisten zu tun hatte, waren: Stadtrat Schläppi, die beiden Undercover und späteren Funktionäre der Stadtpolizei, Pfenninger und Abplanalp, sowie der Universitätsdozent Ledergerber. Er mochte alle vier nicht. Schläppi am wenigsten, er war Brugissers beruflicher Ziehvater und demütigte ihn, bis er mit über fünfundsiebzig 1980 von der politischen Bühne abtrat.

Eigentlich hätte er nach den Globuskrawallen sowohl Pfenninger wie Abplanalp entlassen wollen, aber Schläppi liess das nicht zu.

Im November 1971 ereignete sich Ungeheuerliches, von dem die Öffentlichkeit nie etwas erfuhr. Abplanalp hatte gerade sein Lizentiats-Examen als Jurist erfolgreich abgelegt. Um sich selbst ein Geschenk zu machen, kaufte er einen Porsche. Dafür mussten schon damals mindestens hunderttausend Franken ausgegeben werden.

Brugisser fiel diese exorbitante Geldausgabe auf. «Etwas kann da nicht stimmen. Ich muss dem nachgehen», hatte er in sein Tagebuch geschrieben.

Abplanalps einst recht wohlhabender Vater, zu dem er längst schon die Beziehung abgebrochen hatte, besass noch ein bescheidenes Vermögen, das er als Altersversicherung angelegt hatte. Von dieser Seite hatte Abplanalp nichts zu erwarten. Seine Einkünfte als klandestiner Spitzel der Stadtpolizei reichten gerade für einen anspruchslosen Lebensunterhalt aus. Die Studiengebühren erhielt er aus einem privaten Stipendienfond.

Die Recherchen, die Brugisser ohne Mitwissen von Schläppi anstellte, führten nach einigen Wochen zu einem geradezu unglaublichen Ergebnis. Auf Abplanalps Konto wurden von einem Zürcher Waffenhändler hundertfünfzigtausend Franken überwiesen. Brugisser erinnerte sich, dass dieser schon mehrmals wegen Missachtung des Waffengesetzes im Visier der Justiz gestanden hatte. Er konnte dem Geschäftsmann also eine Vorladung schicken, ohne den Staatsanwalt um Erlaubnis zu bitten.

Der Aufgebotene erschien zum festgelegten Termin in Begleitung eines Anwalts. Brugisser blieb nichts anderes übrig, als das zu akzeptieren, obwohl beim Normalbürger derartige Hilfestellung niemals toleriert worden wäre. Der Anwalt war ein prominentes Mitglied der Partei von Schläppi.

Zum Glück habe er eine wichtige Vorarbeit geleistet, hatte Brugisser aufgeschrieben. Er überprüfte vor dem Treffen auch die Konti des Waffenhändlers und stellte Geschäftsbeziehungen zu einer paramilitärischen Privatarmee in Kolumbien fest.

Koch fuhr von seinem Sessel hoch, als er das las. Kolumbien? Privatarmee?

Koch las interessiert weiter und erfuhr, dass Brugisser glaubte, einen Trumpf aus dem Ärmel zu ziehen, als er dem Waffenschieber seine Kontoauszüge unter die Nase hielt.

Da mischte sich der Anwalt ein, hatte Brugisser geschrieben. Rechtlich bewege sich ein Kriminalkommissär auf dünnem Eis, wenn er, ohne sich mit dem Staatsanwalt abzusprechen, die Konten von nicht straffälligen Personen ausspioniere. Der Anwalt sei aufgestanden – habe seinen Mandaten gebeten, die Besprechung abzubrechen.

23

Herbst 1968

Sabina Gast war wieder voll bei Kräften. Sie bereitete sich mit Ledergerber auf das neue Studienjahr vor, half ihm bei der Zusammenstellung seiner Vorlesungen. Die beiden kamen sich dabei näher. Eine Liebesbeziehung aber bahnte sich nicht an. Nicht nur, weil Ledergerber sexuell eher auf Männer stand, sondern der Grund war, dass Sabina Christoph Abplanalp liebte.

Das brach Ledergerber schier das Herz, denn er sah die Katastrophe jeden Tag näher kommen. Zwischendurch machte er jeweils einige Anspielungen, wie zum Beispiel, er würde einem Menschen wie Abplanalp nicht trauen, um Sabina die Augen zu öffnen. Das kam bei ihr nicht gut an, aber hinterliess ein schales Nachgefühl. Das ging so lange, bis sie ihn bat, konkreter zu werden. Ja, das würde er gerne, aber dafür bräuchte er etwas Zeit, sie müssten beide einen Abend reservieren, zusammen essen in einem Lokal fernab der Stadt. Man einigte sich auf ein Wochenende Mitte Oktober.

Bereits am nächsten Tag wurde Sabina von einer Kollegin, die in einem benachbarten Institut eine Assistentenstelle versah, angesprochen. Sie müsse ihr etwas Unangenehmes sagen. «Es könnte einschneidend für dich sein. Gehen wir heute Mittag nicht in die Mensa. Ich lade dich in das Restaurant da drüben ein.» Sie zeigte auf die andere Strassenseite.

Es war ein langer Mittag. Als Sabina wieder an ihren Arbeitsplatz zurückkehrte, konnte sie die Tränen kaum zurückhalten. Warum hatte ihr Jakob Ledergerber nicht früher reinen Wein eingeschenkt? Sie wollte ihm keine Vorwürfe machen, denn er beabsichtigte, es zu einem Zeitpunkt nachzuholen, wo er annehmen konnte, dass sie physisch und psychisch wieder in einer stabilen Verfassung war.

Obwohl es Sabina wehtat, nahm sie sich vor, Christoph Abplanalp noch am selben Abend vor die Tür zu setzen. Sie stürzte sich auf die vielen verstreuten Papiere auf ihrem Schreibtisch, versuchte sich zu konzentrieren und nicht an die zerbrochene Liebschaft zu denken.

Um acht Uhr abends fuhr eine Ambulanz beim Haus von Sabina Gasts Wohnung vor. Mit nassen Augen und zerknirschtem Ausdruck empfing Christoph Abplanalp die beiden Sanitätspolizisten. «Wir wohnen im zweiten Stock. Sabina liegt neben dem Tisch, genau am Ort, wo sie vor einigen Minuten gestürzt ist und sich den Kopf an der Tischkante aufgeschlagen hat.»

Abplanalp fuhr zur Notfallstation des Universitätsspitals im Krankenwagen mit. Er reichte dem Arzt die Unterlagen über ihren letzten Aufenthalt dort. Sabina hatte sich genau an der Stelle verletzt, wo sie einige Wochen zuvor operiert worden war. Der Arzt klopfte Abplanalp auf die Schulter: «Kopf hoch, junger Mann, wir tun alles in unseren Möglichkeiten Stehende, um die Lebensgeister Ihrer Partnerin wieder zu wecken.» Man werde ihn auf dem Laufenden halten. Sollte sich Sabinas Zustand verschlimmern, werde er benachrichtigt.

Am frühen Morgen des folgenden Tages summte das Telefon in der Wohnung von Sabina. Abplanalp, der den Anruf erwartete, nahm gleich ab. Leider sei Sabina noch nicht bei Bewusstsein. Er solle sich baldmöglichst beim Eingang des Spitals melden. Er werde zum Arzt, der Sabina in der Nacht behandelt habe, geführt. Es gebe da einige Fragen. Als Abplanalp den Hörer auflegte, entwich ihm ein wüster Fluch.

Eine halbe Stunde später war er im Büro des Arztes. Er war nicht allein, neben ihm stand auch ein älterer Herr, den Abplanalp vom Sehen her kannte. Ein Wachtmeister der Kripo. «Herr Abplanalp», begann er in nüchternem Ton, «ist Sabina Gast Ihre Lebenspartnerin?»

«Ja.»

«Sie hat schwerste Kopfverletzungen, die in der Nacht zu einer Hirnblutung führten. Die Aussicht ist gering, dass sie, sollte sie wieder zu sich kommen, über den Unfall von gestern Abend Auskunft geben kann. Bei Vorfällen dieser Art ist der behandelnde Arzt verpflichtet, die Polizei zu informieren. Sie sind die letzte Person, die Sabina im wachen Zustand gesehen, die, davon gehen wir aus, ihren fatalen Sturz beobachtet hat. Wir müssen ein Protokoll darüber aufnehmen.» Der Beamte sah Abplanalp kritisch an. «Mich dünkt, ich habe Ihr Gesicht schon mehrmals gesehen auf der Hauptwache Urania. Arbeiten Sie dort?»

«Nur sporadisch. Ich studiere Rechtswissenschaften an der Universität und absolviere derzeit ein Praktikum bei der Kripo.»

Die Miene des Wachtmeisters hellte sich auf. «Dann ist ja alles gut. Ich habe schon befürchtet, Sie seien einer dieser Unruhestifter, die uns seit den Globuskrawallen beinahe rund um die Uhr auf Trab halten.»

Abplanalp lächelte säuerlich. Ganz falsch sei das auch nicht, er sei so nebenbei Funktionär eines Studentenvereins und habe in dieser Eigenschaft in letzter Zeit mit den Leuten der Hauptwache immer etwas zu besprechen.

Der Wachtmeister brummte kaum vernehmbar: «Bin ich froh, muss ich mit diesen Studiosi nicht verhandeln.»

Abplanalp beschrieb detailliert, wie Sabina beim Tisch zu Fall gekommen war, dass er vergeblich versucht habe, sie aufzufangen. Kommentarlos notierte der Beamte seine Aussagen und verabschiedete sich von Abplanalp und dem Arzt.

«Hat Sabina Gast weitere Angehörige?», fragte der Arzt.

«Ja», sagte Abplanalp. «Ihr Vater. Seine Adresse und Telefonnummer finden Sie in den Unterlagen, die ich gestern mitgebracht habe.»

Der Arzt streckte Abplanalp die Hand entgegen und verabschiedete sich.

Als Abplanalp das Büro des Arztes verlassen hatte, rief dieser Robert Gast an. Gast wusste noch nichts vom Sturz seiner Tochter, mit der er am Nachmittag zuvor ausgiebig telefoniert hatte. Er bat, Sabina sofort zu besuchen. Er würde auch gerne eine weitere Person, Dr. Ledergerber, den Chef von ihr, mitnehmen. Der Arzt hatte nichts dagegen einzuwenden.

Gast begab sich sogleich in das Institut, wo Ledergerber arbeitete. Er fasste in wenigen Sätzen zusammen, was Sabina widerfahren war und dass Sabina beabsichtigt hatte, Abplanalp vor die Tür zu setzen.

«Wir müssen sofort die Kripo avisieren», sagte Ledergerber.

Das sei schon geschehen, habe ihm der Notfallarzt mitgeteilt.

«Aber die haben sicher nicht gewusst, dass Sabina sich vorgenommen hatte, Abplanalp aus der Wohnung zu jagen. Das ist eine neue Situation. Darüber muss die Polizei in Kenntnis gesetzt werden.» Ledergerber stellte Gast in Aussicht, das zu übernehmen, sobald sie beide Sabina im Universitätsspital besucht hätten.

Robert Gast stand am Bett von Sabina. Er sank schluchzend zusammen. «Dieser Abplanalp hat ihr dieses Leid angetan. Ich werde ihn hinter Gitter bringen.»

Ledergerber tröstete ihn. «Man muss dabei subtil vorgehen. Abplanalp ist mit allen Wassern gewaschen, ein Mensch mit einer immensen kriminellen Energie. Ich werde meine Beziehungen zur Justiz und der Polizei spielen lassen.»

Ledergerber rief den Polizeikommandanten Huber auf seiner internen Nummer an und informierte ihn über das Geschehen in Sabina Gasts Wohnung. Huber, der Ledergerber nicht schätzte, aber Respekt vor ihm hatte, hielt die Nachricht auf einem Notizblatt fest und versprach ihm, sie direkt an den zuständigen Kommissär Brugisser weiterzuleiten.

Brugisser finde er nicht die richtige Person, entgegnete Ledergerber, was eine geharnischte Reaktion des Kommandanten provozierte.

«Ich möchte Sie doch bitten, Herr Privatdozent, Doktor iur. oder was noch alles. Für Aufträge bei der Stadtpolizei bin ich zuständig. Wenn Sie mit meinem Vorgehen nicht einverstanden sind, reichen Sie eine Beschwerde ein.»

Ledergerber ging zur «Volksstimme» und schilderte dem zuständigen Redaktor des Ressorts «Unfälle und Verbrechen», was Sabina am vergangen Tag zugestossen war, aber auch, dass Abplanalp ein Spitzel der Kripo sei, dass sie ihn deswegen vor die Tür setzen wollte.

Der Redaktor pfiff einige Momente leise vor sich hin. «Ich

werde etwas darüber bringen. Das mit dem ‹Spitzel› ist heikel. Es gibt gewisse Regeln, an die wir uns halten müssen. Die Namen der Informanten der Polizei dürfen wir nicht preisgeben, auch auf ‹verschlungenen Wegen› nicht.» Er nahm ein Blatt Papier und schrieb Folgendes darauf:

Mysteriöser Unfall an der Langstrasse
Eine wissenschaftliche Mitarbeiterin der Universität Zürich ist dieser Tage zu Hause schwer verunfallt. Sie zog sich dabei lebensgefährliche Kopfverletzungen zu. Angehörige der Frau vermuten, dass dabei Fremdeinwirkung im Spiel war.
Die Kripo der Stadt Zürich wollte noch keine Auskunft über den Vorfall geben.

Ledergerber runzelte die Stirn, als er den Text las. «Aber Sie haben die Polizei noch gar nicht um eine Auskunft gebeten?»

Der Redaktor lachte. «Ich werde nachfragen. Aber ich nehme fast sicher an, dass mir von der zuständigen Stelle auf der Hauptwache genau das gesagt wird.»

***

Am nächsten Tag erschien die Meldung im Wortlaut, wie sie der Redaktor vorgeschlagen hatte.

Noch am selben Tag sandte Robert Gast einen eingeschriebenen Brief an Christoph Abplanalp, worin er von ihm verlangte, ihm am kommenden Samstag um zwei Uhr mittags die Schlüssel der Wohnung von Sabina zu übergeben. Er habe wenige Stunden vor dem Unfall mit Sabina telefoniert. Seine Tochter habe dabei gesagt, dass sie ihn, Christoph Abplanalp, nicht mehr als Untermieter beherbergen wolle. Danach rief er den leitenden Arzt der Notfallstation an und bat ihn, Abplanalp zu verbieten, seine Tochter zu besuchen.

Abplanalp beriet sich nach Erhalt des Briefes mit Brugisser. Abplanalp war nicht bereit, bei Sabina auszuziehen. Brugisser riet ihm aber dringend, dem Wunsch von Gast nachzukommen. Unnötige Scherereien seien in dieser Sache zu vermeiden. Dann musterte er Abplanalp mit einem kritischen Blick. «Ich will nur hoffen, dass das wirklich ein Unfall war. Gestern habe ich ein Telefon von der ‹Volksstimme› erhalten. Der zuständige Journalist hat mir mitgeteilt, dass Sabinas Vater und ihr Chef glauben, Sie hätten Sabina die Verletzungen zugefügt.»

Abplanalp setzte ein breites Grinsen auf und konterte salopp: «Was zu beweisen wäre.»

24

Zweite Januarhälfte 2015

Koch arbeitete sich immer noch durch Brugissers Tagebücher. Dessen Einträge wurden zusehends feindseliger gegen Abplanalp und Schläppi. Am wenigsten Kummer machte ihm Pfenninger, das zeigte ein Eintrag Ende 1971:

> *Pfenninger ist ein Dummkopf, sein Vorteil ist aber, dass er nicht mehr aktiv ins Geschehen eingreift, sondern nur Material sammelt und mir weitergibt. Darunter findet sich wenig Brauchbares. Schade ums Geld, das wir dabei verpulvern. Aber das lässt sich ändern. Ich werde Mittel und Wege finden, Pfenninger als Undercover auffliegen zu lassen.*

Abplanalp war ein anderes Kaliber. Brugisser, dieses Eindrucks konnte sich Koch nicht erwehren, schien Abplanalp immer mehr zu fürchten. Da er nicht mehr als Spitzel tätig war, sondern regulär als Offizier im Korps der Kripo arbeitete, fühlte sich Brugisser zusehends in die Enge getrieben. *Will er meine Position beerben?* Eine Frage, auf die Koch wiederholt in Brugissers Wachstuchheften stiess.

Abplanalps Porschekauf wurmte Brugisser unermesslich.

Ich hätte auch gerne einen gehabt, aber so dreist, um krumme Touren von diesem Ausmass zu drehen, war ich nie. Dabei hatte ich in Abplanalps Alter bereits promoviert und besass das Anwaltspatent.

Dies hatte Brugisser Anfang Januar 1972 notiert.

Auf der nächsten Seite bemerkte Koch einen Brief. Sein Absender: Policía de Medellín. Im grossformatigen Couvert lagen Kontoauszüge Abplanalps von einer Bank aus Medellín. Mehrere Zahlungsaufträge mit einer Gesamtsumme von mehr als hunderttausend Schweizer Franken an ihn stammten von den «Águilas Antioquia». Koch sagte der Name etwas. Es lag für ihn nahe, dass es sich, wie die 2006 gegründete «Águilas Negras», um eine paramilitärische Kampftruppe oder ein Drogenkartell oder beides handelte. Er liess das nachprüfen, wurde aber nicht fündig.

Der Name Schläppi tauchte in den aufgeschriebenen Erinnerungen Brugissers immer wieder auf. Doch selten richtig fassbar.

Dann rief mich Schläppi an und empfahl mir, die Finger von der Sache zu lassen.

Oder:

Ich würde an deiner Stelle in diesem Fall nicht weiter ermitteln.

Oder:

Weisst du eigentlich, dass du damit in ein Wespennest stichst?

Solche Äusserungen fasste Brugisser als Befehl auf, meinte Koch.

Brugisser machte oft seinem Ärger über Schläppi mit vulgären Kraftausdrücken Luft.

So ein Charakterlump … ich könnte den Kerl erwürgen … er ist der gemeinste Drecksack, der mir je in meinem Leben begegnet ist.

Zwischendurch, wenn er nicht weiterkam, rief Koch sein Team zusammen und stellte Passagen aus Brugissers Tagebuch zur Diskussion.

«Haben uns eigentlich diese Tagebucheinträge, die ich euch heute vorgelegt habe, weitergebracht?»

Die Antwort darauf war verhalten. Schulterzucken bei den einen. Das persönliche Befinden Brugissers stehe dabei im Vordergrund, meinten mehrere. Andere wiederum wollten einen Wandel in seinem Verhalten festgestellt haben. Er sei wohl im Laufe der Jahre reifer geworden, jedenfalls habe er ein Gewissen, wenn auch ein schlechtes. Und Schläppi? Ein undurchsichtiger, machtbesessener, korrupter Politiker, da war man sich einig.

All das stimme schon, kommentierte Koch. Aber eigentlich bestätigten die Einträge weitgehend das, was man schon vorher annahm und zum Teil auch wusste. Hervorzuheben sei, dass Abplanalp bereits zu Beginn der siebziger Jahre, womöglich schon vorher, kriminelle Geldquellen angezapft habe. Das könne auf jeden Fall gegen Abplanalp verwendet werden, sollte es zu einem Prozess gegen ihn kommen. Der inzwischen verstorbene Schläppi sei wie ein Raubfisch gewesen, nicht greifbar, ständig in Bewegung, niemand habe voraussagen können, wen er als Nächsten angreife. Er sei zuversichtlich, sagte Koch. Wenn er sämtliche Tagebücher ausgewertet habe, hoffe er ein aussagekräftiges Gesamtbild zu erhalten. Details, die jetzt noch als bedeutungslos eingeschätzt würden, könnten sich plötzlich als wichtig herausstellen.

«Aber was hatte Abplanalp für ein Motiv, Brugisser umzubringen? Darüber geben die Aufzeichnungen keine Auskunft. Brugisser hätte einen Grund gehabt, Schläppi umzubringen, Pfenninger hätte einen gehabt, Brugisser zu töten. Wir brauchen das Motiv von Abplanalp.»

Koch ging danach ziemlich niedergeschlagen nach Hause. Würde er diesen verzwickten Fall je lösen können? Allein ganz sicher nicht. Er musste seine Mitarbeiter dazu anregen, selbst zu denken, selbst die Initiative zu ergreifen.

Er liess am nächsten Arbeitstag alle Wachstuchhefte ein halbes dutzendmal kopieren und verteilte sie an seine engsten Mitarbeiter. Dabei fragte er sich: Warum gibt es eigentlich keine Frau darunter? Vielleicht war das mit ein Grund, dass die Ermittlungen stockten. Er sah die Personalliste der Kripo des Kantons durch. Die Frauen der fast hundertköpfigen Abteilung liessen sich an einer Hand abzählen. Koch studierte deren Biografien und fand darunter eine, die sich für diesen Job eignen könnte. Der Polizeikommandant genehmigte Koch die gewünschte Personalaufstockung.

Lydia Pluhar, eine dreiundzwanzigjährige Gefreite mit einnehmenden Gesichtszügen, stürzte sich mit grossem Eifer in ihre neue Arbeit. Nach anderthalb Wochen kreuzte sie in Kochs Arbeitszimmer mit einem dicken Stoss Papiere auf.

«Chef, ich habe alle Tagebücher durchgeackert. Die Stellen, die ich als bedeutend einstufe, sind mit gelbem Leuchtmarker hervorgehoben. Auf Post-its ist meine Sichtweise notiert.»

Koch bedankte sich überschwänglich. Er werde sich ihre Überarbeitung im Laufe der nächsten Tage vornehmen und sie anschliessend um einen Besprechungstermin bitten. «Und in der Zwischenzeit …»

Lydia hatte sofort eine Antwort parat. «Ich werde alles nochmals durchgehen. In den Einträgen sind immer wieder Quellen angegeben, aus denen Brugisser seine Informationen bezogen hat. Und diesen versuche ich nachzugehen, sofern das nach so vielen Jahren noch möglich ist. Die meisten Akteure dürften wohl nicht mehr leben oder nicht mehr ansprechbar sein.»

Koch zog seine grosse Agenda zu sich, blätterte darin, sah Lydia mit grossen Augen an und seufzte. «Jetzt haben wir Ende Januar. Wenn wir mit allem durch sind, könnte der Februar vorbei sein. Hoffentlich werden die Argentinier Abplanalp nicht aus den Augen verlieren.»

Das wäre schade. Denn Abplanalp sei der Mörder von Brugisser, auch der von Pfenninger, dessen sei sie sich sicher.

25

Dezember 1968

Die schwere Verletzung von Sabina gab in den Reihen der «rasz» viel zu reden. Es bildeten sich zwei Lager. Das grössere glaubte an einen Unfall, das kleinere hatte grosse Zweifel, dass Sabina unglücklich gestürzt sei.

Daniel Rüegg schlug sich auf die Seite von Abplanalp, was die meisten erstaunte, denn zwischen beiden herrschte dicke Luft. Dass Abplanalp ihm Sabina weggeschnappt hatte, war für ihn eine Demütigung gewesen. Nun hatte die Situation sich verändert. Sabina war schwer behindert. Weder Rüegg noch Abplanalp waren weiter an ihr interessiert.

In der Stadt Zürich kam es beinahe wöchentlich zu Kundgebungen, die häufig in gewalttätige Auseinandersetzungen zwischen der Polizei und den Demonstranten ausarteten. Die Medien und damit die Öffentlichkeit schienen sich daran gewöhnt zu haben, sodass sie aus den Schlagzeilen verschwanden. Unstimmigkeiten zwischen den Galionsfiguren der rebellierenden 68er kamen in der «rasz» schlecht an. Studentenführer Rüegg war sich dessen wohl bewusst, deshalb entschloss er sich, wieder zusammen mit Abplanalp öffentlich aufzutreten. Beide fürchteten, in Vergessenheit zu geraten. Das galt auch für die anderen Strippenzieher der neuen Linken. In der «rasz» beriet man über Massnahmen, wie dies abzuwenden sei. Die ganze Führung und die Basis waren sich dabei einig: Man wollte mehr Aufsehen erregen. Aber wie das bewerkstelligen? Noch mehr Presse-Communiqués, noch mehr Präsenz in den Medien und vor allem zusätzliche Demos. Damit ging man das Risiko ein, in handgreifliche Auseinandersetzungen mit den Ordnungshütern zu geraten. Und dieses Risiko waren längst nicht alle jungen Leute bereit, einzugehen. Sich den Schädel von uniformierten Brutalos für Ideale wie Freiheit, Mitbestimmung und Gerechtigkeit einschlagen lassen? War es das wert? Das tragische Schicksal von Sabina Gast war vielen in frischer Erinnerung.

***

Der Stellvertreter des Kripochefs der Kantonspolizei fuhr mit seinem Motorrad auf dem Stadtgebiet von Zürich einen Fussgänger an, der wenige Tage danach an seinen Verletzungen verschied. Dem fehlbaren Polizeioffizier wurde eine Blutprobe entnommen. Ergebnis: 1.89 Promille.

Ahnungslos las Jakob Ledergerber diese Pressemeldung des «Vereins gegen Polizeiwillkür und behördlichen Machtmissbrauch». Darunter stand der Name «M. Sonderegger». Ledergerber konnte es schier nicht glauben. Er griff zum Hörer, wählte die Nummer von Sonderegger und hatte Glück. Er hob ab.

«Was habe ich da gelesen in der ‹Volksstimme›?»

«Mist», knurrte Sonderegger. «Mir haben die gesagt, sie würden den Artikel erst bringen, wenn er überprüft worden sei. Das könne frühestens nächste Woche so weit sein.» Es gebe gar keinen Verein mit diesem Namen», bekannte Sonderegger. Der zuständige Journalist habe ihm gesagt, ein Medien-Communiqué einer Privatperson könnten sie nicht veröffentlichen. In einem solchen Fall schlage er vor, den Namen eines fiktiven Vereins anzugeben. Wenn es Scherereien gebe, könne er ihn nachträglich mit weiteren Personen zusammen gründen. Ob er Freunde habe, die das tun würden, habe sich der Journalist erkundigt. «Ich sagte Ja.»

Ledergerber konnte ein Lachen nicht mehr zurückhalten. «Nun ja, hoffen wir, dass es keine Scherereien gibt.»

«Hmmm …», brummte Sonderegger. «Die gibt es bereits. Der ganze Vorstand der ‹rasz› will diesem Verein beitreten. Daniel Rüegg hat mich persönlich aufgesucht.»

Ledergerber verschlug es einen Moment lang die Sprache. «Der ganze Vorstand der ‹rasz›? Bist du dir bewusst, dass darin auch Abplanalp und Pfenninger sitzen?»

«Das weiss ich doch.»

«Du kannst dich ja weigern, Pfenninger und Abplanalp aufzunehmen.»

Das werde nicht so einfach gehen. Rüegg habe bereits herausgefunden, dass es diesen Verein gar nicht gebe. Er hätte dem «Volksstimme»-Journalisten vorschlagen sollen, es sei nicht ein Verein, sondern eine Interessengemeinschaft. Der «rasz»-Vorstand habe diesen Verein gegründet und ihn, Mathias Sonderegger, gleich zum Präsidenten gewählt.

«Das ist ein starkes Stück. Was sind dieser Pfenninger und vor allem Abplanalp für ausgekochte Halunken», donnerte Ledergerber. «Aber in diesen sauren Apfel musst du beissen. Achte nur darauf, dass du nie zusammen mit Abplanalp und Pfenninger vor die Medien trittst.»

Aber etwas gehe bei ihm nicht auf, meinte Sonderegger. «Sowohl Abplanalp als auch Pfenninger können ja gar kein Interesse haben, dass der Informant dieser Indiskretion, also ich, gestärkt wird.»

Wie recht er habe, bestätigte Ledergerber. An dieser Geschichte sei tatsächlich etwas faul. «Stärken wollen die deine Person ganz sicher nicht. Aber vielleicht wollen sie jemand anderen schwächen. Du müsstest mehr von der ganzen Sache wissen. Von wem hast du denn die Geschichte mit dem betrunkenen Polizeioffizier erfahren?»

«Von Anonymus. Ich erhielt ein Polizeiprotokoll zugespielt. Beigelegt war ein Blatt mit dem kurzen Text: *Sonderegger, sehen Sie sich dieses Protokoll genau an. – Ein Jemand, der es gut mit Ihnen meint.* Er musste mit einer Maschine aus der Kripo-Abteilung unter Brugisser geschrieben worden sein. Ich kenne diese sehr gut, ich habe während meiner letzten zwei Jahre als Detektivwachtmeister damit getippt. Es war meine persönliche kleine Hermes.»

«Was du nicht sagst. Das ist ein starkes Stück. Fingerabdrücke?»

«Kein einziger auf dem Brief und am Couvert. Aber mir sind einige Schuppen darin aufgefallen.»

«Schuppen? Wer verliert Schuppen bei der Kripo Urania?»

«Brugisser, wenn er in seiner piekfeinen schwarzen Schale

auf der Hauptwache herumstolziert. Aber Brugisser? Der hätte wohl am wenigsten Grund, mir ein vertrauliches Polizeiprotokoll zuzustellen.»

Er habe doch als Detektiv eine Ahnung, wie man anhand von Schuppen am Tatort den Täter überführen könne, fragte Ledergerber.

Seines Wissens gebe es dafür noch keine brauchbare Methode. Nicht einmal bei Haaren funktioniere das. «Aber wer weiss, vielleicht wird das in einigen Jahrzehnten möglich sein.»

Er solle auf jeden Fall das Couvert samt Inhalt aufbewahren, riet ihm Ledergerber.

***

Am Tag, als der Artikel in der «Volksstimme» erschienen war, trommelte Daniel Rüegg alle zusammen, die er in den Wandelgängen der Universität antraf, und alle Bekannten, die ihm auf der Strasse über den Weg liefen. Er telefonierte, bis seine Finger vom Wählen wund waren. Am Abend versammelten sich mehr als tausend seiner Gesinnungsfreunde vor dem Globusprovisorium, wo Rüegg via Megafon eine Ansprache hielt. Der hohe Polizeioffizier, der sturzbetrunken das Leben eines jungen Menschen ausgelöscht habe, gehöre hinter Gitter, nicht auf den bequemen Ledersessel auf der Teppichetage der Polizeidirektion. Immer wieder wurden seine Worte von Beifall unterbrochen.

In einem Abstand von zehn, zwanzig Metern patrouillierten Stadtpolizisten in Kampfmontur und belauerten argwöhnisch die Zusammenkunft. Aufrufe, die Demo abzubrechen, gab es vonseiten der Polizei nicht, es wurden zu diesem Zeitpunkt keine Verkehrswege blockiert. Die Journalisten begannen bereits, abzuziehen. Die skeptischeren davon kehrten in das gegenüberliegende Restaurant ein, um von dort aus den Verlauf der Ansammlung zu beobachten.

Nach einigen flauen Voten ergriff Abplanalp das Megafon. Angriffslustig, aufpeitschend, zu Taten auffordernd, verstand es Abplanalp, die jugendlichen Kundgebungsteilnehmer zu Angriffen gegen die Ordnungshüter anzustacheln. Zuerst flogen wüste Schimpfworte, dann Steine und Flaschen. Umgehend schlugen die Polizisten zurück. Die ersten Gummigeschosse prallten an den Köpfen der jugendlichen Protestierer ab. Das heizte die aggressive Stimmung weiter an. Bald schon gingen die Polizisten zum Nahkampf über. Gummiknüppel kamen zum Einsatz. Wieder hörte man die Dreiklanghörner von Ambulanzfahrzeugen. In den Notfallabteilungen der umliegenden Spitäler wurden Dutzende von Verletzten eingeliefert.

***

Am kommenden Morgen um sechs klingelte es bei Sonderegger. Als er öffnete, standen zwei Stadtpolizisten vor ihm. Alles ging blitzschnell. Innerhalb von Sekunden lag Sonderegger auf dem Boden. Zuerst wurden ihm Handschellen verpasst, danach Fussfesseln.

Kurz danach tauchte Sondereggers Frau, Klara, im Nachthemd auf.

Die beiden Polizisten zogen die Köpfe ein, als Klara losdonnerte: «So, nun bist du wieder mal so weit. Ich habe dir längst prophezeit, dass es wieder so enden wird. Du ruinierst mit deinen Machenschaften deine ganze Familie.» Sie sah ihren Mann mit bösem Blick an. «Ich kann nur hoffen, dass sie dich einige Wochen in U-Haft behalten.»

Sonderegger wurde auf die Hauptwache gefahren, wo ihn Brugisser verhörte. Es ging aber nicht um den Artikel, der am Vortrag in der «Volksstimme» erschienen war, sondern um den Gelddiebstahl aus dem Tresor der Hauptwache beziehungsweise um die Berichte darüber, die vor einem Jahr in fast allen Tageszeitungen Zürichs abgedruckt worden waren.

Brugisser eröffnete Sonderegger, er habe persönlich Strafanzeige wegen Verleumdung und übler Nachrede eingereicht, weil man die Berichte so interpretierte, als ob er sich dieses Raubs schuldig gemacht habe, was bei einer seriösen Analyse dieser Beiträge nicht zutreffe. Er werde als Kläger nicht mit den Ermittlungen dieses Falles betraut. Das habe er ihm sagen wollen, verkündete Brugisser scheinheilig.

Sonderegger wurde danach – gefesselt – ins Untersuchungsgefängnis überstellt. Dort liess man ihn zwei Tage schmoren, bis sich der Staatsanwalt bequemte, ihn zu befragen. Von oben herab. Sonderegger bekam nie Gelegenheit, seinen Standpunkt zu begründen, er durfte lediglich mit Ja oder Nein antworten.

Am Schluss des Verhörs wurde er gefragt, welchen Anwalt er wünsche. Sonderegger zögerte einige Augenblicke mit einer Antwort, und schon drohte ihm der Staatsanwalt, einen Pflichtverteidiger zu engagieren. Das liess sich Sonderegger nicht bieten. Auch er habe Gesetzeskenntnisse. Das gehe auf keine Kuhhaut.

«Schade, dass keine neutrale Person mit angehört hat, wie Sie mit mir umgesprungen sind. Das ist Nötigung.»

Sonderegger streckte die Nase in die Luft und schnupperte. «Die Alkoholfahne, die mir entgegenflattert, könnte die Ursache dafür sein.»

«Sie … Sie … Sie unverschämter Wicht, ich werde Ihnen eine Abreibung verpassen, die Sie Ihr Leben lang nicht mehr vergessen werden.»

In diesem Moment öffnete sich die Tür. Das geschah lautlos, denn sie war gar nicht ganz geschlossen. Im Raum standen plötzlich Ledergerber und ein Herr, der vom Staatsanwalt mit «Herr Gerichtspräsident» begrüsst wurde.

«Herr Staatsanwalt, darf ich Sie bitten, ins Vorzimmer meines Büros zu gehen? Meine Sekretärin hat bereits eine Tasse starken Kaffees für Sie aufgebrüht. Er wird Ihnen schmecken. Wir haben seit dieser Woche einen neuen Vollautomaten, Marke De'Longhi Magnifica.»

Mit seinem Gleichgewicht kämpfend verliess der Staatsanwalt den Raum.

Der Gerichtspräsident befahl dem anwesenden Gefangenenwärter, Sonderegger von den Fesseln zu befreien. «Herr Sonderegger, wir lassen Sie laufen, das heisst nicht, dass das Strafverfahren gegen Sie aufgehoben ist. Sie werden demnächst von einem anderen Staatsanwalt eine Vorladung bekommen, der Sie nachkommen müssen.»

Ledergerber begleitete Sonderegger nach Hause. Über den

Staatsanwalt, der ihn vernommen hatte, bemerkte Ledergerber, er sei überhaupt kein Einzelfall bei den Gerichten im Kanton Zürich. Nun habe er bereits drei Jahrzehnte als Vertreter der Anklage gewirkt, lange genug, um bequem von seiner Pension leben zu können. Dem Gerichtspräsidenten sei des Staatsanwalts Auftritt peinlich gewesen.

Sonderegger erkundigte sich bei Ledergerber, was er über den bevorstehenden Prozess denke.

«Den Prozess wegen deiner Indiskretion in Sachen Diebstahl im Tresor der Hauptwache?» Er würde den gelassen über sich ergehen lassen. Wichtig sei allerdings, dass er bald beginne. Würde ein Jahr oder mehr zugewartet, könnte sich die politische Grundstimmung in Zürich drastisch geändert haben. Die gewalttätigen Ausschreitungen der «rasz»-Demos dürften einem Rechtsrutsch Vorschub leisten.

Ja, vielleicht wäre es an der Zeit, Pfenninger als Undercover und Abplanalp als Spitzel auffliegen zu lassen, schlug Sonderegger vor.

Man müsse taktisch geschickt vorgehen. Er würde damit zuwarten. Erst wenn die Volkswut gegen die aufmüpfige Studentenorganisation ein Ausmass erreicht habe, das ihre Handlungsfähigkeit derart einschränke, dass sie ihre Glaubwürdigkeit ganz verloren habe, sei es sinnvoll, die Zusammenarbeit zwischen Pfenninger und Abplanalp mit der Brugissers und Schläppis aufzudecken.

Sie standen vor Sondereggers Haus. «Komm doch auf einen Sprung zu uns, ich biete dir einen Kaffee an.»

Er wollte die Eingangstür öffnen. Sie war verschlossen. Er steckte den Schlüssel ins Schloss, stellte fest, dass das nicht ging. Dann fiel ihm ein mit Klebeband an die Türschwelle befestigter Brief auf.

«Das ist Klaras Schrift.» Sonderegger riss ihn auf und überflog ihn.

Er wurde schneeweiss. Die Tränen liefen ihm übers Gesicht.

Ledergerber gab sich Mühe, ihn zu trösten. «Lies zuerst den Brief durch, dann wollen wir weitersehen.»

Mein lieber Mathias,
jetzt ist es zwischen uns endgültig aus. Du hast nicht nur dich, sondern deine ganze Familie ruiniert. Das ist unverantwortlich. Major Brugisser war gestern bei mir und hat mir ein Schreiben, datiert mit 26. August 1968, gezeigt, das dir eine goldene Brücke für deine und unsere Zukunft verheissen hätte. Es ist unterzeichnet von Stadtrat Schläppi. Er habe dir diesen Brief höchstpersönlich ausgehändigt, ihn erläutert und dich gebeten, ihn nach einer grosszügigen Bedenkzeit zu unterschreiben. Du hast es nicht einmal für nötig befunden, mich darüber zu informieren. Mit einem Schlag wären unsere Geldsorgen wie weggewischt gewesen. Du hättest genügend Zeit gefunden, eine neue berufliche Existenz aufzubauen. Es hat nicht sein sollen. Das kann ich dir nicht verzeihen.

Als Sonderegger mit Lesen zu Ende war, begann er wie ein Kind zu heulen. «Habe ich einen Fehler gemacht, dass ich Klara nichts davon gesagt hatte?», fragte er schluchzend Ledergerber.

«Ja und nein. Deine Frau hätte natürlich versucht, dich vom Angebot Schläppis zu überzeugen. Wärest du nicht darauf eingestiegen, hätte sie dich schon damals vor die Tür gesetzt.»

Nach allem, was geschehen sei, hätte er es nie über sich gebracht, vor Schläppi zu Kreuze zu kriechen. Er wäre danach ein gebrochener Mann gewesen. Ein amtlich ausgewiesener psychisch angeschlagener Spinner, der im besten Alter als Rentner «versorgt» worden sei.

Ledergerber anerbot Sonderegger, den Rest des Tages freizunehmen. «Ich werde mich bemühen, für dich eine Bleibe zu finden.»

Das klappte tatsächlich. Am Abend zog Sonderegger in eine komfortlose Dachwohnung an der Langstrasse ein.

26

Februar 2015

Koch benötigte zwei volle Tage, bis er Lydia Pluhars kommentierte Tagebücher von Brugisser durchgeackert hatte.

Die erste Stelle, an der Koch hängen blieb, war die an Seite 82 des Bandes 1968 angeheftete Kopie eines Schreibens vom Dezember, das an Sonderegger geschickt worden war. *Interessant wäre hier, herauszufinden, wer das Begleitschreiben mit dem Text: «Sonderegger, sehen Sie sich dieses Protokoll genau an» verfasst hat,* hatte Lydia Pluhar mit Bleistift darüber notiert.

Koch glaubte, diesen Brief schon einmal gelesen zu haben. Plötzlich erinnerte er sich, dass es ein Dokument aus Sondereggers Privatarchiv war. Ein vertraulicher Polizeirapport über den tödlichen Unfall, den der stellvertretende Kripochef der Kantonspolizei sturzbetrunken verursacht hatte. Nach längerem Suchen fand er ihn in einem an Sonderegger adressierten Couvert, abgeschickt Anfang Dezember 1968. Dort fielen Koch die vielen Schuppen auf, die am Blatt des Begleittextes hafteten. Koch schickte das Blatt ins Labor, mit dem Auftrag, eine DNA-Analyse der Hautfetzen zu machen.

Schon am kommenden Tag lag das Resultat vor. Die DNA der Proben stimmte mit der von Brugisser überein. Von ihm hatte man die DNA nach seinem ungeklärten Tod genommen.

Warum hatte Brugisser ausgerechnet seinem Intimfeind Sonderegger dieses vertrauliche Papier zugesandt? Koch sah sich die Unterlagen über den verstorbenen Brugissers an. Er fand, was er suchte. Ein Motiv für die Amtsgeheimnisverletzung Brugissers. Bei der kantonalen Polizeidirektion gingen seinerzeit drei Bewerbungen für den Posten des stellvertretenden Kripochefs ein. Eine davon stammte von Brugisser.

Koch stiess noch auf ein weiteres Motiv, das er wohl nicht einmal erträumt hatte zu finden.

Der Vizekommandant der kantonalen Kriminalpolizei hatte

1967 Abplanalp als persönlichen Mitarbeiter angeheuert. Auf Betreiben von Schläppi wurde diese Anstellung aber wieder rückgängig gemacht.

Koch schrieb in dem Zwischenbericht der Ermittlungen im Mordfall Brugisser/Pfenninger Folgendes:

Mit dieser Indiskretion nahm Brugisser nicht nur seinen Rivalen in der kantonalen Polizeidirektion, sondern auch Abplanalp ins Fadenkreuz.

Koch suchte in Brugissers Wachstuchheft von 1967 nach dem Namen Abplanalp. Auf Seite 23 fand er ihn, mit gelbem Marker von Lydia hervorgehoben.

Hier taucht der Name Abplanalp das erste Mal in den Tagebüchern auf, notierte Lydia Pluhar am Seitenrand rechts.

Brugisser schrieb: *Ich muss Schläppi ausreden, Christoph Abplanalp anzustellen. Er ist ein Krimineller. Ein solches Subjekt in unserem Korps würde dem Ruf der Stadtpolizei ungemein schaden.*

Zwei Seiten weiter hinten war Abplanalp ein zweites Mal markiert. Darunter der Kommentar von Brugisser.

Schläppi hatte kein Einsehen. Abplanalp ist bei uns als Spitzel engagiert. Ich muss mir unbedingt etwas einfallen lassen, damit dieser Kerl aus der Hauptwache Urania entfernt wird.

Der Band 1968 war ziemlich umfangreich. Er umfasste nahezu hundert Seiten. Am meisten Platz nahmen die Globuskrawalle ein. Koch ging es aber nicht um die Globuskrawalle, sondern um die Mordfälle Brugisser und Pfenninger. Lydia schien, wohl weil sie überhaupt nicht voreingenommen war, gerade im Zeitraum vom Frühsommer bis zum Jahresende noch einiges aufgefallen zu sein, das Koch nicht beachtet hatte.

Am 30. Juni füllten die Einträge in Brugissers Tagebuch gute fünf Heftseiten. Er beschrieb und kommentierte darin die Protestkundgebung und die von ihr ausgehenden Ausschreitungen.

Auf Geheiss von Schläppi bereitete ich Abplanalp und Pfenninger auf ihre Einsätze am 29. Juni vor. Wir spielten verschiedene Szenarien durch. Ich trichterte den beiden richtiggehend ein, auf gar keinen Fall strafbare Handlungen zu begehen. Demgegenüber dürften sie andere Kundgebungsteilnehmer nicht zurückhalten,

dies zu tun. Sowohl Abplanalp als auch Pfenninger haben das Letztere befolgt, aber sich selbst nicht zurückgehalten, gegen das Gesetz zu verstossen.
Beim Treffen mit Schläppi am Tag danach brachte ich diesen Ungehorsam zur Sprache. Er wiegelte ab. Undercover liefen, würden sie sich bei der Demonstration allzu friedlich einbringen, Gefahr, enttarnt zu werden.
Kurz später zitierte ich Abplanalp und Pfenninger in mein Büro und stellte sie zur Rede. Erst dann erfuhr ich, dass Schläppi die beiden wenige Stunden vor der Demo zu sich kommen liess, sie nicht gerade dazu ermunterte, nach Noten dreinzuschlagen, aber sie doch augenzwinkernd darauf hingewiesen habe, sich so zu verhalten, dass niemand darauf käme, sie könnten Spitzel sein.

Ein weiterer Eintrag, dem Koch zunächst keine Beachtung beigemessen hatte, handelte von einem Vorfall, der sich Anfang November 1968 ereignet hatte und beinahe zu einer Katastrophe hätte führen können. Gerade als eine spontan angesetzte Demo vor der Bahnhofbrücke anfing, entgleiste auf der abschüssigen Leonhardstrasse nach einem heftigen Knall ein Tram, das von der ETH Richtung Zürich HB fuhr. Das Tram kippte zur Seite. Wie durch ein Wunder gab es nur Leichtverletzte.

Einem Zufall war es zu verdanken, dass der Urheber des Unfalls gleich ermittelt und festgenommen werden konnte. Nahe der Unfallstelle hielten sich gerade mehrere Leute auf, die einen Jungen beobachteten, wie er ein weisses Pulver auf eine Schiene streute.

Was anfänglich nach einem Bubenstreich aussah, sollte sich als veritabler Anschlag herausstellen. Der Knabe, der sofort festgenommen und verhört wurde, sagte aus, ein jüngerer, sich als Chemiestudent ausgebender Mann habe ihm diese Substanz mit der Bitte überreicht, ein Tram aus den Gleisen zu heben.

Ein Polizist, der auf der gegenüberliegenden Haltestelle wartete, hatte eine Beobachtung gemacht, die die Aussage des Jungen bestätigte. Der Mann, der dem Buben den Sprengstoff ausgehändigt hatte, kam dem Polizisten bekannt vor. Er erinnerte sich an dessen Namen: Christoph Abplanalp. Am selben

Tag lag ein Rapport, der den Verlauf des Vorfalls und dessen Vorgeschichte beschrieb, auf Brugissers Schreibtisch. Brugisser rannte damit zu Schläppi.

Schläppi habe aber nur gesagt: «Schwamm drüber», und eine entsprechende Handbewegung gemacht.

Brugisser musste sehr aufgebracht gewesen sein, als er Folgendes im Wachstuchheft festhielt:

Das wollte ich so nicht durchgehen lassen und befahl Abplanalp, bei mir vorzusprechen. Mir lief es heiss und kalt den Rücken hinunter, wie Abplanalp darauf reagierte.
Der Stadtrat wisse Bescheid über diese Geschichte. Es sei sogar seine Idee gewesen. Es gehe darum, diese linken Unruhestifter so zu diskreditieren, dass sie danach ein für alle Mal in der Versenkung verschwänden.
Wie ich bei der nächsten Besprechung mit Schläppi herausfand, habe er dabei Abplanalp eingeschärft, nur Anschläge ohne Personenschaden zu inszenieren. Würde ich nur ein Wort dieser Geschichte weitergeben, mache er mir die Hölle heiss, drohte Schläppi.
Die Sache liess mich nicht los. Ich wandte mich an den zuständigen Staatsanwalt, von dem ich mir Hilfe versprach, endlich aus diesem verdammten Teufelskreis, durch den mich Schläppi seit Jahren jagt, auszubrechen. Es passierte überhaupt nichts, ich bekam nicht einmal eine Eingangsbestätigung des Schreibens. Was ich natürlich hätte wissen müssen, der Staatsanwalt, dem Ambitionen auf das Amt des obersten Anklägers der Schweiz nachgesagt werden, ist ein Parteifreund von Schläppi.

Eine weitere aufschlussreiche Stelle fand Lydia Pluhar auf Seite 53 im Heft 1974. Es ging um eine Meldung der Bundesanwaltschaft an Brugisser von Anfang Dezember. Sie hatte den Vermerk «nicht dringend», was wohl der Grund war, weshalb sie Koch vorher nicht beachtet hatte.

Ein Beamter der Kripo der Stadt Zürich mit dem Namen Christoph Abplanalp (C. A.) sei am 4. Dezember an der Geburtstagsparty des spanischen Staatschefs General Franco beobachtet worden. An solchen Anlässen nehme gewöhnlich auch ein Nachrichtenoffizier der Bundespolizei, der BuPo, teil, um Auffälliges an die Zentrale in Bern weiterzugeben.

Aufgefallen sei C. A., weil er sich unüblich lange mit dem Polizeipräsidenten von Santiago de Chile unterhielt. Der BuPo-Mann habe einen Teil ihres Gesprächs mit einem kleinen Audio-Rekorder aufnehmen können. Die beiden hätten sich über Waffenlieferungen einer Schweizer Firma an einen paramilitärischen Kampfverband unterhalten. Diese Truppe, der bei Menschenrechtsorganisationen der Ruf einer Todesschwadron anhafte, sei aber nicht in Chile, sondern in Kolumbien stationiert.

In Geheimdienstkreisen gelte der Chilene als Mittelsmann der kolumbianischen Drogenmafia, Hauptgeldgeber der Paramilitärs in Kolumbien.

Es gehe der BuPo weniger um illegalen Waffenhandel, sondern um Drogengeschäfte, die sich derzeit gerade auf dem Platz Zürich verheerend auswirkten. Die Bundesanwaltschaft ermittle in diesem Fall bereits gegen C. A., habe aber bislang keine belastenden Hinweise gefunden.

Brugisser sah in der Benachrichtigung der Bundesanwaltschaft die lang ersehnte Chance, Abplanalp endlich loszuwerden, wie aus einem Tagebucheintrag hervorging. Er schrieb umgehend zurück und bat um einen Mitschnitt des aufgenommenen Gesprächs.

Postwendend kam die Antwort. Die BuPo recherchiere selbst in dieser Sache. Mit weiteren Informationen könne die Kripo Zürich nur rechnen, wenn gegen Abplanalp ein Strafverfahren eingeleitet würde. Es sehe aber derzeit nicht danach aus.

Kaum habe er den Brief aus Bern gelesen, sei ein Anruf von Schläppi gekommen. Der Stadtrat habe ihn aufgefordert, unverzüglich in seinem Büro vorzutraben, schrieb Brugisser.

Über dieses Treffen klagte Brugisser mit einem seitenlangen Text. Er sei mit Belehrungen und happigen Vorwürfen eingedeckt worden. Er solle es bleiben lassen, sich in Sachen einzumischen, die ihn nichts angingen. Die Schweiz habe ausgezeichnete Beziehungen zu Spanien. Franco werde von den

Linken zu Unrecht als Diktator verunglimpft. Er herrsche zwar ein klein wenig autoritär, aber die Spanier schätzten das und verehrten ihn als Vaterfigur. Dass Christoph Abplanalp eine Einladung an die Geburtstagsparty des Generalissimus erhalten habe, sei als grosse Ehre zu werten. Und überhaupt: Auch die Unterhaltung mit dem Polizeichef von Santiago könne Abplanalp nicht angelastet werden. Dieser Polizist sei ein guter Mann, einer der handverlesenen Spitzenleute, die General Pinochet um sich geschart habe. Pinochet sei, wie Franco, ein grosser Bewunderer der rechtsbürgerlichen Schweiz. Er habe schliesslich, genau wie Franco Spanien in den dreissiger Jahren, Chile vor dem Kommunismus gerettet.

Dann habe Schläppi über den Nachrichtenoffizier, der Abplanalp unangebracht belauscht habe, hergezogen. Er sei eines der linken Überbleibsel in der BuPo aus den vierziger Jahren, habe der Bundesanwalt gejammert. Zeit, dass dieser Nestbeschmutzer aufs Altenteil gesetzt werde.

Koch notierte an den Seitenrand Folgendes: *Ich muss herausfinden, ob dieser Mitschnitt noch existiert. Im Bundesarchiv? Wenn ja, wollen wir nur hoffen, dass das Band noch lesbar ist.*

Im Tagebuch 1984 stiess Lydia Pluhar auf einen merkwürdigen Eintrag vom 12. Dezember von Brugisser:

> *Pfenninger hat mir den Doppelbartschlüssel auf den Schreibtisch gelegt. Ich habe ihn darauf zu mir zitiert und ihm klargemacht, dass ich mit dieser Sache nichts mehr zu tun haben wolle. Er habe ja nur den Befehl von Oberleutnant «A…an…» ausgeführt, redete er sich heraus. Ich wies ihn an, den Gegenstand der Person zurückzuzugeben, von der er ihn erhalten habe.*

Der Name des Offiziers war verschmiert, Brugisser schrieb sämtliche Texte mit einem Füllfederhalter.

Lydia Pluhar ergänzte «A…an…» zu «Abplanalp».

Der letzte von Koch nicht beachtete Tagebucheintrag Brugissers, der Lydia ins Auge stach, wurde im Dezember 1988 verfasst.

Heute habe ich allen Stadträten einen Brief geschrieben, mit der Bitte, Sonderegger zu rehabilitieren.

Nun fand Koch es an der Zeit, die von Lydia Pluhar hervorgehobenen, kommentierten Tagebucheinträge mit seinen Leuten zu besprechen. Bei dieser Gelegenheit stellte er auch Lydia vor und lobte sie in den höchsten Tönen.

Danach rief er die vereinten Kommisionen «Brugisser/Pfenninger» zusammen und informierte die Leute über den neuesten Stand der Ermittlungen. Das Schulterzucken der Mitarbeiter bei seinen Ausführungen entging ihm nicht. Sie hatten das Interesse an diesem Fall verloren. Ein Mitglied der einstigen Gruppe Brugisser beklagte die unnötigen Ressourcen, die für diese wohl nie aufklärbaren Morde verschwendet würden. Koch liess das mit einem Lächeln über sich ergehen.

Als diese Beratungen vorüber waren, bat er Lydia Pluhar in sein Büro. Wie sie mit den Mitgliedern der Mordkommission umgehen könne und wie mit denen seines Teams, fragte er beiläufig.

Im Team sei sie gut aufgenommen worden, obwohl sie eine Quereinsteigerin sei.

27

Erste Jahreshälfte 1969

Im Frühjahr 1969 bat der leitende Arzt der Neurochirurgie den Vater von Sabina Gast zu sich. Er legte Robert Gast beide Hände auf die Schultern. «Sie müssen jetzt stark sein. Die Motorik an Händen und Füssen bei Sabina funktioniert für einfache Bewegungen. Sie hört und sieht. Sie wird aber den Rest ihres Lebens behindert sein. In einigen Monaten werden wir sie so weit bringen, dass sie einfache Sätze verstehen und sprechen kann. Sabina braucht einen Menschen, der rund um die Uhr in ihrer Nähe ist. Es gibt in unserem Kanton verschiedene Heime, in denen Menschen mit dieser Behinderung gut betreut werden.»

Robert Gast liefen die Tränen übers Gesicht. «Sabina», schluchzte er, «ist mein Ein und Alles. Ich möchte sie nicht weggeben.»

«Wenn Sie das auf sich nehmen wollen und können, würden wir gerne mit Ihnen einen Betreuungsplan ausarbeiten.» Von Zeit zu Zeit würden bei Sabina sich über mehrere Wochen hinziehende spitalärztliche Behandlungen notwendig. Während ihres Aufenthalts zu Hause könne die Stadt einen Pflegedienst anbieten.

«Und wie kann ich das finanzieren?»

Der Arzt konnte Gast beruhigen. Wegen der Polizeiübergriffe im Keller des Globusprovisoriums liefen noch Prozesse. Im Fall von Sabina gehe man davon aus, dass ihre Behinderung eine Folge der ihr von Polizisten beigefügten Verletzungen sei.

Oder der ihres ehemaligen Freundes Abplanalp, ergänzte Gast.

Das müssten die Gerichte entscheiden, sagte der Arzt. Wichtig sei, dass Sabinas Verletzungen durch Fremdverschulden verursacht worden seien. Deshalb brauche er nichts an Behandlungs- und Betreuungskosten zu zahlen.

Das Strafverfahren gegen Christoph Abplanalp wurde mangels Beweisen eigestellt. Aufgrund einer ärztlichen Expertise wurde die Stadt Zürich gerichtlich zur Übernahme der Heilungs- und Pflegekosten von Sabina verpflichtet.

Dass Abplanalp nicht zur Rechenschaft gezogen wurde, missfiel Robert Gast. Er wandte sich an Ledergerber. Dieser lud ihn in sein Büro ein, um über den Gerichtsbeschluss zu diskutieren. Man war sich bald einig, dass eine Verurteilung Abplanalps durch die höhere Instanz, das Ober- oder gar Bundesgericht, unwahrscheinlich wäre.

***

Anfang Februar 1969 erhielt Sonderegger eine Vorladung des Bezirksanwalts. Es war nicht mehr derselbe, der ihn im Dezember des vorigen Jahres vernommen und dabei unanständig behandelt hatte. Trotzdem sah Sonderegger dem Termin mit gemischten Gefühlen entgegen. Offenbar ging es um die Nachwehen des Diebstahls von 1963 im Tresorraum der Hauptwache Urania.

Der Staatsanwalt warf Sonderegger vor, in einem Flugblatt, das von Mitgliedern der «rasz» in Umlauf gebracht worden war, Brugisser des Diebstahls aus dem Tresor der Hauptwache beschuldigt zu haben.

Sonderegger bestritt das. Er habe das Flugblatt ganz sicher nicht verfasst. Dass Brugisser seinerzeit die Untersuchung geführt habe, obwohl er selbst zur Zeit des Diebstahls in der Hauptwache weilte, sei der Öffentlichkeit längst bekannt. Man könne ihn doch nicht des Geheimnisverrats bezichtigen, wenn das ausgeplauderte Geheimnis gar kein Geheimnis mehr sei.

Der erzürnte Bezirksanwalt brach die Vernehmung ab und stellte Sonderegger eine Gerichtsverhandlung in Aussicht, die kurze Zeit später stattfand und ohne Urteil endete. Auf eine Bestrafung verzichtete man allerdings mit der Auflage, dass sich Sonderegger zu diesem Thema öffentlich nicht mehr äussern dürfe.

***

Ende Juni schlenderte Sonderegger über die Bahnhofbrücke. Es war gegen fünf Uhr an einem heissen Spätnachmittag. Plötzlich rotteten sich auf dem bahnhofseitigen Teil des am stärksten befahrenen Limmatübergangs Jugendliche zusammen. Geschwind setzten sie sich auf die Tramgleise und blockierten so den aufkommenden Feierabendverkehr.

Sonderegger eilte hinzu und rief: «Nicht schon wieder.»

«Schweig, du alter Sack», brüllte ihm ein Jugendlicher zu.

Sonderegger antwortete nicht, spazierte aber auf dem Trottoir weiter Richtung Bahnhof. Dann gewahrte er zwei bekannte Gesichter, die nebeneinander auf einer Schiene sassen. Abplanalp und Pfenninger. Sonderegger trat zu ihnen und sprach sie an: «Sie sollten sich in den Erdboden hinein schämen. Wenn die Leute wüssten, aus welchen Beweggründen Sie das tun, würden sich einige von ihnen nicht zurückhalten können und auf Sie beide einprügeln.»

Pfenninger wollte etwas erwidern. Abplanalp schlug ihm die Hand auf den Mund. «Du Idiot. Wir wollen mit diesem Versager und Nestbeschmutzer nicht diskutieren.»

Sonderegger hielt im Bahnhof Ausschau nach einer freien Telefonkabine, alle waren besetzt. Er reihte sich in eine Schlange ein. Nach einer Viertelstunde konnte er Rüegg anrufen. Die beiden vereinbarten ein Treffen am späteren Abend in einem Lokal am Eingang des Niederdorfes.

Daniel Rüegg wirkte extrem gestresst. Er zündete sich eine Zigarette nach der anderen an, was dem Nichtraucher Sonderegger zu schaffen machte. Da er schon wegen anderer Besucher in dicke Wolken von Tabakqualm gehüllt war, schlug er vor, in die nach aussen offene Veranda zu flüchten.

Nur widerstrebend stimmte Rüegg dem zu. Er habe Bedenken, mit Sonderegger von der Strasse aus gesehen zu werden.

«Wie soll ich denn das verstehen?», fragte Sonderegger nach. «Ganz Zürich weiss, dass wir, was die unlauteren Methoden der Polizei und Justiz betreffen, gleicher Meinung sind.»

Das stimme schon. Aber innerhalb der «rasz» gebe es mehrere

einflussreiche Personen, die in ihm, Sonderegger, immer noch den Bullen sähen, der im Grunde ihre Aktionen missbillige.

Das sei ja nicht zu glauben. Wer denn so etwas behaupte.

«Abplanalp und Pfenninger.»

Sonderegger lachte laut auf. «Genau dieser zwei Halunken wegen sitze ich ja hier.» Beide würden ganz sicher nicht im Interesse der aufbegehrenden Jugend handeln. Aber das sei ein Thema, das er jetzt nicht ausdiskutieren wolle. Dabei sah er Rüegg fragend an.

Rüegg erkundigte sich nicht, warum Sonderegger so redete. Er wollte lediglich wissen, was Abplanalp und Pfenninger denn so Schlimmes angestellt hätten. Sonderegger berichtete von der Tramblockade vom Nachmittag.

Die beiden hätten nur das mitgemacht, was die Vollversammlung beschlossen habe, wehrte sich Rüegg für die Beschuldigten. Möglichst viele Zwischenfälle provozieren, die die Bevölkerung gegen die Behörden aufbrächten.

«Ich hätte Sie für klüger gehalten, Herr Rüegg. Es sollte Ihnen doch langsam aufgehen, dass Aktionen wie die von heute die Leute gegen die ‹rasz› aufbringen, aber ganz sicher nicht gegen die Polizei.»

Rüegg fingerte an seiner Gauloises-Packung. Darüber gebe es kontroverse Ansichten. Die bürgerlichen Politiker würden so argumentieren.

Das stimme nicht, widersprach Sonderegger. Auch die Mehrheit der sozialdemokratischen Gemeinderäte sehe das so. Überhaupt: Es sei keine einzige Stellungnahme von linker Seite bekannt, die man als Zustimmung zu den gewalttätigen Übergriffen der «rasz» auslegen könnte.

Rüegg hob die Augenbrauen. Er sei Student der Psychologie und glaube wirklich, einiges von Konfliktbewältigung zu verstehen.

«Konfliktbewältigung?», wiederholte Sonderegger. «Das darf doch nicht wahr sein. Wenn das, was Abplanalp und Pfenninger seit dem Konzert von Jimi Hendrix unternehmen, als ‹Konfliktbewältigung› verharmlost werden soll, verstehe ich die Welt nicht mehr.»

Was sich am heutigen Nachmittag auf der Bahnhofbrücke abgespielt habe, sei Teil einer längeren Strategie. Stimmungsschwankungen der Öffentlichkeit dürften dabei nicht ins Gewicht fallen. Erst nach einigen Jahren sei es an der Zeit, Bilanz zu ziehen.

Sonderegger war über Rüeggs Worte aufgebracht. Das sei albernes Geschwätz, das normale Menschen nicht verständen. Dass man für Gerechtigkeit kämpfe, Korruption bei den Behörden aufdecke, habe er zeitlebens befürwortet und sich dagegen gewehrt, wenn Polizei und Justiz für dasselbe Delikt nicht alle Menschen gleich bestraft hätten. Doch solche Anliegen könne man einbringen, ohne den Verkehr in der Stadt zu blockieren. Abermals mustere Sonderegger Rüegg kritisch. «Ich glaube, Sie oft nicht zu verstehen. Fast scheint mir, Sie leben in einer anderen Welt als ich.»

«Wie ungerecht Sie sind, Sonderegger. Die ‹rasz› hat viel Geld für Sie gesammelt, und Sie haben es dankbar entgegengenommen.»

Sonderegger biss sich auf die Lippen. «Ja, diese Zuwendungen haben mir über die Runden geholfen. Ich werde das der ‹rasz› nie vergessen. Das verpflichtet mich aber nicht, alles gutzuheissen, was Ihre Vereinigung anstellt.»

Rüegg sah auf die Uhr, schnellte hoch und sagte zu Sonderegger: «Ich muss mich für einige Minuten verziehen.»

Sonderegger wartete fünf Minuten, zehn Minuten … Rüegg tauchte nicht wieder auf. Er winkte der Kellnerin, um sein Getränk und dasjenige Rüeggs zu bezahlen. Die sagte: «Daniel hat alles schon bezahlt. Er hat vor einigen Minuten das Lokal verlassen.»

Genau in diesem Moment wurde die Tür der Gaststube aufgerissen. Ein Dutzend Uniformierte stürmte herein und fuchtelte drohend mit ihren Schlagstöcken. Der Anführer hielt ein Megafon an seine Lippen und sprach: «Alle herhören! Stadtpolizei. Wir werden eine Personenkontrolle durchführen. Hände auf den Rücken.»

Nur die wenigsten befolgten diese Anordnung. Auch Sonderegger nicht. Zwei Polzisten hoben ihre Schlagstöcke und schlugen zu. Einer der beiden Männer, die getroffen wurden, war Mathias Sonderegger.

Wieder ergriff der Einsatzleiter das Megafon und befahl mit deutlich schärferer Stimme: «Alle Hände hoch!»

Sonderegger, der am rechten Oberarm einen Hartgummiknüppelschlag abbekommen hatte, konnte nur die Linke aufstrecken.

«Es gilt auch für Sie», ertönte es aus dem Megafon.

Sonderegger rief, er könne den linken Arm nicht mehr heben.

Einer der Ordnungshüter rannte daraufhin zu ihm und prügelte mit dem Schlagstock auf Sondereggers linke Schulter ein. «So, jetzt können Sie den Arm tatsächlich nicht mehr heben», fauchte er. Einige seiner Kollegen grölten hämisch.

Sonderegger wurde nach der Ausweiskontrolle mit etwa einem Dutzend anderer Gäste ins Untersuchungsgefängnis an der Rotwandstrasse überstellt und mit drei anderen Festgenommenen in eine Zweierzelle eingepfercht.

Einer der Mithäftlinge sah Sonderegger lange an und sagte schliesslich zu den anderen: «Das ist ein verdammter Bulle. Er wurde wohl eingeschleust, um uns auszuhorchen.»

Alle drei gingen nun mit den Fäusten auf Sonderegger los. Sonderegger begann laut zu schreien. Es vergingen mehrere Minuten, bis zwei Wärter kamen. Sie riefen unisono: «Aufhören, sofort aufhören!» Als das keine Wirkung zeigte, gingen sie zur gegenüberliegenden Seite des breiten Korridors, wo eine Art Hydrant montiert war. Sie wickelten den daneben an einer Rolle befestigten Schlauch ab, schlossen das eine Ende am Hydranten, das andere an einem Feuerwehrwenderohr an. Es dauerte kaum zwanzig Sekunden, bis sie den scharfen Wasserstrahl auf die Zelle richteten. Alle Zelleninsassen waren im Nu triefend nass. Sonderegger bat die Wärter, ihn in eine andere Zelle zu bringen, er sei von den Mitinsassen traktiert worden.

Der ältere Wärter warf dem jüngeren einen fragenden Blick zu. «Kennst du den? Ist das nicht der Sonderegger?»

Der Jüngere bejahte. «Armer Hund.»

Sie hatten ein Nachsehen, nahmen Sonderegger aus der

Zelle. «Wir gehen in den anderen Trakt, dort ist noch eine Einzelzelle frei», sagte der Ältere. Auf halbem Weg dorthin brach Sonderegger plötzlich zusammen. Mit dem immer dort stationierten Krankenwagen wurde der bewusstlose Sonderegger ins Universitätsspital überführt. Auf der Fahrt kam er wieder zu sich und erzählte dem Rettungssanitäter, wie ihm die Verletzungen im Lokal und nachher in der Zelle beigefügt wurden. Der Sanitäter zog ihm Jacke und Hemd aus. Da fiel ihm die riesige Geschwulst an Sondereggers linker Schulter auf. «Sie haben eine gravierende innere Blutung», sagte der Sanitäter. Er schaltete sein Sprechfunkgerät ein und wies die Notfallstation des Spitals an, sofort eine Operation vorzubereiten.

Als Sonderegger aus der Narkose erwachte, befand er sich in einem Einzelzimmer. Neben ihm gewahrte er einen eingenickten Polizisten, der gerade drohte, von seinem Sessel zu kippen.

«Hey, was ist da los?», rief Sonderegger.

Der Polizist zuckte zusammen, öffnete die Augen und gähnte. «Sie befinden sich in U-Haft in einem Zimmer des Universitätsspitals. Mir wurde der Scheissjob zugeteilt, Sie zu bewachen.»

«Ich glaube nicht, dass ich rechtmässig in U-Haft bin.»

Der Polizist erhob sich mühsam, schritt zum Kopfende des Bettes und drückte einen Knopf. Sogleich ging die Tür auf, und eine Krankenschwester erschien. Sie solle bitte den Arzt holen, der Häftling sei eben erwacht.

Nach langen Minuten kam der Arzt. Er sprach Sonderegger freundlich an und fragte nach seinem Befinden. Er habe Schmerzen an der Schulter, aber die seien zu ertragen. Was er nicht ertrage, sei der Umstand, dass er aus einem ihm unerfindlichen Grund in Gefangenschaft geraten sei. Er bat den Arzt, der Person zu telefonieren, die ihn da heraushole.

Der Polizist schüttelte unmissverständlich den Kopf. «Das geht nicht.»

«Doch, das geht», widersprach ihm der Arzt. «Die Schwester bringt Ihnen gleich einen Apparat.»

Das Schulterzucken des Polizisten beruhigte Sonderegger.

Offenbar hatte in diesen Räumen das Spitalpersonal und nicht die Ordnungshüter das Sagen.

Das Gespräch mit Ledergerber war kurz. Er werde ihn schnellstmöglich besuchen, derzeit sei er noch in einer Sitzung.

Ledergerber trat, begleitet von seinem Onkel, dem Gefängnisdirektor, und dem Stationsarzt ins Krankenzimmer. Als Erstes befahl der Gefängnisdirektor dem Polizisten, aus dem Zimmer zu verschwinden und sich bei der Hauptwache Urania zu melden.

«Herzlichen Dank, Herr Direktor. Aus diesen Räumen werde ich gerne verjagt.»

Der Arzt informierte die beiden Ankömmlinge über Sondereggers Verletzungen. Sie seien besorgniserregend. Dann musterte er Sonderegger. «Sie hatten Glück. Noch einige Minuten länger ohne Operation und Sie wären verblutet. Die Schläge Ihrer Mithäftlinge waren wohl schmerzhaft, aber diese hätten Sie problemlos überlebt. Die schweren Verletzungen rühren von den Stockschlägen her. Diese haben mehrere kleinere Arterien verletzt und massive Blutungen verursacht. Den Polizeimann, der das zu verantworten hat, sollte man wegen Blödheit einsperren.»

Weder der Gefängnisdirektor noch Ledergerber hielten dem etwas entgegen, sie nickten zustimmend.

Ledergerber und sein Onkel unterhielten sich noch lange mit Sonderegger. Man einigte sich, gegen die fehlbaren Polizisten ein Strafverfahren einzuleiten. Der Gefängnisdirektor versprach, als Zeuge aufzutreten und seine Mitarbeiter, die den Vorfall im Zellentrakt miterlebt hatten, dafür auch aufzubieten.

Die drei rätselten auch über Rüeggs Verhalten in der Beiz im Niederdorf. War er informiert gewesen über den Einsatz der Stadtpolizei? Hatte er Sonderegger absichtlich ins Messer laufen lassen? Möglicherweise, um wieder Stoff für eine Demo zu bekommen.

Sonderegger konnte das Spital erst nach einer Woche verlassen. In der «Volksstimme» und im «Geradewegs» erschienen Artikel über seine gewalttätige Verhaftung. Sie wirbelten Staub auf, und die «rasz» veranstaltete eine Solidaritätskundgebung.

Daniel Rüegg hielt eine Brandrede. Dabei flogen auch wieder Steine und Flaschen, und als Gegenreaktion kamen Wasserwerfer, Schlagstöcke und Gummischrot zum Einsatz. Darüber schrieben dann auch die bürgerlichen Blätter, um genüsslich festzuhalten, die Reihen der jugendlichen Randalierer würden immer kleiner, es wirke lächerlich, wenn die Zahl der Polizisten die der Demonstranten um das Mehrfache überträfe. Vielleicht müsste man sich überlegen, dafür weniger Ordnungshüter einzusetzen.

28

Ende 1969 bis Januar 1972

Daniel Rüegg tritt ab, titelten die Zürcher Zeitungen Ende Dezember 1969. In der «Volksstimme» und vor allem im «Geradewegs» wurde wohlwollend über seinen Abgang geschrieben. Man wies darauf hin, was Rüegg als 68er bewirkt habe, vor allem sein Engagement für Sonderegger wurde hervorgehoben. Beide Blätter gaben der Hoffnung Ausdruck, Rüegg würde sich nach einer Pause als Parlamentarier der Linken einbringen, geläutert innerhalb der Institutionen seine Anliegen vertreten. Radau machen sei keine Methode, die nachhaltig sympathisch wirke.

Die bürgerliche Presse hingegen hatte nur Spott für Rüeggs Aktivitäten als «rasz»-Galionsfigur übrig. Sie unterliess es aber nicht, zu erwähnen, dass er aus gutem Hause stamme. Man würde sich nicht wundern, wenn er demnächst zur Besinnung käme und seine Talente zugunsten der bestehenden Strukturen einsetzte.

Ledergerber lud Sonderegger zum Kaffee ein.

«Ich weine Rüegg keine Träne nach», sagte Sonderegger. Er habe ihm nie wirklich vertraut. Zu verschieden seien seine und Rüeggs Herkunft. Wenn Rüegg ihn in seine Aktionen eingebunden habe, sei er sich vorgekommen wie ein Bauer auf dem Schachbrett. Herumgeschoben als kleines Werkzeug einer Strategie, die er nie richtig verstanden habe, erzählte Sonderegger. Daran hafte ein entwürdigender Nachgeschmack.

«Ich muss den Beweis dafür schuldig bleiben, doch ich kann mich des Eindrucks nicht erwehren, dass Rüegg nie für das eintrat, an das er wirklich glaubte», mutmasste Ledergerber. Rüegg sei das Oberschichtsöhnchen geblieben, das nicht im Entferntesten damit gerechnet habe, dass die Ziele der «rasz» je verwirklicht werden würden. Er habe es dagegen genossen, von einer breiten Öffentlichkeit als Revoluzzer wahrgenommen zu werden, dabei wohl im Hinterkopf den ebenso abgedroschenen wie bescheuerten Leitspruch mitgetragen: «Wer mit zwanzig Jahren nicht Sozialist ist, der hat kein Herz, wer es mit vierzig Jahren noch ist, hat kein Hirn.»

«Könnte es nicht sein», fragte Sonderegger, «dass Rüegg schon von Anfang an mit Schläppi und Brugisser unter derselben Decke steckte?»

Das habe er sich auch schon gefragt, räumte Ledergerber ein. Doch irgendwie traue er Rüegg diese Kaltblütigkeit nicht zu. Er möge wohl ein charakterschwacher und gewissenloser Erdenbürger sein, aber für einen ausgekochten Schurken wie Abplanalp einer sei brauche es weit mehr Verwegenheit und kriminelle Energie.

***

Im Februar 1971 wurde Jakob Ledergerber ausserordentlicher Professor für Medienkunde an der Universität Zürich. Ein kritischer Artikel darüber erschien in den «Neuen Zürcher Nachrichten». Es beunruhige, dass ein bekennender Marxist fast die oberste Stufe der altehrwürdigen Universität Zürich erklimmen konnte. Befremdend sei besonders, dass diese Ernennung kurz vor den kantonalen Wahlen stattfinde. Der derzeitige Erziehungsdirektor trete nicht mehr an. Die Spatzen pfiffen es von den Dächern, wer sein Nachfolger sein würde. Benito Gugler, einer, der das Zeug habe, den linken Radaubrüdern den Garaus zu machen. Gugler hätte niemals einen wie Ledergerber zum Professor gemacht. Allerdings verschwiegen sie, dass dies gar nicht möglich gewesen wäre, denn die Universitäten waren autonom.

***

Als die «rasz» sich Monate nach Rüeggs Abgang aufgelöst hatte, entstanden andere Gruppierungen, die versuchten, das revolutionäre Feuer durch Strassenproteste und Konfrontationen mit

Ordnungshütern nicht ganz verlöschen zu lassen. Manchmal gelang ihnen kurzzeitig der Sprung in die Schlagzeilen, aber lange konnten sie sich dort nie halten.

Pfenninger und Abplanalp als Spitzel zu enttarnen, machte für Ledergerber und Sonderegger nun auch keinen Sinn mehr. Das wäre von der Öffentlichkeit mit Desinteresse zur Kenntnis genommen worden, und Sonderegger hätte sich damit nur Schwierigkeiten oder womöglich eine weitere Klage wegen Amtsgeheimnisverletzung eingehandelt.

Abplanalp schloss im Spätsommer 1971 sein Jurastudium erfolgreich ab. Er meldete der Stadt Kripo fleissig Studenten, die durch linke Äusserungen oder kritische Fragen Aufsehen erregten. Die Abteilung unter Brugisser archivierte diese Rapporte, ohne sie je wieder hervorzuholen.

Ende 1971 wurde Abplanalp als Leutnant mit besonderem Auftrag in die Kripo der Stadt Zürich aufgenommen. Zum selben Zeitpunkt machte Pfenninger die Aufnahmeprüfung an der Polizeischule, die er bestand.

Die Mandate der beiden als Undercover liefen am 31.12.1971 ab. Abplanalp hatte als Polizeioffizier ein gutes Gehalt; Pfenninger konnte sich als Polizeirekrut zwar kein komfortables, aber dennoch ein sorgenfreies Dasein leisten.

Sonderegger hingegen bewarb sich verschiedentlich erfolgreich um Aushilfejobs. Beim Sicherheitsdienst Securitas funktionierte das nur so lange, bis die juristische Abteilung der Städtischen Polizeidirektion davon Wind bekam, als er als Nachtwächter für ein Gebäude der Städtischen Verwaltung eingesetzt werden sollte. Securitas kündigte Sonderegger umgehend. Andere Sicherheitsfirmen wurden vom Rechtsdienst der Stadt angeschrieben und gebeten, gegen Sonderegger einen Anstellungsstopp zu verfügen.

Sonderegger fand danach in der Firma eines Jugendfreundes Unterschlupf. Das Gehalt dort war alles andere als fürstlich, doch er kam damit über die Runden. Er dachte nicht daran, das, was ihm durch seinen ehemaligen Arbeitgeber angetan wurde, einfach wegzustecken. Er ging immer noch davon aus, dass seine Entlassung unrechtmässig erfolgt war. Wiederholt ersuchte er durch Schreiben an den Stadtrat eine Wiedereinstellung als Polizeiunteroffizier. Immer erhielt er einen abschlägigen Bescheid.

Im Dezember 1971 beschloss er, mit neuen Interna der Kripo an die Öffentlichkeit zu gehen. Am meisten Beachtung versprach er sich von dem 1963 verübten Gelddiebstahl aus dem Polizeitresor in der Hauptwache Urania. Ledergerber und andere Freunde rieten ihm davon ab. Er sei deswegen ja schon 1969 vor Gericht zitiert worden, zunächst ohne Folgen, aber mit der Auflage, sich in dieser Sache nicht mehr an die Öffentlichkeit zu wenden.

Sonderegger verfasste ein zweiseitig bedrucktes Flugblatt zu diesem Vorfall. Das Wesentliche darin:

Erstens: Brugisser hielt sich zur Tatzeit im Tresorraum auf.
Zweitens: Brugisser leitete die Untersuchung dieses Delikts.
Drittens: Protokolle zahlreicher Zeugenaussagen wurden nicht einmal archiviert, viele als unglaubwürdig eingestuft.

Jeden dieser Punkte begründete Sonderegger ausführlich.

Sonderegger verteilte das Flugblatt eigenhändig vor dem Hauptbahnhof und am Paradeplatz. Er schickte es per Post auch an alle Medien in der Stadt und im Kanton. Es wurde von allen aufgegriffen und kommentiert. Von den rechtsbürgerlichen Zeitungen wurde es kritisiert, von den liberalen und linken teils wohlwollend, teils verständnisvoll aufgenommen. Die rechte Presse war sich einig, Sonderegger habe damit indirekt seine Amtsgeheimnisverletzung zugegeben.

In der Polizeidirektion der Stadt schlug es wie eine Bombe ein. Schläppi sah sich genötigt, Brugisser in Schutz zu nehmen. Es sei völlig überrissen, Brugisser dieses Diebstahls zu beschuldigen.

Das veranlasste Sonderegger, einen weiteren Flyer zu verteilen, auf dem er klarstellte, Brugisser nicht direkt der Tat beschuldigt zu haben. Er könne aber nicht ausschliessen, dass Brugisser Kenntnis vom Ablauf dieser Tat habe, dass er wisse, wer der Dieb sei. Klar sei, dass dafür nur ein Angehöriger des

Polizeikorps oder zumindest jemand, der in diesem Haus arbeitete, in Frage komme. Abstrus sei es gewesen, dass Brugisser bei den Ermittlungen zuerst die Putzfrauen verhört habe.

Es folgte eine Woche kontroverser Diskussionen in den Leserbriefspalten und an den Stammtischen. Doch bei der Mehrheit der Kommentatoren, die sich äusserten, überwog die Meinung, Sonderegger habe richtig gehandelt, diesen Fall nochmals an die Öffentlichkeit zu zerren.

Am Silvesterabend wurde Sonderegger in Untersuchungshaft genommen. Ledergerber wollte ihn in seiner Wohnung besuchen. Da er ihn dort nicht fand, obwohl der Besuch abgemacht war, schwante ihm nichts Gutes. Wurde Sonderegger im Gefängnis an der Rotwandstrasse festgehalten?

Ledergerber rief seinen Onkel an. Der wusste noch nichts davon, denn er arbeitete an diesem Abend nicht in seinem Büro. Er werde aber gleich nachfragen und sobald wie möglich Bescheid geben.

Kurz darauf betrat der Gefängnisdirektor begleitet von Ledergerber das Untersuchungsgefängnis. Sie besuchten gemeinsam die Zelle, wo Sonderegger untergebracht war.

Im Moment müsse er in Haft bleiben. Es liege ein korrekt ausgestellter Haftbefehl vor. Allein der zuständige Staatsanwalt oder der ihm übergeordnete Richter könnten ihn rückgängig machen. An diesem Abend sei kein einziger Staatsanwalt verfügbar, ein Richter sowieso nicht. Der Vorsteher eines Gefängnisses könne sich einer nach den Regeln des Gesetzes vollzogenen Verhaftung nicht entgegenstellen.

Das akzeptierte Sonderegger widerspruchslos, bat aber, zum erstmöglichen Termin dem Staatsanwalt vorgeführt zu werden. Das sicherte ihm der Gefängnisdirektor zu.

Ledergerber schaltete sich ins Gespräch ein. Er finde das eine ganz miese Tour, was sich da die Justiz geleistet habe. Er werde gleich am ersten Arbeitstag im neuen Jahr zur «Volksstimme» und zum «Geradewegs» gehen und über diesen unerträglichen Willkürakt der Justiz berichten.

Der Gefängnisdirektor gab unmissverständlich zu verstehen, dass er solche Praktiken auch verabscheue. Das sei ein reiner Racheakt. Ein Staatsanwalt, der sich zu einer derartigen Massnahme hinreissen lasse, sei ein schwaches, widerwärtiges Geschöpf, das seinen Beruf gänzlich verfehlt habe.

Bereits um acht Uhr dreissig am ersten Arbeitstag im Januar kreuzte im Untersuchungsgefängnis ein zerknirschter Staatsanwalt auf. Er wurde vom Direktor freundlich empfangen. Er wies ihm den Weg ins Verhörzimmer, wo Sonderegger und sein Anwalt auf ihn warteten.

Grusslos sprach er Sondereggers Verteidiger an. «Sie brauchen wir hier nicht. Gehen Sie bitte.»

Der Direktor, der im Türrahmen stand, mischte sich ein. «Das sehe ich anders. Jedem Häftling steht ein Verteidiger zu.»

Der Staatsanwalt überlegte einige Augenblicke und zischte finster: «Also gut.»

Der Staatswalt stellte seine Fragen.

«Waren Sie es, der Mitte Dezember am Paradeplatz und vor dem Hauptbahnhof Flugblätter verteilte? Stammt der Text auf den Flugblättern von Ihnen?»

Sonderegger beantwortete beide Fragen mit Ja.

Der Staatsanwalt machte sich zum Gehen bereit, doch Sondereggers Verteidiger hielt ihn zurück. «Was geschieht jetzt mit meinem Mandanten?»

Der Staatsanwalt zuckte lediglich mit den Achseln.

«Das genügt mir nicht», protestierte der Verteidiger. «Soll Sonderegger weiter festgehalten werden, müssen Sie die Untersuchungshaft verlängern. Das benötigt aber eine schriftliche Begründung. Sollten Sie das unterlassen, betrachte ich Sonderegger als freien Mann. Ich werde ihn in diesem Fall nach Hause begleiten.»

Der Staatsanwalt drehte sich wortlos auf dem Absatz um, verliess den Raum, nicht ohne die Tür zuzuschmettern.

29

Ende Februar bis Ende März 2015

Koch sah die von Lydia Pluhar kommentierten Tagebuchkopien Brugissers und seine danach angebrachten Notizen nochmals durch. Er setzte sich telefonisch mit dem Direktor des Bundesarchivs in Verbindung und erkundigte sich nach dem Mitschnitt des Gesprächs Abplanalps mit dem chilenischen Polizeioffizier an Francos Geburtstagsparty vom 4. Dezember 1974. Beim Rückruf eine Stunde später teilte man Koch mit, dass der Mitschnitt des Gesprächs auf einer Kassette existiere. Ein IT-Spezialist sei daran, den Inhalt zu digitalisieren. In einer Stunde werde Koch ihn als E-Mail zugeschickt bekommen.

Koch wartete gespannt auf das Eintreffen der Audiodatei aus Bern. Zwischenzeitlich begab er sich in die Kantine, um sich ein Gipfeli und einen Kaffee zu genehmigen. Dort traf er auf Lydia, der die Unruhe ihres Chefs nicht entging.

«Hey, bist du heute zappelig. Was steht denn Aufregendes bevor?»

Koch erzählte ihr von der bald eintreffenden Mail aus Bern.

«Wahnsinn», rief Lydia. «Darf ich auch mithören?»

«Klar. Kannst du Spanisch?»

Lydia verzog den Mund. «Kein Wort.»

«Ich werde das Gespräch sowieso schriftlich übersetzen lassen. Du hast es am Nachmittag in deiner Mailbox.»

***

Chilenischer Polizeioffizier (CPO): *Ich habe Ihnen eine erfreuliche Nachricht.*
Abplanalp (A): *Um was geht es?*
CPO: *Die Ware ist bereits in Amsterdam. Adressiert ist sie an die spanische Botschaft in Bern. Dort dürfen Sie sie nächste Woche persönlich abholen.*

A: *Auf welchem Weg ist sie nach Amsterdam gekommen?*
CPO: *Auf einem Schiff, das vom kolumbianischen Hafen Buenaventura durch den Panamakanal Nickel nach Europa transportierte.*
A: *Und die Zollkontrolle in Amsterdam?*
CPO: *Die verlief problemlos. Die Ware befand sich in kleinen Blechbehältern auf Transportpaletten mit Nickelstäben, adressiert an eine Amsterdamer Firma. Ein Bote holte die Behälter dort ab und verschickte sie als Paket an die spanische Botschaft in Bern.*
A: *Und wenn sie am Schweizer Zoll hängen bleibt?*
CPO: *Das ist nie ganz auszuschliessen. Für uns wäre das schmerzhaft. Den Verkaufswert schätzen wir auf gut zwei Millionen Schweizer Franken. Wichtig ist aber, dass alles so arrangiert ist, dass der Absender des Pakets nicht ausfindig gemacht werden kann.*
A: *Und die Entgegennahme bei der spanischen Botschaft?*
CPO: *Der Empfänger ist der erste Botschaftssekretär. Der gehört auch unserer Organisation an.*
A: *Und wenn der auffliegt?*
CPO: *Er ist ein treuer Gefolgsmann des Caudillos. Solange Franco lebt und herrscht, besteht keine Gefahr für ihn.*
A: *Dann ist alles gut?*
CPO: *Nicht ganz. Das Abholen in der Botschaft und die Verteilung der Ware fallen in Ihre Kompetenz. Eine Schwachstelle sehen wir nach der Übergabe in der Botschaft in Bern. Sie sind dann für eine Weile allein mit der Ware. Kommen Sie in eine Polizeikontrolle, bedeutet das das Aus für Sie. Sind Sie sich so sicher, dass man in Zürich nicht Verdacht gegen Sie schöpft? Wäre das der Fall, würde man Ihnen nachstellen, und einige Minuten nach Verlassen der Botschaft würden Sie festgenommen.*
A: *Das schliesse ich aus. Als Zürcher Polizeioffizier geniesse ich bei meinen Kollegen in Bern so etwas wie Immunität.*
CPO: *Genügt das? Das spanische Regime hat in Kreisen der schweizerischen Politik, des Handels und der Wirtschaft nicht eben einen guten Ruf. Franco wird in Ihrem Land als Faschist denunziert.*
A: *Das sehen Sie nicht ganz richtig. Bei linken Politikern mag das zutreffen. Bei Rechtsbürgerlichen, die in unserem Land*

immer noch das Sagen haben, geniesst Franco ein hohes Ansehen. Faschismus ist auch kein Schimpfwort bei den Kadern der Wirtschaft und der Banken. Ganz im Gegenteil. Ein überzeugter Faschist gilt mehr denn je als zuverlässiger Frontsoldat gegen den Sowjetkommunismus. Nehmen Sie mich als Beispiel. Betrete ich in Bern die spanische Botschaft, gebe ich oft einem hohen Schweizer Offizier, Wirtschaftsführer oder Nationalrat die Türklinke in die Hand.

***CPO:** Ich will nur hoffen, dass Sie beim Absetzen der Ware vorsichtig genug vorgehen, um keine Spuren zu hinterlassen. Wenn sie Ihnen übergeben worden ist, tragen Sie die volle Verantwortung und haften bei einem allfälligen Verlust dafür.*

***A:** Auch darum müssen Sie sich keine Sorgen machen. Die Ware wird nur kurze Zeit bei mir sein. Auf dem Weg zum Bahnhof werde ich sie diskret einem Kurier übergeben, der sie in kleine Säcke verpackt und im Hauptbahnhof Bern verteilt. Seine Kunden werden sie bei der Übernahme gleich bezahlen. Kurz danach treffe ich mich mit dem Kurier, der mir neunzig Prozent des Geldes übergibt. Neunzig Prozent davon überreiche ich einem Vertreter der Firma, die die Waffen nach Kolumbien verschickt. Auch dieses Geschäft wird diskret abgewickelt. Wir treffen uns dabei immer in einem anderen Lokal.*

Lydia Pluhar las den Text mehrmals durch. Dann rannte sie in Kochs Büro, fast hätte sie vergessen anzuklopfen.

«Unglaublich, ich kann es nicht fassen. Nun steht fest, dass Abplanalp ein Drogen- und Waffenhändler war.»

Koch korrigierte Lydia. «Und immer noch ist.»

«1974? Seitdem sind gut vierzig Jahre vergangen. Während dieser ganzen Zeit konnte der Dreckskerl, geschützt als Offizier der Stadtpolizei, Kokain an Süchtige in Zürich verteilen lassen. Ab und zu wieder mal einen kleinen Dealer festnehmen und ihn, mit der Empfehlung, diesen Delinquenten drakonisch zu bestrafen, an die Gerichte übergeben.»

Koch ächzte. «Du wirst es kaum glauben. Doch diesen Mitschnitt würde kein Gericht als Beweis akzeptieren. Es ist nur von ‹Ware› die Rede. Nirgends steht etwas von Kokain oder einem anderen Rauschgift. Zudem sind Delikte, die 1974 begangen wurden, längst verjährt, auch die schlimmsten Verbrechen. Wir müssten etwas über Abplanalp finden, das nicht so weit zurückliegt.»

Koch stellte fest, dass sich Lydias Miene verfinsterte. Er ergänzte: «Trotzdem: Dieser Mitschnitt ist ein wichtiges Zeugnis gegen Abplanalp. Mit anderen zusammen könnte es letztendlich reichen, Abplanalp in Untersuchungshaft zu nehmen und ihn anzuklagen.»

«Die anderen Zeugnisse? Was ist eigentlich mit dem Schlüssel, der am 1. Mai 2014 zwischen den Gleisen vor der Bahnhofeinfahrt gefunden wurde?»

«Das wäre die nächste Hausaufgabe gewesen.» Aber da brauche er zunächst nicht weiter zu recherchieren. Es sei ja darum gegangen, ob diesen Schlüssel wirklich Brugisser dorthingebracht habe oder der Mörder von Brugisser oder ein anderes Wesen.

«Ein anderes Wesen?»

Das könnte der Fuchs gewesen sein, den Brugisser immer wieder fütterte. Würde das zutreffen, könnte der Schlüssel tatsächlich im Besitz von Brugisser gewesen sein. Und Brugisser käme damit als Täter des Gelddiebstahls von 1963 in Frage oder hätte zumindest wissen müssen, wer das Geld gestohlen hat. «Aus dem Tagebucheintrag vom 12. Dezember 1984 geht jedoch hervor, dass Pfenninger Brugisser den Doppelbartschlüssel auf Geheiss Abplanalps bringen sollte. Brugisser verweigerte aber die Annahme. Was den Schluss zulässt, dass das mit der Nachricht auf dem Karton, dem Doppelbartschlüssel und dem Knochen eine Finte Abplanalps war. Auf so etwas müsste man erst kommen. Das wäre eine geniale Täuschung.»

Koch sah Lydia wie ein Lehrer seine Schülerin an. «Hast du eine Idee, wie man ihm auf die Schliche käme?»

«Lass mich überlegen», bat Lydia.

«Gerne, du kannst dir beim Gedankensammeln einen Kaffee aus meiner schon in die Jahre gekommenen Maschine brühen. Danach einen für mich.»

Lydia lachte. «Sollte mir die richtige Idee einfallen, schuldest du mir zehn von dir gebrühte Kaffees.»

«Das stünde dir zu, in der Tat.»

Lydia stellte beide Tassen auf den Tisch, schob die eine Koch zu und lächelte ihn charmant an. «Eine DNA-Analyse. Die gäbe Auskunft darüber, ob ein Fuchs im Spiel war.»

«Super! Nun ja, sollten wir tatsächlich Fuchsspuren finden, wäre das allerdings noch kein Beweis dafür, dass Brugisser den Text auf den Karton geschrieben und dass er Meister Reineke den Knochen gegeben hat.»

«Aber wenn wir keine Fuchsspuren finden, ist die Wahrscheinlichkeit gross, dass die falsche Spur von Brugissers Mörder gelegt wurde», sagte Lydia.

«Ja, die Wahrscheinlichkeit wäre gross, aber nicht hundertprozentig. Das würde der Anwalt von Abplanalp gleich als Gegenargument vorbringen. Wenn wir weitere solche Wahrscheinlichkeiten auftreiben können, erhalten wir am Ende eine überzeugende Indizienkette gegen Abplanalp. Weil er nur etwas zugeben wird, das wir ihm komplett beweisen können.»

Es werde wohl einen Indizienprozess geben, mutmasste Lydia.

Er gehe davon aus, dass es auf das hinauslaufe. Doch er hätte auch dann ein gutes Gefühl, sei überzeugt, dass Abplanalp verurteilt würde.

Die DNA-Analyse wurde am selben Tag vom Wissenschaftlichen Dienst der Stadtpolizei gemacht. Es wurde keine Fuchs-DNA gefunden.

Erneut rief Koch sein Team zusammen und präsentierte ihm die Fortschritte bei den Ermittlungen. Danach bot er die Mordkommission auf und erzählte ihr dasselbe. Die Stänkerer, die sich meldeten, ärgerten vor allem Lydia, die auch das Wort ergriff und sich vehement dafür einsetzte, die Ermittlungen weiterzuführen. Dennoch gab es am Ende der Sitzung einige mehr, die Koch Erfolg wünschten.

Als Koch zufrieden von diesen Treffen in sein Arbeitszimmer zurückkehrte, schellte sein Telefon. Der Anruf kam von einem SBB-Arbeiter. Am 1. Mai 2014 sei ihm auf dem Rangierbahnhof an der Langstrasse ein alter Mann aufgefallen, der etwas zwischen die Gleise gelegt habe. Das sei ihm nicht geheuer gewesen, er habe mehrere Fotos von diesem Alten machen können, die immer noch auf seinem Handy gespeichert seien.

Koch fragte nach, warum er das erst jetzt melde.

Er habe in der letzten Sonntagsausgabe der «Neuen Zürcher Nachrichten» einen längeren Artikel über den unnatürlichen Tod von zwei pensionierten Kripobeamten gelesen. «Darin stand auch etwas von einem Fundgegenstand auf dem Bahnhofareal. Als ich den Mann vor fast einem Jahr beobachtete, wie er den Gegenstand auf die Schienen warf, dachte ich nicht im Entferntesten daran, dass er etwas mit einem Kapitalverbrechen zu tun haben könnte.»

Kaum eine Stunde später stand der Bahnarbeiter in Kochs Büro. Der Arbeiter gab Koch sein Handy. Dieser lud die Bilder auf seinen Computer herunter. Sekunden später erschienen sie auf dem Bildschirm. Lydia stiess einen Freudenschrei aus. «Das darf doch nicht wahr sein. Das ist Abplanalp, wie er leibt und lebt. Nun haben wir ihn, diesen Halunken.»

Koch klopfte dem Bähnler kräftig auf die Schultern. «Wenn Sie wüssten, wie Sie uns mit Ihren Bildern geholfen haben. Sie haben eines der letzten Teile des Puzzles, ein Fall, an dem wir uns seit gut zehn Monaten die Zähne ausbeissen, gefunden. Ganz herzlichen Dank.»

Der Arbeiter schaute nur verlegen zu Boden.

«Das ist so toll», fuhr Koch weiter, «dass wir das feiern müssen.» Er lud den Arbeiter mit Lydia zusammen zum Nachtessen in einer währschaften Beiz an der Langstrasse ein.

Zuerst rief Koch aber noch den Staatsanwalt an. Es war ein langes Telefon. Koch hatte das erreicht, was er sich wünschte. Der Staatsanwalt schrieb den sich nach Argentinien abgesetzten Abplanalp international zur Verhaftung aus. Kopien des Haftbefehls wurden an das Eidgenössische Justizdepartement und an das Eidgenössische Departement für auswärtige Angelegenheiten geschickt mit dem Anliegen, ein Auslieferungsverfahren gegen Abplanalp einzuleiten.

Einen Tag später kam ein positiver Bescheid aus Bern. Abplanalp sei in Buenos Aires festgenommen worden und sitze in Auslieferungshaft. Zwei Bundespolizisten würden am kommenden Dienstag in die argentinische Hauptstadt fliegen, um Abplanalp dort abzuholen und nach Zürich zu überstellen. Es werde von der Kripo der Stadt Zürich erwartet, dass sie ebenfalls einen Beamten zur Überwachung dieses Rücktransportes entsende.

Koch war hocherfreut. Er sagte für den Dienstag, Mittwoch und Donnertag alle Termine ab.

In Ezeiza bestieg Koch mit den beiden Bundespolizisten eine Frachtmaschine der Aerolíneas Argentinas mit Bestimmungsort Zürich und Zwischenhalten in Amsterdam und Hamburg. Die Maschine war neben Waren- auch für Gefangenentransporte eingerichtet – ein Luxus, auf den man in Helvetien noch wartet, dachte Koch. Eine Kabine, bestückt mit zehn durch je zwei engmaschige Drahtgeflechte vergitterten Einzelzellen, zwei waffenstarrenden argentinischen Elitepolizisten, einem Arzt und einem Krankenpfleger sollte wohl einen reibungslosen Rücktransport von Kriminellen nach Europa garantieren.

Die «Schweizer Delegation», angeführt von Koch, wurde von der der Argentinier überschwänglich begrüsst. Koch war plötzlich klar, weshalb man in Bern wünschte, ihn dabeizuhaben. Die beiden Bundespolizisten sprachen kaum ein Wort Spanisch. Einer der argentinischen Polizisten zeigte auf die Zelle mit Abplanalp und sagte: «Es ist selten, dass sich in dieser drogenkriminellen Gesellschaft auch ein morscher Tattergreis aufhält. Aber unsere Gesetze verbieten es, ihn anders zu behandeln als die übrigen Ganoven.»

Nicht sonderlich überrascht schienen die argentinischen Begleitpersonen zu sein, als Koch ihnen eröffnete, bei Abplanalp handle es sich um einen ehemaligen Polizeioffizier. Der Arzt bemerkte: «Die Schweiz wird mir immer sympathischer. So anders als Argentinien ist sie auch nicht.»

Koch trat vor das Sicherheitsgitter der Zelle Abplanalps und sagte mit gespielter Freundlichkeit: «Herr Abplanalp, schön, Sie wieder mal zu sehen. In Zürich werde ich nachholen, was mir jetzt verwehrt ist. Ich werde Ihnen die Hand schütteln.»

Abplanalp sah Koch nur gleichgültig an.

Danach wurden Koch und die beiden Bundespolizisten von einem der beiden Elitepolizisten in das angrenzende Abteil geführt. Dort hielten sich bereits ein halbes Dutzend Männer auf. Sie räkelten sich in ihren grossen bequemen Sesseln. Das seien Angehörige einer deutschen Luftsicherheitseinheit und niederländische Grenzpolizisten, sagte einer der Argentinier. «Sie haben den gleichen Job wie Sie, sicherzustellen, dass der Häftlingstransport mit rechten Dingen zugeht.»

Während des langen Fluges kamen die europäischen Begleiter miteinander ins Gespräch. Verständigungsprobleme gab es keine, die Holländer sprachen alle auch Deutsch. Die Ausgeschafften stünden im Verdacht, Mitarbeiter der lateinamerikanischen Drogenmafia zu sein, vernahm Koch. Nicht Spitzenkader, aber mit einem auf einer oberen Hierarchiestufe angesiedelten Wirkungsfeld. Das verwundere ihn nicht, Bosse der Verbrechersyndikate und Personen aus deren nächstem Umfeld würden in der Regel an die USA ausgeliefert, und das unabhängig vom mittel- oder südamerikanischen Herkunftsland, sagte Koch. Wären die US-Amerikaner an Abplanalp interessiert gewesen, hätten die Argentinier ihn dorthin abgeschoben.

Am späteren Morgen des nächsten Tages landete die Maschine in Amsterdam. Die Holländer verliessen mit sechs Gefangenen den Transportjet. Eine Stunde danach hob er wieder ab, um den Flughafen von Hamburg anzusteuern. Als die Maschine später dort startete, verblieben im Gefangenentrakt nur noch Abplanalp mit den beiden argentinischen Elitepolizisten und dem Arzt. Gegen Abend endlich erreichte man Kloten, wo ein Gefangenenbus der Zürcher Stadtpolizei am Ende der Piste wartete.

Koch hatte den Auftrag, die Fahrt bis zum Untersuchungsgefängnis zu begleiten, ebenso die etwa hundert Schritt bis zur für Abplanalp bereitgehaltenen Zelle zu gehen. Er wünschte dem neuen Untersuchungshäftling eine gute Nacht und teilte ihm mit, dass er bereits am nächsten Morgen verhört werden würde, was dieser mit teilnahmsloser Miene kommentarlos zur Kenntnis nahm.

30

Februar 1972 bis Herbst 1974

Sonderegger wartete auf seinen Prozess. Dass eine Anklage der Staatsanwaltschaft gegen ihn in Vorbereitung war, wusste er. Aber wann ihm der Zeitpunkt des Prozessbeginns bekanntgegeben würde, stand für ihn in den Sternen. Das konnte im nächsten Monat so weit sein oder auch erst in einem Jahr. Er musste an die Zeit nach dem Gerichtsverfahren denken. Musste er danach ins Gefängnis? In erster Instanz würde er wohl zu einem unbedingten Freiheitsentzug verurteilt, meinte Ledergerber. Dann würde er ihm empfehlen, das Urteil anzufechten, und das bis vors Bundesgericht. Der Weg durch die Instanzen würde aber mindestens zwei Jahre beanspruchen, lange genug, sich eine neue Existenz aufzubauen.

«Was für eine Existenz?», fragte Sonderegger Ledergerber. «Bis jetzt war das sehr mühselig und frustrierend.»

«Werde doch Privatdetektiv. Dazu hast du das Rüstzeug wie kaum ein anderer.»

Eine Woche später verteilte Sonderegger in seinem Bekanntenkreis Visitenkarten mit der Berufsbezeichnung «Detektiv für private Angelegenheiten, reiche Erfahrung als ehemaliger Wachtmeister der Stadtpolizei Zürich».

Er bekam zahlreiche Anfragen. Bei den meisten ging es um Nachbarschaftsstreitigkeiten oder Verdacht auf Untreue der Ehepartnerin oder des Ehepartners. Sonderegger hatte sich das nicht so vorgestellt. Aber er brauchte eine Beschäftigung, die ihm die nötigen Geldmittel einbrachte, um seinen Lebensunterhalt zu bestreiten. So biss er in den sauren Apfel und nahm gerade so viele Angebote an, dass er sich über Wasser halten und seiner Familie etwas davon abgeben konnte, denn die Trennung von seiner Gattin Klara und vor allem von seinen beiden halbwüchsigen Kindern machte ihm sehr zu schaffen.

Seine ältere Tochter, Helene, wurde fünfzehn. Ihr sehnlichster Wunsch war eine Damenarmbanduhr der Marke «Certina». Da die ersten Geldbeträge für seine neue Beschäftigung hereinkamen, ging er in eine Bijouterie und erstand ein wirkliches Schmuckstück. Den Preis von hundertfünfzig Franken war die Uhr ihm wert. Er liess sie einpacken, brachte das Paket zur nächsten Poststelle und schickte es als Einschreibsendung an seine Tochter. Beigelegt hatte er auch einen Glückwunschbrief.

Drei Tage später läutete am Morgen der Briefträger. Das Paket sei vom Empfänger nicht angenommen worden. Sonderegger müsse es gegen Unterschrift wieder zurücknehmen. Er ging mit Tränen in den Augen zurück in seine Wohnung. Er konnte nicht glauben, dass seine geliebte Tochter das Geschenk kaltschnäuzig zurückwies.

Helene besuchte die neunte Klasse der Sekundarschule in ihrem Quartier. Er sah auf die Uhr. Es war jetzt zehn Uhr. Um zwölf war Unterrichtsschluss. Fast zwanzig Minuten früher stand er auf dem Pausenplatz und passte Helene ab.

«Papa, du? Was für eine Überraschung.» Helene umarmte ihn und flüsterte ihm ins Ohr: «Du fehlst mir. Weisst du, dass ich vorgestern Geburtstag hatte?»

Sondereggers Augen füllten sich wieder mit Tränen. Er zog das Päckchen aus seiner schwarzen Mappe und überreichte es ihr. Dann erzählte er, was damit geschehen war.

Helene begann zu schluchzen. «So gemein! Ich verdamme sie. Ich kann es nicht ertragen, wie sie dich behandelt.»

«Das darfst du nicht, sie verdammen. Bitte, Helene! Deine Mama schaut gut zu dir und zu Thomas.»

«Ich mag jetzt nicht nach Hause gehen. Gehen wir zusammen essen? Im Coop-Restaurant dort drüben soll es günstig sein.» Sie zeigte auf die andere Strassenseite.

Sonderegger überlegte. Er zog sein Portemonnaie aus der Gesässtasche, öffnete es und zählte seine Barschaft.

«Papa, ich habe noch zwanzig Franken Taschengeld dabei. Habe es mir aufgespart. Ich lade dich ein.»

Sonderegger umarmte seine Tochter. «Du bist ein wunderbares Kind. Nein, nein, behalt dein Geld. Ich kann es mir leisten.»

Er erzählte ihr von seiner neuen Arbeit. «Aber wir müssen deine Mama anrufen und ihr sagen, warum du heute nicht zum Mittagessen kommst.»

Die beiden überquerten die Strasse und gingen die zweihundert Meter zur nächsten Telefonkabine. Sonderegger rief seine Frau Klara an und berichtete ihr, was er mit Helene vorhabe.

Sie schrie so, dass er die Muschel einige Zentimeter vom Ohr weghalten musste. «Das lasse ich nicht zu, lass deine Finger von Helene.»

Sonderegger reagierte besonnen. Helene sei auch seine Tochter. Er habe keine Besitzansprüche. «Aber auch ich liebe unser gemeinsames Kind. Ich möchte jetzt nicht streiten. Ich wünsche dir einen guten Appetit zusammen mit unserem Sohn Thomas. Noch einen schönen Tag, Klara.»

Sonderegger genoss das Beisammensein mit Helene. Sie redeten über vieles, aber sparten seine Trennung von der Familie aus. Da Helene am Nachmittag keinen Unterricht hatte, bat sie den Vater, mit ihr einen Spaziergang im nahen Park zu machen.

Gegen vier betrat Helene das Haus, in dem ihre Mutter und ihr Bruder lebten. Klara Sonderegger sah die schöne Uhr am Handgelenk ihrer Tochter. «Bring sie deinem Vater augenblicklich zurück», schimpfte sie.

Das werde sie nicht tun. Ihre blauen Augen funkelten. «Sollte es dir einfallen, mir diese Uhr wegzunehmen, werde ich hier ausziehen und zu meinem Vater gehen.»

Klara wollte ausholen, um ihrer Tochter eine Ohrfeige zu verpassen. Die kräftige Helene war schon einen halben Kopf grösser als ihre Mutter, fasste ihren Arm und brüllte: «Wenn du mich schlägst, so schlage ich zurück.»

Klara wich erstaunt und erschreckt zurück. «Du bist wie dein Vater.»

«Das darfst du nicht sagen. Mein Vater hat noch nie die Hand gegen mich erhoben, auch gegen dich nicht.»

Klara rannte in ihr Schlafzimmer, schloss die Tür ab und heulte.

Das Zerwürfnis mit seiner Gattin Klara bedrückte Sonderegger. Er suchte Hilfe bei Ledergerber. Dieser war offen und direkt wie immer. «Wenn du hoffst, deine Beziehung mit Klara lasse sich noch retten, machst du dir Illusionen. Eine Scheibe mit Sprüngen kannst du, damit sie nicht auseinanderbricht, in der Halterung kitten. Doch bei einer Ehe funktioniert das nicht.» Er werde Ausschau nach einem Anwalt halten, der ihm einen Scheidungsvertrag ausarbeiten könne. Eine Übereinkunft, die sowohl ihm wie seiner Familie ein weiteres Leben ohne allzu grosse Geldsorgen erlaube. «Wichtig ist aber, dass die Bande mit deinen Kindern nicht zerreissen. Von Gesetzes wegen steht dir ein Besuchsrecht zu. Das musst du, wenn es nicht anders geht, noch vor der endgültigen Trennung mit Klara einfordern.»

Bereits nach vierzehn Tagen war dieser Streitpunkt geregelt. Immer am Mittwoch holte Sonderegger seine beiden Kinder von der Schule ab und führte sie in seine kleine Behausung, wo sie zusammen das Mittagessen zubereiteten und den Nachmittag miteinander verbrachten. Man einigte sich auch, dass Helene und Thomas jeweils das letzte Wochenende des Monats bei ihrem Vater wohnen durften.

***

Kurz vor Ostern 1972 wurde Sonderegger der Gerichtstermin eröffnet. Der Prozesstag wurde auf Montag, den 24. April 1972, angesetzt. Man erwarte bereits nach vierstündiger Verhandlung ein Urteil.

Die Gästetribüne war so bestuhlt, dass es Platz für etwa fünfzig Personen hatte. Doch schon eine Stunde vor Verhandlungsbeginn standen gut viermal mehr Leute vor den Türen des Verhandlungssaals. Man liess die Hälfte herein. Die Eingelassenen waren mehrheitlich Studentinnen und Studenten der Universität und auffallend viele der Generation über fünfzig. Die Sympathie gehörte eindeutig Sonderegger

Es waren mehr als dreissig Zeugen vorgeladen. Bis auf fünf sagten alle gegen Sonderegger aus. Das versetzte die etwa hundert Prozessbeobachter, von denen die Hälfte stehen musste, in grosse Unruhe. Mehrmals liessen sie ihrem Unmut freien Lauf, was den Gerichtspräsidenten zur Drohung veranlasste, den Saal räumen zu lassen. Stampfen, Zwischen- und Buhrufe würden nicht geduldet.

Als es allzu laut wurde, unterbrach er die Verhandlung. Die Richter unterhielten sich mit Stadtrat Schläppi, dem Stadtpolizeikommandanten Huber und Brugisser. Vor allem Brugisser und Schläppi gestikulierten heftig, bis über Lautsprecher die Durchsage kam: «Nehmen Sie bitte Ihre Plätze wieder ein, in fünf Minuten wird die Verhandlung fortgesetzt.»

Eine gute Stunde später war es so weit. Der Gerichtsvorsitzende bat den Angeklagten aufzustehen. Er werde nun das Urteil verkünden.

Sonderegger Mathias, geboren am 24. September 1925, Sohn des Markus Sonderegger und der Johanna Sonderegger, geborene Näf, wird schuldig gesprochen:
Erstens: wegen grober Amtsgeheimnisverletzung
Zweites: wegen Landfriedensbruch
Drittens: wegen übler Nachrede
Wir verurteilen ihn zu sechs Monaten Gefängnis unbedingt, zur Zahlung von viertausend Franken Genugtuung sowie zehntausend Franken Umtriebsentschädigung.

Sekunden später ging auf der Zuschauertribüne der Tumult los. Er war von einer Lautstärke, die das kräftigste Megafon, das des Polizeikommandanten Huber, übertönte.

Die hundert Gäste auf der Tribüne stiegen die Treppe hinunter, vermischten sich mit den Gerichtsdienern, den Zeugen und den Presseleuten. Die ganze Versammlung strebte dem Ausgang zu. Der Gerichtspräsident und die drei anderen Herren im Gerichtssaal harrten auf ihren Sitzen aus, bis der Saal leer war.

Die Medien berichteten über den turbulenten Ausgang des Prozesses gegen Sonderegger, aber nur am Rande über den Urteilsspruch.

Schon am nächsten Tag quollen die Leserbriefspalten der

Zeitungen von entrüsteten Einsendungen über. Viele waren über die massive Haftstrafe, die gesalzene Busse und die Genugtuungssumme aufgebracht. Eine Strafe in diesem Ausmass sei ein Skandal, was auf eine reine Vergeltungsmassnahme hinauslaufe. Es wurde zu Sammelaktionen aufgerufen, um Sonderegger einen Weiterzug des ungerechten Urteils an die nächste Instanz zu ermöglichen. Bereits einen Tag nach dem Urteil gab sein Anwalt bekannt, sein Mandant habe ihn angewiesen, gegen das Urteil Rekurs einzulegen. Sonderegger hatte vorerst Ruhe vor weiteren Nachstellungen der Justiz.

Sogar bei den «Neuen Zürcher Nachrichten» stiess der Richterspruch auf Unverständnis. Die Justiz dürfe nicht Rache ausüben, sondern habe die Pflicht, Recht zu sprechen.

Brugisser besprach sich mit Schläppi und sagte, er sei beruhigt, dass dieses Verfahren so ausgegangen sei. Dass ihm allerdings eine Genugtuungssumme von viertausend Franken ausbezahlt werde, finde er übertrieben. Er werde, sofern die Strafe tatsächlich vollzogen würde, Sonderegger diesen Betrag zurückerstatten.

Mit Beruhigung nahmen die beiden zur Kenntnis, dass nach dem Urteil gegen Sonderegger keine Strassendemonstrationen stattfanden. Die Protestler hatten ihren Dampf offenbar bereits im Gerichtsgebäude abgelassen.

Als der Wirbel vorüber war, wurden Um- und Neubesetzungen im Kader der Stadtpolizei vorgenommen. Die Drogendelikte wurden aus der Kriminalabteilung ausgegliedert, und dafür wurde eine «Fachgruppe Betäubungsmittel» gegründet. Als Leiter dieser Gruppe wurde Christoph Abplanalp bestimmt. Sein Auftrag war die Bekämpfung des illegalen Rauschgifthandels, insbesondere auf der Strasse. Er war auch zuständig für die Durchführung komplexer und umfangreicher Ermittlungsverfahren gegen professionelle Drogenhändler. Da die Fachgruppe Betäubungsmittel erst aufgebaut werden musste, wurden Abplanalp unüblich grosse Kompetenzen eingeräumt. Er durfte all seine Mitarbeiter selbst auslesen und auch die Organisation festlegen.

Abplanalp erntete bereits bei seiner Amtsübernahme viele Vorschusslorbeeren. Er trat schon kurz nach seiner Ernennung in den Medien auf, an Talkshows im Fernsehen, am Radio und mit Kolumnen in der Presse. In ihn wurden grosse Hoffnungen gesetzt.

Er war aussergewöhnlich medienwirksam. Er war sowohl im mündlichen wie im schriftlichen Ausdruck hervorragend. Als zwei Jahre später die Drogenszene Zürichs um das Doppelte angewachsen war, machten ihm nur wenige einen Vorwurf. Das liege halt im internationalen Trend, sei der Nachlass der 68er, der Hippiegeneration.

Abplanalp lieferte immer wieder Schlagzeilen durch spektakuläre Fahndungserfolge. Einige seiner Polizisten waren rund um die Uhr auch am Flughafen im Einsatz, obwohl dieser eigentlich in den Zuständigkeitsbereich der Kantonspolizei fiel. Im Monatsturnus konnten sie Dealer mit kleineren Mengen von Heroin, Kokain und anderen Betäubungsmitteln festnehmen. Das geschah auch am Hauptbahnhof und auf den anderen Umschlagplätzen wie auf der Riviera, auf dem Utoquai, am Bellevue-Rondell und auf der Seepromenade. Die ganz grossen Fänge, die Beschlagnahmung von Betäubungsmittelmengen im Kilobereich, blieben den Mannen Abplanalps versagt. Das fiel nur Sonderegger, Ledergerber und auch Brugisser auf.

***

Im Herbst 1974 suchte der Witwer, schwerreiche Kunstflieger und Mäzen Reto Kellenberger Sonderegger in seiner bescheidenen Dachwohnung auf.

«Sie wissen ja, ich bin einer vom anderen Ufer. Trotzdem habe ich meine ermordete Frau Lotta geliebt. Der Mord auf dem Uetliberg vom Mai 1966 ist bis heute nicht aufgeklärt. Ich bekam dieser Tage einen niederschmetternden Bericht vom Arzt. Ein Tumor wuchert in meiner Pankreas. Tumore dort führen immer zum Tod. Ich schätze, mir bleibt noch ein Jahr. Bis dann möchte ich wissen, wer Lotta umgebracht hat.» Kellenberger bat Sonderegger, all seine Aufträge liegen zu lassen und an der Aufklärung des Verbrechens an Lotta zu arbeiten.

Sonderegger überlegte lange. «Das wäre echt ein interessanter Fall. Ich wäre nicht abgeneigt, ihm nachzugehen. Aber was ist, wenn ich keinen Erfolg habe?»

Dieses Risiko gehe er ein, meinte Kellenberger. Er würde ihn von Anfang an bezahlen.

Das sei grosszügig, fand Sonderegger, aber er könne nicht all seine jetzigen Auftraggeber so unvermittelt im Stich lassen.

Da sehe er eine Lösung, wandte Kellenberger ein. Sonderegger solle einen oder zwei Detektive anstellen, die seine Aufträge weiterbearbeiteten. Kellenberger legte Sonderegger die Hand auf die Schulter. «Die Arbeiten, die Sie derzeit ausführen, können auch Minderqualifizierte durchführen. Ihre Einzelfirma ist ja im Handelsregister eingetragen. Stellen Sie schon morgen einen Gehilfen ein. Es gibt genügend, die so eine Arbeit machen möchten.»

Die beiden waren sich rasch handelseinig. Am nächsten Tag schon war die Detektei Sonderegger mit einem Mitarbeiter aufgestockt. Sonderegger begann gleich, im Fall Lotta Kellenberger zu ermitteln. Er hatte sich als einer der Ersten mit diesem Mord befasst. Die Unterlagen davon hatte er sich bei seinem Ausscheiden aus dem Polizeidienst unerlaubterweise unter den Nagel gerissen. Das waren Papiere im Umfang eines dicht gepackten Bundesordners. Sonderegger brauchte eine Woche, bis er alles durchgearbeitet hatte. Aber für nur eine ansatzweise Aufklärung des Verbrechens gaben sie zu wenig her. Er benötigte mehr Material. Er musste all die Menschen ansprechen, die damals in irgendeiner Weise in das Tötungsdelikt involviert waren. Dabei hatte er subtil vorzugehen. Als Wachtmeister bei der Stadtpolizei hatte er die Macht gehabt, Menschen vorzuladen und zu vernehmen. Das ging als Privatdetektiv nicht mehr. Er musste sich behutsam an die Leute, von denen er sich etwas versprach, heranpirschen, ihr Vertrauen gewinnen.

Sein neuer Mitarbeiter arbeitete besser, als er erwartet hatte. So brauchte Sonderegger auf absehbare Zeit nicht mehr abendelang in seinem Wagen auf dem Parkplatz einer Quartierstrasse auszuharren, zu fotografieren, wie eine Hausfrau ihren heimlichen Geliebten besuchte, und festzuhalten, wie lange sie dort blieb. Oder den untreuen Ehemann zu überführen, der seiner Gattin vorgaukelte, eine Sitzung zu besuchen, stattdessen mit der Floristin des Blumenladens an der Parallelgasse in einem Stundenhotel unter die Bettdecke schlüpfte. Oder auf Geheiss eines Einfamilienhausbesitzers in dessen Nachbars Garten einschleichen, um die Hecke zu fotografieren und den Abstand der Bäume von der Grundstückgrenze zu messen. Das war sein Tätigkeitsfeld als Privatdetektiv bis anhin gewesen. Ein Scheissjob, wenn auch ein einträglicher.

In den Ermittlungsprotokollen des Tötungsdelikts an Lotta Kellenberger fand Sonderegger gegen hundert Aussagen von Personen. Sie waren von Brugisser, der seinerzeit den Fall bearbeitete, in Kategorien – A: glaubwürdig, B: fraglich, C: unglaubwürdig, D: unmöglich – eingeteilt. C und D machten circa zwei Drittel aus, B ein wenig mehr als A.

Sonderegger versuchte, diese Zeuginnen und Zeugen ausfindig zu machen. Es gelang ihm bei ungefähr der Hälfte. Er suchte auch diejenigen auf, deren Berichte von Brugisser als unglaubwürdig oder unmöglich eingestuft worden waren. Er kam dabei zum Schluss, dass aus seiner Sicht einige der Schilderungen, die Brugisser als nicht weiter verfolgbar aussortiert hatte, durchaus brauchbar waren. Er markierte sie mit einem orangen Leuchtstift.

Mehrmals wurde in der Nähe des Tatorts ein jüngerer Mann beobachtet, der sich nach den Zeugenaussagen auffällig verhielt, wenn er sich beobachtet fühlte. Er tat so, als ob er nicht gesehen werden wollte und versteckte sich hinter einem Baum oder einem Strauch. War dies nicht möglich, ging er auf die Person zu, die ihn musterte, und sprach sie an. Er soll Berndeutsch gesprochen haben. Der Mann wurde als gross, athletisch, muskulös, blondhaarig mit Stirnglatze beschrieben. Das Alter schätzten die Zeugen auf dreissig bis fünfunddreissig Jahre, vielleicht etwas weniger. Nachdem Sonderegger diese Zeugen alle aufgesucht hatte, wurde er von einem mulmigen Gefühl erfasst.

Warum werden hier alle orange markierten Aussagen als unglaubwürdig oder unmöglich klassifiziert? Sie stimmen doch miteinander überein, hielt er als Randnotiz fest und ergänzte: *Die Personenbeschreibung passt bestens auf Abplanalp. Er ist 187 Zentimeter gross, ging 1966, wohl auch zuvor, fast täglich in ein Fitnessstudio, hat eine Stirnglatze und trägt schüttere blonde Haare. Dass sein Alter zu hoch eingeschätzt wird, dürfte auf seine Zeit in der Fremdenlegion zurückzuführen sein. Die Haut ist gegerbt und sein Gesicht auffallend runzlig.*

Die präziseste Beschreibung stammte vom Arbeiter des Bahnhofs Uetliberg. Sonderegger suchte diesen Mann nochmals auf, diesmal an seinem Arbeitsort.

Als er beim Stationsbüro anklopfte, empfing ihn der Bahnhofvorstand. «Ach so, Sie möchten mit dem Thury sprechen.» Er schob dabei seinen Daumen zum Mund. «Der Thury ist im Restaurant ‹Sonnenbühl› dort unten, er muss wieder mal auftanken. Worum geht es denn?»

Das sei eine private Sache. Er danke trotzdem für den Hinweis.

Sonderegger traf Thury in der Gaststube an. Durch seine zerknitterte Arbeitsuniform fiel er ihm sofort auf. Er blätterte, eine Stange Bier vor sich, fahrig im Boulevardblatt «Bild der Schweiz». Sonderegger hatte ihn vor ein paar Tagen ja bereits zu seiner damaligen Aussage befragt.

Thury sprang auf, als er Sonderegger auf sich zukommen sah. «Die Sache mit dem Mord an Lotta Kellenberger lässt mich nicht in Ruhe.»

«Du hast von einem Mann geredet, der sich um die Zeit des Mordes am Tatort auffällig herumgetrieben hat. Nun zeige mir, wo du ihn gesehen hast.»

Gar nicht weit von hier sei es gewesen, im steilen Gelände unterhalb des Restaurants. Thury stieg hinab, Sonderreger hinter ihm her. Auch nach so vielen Jahren wisse er noch recht genau, wo der Kerl herumgelungert sei.

Ob er sich vorstellen könne, warum er sich in diesem unwegsamem Stück Land so verhalten habe, fragte Sonderegger.

Der Mann habe dabei immer auf den Boden geschaut,

manchmal sei er niedergekniet und habe mit den Händen am Boden gekratzt.

«Gekratzt? Könnte es sein, dass er etwas gesucht hat?»

Das habe er auch gedacht. «Klar, der Bursche hat sein Taschenmesser verloren.»

«Das Taschenmesser oder den Kugelschreiber oder einen anderen Gebrauchsgegenstand, den er auf sich trug.» Wenn es sich um einen handle, der aus Metall bestehe, und ihn bislang niemand weggenommen habe, werde man ihn finden.

Thury sah Sonderegger zweifelnd an. «Wie willst du denn das anstellen?»

«Ich komme morgen wieder bei dir vorbei – mit einem pfiffigen Gerät. Du wirst staunen.»

Es war ein warmer, trockener Oktobermachmittag, als Sonderegger im Beisein von Thury die Gegend unterhalb des Restaurants mit einem Metalldetektor absuchte. Der Bähnler staunte wirklich, wie viele Sachen Sonderreger ausfindig machen konnte: eine Schere, drei Sackmesser, einen Fingerhut und einen silbernen Stift mit einer Bleistiftmine. Er sah jedes Fundstück genau an. Auf dem Silberstift war etwas eingraviert. Sonderegger rieb die anhaftende Erde mit einem Taschentuch ab. «Volltreffer, Thury, lies mal, was da draufsteht.»

Christoph, 31.10.1940

Thury zuckte mit den Schultern. Er könne sich darauf keinen Reim machen.

«Kannst du auch nicht. Aber ich. Christoph Abplanalp ist ein Mann mit blonden Haaren, einen Meter siebenundachtzig gross und mit einer Stirnglatze. Er ist am 31. Oktober 1940 geboren.»

Thury trällerte einen Juchzer. «Wahnsinn, echt Wahnsinn. Mathias, wir haben einen Mörder überführt. Dieser Halunke geht jetzt für fünfundzwanzig Jahre in den Knast …»

«Ich denke auch, dass wir das haben. Aber diese Ermittlung ist eine Auftragsarbeit eines Privaten. Er bezahlt mich dafür. Vertraglich bin ich verpflichtet, ihm alle Unterlagen meiner Recherchen abzugeben. Was er damit vorhat, liegt nicht in meiner Zuständigkeit.»

Thurys Gesichtsausdruck wurde ernster. «Ist er es wirklich? Ich habe den Mann auf mindestens dreissig geschätzt, eher noch älter.» Sonderegger erklärte ihm, warum Abplanalp älter aussah, als er tatsächlich war.

Als Sonderegger am Eingangstor der Villa Kellenberger stand, empfing ihn der Hausherr sehr freundlich. Es ging ihm nicht gut. Er war blass, hatte dunkle Schatten unter den Augen, die Lider waren rot und angeschwollen. Dennoch schien er sehr zufrieden zu sein. Sonderegger hatte ihn zuvor angerufen und ihm mitgeteilt, dass er nun wisse, wer der Mörder sei. Er sagte den Namen und beobachtete Kellenberger dabei.

Kellenberger, das schloss Sonderegger aus seinem Gesichtsausdruck, hatte diesen Namen noch nie gehört, er kannte ihn mit Sicherheit nicht. Das war beruhigend für Sonderegger, denn ganz so sicher war er sich nicht, ob Kellenberger nicht doch selbst etwas mit der Tötung seiner Gattin zu tun gehabt hatte.

Im feudal und geschmackvoll eingerichteten Gastzimmer breitete Sonderegger die Unterlagen seiner Recherchen auf dem grossen Eichentisch aus. Darunter war auch der silberne Stift, auf dem Abplanalps eingravierter Name stand. Er fasste zusammen, wie er zum Untersuchungsergebnis gekommen war.

Noch zwei Fragen hätte er, bemerkte Sonderegger. «Erstens: Bei einem solchen Verbrechen möchten die Ermittler wissen, was das Motiv ist.» Er habe sich beinahe den Kopf zerbrochen, warum Abplanalp sich zu einem solchen Kapitalverbrechen habe hinreissen lassen. «Könnte Abplanalp eine Beziehung zu Ihrer Frau gehabt haben?»

«Nein, auf gar keinen Fall. Meine Gattin hat mir die Identität ihrer Liebhaber immer enthüllt. Wenn sie von zu Hause wegblieb, hat sie mir vorher immer genau gesagt, wohin und zu wem sie ging. Oft rief sie mich zwischendurch an und sagte: ‹Alles okay.›» Kellenberger, dem das Sprechen zusehends schwerer fiel, bat, eine kurze Pause zu machen. Er müsse rasch ein Medikament einnehmen. Er bewegte sich mühsam zur Tür hinaus. Es verging eine Ewigkeit, bis er wieder auftauchte.

«Das Motiv des Mörders meiner Frau?» Kellenberger warf

Sonderegger einen traurigen Blick zu. «Wahrscheinlich rein finanzieller Natur. Es scheint mir, das war ein Auftragsmord.»

«Das heisst, es gab jemanden, der Lotta nach dem Leben trachtete.»

«Zweifellos. Sie lebte nicht ungefährlich. Einerseits ihrer erotischen Abenteuer wegen. Sie hatte Liebhaber, die sie als Ehefrau begehrten. Sie war nicht nur attraktiv, sondern auch reich. Sie hatte ein eigenes Modelabel.»

«Sie musste sich auch am Tag ihrer Ermordung mit einem Liebhaber auf dem Uetliberg getroffen haben. Wer war der Mann, der durch seine gepflegte Erscheinung auffiel, der mit der Sonnenbrille und der Baskenmütze: schlank, grauer Anzug, graue Kopfbedeckung mit dezent gesprenkeltem Silber an den Schläfen?»

«Werner Brugisser, Kommissär der Kriminalabteilung der Stadtpolizei Zürich.»

«Wissen Sie, dass Brugisser die Ermittlungen im Fall Lotta Kellenberger leitete?»

«Ja, ich ging davon aus. Obwohl er mich nie verhört hatte.»

«Und Sie hatten ihn nie in Verdacht, Ihre Gattin umgebracht zu haben?»

«Nein, nie. Ich wusste, dass Lotta sich mit ihm traf, und zwar schon am Vortag. Sie verbrachten die Nacht im Hotel ‹Uto Kulm› auf dem Gipfel des Berges. Lotta hat mich am späten Abend angerufen und dann nach dem Frühstück, etwa um neun Uhr.»

«Was mich wundert, ist, dass Sie das nicht bei Ihrer Vernehmung zu Protokoll gegeben haben.»

«Das habe ich sehr wohl. Aber ich habe auch darauf hingewiesen, dass Brugisser nicht der Mörder sein konnte, da ich wusste, dass die beiden zusammen im ‹Uto Kulm› übernachtet hatten.»

Er habe das Protokoll gelesen, es sei ja in den Unterlagen, die jetzt auf dem Tisch ausgebreitet lägen. Derjenige, der es aufgenommen habe, sei Brugissers Stellvertreter gewesen. Da stand kein Wort, dass der Mann mit der Sonnenbrille und der Baskenmütze der Kommissär selbst war.

Was er nachvollziehen könne, sagte Kellenberger seufzend.

«Nun wissen wir, dass der Mörder tatsächlich nicht Brugisser war. Wir wissen auch, dass Brugisser damals Abplanalp noch nicht kannte. Dass er ihn aber, wenn auch auf Druck von Stadtrat Schläppi, später als Undercover einstellte. Kein Wort davon ist bislang an die Öffentlichkeit gedrungen. Ich fass es nicht.» Sonderegger bewegte seine Hand mehrmals übers Gesicht. «Sie reden von Auftragsmord. Warum vermuten Sie das?»

«Lotta rutschte einige Monate vor ihrem Tod in eine dumme Sache hinein. Ein Freund eines Geliebten von ihr bat sie, unter ihrem Namen Geld für ihn anzulegen. Dieses Geld war offensichtlich nicht sauber.»

«Kennen Sie den Namen des ‹Freundes› des damaligen Geliebten Ihrer Frau?»

«Das, wie sich später herausstellte, war ein falscher Name. Auch der Geliebte hat die wahre Identität dieses Mannes nicht gekannt. Zunächst bestand kein Grund, anzunehmen, dass er ein Betrüger war. Lotta gab ihm einige Wochen später das Geld zurück, zehn Prozent davon, etwa hunderttausend Franken, durfte sie behalten. Doch kurz nachdem sie dem ‹Freund› des Geliebten das ‹Darlehen›, so nannte er es, zurückgezahlt hatte, kam er erneut auf sie zu und bot ihr ein neues ‹Geschäft› an.»

Er schliesse daraus, erriet Sonderegger, dass es sich um das nächste «Darlehen» handelte.

Genau so sei es gewesen. Lotta sei misstrauisch geworden. «Sie informierte mich selbstverständlich, wie immer, wenn ein grösserer Betrag auf oder von ihren Konti ging. Als Unternehmer war mir klar, dass da etwas nicht stimmte. Der Mann war offensichtlich ein ausgekochter Geldwäscher. Und Lotta hatte bereits ein ‹Geschenk› von ihm angenommen.»

Sonderegger überlegte einen Moment. «Ihre Frau und auch Sie verwarfen es, zur Polizei zu gehen, weil Sie sich selbst strafbar gemacht hatten.»

Kellenberger nickte schuldbewusst. Aber für Lotta und ihn sei es keine Frage gewesen, die Geschäftsbeziehung mit diesem Mann abzubrechen.

«Das ging dann wohl nicht. Er hat Lotta bedroht», mutmasste Sonderegger.

«So war es. Er hat meiner Frau eine Bedenkzeit gegeben. Bis etwa eine Woche vor ihrem Tod. Dann geschah nichts, und wir nahmen an, die ganze Angelegenheit habe sich von selbst erledigt.»

«Sie gingen nicht zur Polizei, als Lotta nicht wie verabredet nach ihrer mit Brugisser verbrachten Nacht zu Ihnen zurückkehrte?»

«Doch, ich wollte eine Vermisstenmeldung am nächsten Polizeiposten aufgeben. Aber dort hat man mir gesagt, ich solle noch ein, zwei Tage zuwarten. Es geschehe oft, dass Ehefrauen Reissaus nähmen und danach reuig wieder nach Hause zurückkehren würden. Einen Tag später kam dann die Polizei zu mir.»

Sonderegger fixierte Kellenberger einige Augenblicke. «Und wollen Sie jetzt zur Polizei gehen?»

«Nein, das möchte ich mir in meinen letzten Tagen nicht zumuten. Ich werde alle Unterlagen hier und …» Kellenberger erhob sich mühsam keuchend und schlurfte zu einer kleinen Kommode in der Ecke des Zimmers. Darauf lag ein Tonbandgerät, mit dem das Gespräch zwischen ihm und Sonderegger aufgenommen wurde. «… und die Spule mit unserem Dialog von eben …» Er nahm die grosse Kartonschachtel, die neben den verstreuten Papieren auf der grossen Tischfläche lag, legte alles dort hinein und verschnürte sie. «Dieses Paket werde ich meinem ältesten Neffen schicken. Was er damit anstellt, werde ich ihm überlassen.»

31

Ende März bis Mitte April 2015

Es war am Samstag nach seiner Rückkehr aus Argentinien, als Koch trotz Jetlag sein Büro bereits um sechs Uhr in der Früh betrat.

Auf dem Schreibtisch lag ein an ihn adressiertes Paket mit folgenden Massen: Länge zu Breite zu Höhe ungefähr fünfunddreissig zu fünfundzwanzig zu zwanzig Zentimeter. Er öffnete das Paket. Es war ein Brief in A4-Format, eine altertümliche Spule mit einem aufgewickelten Tonband und darunter viele Papiere drin. Als er die ersten ansah, war ihm klar, dass es sich um Kopien von Polizeiprotokollen handeln musste.

Er öffnete und las den Brief.

Herrliberg, Freitag, 27. März 2015
Sehr geehrter Herr Koch,
aus den Medien habe ich vernommen, dass ein Schweizer namens Christoph Abplanalp in Buenos Aires seit einigen Wochen in Auslieferungshaft sitzt. Er steht in Verdacht, den ehemaligen Kriminalkommissär Werner Brugisser und den ebenfalls nicht mehr im Polizeidienst stehenden Feldweibel Walter Pfenninger umgebracht zu haben.
1974, kurz vor seinem Tod, hat mir mein Onkel, Reto Kellenberger, eine umfangreiche Dokumentation über die Ermittlungen des Todes seiner 1966 durch ein Gewaltverbrechen umgekommenen Frau Lotta zugeschickt. Nach langem Hin und Her und unzähligen Diskussionen mit meinen Verwandten habe ich zunächst davon Abstand genommen, diese Unterlagen einer Zeitung zuzustellen. Meine Angehörigen wollten nicht, dass sie, wie zur Zeit des Mordes an Lotta, wieder ins öffentliche Gerede kamen.
Nun sind fast fünfzig Jahre verstrichen, die meisten Betroffenen dieses Mordes gestorben, sodass es an der Zeit ist, offenzulegen,

wer diesen Mord begangen hat. Der Täter ist noch am Leben, kann aber, da die Bluttat seit 1996 verjährt ist, nicht mehr zur Rechenschaft gezogen werden.
J. Kellenberger, Herrliberg

Koch suchte in seiner Abteilung nach einem Abspielgerät für das Tonband. Es war im Materialraum noch ein funktionstüchtiges vorhanden. Er hörte sich den Tonträger an und war wie vom Donner gerührt. Das Verhör mit Abplanalp stand in einer Viertelstunde an. Er verschob es auf den frühen Nachmittag.

***

Am Empfang des Universitätsspitals meldeten sich um elf Uhr fünfzehn zwei jüngere Herren, die durch ihre kräftige Statur und die federnden Schritte auffielen, weil sie sich von den meisten durch irgendein Gebrechen gezeichneten Wartenden unterschieden.

Als sie an der Reihe waren, gaben sie an, den heute Morgen auf die Notfallstation eingelieferten Christoph Abplanalp besuchen zu wollen. Die Dame am Schalter tippte den Namen in ihren Computer ein, wartete einige Augenblicke und sagte, dass es sich wohl um einen Irrtum handeln müsse. Ein Mann dieses Namens sei in der Patientenliste nicht eingetragen. Ob er vielleicht in ein anderes Spital eingeliefert worden sei, fragte einer der beiden. Sie könne nachfragen, aber das sei erst in etwa einer halben Stunde möglich, derzeit stünden zu viele Leute an der Rezeption, die auf ihre Einweisung warteten.

Die beiden Herren bedankten sich freundlich. Dabei fiel der Dame auf – wie sie später der Polizei zu Protokoll geben sollte –, dass sie ein Hochdeutsch mit einem östlichen Akzent sprachen.

***

Koch ging alle Papiere im Paket durch, das er am frühen Morgen auf seinem Schreibtisch gefunden hatte. Als er damit fertig war, schlug die Uhr der benachbarten Kirche halb eins. Er eilte zur Kantine, wo er ein Sandwich verdrückte und einige Male in einen Apfel biss, der ihm aber zu sauer war. Er trank ein Glas Süssmost und machte sich wieder auf, um die Vernehmung von Abplanalp zusammen mit Lydia Pluhar vorzubereiten. Als Stossrichtung sah Koch Folgendes vor: Obwohl Abplanalp für den Mord an Lotta Kellenberger nicht mehr belangt werden könne, wolle er ihn damit konfrontieren. Einmal, um ihm aufzuzeigen, dass er als Täter dieses Verbrechens mit grosser Wahrscheinlichkeit überführt sei. Zum andern, dass er schon damals im Dienste einer kriminellen Vereinigung gestanden habe. Zudem wolle er wissen, sagte Koch, um welches Verbrechersyndikat es sich dabei handelte.

Lydia war damit einverstanden. Sie fand gut daran, dass Koch Abplanalp zu verstehen gab, dass er ihn durchschaut habe. Dass nicht mehr daran zu zweifeln sei, dass Abplanalp noch heute in kriminelle Machenschaften verstrickt sei, dass man in Kochs Abteilung hartnäckig daran arbeite, Abplanalps Lebenslauf von seiner Jugend an bis heute blosszulegen, und dass er auch ohne des Mordes an Brugisser und Pfenninger beschuldigt zu werden den Rest seines Lebens in Gefangenschaft verbringen müsse.

Das Verhör begann um vierzehn Uhr im Vernehmungsraum des Untersuchungsgefängnisses. Abplanalp wurde mit Fussfesseln und Handschellen vorgeführt. Das war üblich bei gefährlichen, gewaltbereiten Straftätern. Dass vom alten Mann bei einer solchen Befragung eine Gefahr ausgehen könnte, nahmen Koch und Lydia nicht an. Sie hatten sich dafür entschieden, ihm ein deutliches Zeichen zu geben. Man werde keinen Kniff scheuen, um ihn kleinzukriegen.

Zu Beginn spielte Koch das alte Tonband des Gesprächs zwischen Mathias Sonderegger und Reto Kellenberger ab. Abplanalp gab sich alle Mühe, keine Regung zu zeigen. Trotzdem glaubte Lydia, wie sie in der Nachbesprechung bemerkte, dass Abplanalp von diesem Vorgehen überrascht worden war. Seine Lippen hätten leicht gezittert.

Dann beschrieb Koch, wie Sonderegger den silbernen

Schreibstift mit dem eingravierten Namen und seinem Geburtsdatum auf dem Uetliberg gefunden hatte. Leicht erstaunt hob Abplanalp die Augenbrauen. Offenbar war er nicht ganz unbeeindruckt von der Art, wie der ehemalige Detektivwachtmeister der Stadtpolizei Zürich ermittelte. Immerhin veranlasste es Abplanalp zu fragen, weshalb dieses Ereignis nicht der Polizei gemeldet worden war. Wenn das tatsächlich den Tatsachen entsprochen hätte, wäre er doch nach dieser Entdeckung Sondereggers mit Sicherheit festgenommen und zu einer lebenslänglichen Zuchthausstrafe verurteilt worden.

«Sie wissen, weshalb Sonderegger nicht zur Polizei gegangen ist, oder? Man hätte dort seine Aussage nicht einmal überprüft, ihn vielleicht sogar wegen übler Nachrede angezeigt. Das wäre wohl auch so gewesen, wenn die Verwandten Reto Kellenbergers die Kripo Zürich über die Recherchen Sondereggers informiert hätten. Man war aus einem bestimmten Grund, den Sie mit Sicherheit kennen, gar nicht daran interessiert, dass der Mord an Lotta Kellenberger aufgeklärt wurde.»

Abplanalp tat so, als ob ihn das alles nicht betreffe.

Koch liess nicht locker. «Natürlich wissen wir auch, dass dieses Verbrechen verjährt ist. Aber es gibt andere Verbrechen, die Sie begangen haben oder an denen Sie beteiligt waren, die nicht verjährt sind –»

«Was zu beweisen wäre», sagte Abplanalp dazwischen.

«Wir arbeiten hart daran, dass wir damit letztendlich erfolgreich sein werden. Auch wenn uns die Beweisführung nicht lückenlos gelingen sollte, werden wir dafür sorgen, dass Ihnen ein Indizienprozess gemacht wird. All das belastende Material ist so erdrückend, dass kein Richter an Ihre Unschuld glauben mag. Geschworenengerichte gibt es zum Glück nicht mehr.»

Nach diesem Statement sah Koch Abplanalp wie der Lehrer seinen Schüler an, den er beim Mogeln erwischt hatte. «Was mir auffällt: Sie haben sich gar nicht erkundigt, was ich mit den anderen Verbrechen meine. Das bedeutet, dass Sie annehmen, wir wüssten einiges darüber. Und das tun wir natürlich.» Koch erzählte vom Fund am 1. Mai 2014 zwischen den Gleisen des Güterbahnhofs. Man habe gute Gründe anzunehmen, dass er,

Abplanalp, und nicht der Fuchs den Knochen, den Doppelbartschlüssel und den Karton mit der Nachricht dort hingelegt habe. Dafür würden zwar die letzten Beweisstücke fehlen, doch dass er als Urheber zu gelten habe, sei so plausibel, dass niemand daran zweifeln könne.

Plötzlich legte Abplanalp seine Hand auf die linke Brustseite, dort wo sein Herz schlug, verzog sein Gesicht zu einer schmerzverzerrten Grimasse und fiel vom Stuhl. Innert einer Minute war ein Sanitäter zur Stelle, befühlte sein Handgelenk und erklärte, der Puls sei normal.

«Simuliert der Kerl etwa?», fragte Lydia, die als Beisitzerin an der Vernehmung teilnahm.

Das sei nicht ausgeschlossen, erwiderte der Sanitäter. Aber eine Bewusstseinstrübung könne auch bei einer Streifung eintreten.

«Wir wollen nichts riskieren. Karren Sie diesen Halunken gleich ins Universitätsspital.»

Da käme auch ein anderes Spital in Frage, sagte der Sanitäter.

Nein, die Justiz- und die Polizeidirektion der Stadt habe mit dem Universitätsspital ein Abkommen, das festschreibe, dass alle Straf- und Untersuchungshäftlinge dorthin überstellt werden müssen, sofern eine spitalärztliche Behandlung vonnöten sei. Es stünden immer Polizisten auf Pikett, falls ein Gefangener dort eingeliefert werde. Diese müssten dann sicherstellen, dass die festgenommene Person nicht türme.

Wenige Minuten vergingen, bis der gefängniseigene Krankenwagen mit Blaulicht und Martinshorn Richtung Universitätsspital raste.

Abplanalp wurde einer Reihe von medizinischen Tests unterzogen. Gefunden wurde nichts Ernstes, doch bis er entlassen werden könne, müssten sämtliche Blutwerte und die Ergebnisse weiterer Laboruntersuchungen abgewartet werden, teilte der zuständige Arzt mit.

Entlassen werde er nicht, stellte der das medizinische Team begleitende Polizist richtig. Der Knastbruder sei mit grösster Wahrscheinlichkeit ein Simulant, der morgen, wie viele andere vor ihm, ohne Krankheitsbefund wieder in das Untersuchungsgefängnis zurückgebracht werde.

Der Arzt wies den uniformierten Ordnungshüter zurecht. «Wie können Sie das wissen, Sie Banause? Wann dieser Mann wieder hinter Gitter zurückgeschickt wird, entscheidet der Stationsarzt, und der bin bis morgen Abend ich.»

Der Polizist funkelte den Mann in Weiss böse an, aber beschloss, die ärztliche Kopfwäsche nicht zu kommentieren.

Es war am Nachmittag kurz nach sechzehn Uhr, als das Handy Kochs und dasjenige Lydias Alarmtöne aussendeten.

Koch traute der Überwachung im Universitätsspital nur halb. Aber nicht nur: Auch im Untersuchungsgefängnis bestand stets ein Risiko, dass einem Häftling die Flucht gelang. Um sicherzugehen, wo sich Abplanalp während einer allfälligen Abwesenheit vom Untersuchungsgefängnis wirklich aufhielt, kam er auf eine geniale, wenn auch nicht ganz legale Idee. Nachdem Abplanalp eingekerkert worden war, musste er alle Gebrauchsgegenstände, die er auf sich trug, abgeben, zudem Schuhbändel und Gürtel. Das war Vorschrift. Darunter befanden sich auch zwei Hinter-dem-Ohr-Hörgeräte, die der mittlerweile schwerhörig gewordene Abplanalp tragen musste. Koch wies den IT-Spezialisten seines Kommissariats an, in diese Hörhilfen Minisender einzubauen, sodass man den Aufenthaltsort Abplanalps mit seinem Handy und dem von Lydia ausfindig machen konnte. Bewegte sich Abplanalp ausserhalb eines Umkreises von fünfzig Metern Radius eines festgelegten Ortes – Zelle im Untersuchungsgefängnis oder Krankenbett im Universitätsspital –, gab Kochs Handy einen schrillen Alarmton ab. Nachdem die Hörhilfen «präpariert» worden waren, brachte sie Koch dem Inhaftierten persönlich zurück und entschuldigte sich für den Übereifer seiner Mitarbeiter. Brillen und Hörgeräte dürften die Gefangenen selbstverständlich behalten.

Abplanalp hatte den Kreis mit einem Durchmesser von hundert Metern mit seinem Krankenbett im Zentrum bereits überschritten. Der auf Kochs Mobiltelefon aufleuchtende

Kartenausschnitt zeigte einen blinkenden Pfeil, der sich rasch vom Universitätsspital entfernte. Offensichtlich sass Abplanalp in einem Wagen, der mit übersetzter Geschwindigkeit auf der Kantonsstrasse stadtauswärts Richtung Autobahn A 1 zusteuerte. Das Fluchtfahrzeug durch eine Polizeisperre im Stadtgebiet zum Anhalten zu zwingen, schlug Koch aus. Er wollte eine Schiesserei, bei der auch Unbeteiligte in Mitleidenschaft hätten gezogen werden können, unter allen Umständen vermeiden. Als die Flüchtenden das Autobahndreieck Zürich Ost erreicht hatten, fuhren sie Richtung Westen weiter.

Koch bemerkte: «Die gehen auf Nummer sicher. Sie wählen die längere Route, um nicht in einen Stau am Sihlquai zu geraten.»

Kurze Zeit später ging die Meldung vom Parkwächter des Universitätsspitals bei der Stadtpolizei ein, beim Fluchtwagen handle es sich um einen weissen BMW 120d xDrive M Sport mit Zürcher Nummernschild. Er nannte die Ziffernfolge. Es sässen drei Männer drin, zwei mit Maschinenpistolen bewaffnet.

Koch informierte die Verkehrspolizeikorps der Kantone Aargau, Baselland, Solothurn und Bern. Man werde sobald als möglich mitteilen, wann und wo der BMW aus dem Verkehr gezogen werden könne. Das sei aber nur mit einem grossen Aufgebot möglich. Es müsse davon ausgegangen werden, dass der entwichene Häftling und seine zwei Befreier mit grosskalibrigen Handfeuerwaffen ausgestattet seien.

Konzentriert starrte Lydia, die neben Koch sass, auf ihr Handy und teilte ihm in kurzen Abständen den jeweiligen Standort des Fluchtfahrzeugs mit. Nachdem der Wagen nach ungefähr fünfundvierzig Minuten Fahrt bei Luterbach im Kanton Solothurn auf die A 5 Richtung Biel abschwenkte, rief Koch den Einsatzleiter der bernischen Spezialeinheit Enzian an. Man gehe davon aus, dass der BMW vor Biel entweder auf die A 16 hinüberwechsle oder auf der Kantonsstrasse 5 durch die Stadt, danach dem rechten Bielerseeufer entlangfahre. Die Variante über die A 16 sei wohl die wahrscheinlichere. Er empfehle deshalb, auf der Höhe der Taubenlochschlucht eine

Strassensperre vorzubereiten. Das Fluchtauto dürfte ungefähr in zwanzig Minuten dort eintreffen.

Als es bei der Ausfahrt Biel Ost nach rechts Richtung Porrentruy/Delémont abbog, wurde auf der A 16 bei der Taubenlochschlucht zunächst eine Fahrbahn gesperrt. Wegen des spärlichen Verkehrsaufkommens hatte das keinen Stau zur Folge. Als der BMW in Sicht war, wurden beide Spuren blockiert. Der BMW raste auf die Sperre zu, wohl mit der Absicht, sie zu durchbrechen. Dann machte er eine Vollbremsung und versuchte ein Wendemanöver. Offensichtlich hatte der Fahrer die Unmöglichkeit erkannt, die Sperre durchbrechen zu können. Doch die Kugeln der bernischen Elitepolizisten zersiebten die Pneus des BMW. Unmittelbar danach eröffneten die Insassen mit ihren Maschinenpistolen das Feuer auf die Enzianmänner. Diese gingen sofort in Deckung und schossen von dort aus zurück. Unversehens prasselte ein Kugelregen über den BMW. Die Schützen der Spezialeinheit achteten darauf, nicht das Innere des Wagens zu treffen. Als das Fahrzeug Feuer fing, sprang zunächst Abplanalp aus dem Wagen und schoss wie von Sinnen ohne zu zielen wild umher, so lange, bis sein Magazin leer war. Dann blieb er seelenruhig stehen. Nun entstiegen seine Befreier dem Wagen, die automatische Waffe am Anschlag. Als einer der beiden auf Abplanalp zielte, feuerte ein geistesgegenwärtiger Berner auf den Mann und traf ihn just in dem Moment, als offenbar die ersten Kugeln den Lauf seiner Waffe verliessen. Er stürzte und kurz danach auch Abplanalp. Der andere warf seine Waffe weg und ging mit erhobenen Händen auf die Polizisten zu.

Abplanalp war nicht lebensgefährlich verletzt. Ein Schulter- und Wadenbeindurchschuss. Der angeschossene Begleiter erlag seinen Verletzungen noch am Ort, wo er getroffen wurde.

Abplanalp wurde vom Polizeiarzt, der bei solchen Einsätzen immer dabei war, und von drei Rettungssanitätern behandelt. Es ging darum, seine Blutungen zu stillen. Danach wurde er auf der Bahre zum hinter der Barrikade bereitstehenden Helikopter getragen und in die Gefangenenabteilung des Inselspitals geflogen. Sie war unterirdisch angelegt und absolut ausbruchsicher.

Die ganze Aktion wurde mit mehreren Handykameras aufgenommen, und die Videosequenzen wurden gleich nach Zürich zu Koch und Lydia übermittelt.

Beide sahen sich erleichtert an. Das Schlimmste wäre für sie gewesen, wenn Abplanalp bei der Schiesserei ins Gras gebissen hätte.

Abplanalp wurde sofort operiert. Der Eingriff verlief ohne Komplikationen, sodass er bereits am nächsten Tag ansprechbar war. Koch liess es sich nicht nehmen, mit dem Intercity nach Bern zu fahren und Abplanalp einen Besuch abzustatten. Nicht um ihn zu verhören, sondern lediglich um ihm mitzuteilen, wie seine Festnahme vorbereitet worden war.

Ganz offensichtlich hatte die Schiesserei in der Taubenlochschlucht Abplanalp zugesetzt. Als Koch sein von zwei schwer bewaffneten Wärtern bewachtes Krankenzimmer betrat, richteten sich zwei unbeschreiblich böse Augen auf ihn.

Der Patient, der an den Beinen ans Bett gefesselt war, verweigerte ihm den Händedruck.

«Ich bin gekommen, Polizeioffizier a. D. Christoph Abplanalp, um Ihnen Folgendes mitzuteilen: Als Sie gestern beim Verhör kollabierten, war ich mir bereits sicher, dass dies eine von Ihnen abgezogene Show war. Allerdings ging ich schon bei Ihrer Einlieferung ins Untersuchungsgefängnis davon aus, dass Sie Mittel und Wege finden würden, sich der Haft zu entziehen. Da ist mir etwas eingefallen, das meine Mitarbeiter als genial bezeichnet haben ...» Genüsslich erzählte Koch Abplanalp von seinem Hörgeräte-Trick.

Das erste Mal erlebte Koch einen Abplanalp, der seine Fassung verlor. Seine Augen quollen wütend hervor, dann spuckte er Koch mitten ins Gesicht. «Sie gottverdammter Schweinehund, das werden Sie noch bereuen.»

Koch nahm ein Papiertaschentuch aus seinem Hosensack, streifte damit die Spucke ab und warf es gegen den darniederliegenden Abplanalp. «Nun haben Sie verloren! Etwas kann ich Ihnen versichern. Wir werden alles daransetzen, dass Sie erst zur Hölle fahren, wenn die Richter Sie zu einer lebenslangen Zuchthausstrafe verurteilt und Sie dort noch für viele Jahre eingesessen haben. Wir werden uns nächste Woche wieder im Knast an der Rotwandstrasse sehen. Bis dann.» Koch verliess angewidert das Zimmer.

Als er zwei Stunden später wieder sein Büro auf der Wache Urania betrat, ging Koch gleich ans Telefon und wählte die Mobilnummer von Lydia. Sie war gerade auf Streife. Er erkundigte sich, wann ihre Tour zu Ende sei. Da das nicht mehr lange dauerte, bat er sie, sich nach der Rückkehr bei ihm zu melden.

Koch schilderte Lydia kurz das Zusammentreffen mit Abplanalp im Inselspital, um dann zum Thema überzugehen, weswegen er sie zu sich bestellt hatte. «Es ist offensichtlich, dass jemand in unserer Abteilung im Untersuchungsgefängnis mit Abplanalp gesprochen hatte, um mit ihm Fluchtpläne zu schmieden.»

Lydia sah Koch mit offenem Mund an. «Was, das ist ja ungeheuerlich …»

«Das kannst du ja noch gar nicht wissen. Ich bekam heute Morgen im Zug nach Bern einen Anruf von der Rezeption des Universitätsspitals Zürich. Zwei Herren hätten sich gestern Vormittag nach dem eben eingelieferten Abplanalp erkundigt. Abplanalp sei aber noch gar nicht auf der Patientenliste gewesen. Er sei ja erst am frühen Nachmittag eingeliefert worden.»

«Das heisst, wir haben einen Verräter in unseren Reihen.»

«Genau. Und ich gebe dir den Auftrag, herauszufinden, wer es ist.»

«Hmmm … hast du einen bestimmten Verdacht?»

«Habe ich, ja. Aber ich bin voreingenommen. Du bist es nicht.»

«Ich werde es versuchen.»

«Danke, Lydia.»

32

November 1974 bis November 2006

An einem nasskalten nebligen Samstag im November 1974 klingelte es an Sondereggers Wohnungstür. Es war der Briefträger. Er überbrachte Sonderegger eine Nachricht des Bundesgerichts aus Lausanne. Er habe sich Punkt acht Uhr am 27. Februar 1975 beim Empfang des höchsten Schweizer Gerichts zu melden. Verhandelt würde über die Klage der Polizeidirektion der Stadt Zürich gegen ihn.

Sonderegger rief gleich Ledergerber an und erkundigte sich, was es an Vorbereitungen für diesen Prozess bedürfe. Eigentlich keine, meinte Ledergerber. Ein Bundesrichter werde über seinen Rekurs gegen die Strafe des Zürcher Bezirksgerichts, die ihm 1972 aufgebrummt und 1973 vom Obergericht bestätigt worden war, befinden und sein Urteil begründen. Er, Ledergerber, werde ihn selbstverständlich nach Lausanne begleiten. Auch einen befreundeten Anwalt werde er dazu bewegen, mitzukommen. Denn es sei anzunehmen, dass die Medien nach dem Verdikt des hohen Richters einige Fragen hätten, die nur ein Jurist beantworten könne.

Der Prozess in Lausanne war von kurzer Dauer. Allerdings war der Publikumsaufmarsch eindrücklich. Die Journalisten der bedeutendsten Deutschschweizer Medien waren nahezu lückenlos anwesend. Daneben zwängten sich ein gutes Dutzend junger Studentinnen und Studenten auf die zu knapp bemessenen Sitzbänke.

Das Urteil war eine Enttäuschung für Sonderegger. Zwar wurde die Haftstrafe von sechs Monaten auf die Hälfte und die Umtriebsentschädigung von zehntausend Franken auf ein Drittel reduziert. Der Richter begründete das mildere Urteil damit, die Kripo der Stadt habe 1963 wirklich geschlampt. Es sei deshalb richtig gewesen, dass Sonderegger diesen Fall nachträglich wieder aufgegriffen habe. Die viertausend Franken

Genugtuung wegen übler Nachrede wurden belassen. Das Flugblatt, das Sonderegger verteilt habe, sei eine Verunglimpfung des Kommissärs Brugisser gewesen.

Nach der Urteilsverkündung wurden Unmutsäusserungen im Verhandlungssaal laut. Das wurde aber in Lausanne nicht geduldet. Wenige Minuten später räumte eine Patrouille der Waadtländer Kantonspolizei den Raum.

Tage danach gab es beim Paradeplatz und um den Hauptbahnhof in Zürich kleinere Demonstrationen gegen das Lausanner Urteil. Es wurde dabei auch Geld gesammelt, so reichlich, dass Sonderegger nur auf etwa einem Drittel der Gerichtskosten sitzen blieb.

Im Frühjahr 1975 sass Sonderegger die Haftstrafe im Bezirksgefängnis Zürich-Stadt ab. Das, nachdem zuvor im Stadtparlament wie im Kantonsrat parlamentarische Vorstösse, die eine Begnadigung verlangten, mit den Stimmen der bürgerlichen Mehrheit abgeschmettert worden waren. Auch die Öffentlichkeit, anders als zwischen 1967 und 1972, nahm kaum mehr Notiz von seinem Kampf für eine gerechte Justiz.

Seine Detektei konnte Sonderegger dank der grosszügigen Zuwendungen des inzwischen verstorbenen Reto Kellenbergers weiter betreiben. Sie erlaubten Sonderegger, den Angestellten auch während seiner vierteljährlichen Absenz weiter zu beschäftigen.

Im Frühsommer 1976 bekam Sonderegger Besuch von Nikolaus Nigg, der seit einigen Woche Hauswart im Schulhaus war, in dem Robert Gast unterrichtete. Nigg zeigte Sonderegger ein Schreiben seines Arbeitgebers, der Schuldirektion der Stadt Zürich:

Sehr geehrter Herr Nigg,
dieser Tage ist ein Brief vom Unternehmer- und Ladenbetreiberverband Zürich bei uns eingetroffen. Darin wurde auf mehrseitige Einträge über Ihre angeblich staatszersetzende, kommunistische Aktivität in Gewerkschaften und linken Organisationen im

Archiv Fischerus verwiesen. Kopien der Akten über Sie wurden uns zugestellt.
Wir sehen uns deshalb gezwungen, Sie zu einer Besprechung mit dem Personalchef für den kommenden Montag um sieben Uhr dreissig aufzubieten.
gez. Sekretariat der Personalabteilung der Stadtverwaltung

Sonderegger zog die Augenbrauen hoch. «Das kann ich fast nicht glauben. Etwas stimmt da nicht. Du bist ja nicht eine Lehrperson, die unsere Jugend beeinflussen könnte, sondern Schulhausabwart. Und im Brief steht auch nicht, du hättest das dir zugeteilte Schulhaus nicht instand halten können. Ich denke, wir müssen mit diesem Schreiben zu Ledergerber. Er ist ziemlich aktiv in der Gewerkschaft, der ich ja auch angehört habe, als ich noch bei der Polizei angestellt war.»

Es brauchte nur einen Telefonanruf. Eine Viertelstunde später sassen Sonderegger und Nigg zusammen mit Ledergerber in einem Niederdorfer Café. Ledergerber war über dieses Schreiben richtiggehend empört. «Dieser Vorladung würde ich erst mal gar nicht Folge leisten.» Er werde sich mit dem Sekretariat in Verbindung setzen und es über diesen Vorfall informieren. Er werde einen Brief an die Schuldirektion schreiben, in dem er im Namen seiner Gewerkschaft um eine Besprechung mit dem Vorsteher der Schuldirektion bitte. Anwesend müsse aber auch der Betroffene, Nikolaus Nigg, sein.

«Meinst du, der Schuldirektor bietet dazu Hand?», fragte Sonderegger nach.

«Aber sicher wird er das tun. Schliesslich sitze ich im örtlichen Vorstand der Gewerkschaftssektion.»

Sonderegger schlug aufgebracht mit der Faust auf den Tisch, so sehr, dass die Gäste im Raum sich nach ihm umdrehten. «Was hat dieser bescheuerte Verein der Ladenbetreiber und Unternehmer mit der Sache zu tun?»

«Das frage ich mich auch. Eine Antwort dazu fällt mir in diesem Moment ein. Der Archiveigner, der berüchtigte Subversivenjäger Fischerus, präsidiert diese illustre Gesellschaft.»

Ledergerber schrieb den Brief gleich in der Gaststube und liess Nikolaus Nigg mitunterzeichnen. Er warf ihn eine Stunde später in die Postablage der städtischen Zentralverwaltung.

Als Ledergerber zurück in seinem Büro war, klingelte sein Telefon. Es war der Schuldirektor persönlich. Das Schreiben an Nigg sei ihm sehr peinlich. Er habe davon nichts gewusst. Das habe sein Departementssekretär zu verantworten, der ein Kumpel Fischerus' sei. Der Sekretär sei ja nicht unter ihm angestellt worden, sondern er habe ihn von seinem Vorgänger geerbt. Ein zunehmendes Problem. Denn seit der Erziehungsdirektor in der Kantonsregierung Benito Gugler heisse, entwickle seine rechte Hand, eben der Departementssekretär, eine beängstigende Eigeninitiative. Er werde ihn anweisen, die Vorladung an Nigg zurückzuziehen.

Am Abend trafen sich Nigg, Sonderegger und Ledergerber erneut. Der Wunsch, nochmals zusammenzusitzen, kam von Ledergerber. Er meinte, die aus seiner Sicht völlig unzulässige Einmischung der Unternehmer und Ladenbesitzer in Schulangelegenheiten der Stadt sei mit dem Rückzug des Briefes an Nikolaus Nigg nicht aus der Welt geschafft. Er wolle wissen, was für Fichen in diesem Archiv lagerten.

«Die werden diese kaum freiwillig herausgeben», sagte Sonderegger.

«Natürlich nicht. Das heisst, wir müssen sie auf einem anderen Weg beschaffen.»

«Durch einen Einbruch?», fragte Nigg.

Ledergerber schmunzelte. «Diese Möglichkeit wäre ins Auge zu fassen. Allerdings müssen wir uns genau überlegen, wie dabei vorzugehen ist.» Er denke an einen Einbruch, ohne Spuren zu hinterlassen. Keine zertrümmerte Eingangstür, keine zerbrochenen Fensterscheiben.

«Man müsste sich einen Schlüssel beschaffen», schlug Sonderegger vor. Bei alten Schlössern wäre es kein Problem, einen Satz Dietriche mitzunehmen und zu probieren, bis einer passe. Aber er könne sich kaum vorstellen, dass Fischerus so eine altertümliche Schliessvorrichtung installiert habe.

Er auch nicht, flocht Ledergerber ein. «Wer von euch hat dazu eine Idee?» Lederberger sah zuerst Sonderegger, dann Nigg an.

«Ich schlage vor», meldete sich Nigg, «das Vertrauen von Fischerus zu gewinnen, bis er mit einer Kopie des Schlüssels herausrückt.»

So sehe er das auch, pflichtete Ledergeber bei. Aber wie sei das zu bewerkstelligen?

«Das ist ein Job für den Detektiv. Ich werde den Schlüssel beschaffen. Wie, das überlasst bitte mir. Den Einbruch möchte ich aber nicht ausführen.»

Zwei Wochen später trafen sich die drei wieder im Niederdorfer Café. Triumphierend hielt Sonderegger eine Kopie des Schlüssels zum Fischerusarchiv in die Höhe und übergab ihn Ledergerber. «Der nächste Zug geht an dich.»

Es war in der zweiten Juliwoche, die Sommerferien hatten begonnen und das Fischerusarchiv war für einen Monat geschlossen. Eine Gruppe von Studenten verschaffte sich im Morgengrauen mit dem Schlüssel, den ihnen Ledergerber zugespielt hatte, Zutritt zum Archiv. Sie parkierten vier Veloanhänger vor dem Gebäude an der Bahnhofstrasse. Keinem der spärlichen Passanten, die zu dieser Stunde durch die Bahnhofstrasse spazierten oder gestresst hasteten, fiel dabei etwas Unstimmiges auf. Es standen oft Zweiräder und Wägelchen dort. Als der Tag richtig begonnen hatte, pedalten die jungen Burschen mit ihrer Beute gemächlich durch Zürichs nobelste Einkaufsmeile, vorbei an mehreren Polizisten, die sie freundlich grüssten und die ebenso freundlich den Gruss erwiderten. Auf einem geschützten Parkplatz, der den Eltern von einem der Velofahrer gehörte, luden sie die Fracht in einen kleinen Lieferwagen um und fuhren damit zu einem alten Schuppen, den die Gruppe gemietet hatte. In diesem Schuppen stand ein Vervielfältigungsapparat, den sie von einer Bank günstig erstanden hatten. Sie kopierten den ganzen Tag bis tief in die Nacht hinein. Die Kopien verteilten sie am nächsten Morgen auf ein Dutzend schwer zugänglicher Orte. Es durfte nicht sein, dass jemand vom Diebstahl Wind bekam, bevor nicht die meisten Kopien an die Fichierten gelangt waren.

***

Es war einer der schlimmsten Tage im Leben von Fischerus, als er Mitte Juli an seinem Ferienressort in der Karibik die «Neuen Zürcher Nachrichten» aufschlug. Die Nummer war in Zürich drei Tage zuvor in alle Welt ausgeliefert worden. In der Schweiz wusste man also bereits seit zweiundsiebzig Stunden Bescheid, dass Akten aus seinem Archiv verschwunden waren. Für den Abend dieses Tages gelang es Fischerus in letzter Minute, auf dem Flughafen von Nassau eine Maschine nach Zürich zu buchen. Am folgenden Tag landete er nach drei Zwischenhalten gegen Abend in Kloten. Er liess sich mit einem Taxi an die Bahnhofstrasse zum Archiv fahren.

Als er die ordentlich verschlossene, unbeschädigte Tür vorfand, war er beruhigt. Die Akten waren unbehelligt in den Gestellen der drei Räume, die er als Zimmer für teures Geld zugemietet hatte, durfte er annehmen.

Als er die Tür aufschloss und eintrat, übermannte ihn ein fürchterlicher Schock. Er begann wie von Sinnen zu toben, derart wild, dass die Leute, die im Büro im oberen Stock arbeiteten, aufgeschreckt wurden, einer davon die Treppe hinunterrannte, die Tür aufriss und rief: «Herr Fischerus, ist Ihnen nicht gut?»

«Ich will sie hängen sehen, diese verdammten Schufte, diese himmelschreienden Kommunisten … ich will sie hängen sehen», schrie er, dass es weit in die Strasse hinaushallte.

«Beruhigen Sie sich, es ist ja niemand verletzt worden …», beschwor ihn der Nachbar.

«Rufen Sie bitte die Polizei, unserer Nation ist ein unermesslicher Schaden zugefügt worden, meine Arbeit von Jahrzehnten ist sozusagen vernichtet worden.»

Der Nachbar stolperte die Treppe hinauf und sagte verstört zu seinen Bürokollegen: «Ich glaube, der Fischerus hat den Verstand verloren.»

Sie lachten nur. Einer liess sich zur Bemerkung hinreissen:

«Verstand hatte dieser hirnverbrannte Verschwörungstheoretiker wohl nie.»

Alle Akten aus Fischerus' Archiv waren verschwunden. Wochenlang erschienen in der Presse Auszüge aus den Fichen, die Fischerus zum kleinen Teil eigenhändig zusammengetragen, zum grösseren Teil von seinen Zuträgern erhalten hatte.

***

Sonderegger fragte sich, ob es auch Einträge von ihm im Archiv von Fischerus gab. Er fand gegen hundert Dokumente. Als Sonderegger sie sichtete, standen ihm die Haare zu Berge. Vieles, was er da zu lesen bekam, war schlicht erfunden. Kein Problem, wenn die Fichen im Archiv unangetastet geblieben wären. Doch Sonderegger fand heraus, dass Fischerus gezielt Kopien davon den Unternehmern im Raum Zürich verschickt hatte. Das mochte mit dazu beigetragen haben, dass er lange Zeit nirgends eine ihm angemessene Stelle fand.

Die Polizei tappte mehrere Monate auf ihrer Suche nach den Einbrechern im Dunkeln. Und sie wäre wohl nie fündig geworden, wenn sich nicht fünf der Täter selbst angezeigt hätten. Sie taten das nicht etwa des schlechten Gewissens wegen, sondern aus einer Art Stolz. Kurz nachdem klar war, dass die Akten aus dem Archiv verschwunden waren, rankten sich Legenden um die, die sie entwendet hatten. Das führte dazu, dass mehrere sich bei der Polizei als Täter meldeten, aber den Beweis schuldig bleiben mussten, dass sie die Diebe waren. Bis diese fünf Studenten der Polizei ausgewählte Kopien der Fichen vorlegten.

Der Diebstahl aus dem Archiv von Fischerus hatte Dutzende von Vorstössen in den Parlamenten von kommunaler und kantonaler Ebene zur Folge. Auch der Stände- und der Nationalrat blieben davon nicht verschont.

Immer wieder bemühte sich Sonderegger um eine Wiedergutmachung des Unrechts, das ihm von der Stadt Zürich zugefügt worden war. Obwohl ihn Ledergerber bei diesem Vorhaben stets unterstützte, landeten all seine Bittschreiben im Papierkorb der Adressaten.

Erst 1998 hatte die rot-grüne Zürcher Stadtregierung ein Nachsehen und zahlte Sonderegger als Entschädigung für seine ungerechte Entlassung einen Betrag von fünfzigtausend Franken aus. Viele fanden das eine mickrige Abfindung. Ledergerber, inzwischen Abgeordneter der linken Alternativen Liste im Kantonsrat, reichte danach einen Vorstoss ein, Sonderegger auch vom Kanton aus zu rehabilitieren. Dieser wurde aber von der bürgerlichen Mehrheit abgelehnt.

Sonderegger gab bis zu seinem Tod im November 2006 nie auf, für seine Rehabilitation zu kämpfen. An seiner Beisetzung im Fraumünster nahmen gegen tausend Personen teil. Die Trauerrede hielt der emeritierte Professor Ledergerber. In Erinnerung werden vielen die letzten beiden Sätze bleiben: «Zürich wird Sonderegger nie vergessen. Er hat viel für die Gerechtigkeit gegeben und davon wenig zurückerhalten.»

33

Mai, Juni und September 2015

Am Vormittag des 4. Mai klopfte Lydia Pluhar an Kochs Bürotür. «Boss, ich glaube, ich bin dem Verräter in unseren Reihen auf die Spur gekommen. Es ist der Feldweibel Guyer.»

«Ich hätte auch auf ihn getippt. Wie bist du ihm auf die Schliche gekommen?»

Es sei seine Bewunderung für Abplanalp gewesen, an der er bis zum Gehtnichtmehr festgehalten habe. Es gebe noch einige andere bei der Kripo, die von Abplanalps Methoden fasziniert gewesen seien. «Wer in seine Fluchtpläne eingeweiht war, ihm half, sie umzusetzen, musste sich am Empfang des Universitätsspitals auskennen. Nicht ganz so einfach. Dort wird immer wieder etwas geändert. Er musste sich also in den Tagen vor dem Verhör mit den Verhältnissen an der Rezeption vertraut machen. Mir fiel die Überwachungskamera im Eingangsbereich auf. Sie läuft ständig. Die Aufnahmen werden automatisch gespeichert. Ich liess mir die betreffenden Filme abspielen. Schon der erste war ein Treffer. Es war Guyer, der sich bereits um acht Uhr dort aufhielt und mit seinem Handy zahlreiche Aufnahmen machte. Zu dieser Zeit war das möglich, ohne Aufsehen zu erregen, denn der Empfangsraum war gestossen voll.»

«Und wie ging's weiter?»

Guyer sei im Laufe des Tages mehrmals dort aufgetaucht. Und am Abend habe er Abplanalp in seiner Zelle im Untersuchungsgefängnis einen Besuch abgestattet. Was die beiden miteinander besprochen haben, sei leider nicht erfasst worden. Offensichtlich sei es Guyer gelungen, die Videokamera während seines Aufenthalts dort stillzulegen. Zum Glück hätten ihn aber zwei Wärter dabei beobachtet, wie er die Zellentür aufgeschlossen habe.

Koch ächzte. «Diese Passepartouts. Jeder Kripomann, scheint mir, hat einen davon im Sack, obwohl er ihn nach jedem Besuch an der Rotwandstrasse wieder zurückgeben sollte.» Er lächelte Lydia anerkennend zu. «Gut gemacht, Mädchen.»

«Mädchen? Die Machomarotten sind in deine Seele eingebrannt.»

«Beweise? Ein Verteidiger würde sie wohl vor Gericht zerzausen. Aber ich glaube dir.» Er müsse sich etwas einfallen lassen, Guyer möglichst rasch aus dem Verkehr zu ziehen.

Lydia wollte gerade Kochs Büro verlassen, als das Telefon läutete. Koch hob ab und rief danach: «Nun ist dieser Schuft einige Wochen zu früh zum Teufel abgereist.»

Lydia wartete ab, bis ihr Chef das Gespräch beendet hatte.

«Beunruhigende Nachrichten. Guyer ist nicht mehr. Gestern stürzte er auf einer Klettertour zu Tode. Nun können wir diesen Dreckskerl nicht mehr zur Verantwortung ziehen.» Koch ersuchte Lydia, noch zu warten. Die Mordkommission «Brugisser/Pfenninger» müsse heute informiert werden. Als Zeitpunkt schlage er sechzehn Uhr vor. Diese Veranstaltung vorzubereiten werde einige Zeit beanspruchen, an der es ihm momentan mangle. «Du musst mir das abnehmen. Um fünfzehn Uhr dreissig erwarte ich dich wieder hier, um den Sitzungsablauf zu besprechen.»

Koch rief den Polizeidirektor sowie den Staatsanwalt an und bat sie, ihn am frühen Nachmittag in seinem Büro aufzusuchen. Es sei dringend und ausserordentlich wichtig. Beide stiegen darauf ein, nachdem er ihnen in wenigen Worten beschrieben hatte, worum es bei diesem Gespräch gehen sollte.

Kurz später kam der interne Postbote und füllte seine Ablage mit Briefen und Papieren. «Ist etwas Interessantes darunter?», rief Koch ihm fragend zu.

«Ich denke schon.» Er hob ein prallvolles A4-Couvert in die Höhe.

«Von wem?»

«Lass mich mal nachschauen … Der Absender: Professor Dr. Jakob Ledergerber, Voltastrasse –»

Koch schnitt ihm das Wort ab. «Sofort herbringen!» Der Briefträger warf ihm grinsend das Couvert zu. Koch riss es auf und begann gleich mit dem Lesen des ersten Blattes.

An Hauptmann Arno Koch, Kripo Kanton Zürich
Sehr geehrter Herr Koch,
als ich vorgestern aus meinen Ferien im Nationalpark – dort gibt es kein WLAN – zurückkehrte, erfuhr ich aus den Medien, dass ein gewisser Christoph Abplanalp von Argentinien in die Schweiz ausgeliefert wurde. Dass dieser Mann bis 1998 als Offizier im Korps der Zürcher Stadtpolizei diente, war mir hinlänglich bekannt. Auch, in welchem Ressort er dort tätig war: Dezernat Betäubungsmittel.
Von meinem verstorbenen Freund Mathias Sonderegger erfuhr ich etwa um 1990 Ungeheuerliches: Es gebe Hinweise, dass Abplanalp seine Funktion bei der Polizei missbrauche, indem er selbst im Drogenhandel mitmische.
Wir setzten uns zusammen und diskutierten darüber, wie man den kriminellen Aktivitäten dieses Mannes Einhalt gebieten könnte. Das Problem dabei war, dass Sonderegger, der als Privatdetektiv ein Kapitalverbrechen von Abplanalp im Auftrag des inzwischen verstorbenen Reto Kellenbergers aufgedeckt hatte, die Hände gebunden waren. Er war seinem Auftraggeber beziehungsweise seinen Erben verpflichtet. Allein diese konnten die Vergehen des Polizeioffiziers zur Anzeige bringen. Was sie aber unterliessen.
Wenige Wochen vor seinem Tod hat mir Sonderegger Dokumente über Abplanalps Tätigkeit, den er auch nach seiner Recherchierarbeit für Kellenberger beobachtete, zugeschickt.
Sie waren nicht bei den Unterlagen, die er mir Mitte der 1990er Jahre zur Verwahrung übergeben hatte. Er hatte sie in einem seiner geheimen Tresore eingeschlossen, stets hoffend, es ergebe sich eine Gelegenheit, bei der er all die Abplanalp belastenden Papiere eigenhändig einem Kommissär der Kripo übergeben könne.
Man kann das Vorgehen Sondereggers gut verstehen: Er musste schon einmal wegen übler Nachrede eine Gefängnisstrafe absitzen. Leider gelang es ihm, das dürfte auch Ihnen bestens bekannt sein, damals nicht, genügend Beweise für seine auf einem Flyer abgedruckten Beschuldigungen vorzuweisen. Er wollte nicht noch mal für eine Wahrheit, die man ihm nicht glaubte, zur Rechenschaft gezogen werden. Die Ergebnisse von Sondereggers Ermittlungen finden Sie im beigelegten fünfzigseitigen Papier.

Ich hoffe, sie können zu einer griffigen Beweislage für Ihre Anklage beitragen.
Jakob Ledergerber

Als Koch die Unterlagen durchgelesen hatte, war ihm speiübel. Er begann sich Fragen zu stellen und schrieb sie mit angefügten Bemerkungen auf die letzten unbeschriebenen Rückseiten der gehefteten fünfzig Blätter.

Sonderegger hat seit 1985 schriftlich mehrmals um ein Gespräch mit einem von der Kripo zu bestimmenden Beamten nachgesucht. Er schrieb auch, dass es sich um Drogengeschäfte eines Polizeioffiziers handle. Leider muss ich davon ausgehen, dass man Sonderegger nicht einmal geantwortet hat. Warum?
Als Sonderegger konkreter wurde, allerdings ohne einen einzigen Namen zu nennen, hat man ihm gedroht, sollte er weiterhin Angehörige des Polizeikorps verunglimpfen, komme man nicht umhin, ihn rechtlich zur Verantwortung zu ziehen. Was hatte er der Kripo mitgeteilt? Der von ihm beobachtete Beamte stehe im Dienst der Medellín-Connection. Das am Platzspitz vertriebene Kokain stamme zu einem grossen Teil von diesem lateinamerikanischen Drogensyndikat. Er glaube, dafür Beweise in den Händen zu halten. Warum interessierte sich in der Kripo-Abteilung der Stadtpolizei niemand dafür? Unverständlich, wenn man sich vor Augen führt, dass die Stadt Zürich damals als Drogenmetropole des westlichen Europas in einem zweifelhaften Ruf stand. Die Drogenhölle vom Platzspitz, dem «Needle Park», und nach deren Auflösung 1992 die brutalere Nachfolgeszene auf dem stillgelegten Bahnhof Letten erregten längst internationales Aufsehen. Es entwickelte sich zur grössten sozialen Katastrophe der Schweiz nach dem Zweiten Weltkrieg.
Warum ist es den Drogenfahndern der Kripo nicht gelungen, den immer schneller anwachsenden Rauschgifthandel in den Griff zu bekommen? Wäre die Antwort darauf, auch Exponenten der Betäubungsmittelpolizei befänden sich unter der gleichen Decke wie die Drogenbosse, müsste das unsere Stadt, aber auch den Kanton Zürich in den Grundfesten erschüttern.

Allerdings ist die Lage heute besser. Das Rauschgiftproblem ist längst nicht aus der Welt geschafft, aber seit zwanzig Jahren gibt es keine offene Drogenszene mehr. Zürich ist, was die Drogenkriminalität anbelangt, nicht mehr schlimmer dran als die anderen Grossstädte in der Schweiz und in den benachbarten Ländern.
Hat es je ein Verfahren gegen Christoph Abplanalp gegeben?
Ich wüsste von keinem. Immerhin bin ich in Kenntnis gesetzt worden, dass ihm 1998 eine vorzeitige Pensionierung nahegelegt wurde. Und: Er war nur kurze Zeit Chef des Betäubungsmitteldezernats. Er wurde danach bei gleichem Gehalt Fachoffizier für Drogenkriminalität.

Als der Staatsanwalt und der Vorsteher der städtischen Polizeidirektion um dreizehn Uhr dreissig in seinem Büro eintrafen, knurrte Kochs Magen. Er war noch nicht dazu gekommen, etwas zu essen.

Er schilderte ihnen, was sich seit der Einweisung Abplanalps ins Untersuchungsgefängnis abgespielt hatte. Und er informierte sie über den Brief von Ledergerber.

Koch fixierte den Polizeidirektor. «Sie, Herr Stadtrat Rebstein, haben Sie von Sondereggers Recherchen wirklich nichts gewusst? Würde mich wundern, sind Sie doch ein Parteifreund von Jakob Ledergerber.»

Nein, er wisse nichts davon. Er mache Ledergeber auch keinen Vorwurf, dass er ihn nicht eingeweiht habe. Er finde es viel besser, wie es jetzt gelaufen sei. Ledergerber habe den Dienstweg eingehalten und sei an die Stelle gelangt, die für die Entgegennahme solcher Nachrichten vorgesehen sei: das Kommissariat Koch.

Koch konnte es sich nicht verkneifen zu sagen, es sei seltsam, dass so etwas bis tief in die neunziger Jahre nicht funktioniert habe.

Rebstein räumte ein, dass er damit nicht falschliege. 1990 habe Rot-Grün die Macht in der Stadt übernommen, die sie bis heute halte. Zuerst habe man die Phase der Umorientierung überwinden müssen. Das korrupte Polizeikorps der sechziger, siebziger und achtziger Jahre habe nicht vollständig ausgewechselt werden können. Man habe die Altlasten sukzessive sozialverträglich entsorgt, die letzte sei wohl Abplanalp gewesen.

Das Gesicht des Staatsanwalts wurde zusehends düsterer. Wütend fuhr er Rebstein an: «Es geht nicht, dass Sie als Magistratsperson über die verdienten bürgerlichen Stadtväter von 1960 bis 1990 herziehen.»

Rebstein wedelte lässig mit der Hand. «Herr Staatsanwalt, ich möchte Sie doch bitten. Sie sind nun seit 1985 im Amt. Ich denke, Sie haben genau Kenntnis von den Zuständen vor der Zürcher Wende 1990. Auch als bürgerlicher Rechtsvertreter müssen Sie zugeben, dass damals katastrophale Machenschaften grassierten. Wer hat den ‹Needle Park› zugelassen?»

Für Koch wurde es ungemütlich. Er beschwor die beiden Streitenden, sich bitte auf die aktuellen Probleme zu beschränken. Dann hielt er inne. Das heisse für ihn aber nicht, eine Bewältigung der problematischen Vergangenheit der Zürcher Stadtpolizei zu behindern. Damit fing auch er einen bösen Blick des Staatsanwalts ein.

Rebstein nahm die Zurechtweisung und die nachträgliche Differenzierung Kochs wohlwollend entgegen.

Nicht so aber der Staatsanwalt. Er sagte, die Unterlagen von Sonderegger würde er gar nicht studieren. Der Mann sei ein Querulant und kommunistisch angehauchter Revoluzzer gewesen. Zudem sei einiges, was ihm Sonderegger unterstellt habe, mittlerweile verjährt.

Koch widersprach. «Herr Staatsanwalt, ich bin selber Jurist und glaube zu wissen, dass man bei einem Verbrechen allen Hinweisen nachgehen muss, ganz unabhängig von der politischen Färbung der Quelle.»

Die Worte des Staatsanwalts brachten Rebstein noch mehr in Wallung als Koch. «Herr Staatsanwalt, ich warne Sie. Auch ich habe ein Studium als Jurist absolviert. Abplanalp ist ohne jede Frage ein Langzeitkrimineller. Das, was er in den letzten Jahren verbrochen hat, hängt mit seinen früheren Verfehlungen zusammen. Wenn wir ihn wegen eines Delikts ausserhalb der Verjährungsfrist nicht mehr belangen können, heisst das noch lange nicht, dass es bei der Beurteilung seiner Delikte, die noch innerhalb dieser Frist liegen, unbeachtet bleiben muss.»

«Ich verbitte mir, von Ihnen Belehrungen entgegenzunehmen», schob der Staatsanwalt nach.

Wieder mischte sich Koch ein. Er werde die Dokumente Sondereggers auf jeden Fall in seine Ermittlungen einbeziehen. Er habe überhaupt keine Bedenken, dass dies auch die Richter täten. Die Rolle des Anklägers habe vor Gericht üblicherweise einen hohen Stellenwert. Seine Meinung sei aber nicht bindend für den Urteilsspruch. Es wäre beim Prozess gegen Abplanalp nicht das erste Mal, dass die Richter ein härteres Urteil fällen würden als das ihnen vom Staatsanwalt empfohlene.

Der Staatsanwalt erhob sich zornentbrannt. «Ich verlasse jetzt diesen Debattierclub. Ich verwahre mich gegen die unzulässige Beschneidung der Kompetenzen des Gerichts durch einen Lokalpolitiker.»

Der Staatsanwalt verliess Kochs Büro, nicht ohne die Tür kräftig zuzuschmettern.

Koch und Rebstein zuckten nach dem Ausfall des Staatsanwalts nur die Schultern.

«Ich werde die Anklagepunkte vorschlagen und diese auch ausführlich begründen, zuhanden der Richterinnen und Richter und zuhanden des Staatsanwalts. Was der Ankläger davon übernimmt, ist seine Sache. Aber eigentlich habe ich Sie und den Staatsanwalt auch zu mir gebeten, weil ich vorhabe, ein Medien-Communiqué herauszugeben», sagte Koch.

Rebstein brach in ein längeres Gelächter aus. «Ich möchte morgen des Staatsanwalts Gesicht sehen, wenn er in den ‹Neuen Zürcher Nachrichten› unsere Presserklärung über sich ergehen lassen muss.»

Er habe das Communiqué schon vorbereitet, sagte Koch, zog eine Schublade heraus, entnahm ihr ein Papier und reichte es Rebstein.

Im Communiqué stand, dass Abplanalp auf Begehren des Eidgenössischen Justiz- und Polizeidepartements in die Schweiz überstellt worden sei, was sich seit seiner Einweisung ins Untersuchungsgefängnis Rotwandstrasse ereignet hatte, dass gegen ihn Anklage wegen zweifachen Mordes, Mitgliedschaft in einer kriminellen Vereinigung und Drogen- und Waffenhandels erhoben werde. Es wurde darin nicht verschwiegen, dass der Angeschuldigte als Offizier des Drogendezernats der Stadtpolizei gedient habe und als mutmasslicher Täter des bislang noch unaufgeklärten Mordes von 1966 an Lotta Kellenberger in Frage komme. Allerdings werde er deswegen nicht mehr verurteilt werden, da dieses Delikt seit 1996 verjährt sei. Rebstein bedankte sich und sagte, er habe dem nichts beizufügen.

Es schlug halb vier an der Kirchenuhr, dann klopfte es. Lydia stand im Türrahmen. Koch stellte sie Rebstein als seine neue Assistentin vor und verabschiedete sich von ihm.

Lydia Pluhar zeigte ihm die Traktandenliste der für sechzehn Uhr geplanten Sitzung. Koch ergänzte sie mit dem, was seither vorgefallen war. Sie sah ihn fragend an.

«Es ging, seit du mich heute Morgen verlassen hast, zu wie in einem Bienenhaus. Du wirst es im Laufe der Sitzung erfahren.» Koch sah auf die Uhr. «Es reicht gerade noch für einen Kaffee in der Kantine. Ich lade dich dazu ein.»

Die Sitzung der Mordkommission «Brugisser/Pfenninger» fing mit einem langen Monolog Kochs an. Die Anwesenden waren mucksmäuschenstill, hörten gebannt zu, und immer wieder nickte einer mit dem Kopf. Als Koch die Diskussionsrunde eröffnete, meldete sich niemand zu Wort. Er war nicht unglücklich darüber.

***

Es vergingen zehn Tage, bis Abplanalp das Inselspital verlassen konnte und wieder ins Stadtzürcher Untersuchungsgefängnis eingewiesen wurde. Insgeheim freute sich Koch auf die Vernehmung.

Es war ein strahlend schöner Tag in der ersten Juniwoche, als Abplanalp mit Fussfesseln und Handschellen in den Vernehmungsraum geführt wurde. An der Tür standen zwei bis an die Zähne bewaffnete Polizeigrenadiere. Ein Sanitäter und der

Gefängnisarzt sassen bereits gelangweilt am grossen Tisch. Erst als Abplanalp auf seinen Sessel platziert worden war, betraten Koch und Lydia, die er als Protokollführerin vorstellte, den Raum.

Koch knüpfte dort an, wo er beim letzten Mal aufgehört hatte: beim Fund zwischen den Gleisen auf dem Güterbahnhof. «An dieser Stelle begannen Sie das Unwohlsein zu simulieren. Das Weitere wissen wir ja. Oder nicht?»

Abplanalp schwieg beharrlich.

«Sie wissen es genau. Aber Sie wissen nicht, was wir wissen.» Koch zog ein Blatt aus seiner schwarzen Mappe. Er fertigte eine Bleistiftskizze des Gefängnistraktes mit Abplanalps Zelle. An einer Stelle, die die Decke des Korridors darstellte, zeichnete er einen kleinen Kreis. «Das ist die Videokamera, die Ihr Besucher ausser Betrieb gesetzt hatte. Warum war er zu dieser Manipulation imstande?»

Abplanalp antwortete nicht.

«Weil er dem Korps der Kripo angehörte. Er hatte vorschriftswidrig einen Passepartout bei sich. Der Mann hiess Guyer.»

Nun rutschte Abplanalp, dessen Augen sich vergrösserten, ein Wort heraus. «Hiess?»

«Ja, ‹hiess›. Guyer ist mittlerweile gestorben. Er ist am Schreckhorn in den Berner Alpen abgestürzt.»

«Wissen Sie, wie wir herausgefunden haben, dass es Guyer war?»

Abplanalp reagierte nicht.

Koch zeigte auf Lydia. «Dieser tüchtigen Polizistin haben wir die Antwort auf diese Frage zu verdanken. Sie sah sich die Videofilme an, die an der Rezeption des Unispitals am Vortag Ihrer Flucht aufgenommen wurden. Da erschien Guyer mehrmals, und das zu verschiedenen Zeiten. Zum Glück konnten sich zwei Wärter erinnern, dass Guyer die Eingangshalle des Spitals am Abend vor dem Verhör besuchte. Sie haben einen Fluchtversuch unternommen. Das könnte als Eingeständnis Ihrer Schuld eingestuft werden. Wer unschuldig ist, braucht sich einem Verfahren nicht durch Flucht zu entziehen.» Ein

Fluchtversuch bei einem Mordurteil habe keinen Einfluss mehr auf das Strafmass. «Mehr als fünfundzwanzig Jahre kann man Ihnen ja nicht aufbrummen. Abgesehen davon, dass Sie das Ende des Zuchthausaufenthalts schwerlich erleben dürften.»

Koch blinzelte zu Abplanalp hinüber. «Wir wollen Sie heute nicht mehr länger quälen. Nur eine Frage hätte ich noch. Wer hat Ihnen den Auftrag gegeben, Lotta Kellenberger zu ermorden?»

«Was für eine Gegenleistung bieten Sie mir?», fragte Abplanalp.

Koch musste nicht lange nachdenken. «Was wünschen Sie sich denn?»

«Befreien Sie mich von den Handschellen. Sie schmerzen. Und: Das Gefängnisfrühstück ist eine Zumutung. Dünner Kaffee und hartes Brot. Es erinnert mich an die Anfangstage in der Fremdenlegion. Bringen Sie mir jeweils eine Kanne richtig schwarzen Kaffee, zwei Croissants und eine halbe Salamiwurst.»

«Nicht üblich bei uns. Aber in Ihrem Fall könnten wir eine Ausnahme machen. Sie sind ja ein alter Mann. Allerdings erwarten wir, dass Sie mit der Wahrheit herausrücken. Kämen wir dahinter, dass Sie uns eine erfundene Geschichte auftischen, würden wir diese Vergünstigungen sofort wieder einstellen.»

Abplanalp konnte ein zynisches Lachen nicht unterdrücken. «Wie wollen Sie denn nachprüfen, ob meine Schilderungen wirklich auf Tatsachen beruhen? Wichtig ist doch, dass Sie ein Geständnis von mir bekommen. Für ein längst verjährtes Delikt notabene.»

«Ich warte auf Ihre Antwort.»

Eine einfache Angelegenheit sei das gewesen, sagte Abplanalp ohne mit der Wimper zu zucken. Der Auftrag, Lotta Kellenberger ins Jenseits zu befördern, sei von einem, der im Drogenhandel mitgemischt habe, gekommen.

«Wie viel hat dabei für Sie herausgeschaut?»

«Eine Viertelmillion und die Zusicherung, dass ich deswegen nicht zur Verantwortung gezogen werde.»

Koch winkte einem der Wärter. Der ging zu Abplanalp und entfesselte seine Hände.

«Waren Sie zu der Zeit auch schon für ein Rauschgift-Syndikat tätig?», erkundigte sich Koch so nebenbei.

Abplanalp rieb sich demonstrativ die Augen. «Sie stellten mir bereits zwei Fragen und erhielten Antworten darauf. Die Antwort auf eine weitere Frage bedingt eine weitere Gegenleistung.»

«Wünschen Sie, dass wir Ihnen die Fussfesseln abmontieren?»

«Nein, die stören mich nicht im Geringsten. Ich habe eine andere Bitte. Bringen Sie mir mit dem Frühstück jeden Morgen auch die ‹Neuen Zürcher Nachrichten›, den ‹Zürcher Kurier›, das Boulevardblatt ‹Bild der Schweiz› und die ‹Volksstimme›.»

«Wird gemacht», sagte Koch.

«Ja, ich erhielt bereits Aufträge aus Kolumbien. Es war die Firma, für die ich bis dato tätig war, so nebenbei.»

«So nebenbei …», wiederholte Koch.

Koch besprach mit Lydia die «Ausbeute» des Verhörs. Man war sich einig, dass Abplanalp sich wohl mit einem längeren Knastaufenthalt abgefunden hatte. Seine Verstrickungen mit der kolumbianischen Drogenmafia seien so offensichtlich, dass er keine Chancen mehr habe, sie abzustreiten, meinte Koch. Aber einen Beweis, dass er Brugisser und Pfenninger umgebracht habe, gebe es derzeit nicht. Im Übrigen sei zu befürchten, dass der Staatsanwalt einen Mordprozess hintertreibe.

«Gäbe es nicht eine Möglichkeit, den Fall Abplanalp einem anderen Staatsanwalt zuzuweisen?», erkundigte sich Lydia.

Koch überlegte einige Momente. «Das wäre wirklich einen Versuch wert. Ich gehe mit diesem Anliegen zu Stadtrat Rebstein. Allerdings verspreche ich mir dabei nicht allzu viel. Er gehört einer kleinen linken Splitterpartei an. Sein Einfluss im Stadtrat ist trotz der rot-grünen Mehrheit beschränkt.»

Wider Erwarten war die Eingabe Kochs, den Staatsanwalt auszuwechseln, erfolgreich. Ebenfalls bei der Rechten gab es einige, die an Abplanalp ein Exempel statuieren wollten. Polizisten, auch wenn sie nicht mehr im Dienst waren, mussten hart bestraft werden, wenn sie vom Rauschgiftgeschäft profitierten.

Eine Verzögerung des Strafverfahrens gegen Abplanalp durch den Staatsanwalt könnte sich als Bumerang für die bürgerlichen Parteien erweisen. Damit wären Tür und Tor geöffnet, die ganze Angelegenheit auf die politische Ebene zu zerren. Was unbedingt zu vermeiden war.
Der neu für den anstehenden Prozess gegen Abplanalp zuständige Staatsanwalt war ein weit rechts stehender Hardliner.

***

Am nächsten Morgen bekam Koch einen Anruf. Am anderen Ende sprach ein Bube mit ansatzweisem Stimmbruch. Er habe ein Mobiltelefon von seinem verstorbenen Onkel geerbt.

Wer denn der Onkel gewesen sei, wollte Koch wissen.

Das sei ein pensionierter Lehrer gewesen, der sich immer das neueste Handy angeschafft und damit alles Mögliche gefilmt und fotografiert habe.

Der Onkel habe darauf zahlreiche Videos gespeichert, die der Junge im Laufe der Tage abgespielt habe. Beim letzten, das er sich angeschaut habe, sei ihm buchstäblich die Spucke im Hals stecken geblieben. Da sei ein veritabler Mord aufgenommen worden.

«Komm doch gleich auf die Hauptwache und melde dich bei mir», bot Koch an.

Es war ein dreizehnjähriger Schüler, der Koch den Handyfilm vorführte.

«Das ist aber ein Ding, Junge. Bist du dir bewusst, was du uns damit für einen Dienst erweist? Du hast einen Doppelmord aufgeklärt. Kannst du mir das Handy für ein paar Tage ausleihen?»

Der Junge machte eine leicht enttäuschte Miene. Offensichtlich hing er an seinem neuen Gerät.

«Verstehe, du möchtest dein tolles Spielzeug nicht wieder hergeben. Ich biete dir ein anderes an. Die Nachfolgeversion des Handys, das du von deinem Onkel bekommen hast.»

Der Knabe strahlte.

Koch zog seinen Festnetzapparat zu sich, wählte eine kurze

Nummer. Augenblicke später trat ein männliches Wesen mit einer üppigen Haartracht, zerschlissenen Jeans und einem Dreitagebart, der so gar nicht nach Polizist aussah, in Kochs Arbeitszimmer. «Das ist mein IT-Spezialist. Er geht jetzt mit dir in den Handyladen auf der anderen Seite der Limmat, um dir das neueste, tollste Smartphone zu kaufen.»

Der Junge rief: «Hurra!»

In Lydias Arbeitszimmer läutete das Telefon. Koch war am Draht und bat sie, gleich zu ihm zu kommen. Er habe eine wirklich sensationelle Nachricht.

Der Film zeigte einen Mann mit einem Revolver in der Hand, der zwischen Bahngleisen hinter einem anderen her schritt. Die Lichtverhältnisse waren nicht besonders gut. Es musste am Abend kurz nach Sonnenuntergang sein. Als der Kopf des Verfolgers im Bild erschien, stoppte Koch das Abspielen und vergrösserte den Ausschnitt. Da war ganz deutlich das Gesicht von Abplanalp zu erkennen. Koch liess den Film wieder laufen. Kurz danach knallte es. Der Verfolgte brach zusammen. Abplanalp hatte ihm hinterrücks eine Kugel in den Nacken geschossen.

Koch rief Rebstein an und erzählte ihm vom Besuch des Jungen. Rebstein wollte sich den Film, der kaum eine halbe Minute lang war, gleich selbst ansehen. Eine Viertelstunde später stürzte er ohne anzuklopfen in Kochs Büro. «Geben Sie her.» Koch startete das Handyvideo.

«Donnerwetter, dass es so was gibt. Nun haben wir den Mistkerl überführt. Aber eigentlich bin ich gar nicht besonders glücklich darüber. Ich hätte mir weitere Ermittlungen im Umfeld Abplanalp gewünscht.»

«Weitere Ermittlungen im Umfeld? Wie meinen Sie das, Herr Stadtrat Rebstein?»

«Solange wir keine Beweise gegen den mutmasslichen Mörder vorlegen konnten, blieb uns nichts anderes übrig, als in seinem Umfeld weiterzuermitteln. Da erhoffte ich mir, dass uns bei diesen Recherchen auch andere Ganoven ins Netz gehen würden. Allenfalls gut betuchte Kontoinhaber bei Grossbanken, geachtete Persönlichkeiten des öffentlichen Lebens, Leute also, die möglicherweise versuchen, ihre fragwürdigen Einkünfte so lange zu waschen, bis deren Herkunft nicht mehr ausfindig zu machen ist. Wenn der Täter feststeht, wie in diesem Fall, können keine aufwendigen Untersuchungen mehr durchgeführt werden.»

Koch mochte dem nicht widersprechen. Er konnte Rebstein aber insofern beruhigen, als die Ermittlungen in den nächsten Tagen weiterlaufen würden. Zum Beispiel werde er heute Nachmittag den Überlebenden der Schiesserei in der Taubenlochschlucht vernehmen. Gut möglich, dass dabei weitere Delikte zum Vorschein kämen, die man danach selbstverständlich weiterverfolgen würde.

Es war der Fahrer des Fluchtfahrzeuges von Abplanalps «Entführung» aus dem Universitätsspital, den Koch im Beisein von Lydia verhörte. Ein grobschlächtiger Hüne mit polnischen Wurzeln. Ihm wurde gestattet, anstelle der Sträflingsuniform in Zivilkleidung zu erscheinen. Er trug eine mit Nazi-Symbolen bestückte Lederjacke, gab sich als Patriot aus, der im Freiwilligenregiment Asow in der Ostukraine gegen die Russen kämpfe. Verdammte Kommunisten seien das.

Das gebe ihm aber nicht das Recht, in der Schweiz herumzuballern und Straftäter aus einem Gefängnis zu befreien. Und schon gar nicht sei es in der Schweiz erlaubt, bei einer kriminellen Vereinigung wie einem Rauschgiftsyndikat anzuheuern.

«Rauschgift?», brüllte der Pole empört. Mit Drogen habe er nichts am Hut. Er betreibe ein ehrbares Gewerbe. Er vermittle Frauen an Schweizer Männer, die das glücklich mache.

Koch sah Lydia verwirrt an. «Verstehst du das? Frauen-, nicht Drogenhandel?»

Sie schüttelte nur den Kopf.

Koch musterte den Polen. «Heisst das etwa, dass Christoph Abplanalp auch Frauen vermittelt?»

«Aber sicher tut er das. Er ist ja mein Chef. Der hat mir auch anvertraut, dass er als junger Mann, bevor er zur Polizei ging, auch ein Frauenhaus gemanagt habe.»

«Können Sie mir nähere Einzelheiten der Organisation nennen, für die Sie tätig sind?»

«Nähere Einzelheiten? Kenne ich nicht. Ich weiss nur, dass der oberste Boss dieser Firma aus Südamerika stammt. Der soll mit Drogen zu tun haben, auch mit Waffen.»

Das erste Verhör sei damit zu Ende. Koch dankte für die kooperative Zusammenarbeit.

Ob das heisse, dass er nun wieder ein freier Mann sei.

«Nein, Sie werden bis zum Prozess, der Ihnen mit Sicherheit gemacht wird, in Untersuchungshaft bleiben müssen.»

Das werde er nicht akzeptieren, protestierte der Gefangene.

Das könne er gut nachvollziehen, meinte Koch schmunzelnd. Es sei ihm selten einer unter die Augen gekommen, der sich über seine Haft gefreut habe.

Koch ging mit Lydia in die Kantine, um sich einen Kaffee und einen kleinen Imbiss zu genehmigen.

«Was ist das für ein verrückter Tag heute? Kannst du dir vorstellen, dass Abplanalp nicht nur mit Drogen und Waffen handelte, sondern auch mit Frauen?», frage Lydia.

Ganz so abwegig scheine ihm diese Vorstellung nicht. «Frauenhandel und Rauschgiftvergehen gehen meist Hand in Hand. Zur Prostitution gezwungene Frauen werden oft mit Drogen gefügig gemacht.»

«Wie wahr», ergänzte Lydia. Frauenhandel sei ebenso kriminell wie Rauschgiftvergehen. Obwohl sie sich des Eindrucks nicht erwehren könne, dass man die Verschleppung von Frauen und die Zwangsprostitution in der Schweiz immer noch als Kavaliersdelikt einstufe. «Abplanalp konnte also in dieser Sparte tun und walten, wie es ihm beliebte.»

Koch nickte nur.

Lydia erkundigte sich, was er mit Abplanalp als Nächstes vorhabe.

«Ich werde ihm das Handyvideo abspielen.»

«Da möchte ich dabei sein.»

«Das darfst du.» Sein Handy surrte in der Westentasche. Er zögerte, den Anruf entgegenzunehmen.

«Nimm ab, die Person wird sonst später wieder anrufen.»

Koch zog das Handy hervor, sah auf das Display. Es war der Direktor des Untersuchungsgefängnisses.

«Um Himmels willen. Dieser Schuft hätte doch bis nach dem Prozess warten können.»

Koch warf Lydia einen grimmigen Blick zu. «Abplanalp ist tot. Er ist einem Herzstillstand erlegen.»

Tage später erschien in den Medien ein dünnes Communiqué.

Die Mordfälle Brugisser und Pfenninger sind aufgeklärt. Der Täter verstarb an einem Herzanfall, kurz nachdem er überführt worden war. Aus Gründen des Persönlichkeitsschutzes wird sein Name der Öffentlichkeit nicht preisgegeben.

Die Mordkommission «Brugisser/Pfenninger» wurde aufgelöst.

***

Koch rief Ledergerber an, beschrieb ihm, was sich in den letzten Tagen ereignet hatte, und lud ihn zu einem Umtrunk in der «Büezerbar» an der Langstrasse ein.

«Die Mordfälle Brugisser und Pfenninger sind gelöst. Abplanalp ist ohne lange Leidenszeit und ohne Strafe eines natürlichen Todes gestorben. Es fällt mir schwer, die Akte dieses Falles zu schliessen. Aufgeklärt mag er sein, aber bewältigt ist er noch lange nicht», sagte Koch zum betagten Professor.

Ledergerber überlegte lange, bis er antwortete. «Wir müssen dafür sorgen, dass Sonderegger den Zürchern in Erinnerung bleibt.» Ein verschmitztes Lächeln glitt über Ledergerbers Gesicht. «Es gab Zeiten, in denen ich in der Hauptwache Urania ein und aus ging. Da habe ich mich immer geärgert über eine Büste, die im Eingang auf einem Sockel steht. Diejenige des Oberbefehlshabers der Schweizer Armee während des Ersten Weltkriegs, General Wille.»

«Wille?», rief Koch entrüstet. «Ja, warum habe ich mir nie Gedanken darüber gemacht? Ich gehe täglich mehrmals daran vorbei.» Seine Augen leuchteten auf. «Dass man diesem reaktionären Kerl, der versucht hat, unser Land zu spalten, noch immer Ehre antut, ist unverständlich. Meinen Sie vielleicht, man könnte ihn durch Sonderegger ersetzen?»

«Genau das meine ich.»

«Ich werde mal mit dem städtischen Polizeidirektor Rebstein reden.»

***

An einem wunderschönen Samstagsmorgen im September 2015 fand vor der Hauptwache Urania in Zürich eine kleine Zeremonie satt.

Polizeidirektor Rebstein enthüllte eine Büste des 2006 verstorbenen Mathias Sonderegger.

Darunter stand auf einer Tafel der messingfarbene Schriftzug:

Sonderegger Mathias
**September 1925; †November 2006 in Zürich*
Detektivwachtmeister der Stadtpolizei Zürich
Er hat die grösste Polizei- und Justizaffäre, von der Zürich je heimgesucht wurde, aufgedeckt und damit unserem Rechtsstaat einen grossen Dienst erwiesen.

Personenverzeichnis

Abplanalp, Christoph – *1940, Jugend in Bern, Matura, Fremdenlegion, Studium der Rechtswissenschaften, Abschluss als lic. Iur., 1968 bis 1971 Undercover bei der Stadtpolizei Zürich, ab 1972 Offizier der Stadtpolizei Zürich, Dezember 1998 vorzeitige Pensionierung.

Anna – Sekretärin im Kommissariat Kriminalfälle der Stadtpolizei Zürich.

Beck, Franz – Gefreiter, Kassenwart bei der Stadtpolizei Zürich zur Zeit des Gelddiebstahls aus dem Tresor der Hauptwache am 26./27. März 1963.

Brugisser, Werner – *1921, Dr. iur., Kriminalkommissär und Offizier der Stadtpolizei Zürich von 1950 bis 1980.

Fischerus – Subversivenjäger. Er fichierte in den 1960er und 1970er Jahren Gewerkschafter, Sozialdemokraten, Mitglieder der PdA und links stehende Studenten.

Franco – Francisco F., *1892 in Ferrol, Galicien; †1975 in Madrid, faschistischer Diktator von 1939 bis 1975. Nach einem 1936 zunächst misslungenen Militärputsch kam es in Spanien zu einem blutigen Bürgerkrieg, den Franco mit Hilfe von Truppen Nazideutschlands und des faschistischen Italiens für sich entschied.

Früh – alter Wachtmeister bei der Kriminalpolizei, Hauptmann Koch zugeteilt.

Gast, Robert – Primarlehrer.

Gast, Sabina – Historikerin, Assistentin an der Universität Zürich, prominentes Mitglied der 68er-Bewegung, Tochter von Robert Gast.

González, Mario – hoher Polizeioffizier in Buenos Aires, Gatte von Paloma González.

González, Paloma – Tango-Tänzerin.

Gugler, Benito – Erziehungsdirektor des Kantons Zürich ab 1971.

Guyer – Feldweibel der Kriminalpolizei der Stadt Zürich bis 1998, danach Wechsel zur Kantonspolizei Zürich.

Huber – Polizeikommandant der Stadtpolizei Zürich in den 1960er und 1970er Jahren.

Kellenberger, Lotta – Mordopfer auf dem Uetliberg.

Kellenberger, Reto – Kunstflieger, Gatte von Lotta Kellenberger.

Koch, Arno – Hauptmann, Kriminalabteilung der Kantonspolizei Zürich ab 1999.

Koch, Carmen – Gattin von Arno Koch.

Ledergerber, Jakob – Redaktor beim «Zürcher Kurier», ab 1971 Dozent, später Professor an der Universität Zürich.

Luxemburg, Rosa – *1871 im Königreich Polen; †1919 in Berlin, war eine führende Persönlichkeit der europäischen Arbeiterbewegung, des Marxismus, Antimilitarismus und «proletarischen Internationalismus». Sie wurde am 15. Januar 1919 von Schergen eines rechtsextremen Freikorps ermordet.

Lydia Pluhar – Gefreite der Kriminalabteilung der Kantonspolizei Zürich, Mitarbeiterin von Arno Koch.

Nigg, Nikolaus – Schlosser, Freund von Mathias Sonderegger.

Pfenninger, Walter – *1941, Undercover bei der Stadtpolizei Zürich, Polizeischule, später Feldweibel der Stadtpolizei Zürich.

Rebstein – Stadtrat von Zürich und Polizeidirektor nach 2010.

Rüegg, Adolf – Fabrikbesitzer in Zürich, Oberst a. D. der Schweizer Armee.

Rüegg, Daniel – linker Aktivist während der Jugendunruhen in Zürich, später neoliberaler Wirtschaftsberater, Sohn von Adolf Rüegg.

Schläppi, Arnold – Stadtrat von Zürich zwischen 1960 und 1980, zuständig für die Polizei.

Schütz, Kari – Gefreiter bei der Stadtpolizei in den 1960er Jahren.

Sommerhalder, Theodor – Jurist, Kommissär der Stadtpolizei Zürich ab 1967.

Sonderegger, Klara – Gattin von Mathias Sonderegger.

Sonderegger, Mathias – Detektivwachtmeister der Stadtpolizei Zürich von 1956 bis 1967.

Sonderegger, Thomas und Helen – Kinder von Mathias und Klara Sonderegger.

Glossar

Bellevueplatz – weitläufiger, zentraler Platz von Zürich, wichtiger städtischer Verkehrsknotenpunkt, liegt am rechten Ufer des Abflusses des Zürichsees in die Limmat und bildet das Südende der Altstadt.

Bundesordner – So werden in der Schweiz Aktenordner genannt.

Büezer (schweizerisch) – Arbeiter, Handwerker.

Bünzli (schweizerisch) – Spiessbürger. Bünzli ist auch ein Familienname.

Coop – Die Coop Genossenschaft ist das zweitgrösste Detailhandels- und Grosshandelsunternehmen der Schweiz. Sie ist als Genossenschaft mit rund 2,5 Millionen Mitgliedern organisiert. Coop betreibt Supermärkte, Warenhäuser, Restaurants, Heimwerkerbedarfsgeschäfte, Apotheken sowie Tankstellen.

DRS – Schweizer Radio deutsche und rätoromanische Schweiz. Radio DRS war zusammen mit dem Schweizer Fernsehen (SF) bis 2010 ein Medienunternehmen, das am 1.1.2011 zu SRF, Schweizer Radio und Fernsehen, fusionierte.

Erziehungsdirektor – Mitglied (Minister) einer schweizerischen Kantonsregierung. Zuständig für das Bildungswesen.

Globus/Globuskrawalle – Auf der (nicht mehr existierenden) Limmatinsel Papierwerd wurde 1892 der «Webers Bazar» eröffnet, das erste grosse Warenhaus der Schweiz. Eine Hauptattraktion waren elektrisch beleuchtete Schaufenster. 1896 wurde der Bazar in «Globus» umgetauft. 1950 erfolgte sein Abbruch, das Warenhaus zog ins Provisorium an der Bahnhofstrasse, das der Firma bis 1967 als vorübergehender Hauptsitz diente. Bereits 1956 ging der Baugrund in den Besitz der Stadt Zürich über. 1968 wurde in einer Volksabstimmung der Abbruch des Provisoriums beschlossen, gegen den Willen der aufkommenden alternativen Jugendgruppen.

Es kam zu den 68er-Unruhen in Zürich, die als Globuskrawalle in die Schweizer Geschichte eingingen.

Grufti (jugendsprachlich) – Bezeichnung für einen älteren, etablierten Menschen.

Hauptwache Urania – Hauptsitz der Stadtpolizei Zürich.

Justizdirektor – Mitglied der Stadtregierung oder Mitglied einer Kantonsregierung (Minister). Zuständig für das Gerichtswesen.

Kommissär (schweizerisch) – Bezeichnung für Kommissar.

Langstrasse – eine Strasse in Zürich, die den Kreis 4 mit dem Kreis 5 verbindet. An ihr treffen viele Gegensätze aufeinander. Kulturelle Vielfalt wie Begegnungszentren, Kunst, Kindertagesstätten, alternative Wohnformen, Solidarität unter den Anwohnern werden überschattet von einer hohen Kriminalität mit Strassenstrich und Drogenumschlagplätzen.

Mühlesteg – Fussgängersteg über die Limmat zwischen der Rudolf-Brun-Brücke und der Bahnhofbrücke. Der alte Mühlesteg war eine gedeckte Holzbrücke, die 1689 erbaut und 1950 abgerissen wurde. 1981 wurde der neue Mühlesteg errichtet.

Niederdorf – Das Niederdorf liegt in der Altstadt von Zürich. Es ist bekannt als Amüsierviertel mit vielen Bars, Restaurants, Kinos und Läden.

Paradeplatz – Er liegt an der Bahnhofstrasse im Zentrum Zürichs und gilt als eine der teuersten Lagen der Stadt. Am Paradeplatz haben mehrere grosse Schweizer Banken und internationale Konzerne ihren Hauptsitz.

Polizeidirektor – Mitglied der Stadtregierung (Stadtrat) oder Mitglied einer Kantonsregierung. Zuständig für die Polizei.

Riviera (Zürich) – Raum in der Zürcher Altstadt zwischen Bellevue und der Wasserkirche mit dem Zwingli-Denkmal am rechten Ufer der Limmat. Dieses Gebiet wird im Volksmund als «Riviera» bezeichnet.

Sechseläutenwiese – heute Sechseläutenplatz, liegt zwischen dem

Bellevue und dem Opernhaus Zürich. Er ist mit 16'000 Quadratmetern der grösste innenstädtische Platz der deutschen Schweiz, vergleichbar mit dem Markusplatz, dem Petersplatz und dem Roten Platz.

Seepromenade – beliebter Spazierweg und Erholungsraum am unteren Becken des Zürichsees. Das «Promenieren» (Spazierengehen) wurde in Zürich bereits Ende des 17. Jahrhunderts Mode. Um 1800 entstand die damals grösste zusammenhängende Grünanlage Zürichs.

Söihund (schweizerisch, Mundart) – Schweinehund.

SRF – Schweizer Radio und Fernsehen, entstanden am 1. Januar 2011 durch Zusammenlegung von Schweizer Radio DRS und Schweizer Fernsehen.

Stadtrat im Kanton Zürich – Stadtregierung.

Uetliberg – Hausberg von Zürich und beliebtes Naherholungsgebiet mit Hotels und Gaststätten. Der Berg wurde im 19. Jahrhundert mit der 1875 eröffneten Uetlibergbahn touristisch erschlossen. Sie ist die steilste normalspurige Adhäsionsbahn Europas und führt vom Hauptbahnhof bis zur Station Uetliberg, zehn Gehminuten unterhalb des Gipfels.

Utoquai – liegt zwischen dem Abfluss der Limmat und dem Bellevueplatz. Die Promenade wurde 1887 erbaut und ist als Publikumsmagnet beliebt.

Gerichte in Zürich

Wie in den meisten Kantonen (Staaten) der Schweiz gibt es in Zürich für Strafsachen, Erwachsene betreffend, eine untere und eine obere Instanz. Zwölf Bezirksgerichte fällen erstinstanzliche und ein Obergericht fällt zweitinstanzliche Urteile.

Für leichtere Delikte können die Bezirksanwälte (Staatsanwälte) eigenmächtig Strafbefehle erlassen.

Zweitinstanzliche Urteile können beim Bundesstrafgericht und beim Bundesgericht als letzter (schweizerischer) Instanz angefochten werden.

Der Europäische Gerichtshof für Menschenrechte (EGMR) wurde 1959 in Strassburg von den Mitgliedstaaten des Europarats gegründet, um die Einhaltung der Europäischen Menschenrechtskonvention zu gewährleisten. Die Schweiz konnte dem EGMR erst 1974 beitreten, nachdem in einer Volksabstimmung 1971 (!) das Frauenstimm- und Wahlrecht eingeführt und die gesetzlichen Bestimmungen dafür umgesetzt worden waren.

Seit 1974 stellte der EGMR in 94 der zugelassenen Fälle eine Verletzung der europäischen Menschenrechtskonvention durch die Schweiz fest. Die betroffenen Gerichtsurteile mussten kassiert werden.

Die meisten Urteile gegen Kurt Meier (siehe Nachwort) wurden vor 1974 gefällt. Das Bundesgerichtsurteil von 1975 zog er nicht an den Europäischen Gerichtshof für Menschenrechte weiter.

Dienstgrade der Stadtpolizei Zürich

Die Stadtpolizei verwendet wie die meisten Schweizer Polizeien militärische Dienstgrade, die bei der Uniformpolizei an den Schulterschlaufen erkennbar sind.

Mannschaftsgrade und Unteroffiziere
Aspirant (in Ausbildung)
Polizist
Gefreiter
Korporal
Wachtmeister
Wachtmeister mit besonderen Aufgaben
Feldweibel
Feldweibel mit besonderen Aufgaben
Adjutant
Adjutant mit besonderen Aufgaben

Offiziere
Der Offiziersgrad entspricht in Deutschland dem gehobenen Polizeivollzugsdienst.

Leutnant
Oberleutnant
Hauptmann
... leiten die Kommissariate oder kleinere Hauptabteilungen, sie wurden noch im vergangen Jahrhundert auch Kommissäre genannt, was allerdings nicht der offiziellen Funktionsbezeichnung entsprach.

Major
Oberstleutnant
Oberst
... leiten die Hauptabteilungen.

Nachwort

Mathias Sonderegger ist der Protagonist im Roman. Er steht für den realen Kurt Meier, alias Meier 19, die polizeiinterne Bezeichnung des Mannes, der bewirkte, dass die grösste Justiz- und Polizeiaffäre der Stadt Zürich ans Tageslicht kam.

Meier 19 war wohl einer der ganz wenigen Schweizer Polizeiwachtmeister, über die ein Artikel im deutschen Nachrichtenmagazin «Der Spiegel» erschien. «Wer immer die Weltrevolte der Studenten verschuldete – in Zürich war Meier 19 schuld daran.» («Der Spiegel», 26.06.1968, «Blut vom Freund»)

«Kurt Meier hat nie an einer Demonstration teilgenommen, auch nicht an Strassenkundgebungen, die später seine Freunde veranstalteten. Der langjährige Polizeibeamte hielt dies für unschicklich.» (Paul Bösch: «Meier 19», S. 15, Limmat Verlag, Zürich 1997)

Diese Aussage Paul Böschs dürfte im Grossen und Ganzen auch zutreffen. Allerdings erfuhr ich von Augenzeugen aus der linken Zürcher Studentenszene, dass Meier 19 ab und zu unauffällig Kundgebungen begleitet habe, ohne allerdings aktiv daran teilzunehmen. Gleichwohl freute er sich darüber, wenn er an den Demonstrationen der «Fortschrittlichen Studentenschaft Zürich» (FSZ) als Held auf den Schild gehoben wurde. (Paul Bösch)

Mainstreammedien haben ihn damals als Vater der 68er-Bewegung präsentiert. («Der Spiegel», http://www.spiegel.de/spiegel/print/d-46020902.html)

Das war Kurt Meier bestimmt nicht, obwohl er, anders als die meisten seiner Berufskollegen aus der Stadtpolizei, durchaus Sympathien für die jugendlichen Protestler empfand. (http://www.limmatverlag.ch/programm/titel/467-meier-19.html, http://68.abstractidea.ch/dwn/c_aepli_68.pdf)

Meier ging es nicht um eine Revolution, sondern um die Gerechtigkeit, die bei der Polizei und der Justiz damals einen geringen Stellwert hatte. Es wurde mit ungleichen Ellen gemessen. Prominente Personen und deren Angehörige behandelte man privilegiert, während das gemeine Volk die Härte des Gesetzes voll zu spüren bekam. Meier 19 spielte geheime Akten über diese Vorzugsbehandlung einer Anwältin zu. Diese gab sie einer Zeitung weiter, was dazu führte, dass über den Skandal geschrieben wurde. Der damalige Polizeidirektor der Stadt Zürich eröffnete ein Verfahren gegen Kurt Meier. In der Folge wurde Meier 19 vom Polizeidienst suspendiert. Die Lohnzahlung an ihn stoppte man. Ein paar Monate später erfolgte die Entlassung. Zudem verurteilte ihn das Bezirksgericht Zürich zu einer Busse von vierhundert Franken. Kurt Meier traf all das hart; er war Vater von zwei schulpflichtigen Kindern, die er zusammen mit seiner Frau in einem bescheidenen Einfamilienhaus aufzog.

Das Gerichtsurteil und die Entlassung durch den Zürcher Stadtrat wurden von der Bevölkerung mit Empörung aufgenommen. Die revolutionären Zürcher Studenten machten Kurt Meier zum Kronzeugen des Klassenkampfes. Die FSZ verteilte ein Flugblatt, mit dem Inhalt: «Wird jetzt der Oberst und Fabrikbesitzer bestraft? Aber nein, im Gegenteil: Der kleine Polizist wird vom Dienst suspendiert und muss sehen, wie er sein Geld verdient. Aber damit nicht genug, er wird vom Bezirksgericht Zürich (wegen ‹Verletzung des Amtsgeheimnisses›) noch zu einer hohen Busse verurteilt! DAS MASS IST VOLL! Alle Beispiele beweisen, dass die Reichen und ihre Handlanger in Behörden und Regierung gesetzt und von Richtern verschont werden, die normalen Arbeiter und Angestellten jedoch unterdrückt und bestraft werden. Wir haben eine Klassenjustiz: ‹Die Kleinen hängt man, die Grossen lässt man laufen!›»

Die jungen Menschen, die dieses Flugblatt verfassten, waren grossmehrheitlich Sprösslinge von genau diesen «Reichen». Das traf auch auf die Jugendlichen zu, die sich mit den Ordnungshütern auf den Strassen, Plätzen und Brücken Zürichs Scharmützel lieferten.

Auf dem Höhepunkt der Zürcher 68er-Jugendunruhen, den sogenannten Globuskrawallen, begann die öffentliche Meinung gegen Kurt Meier zu kippen. Er wurde von der Gratiszeitung

«Züri-Leu» und den bürgerlichen Tageszeitungen als Revoluzzer und Querulant, der mit den marxistischen Unruhestiftern gemeinsame Sache machte, betitelt. Die kleinen Leute in der Stadt waren durch die Kalte-Kriegs-Hysterie verblendet. In ihren Augen waren die jugendlichen Protestler vom Kreml gesteuert. Kurt Meier wurde immer weniger als Vorkämpfer für Gerechtigkeit und gegen Korruption wahrgenommen.

Die herrschenden Kreise Zürichs spielten die Karte «linkes Feindbild» erbarmungslos aus. Der leicht naive, arglose Kurt Meier machte es ihnen leicht. Er glaubte, mit weiteren Enthüllungen den Mann, die Frau der Strasse für sich zurückzugewinnen. Stattdessen wurde er zum Bösewicht abgestempelt. Er unterstelle dem Kripochef Walter Hubatka, oberster Verbrechensbekämpfer Zürichs, er habe gewusst, wer aus dem Tresor der Hauptwache Urania einundsiebzig Lohntäschchen mit gut achtundachtzigtausend Franken entwendet habe. Der Diebstahl, der 1963 verübt worden war, hatte hohe Wellen geschlagen, die weit über die Landesgrenzen, ja über den ganzen Globus schwappten. Das nahm man Kurt Meier übel, denn Hubatka wurde als Sonnyboy von den Medien gehätschelt. Dabei war es gar nicht Meier selbst, der die Verdächtigung gegen Hubatka verbreitete. Meier hatte ein Papier an handverlesene Bekannte zugestellt, in dem er darauf hinwies, dass Hubatka sich während des Diebstahls in der Hauptwache aufgehalten hatte und sogar auf demselben Stockwerk, wo der Tresor ausgeraubt worden war. Und: Der Tresor sei ursprünglich in Hubatkas Büro gewesen. Nach dem Umzug in den Raum des Kassenwartes habe ein Doppelbartschlüssel des zweiten, vom ersten unabhängigen Schloss gefehlt. Als die Zahltagtäschchen gestohlen wurden, hatte der Kassenwart vorher vergessen, das erste abzuschliessen.

Ein Sympathisant von Meier war darüber so empört, dass er dieses Schriftstück an die Kantonsparlamentarier von Zürich verschickte. Praktisch alle hielten dicht, nur einer gab es weiter. An den Ökonomiestudenten und Teilzeitredaktor des Gratisblattes «Züri-Leu», P. E., der es wohl nur darauf abgesehen hatte, Meier 19 fertigzumachen. Er beschrieb ausführlich in einer Kolumne den von Kurt Meier rekonstruierten Tathergang, um nachträglich den Ex-Wachtmeister des Rufmordes zu bezichtigen. Eine journalistische Taktlosigkeit, die zwei Leute mit einem Schlag schier vernichtete: Meier 19 und Walter Hubatka. Für einen Teil der Bevölkerung war der Kripochef von da an der Zahltagdieb, für den andern der Ex-Polizist ein hinterhältiger Verunglimpfer. Das mediale Schmierenstück hat P. E. nicht geschadet. Er stieg zum obersten Boss einer der grössten Detailhandelsketten der Schweiz auf.

Kurz vor Ostern 1971 gab die Ehrverletzungsklage des Prozessgegners Hubatka Meier das Recht, zum Wahrheits- und Gutglaubensbeweis Einblick in die Akten zur Untersuchung des Zahltagdiebstahls zu nehmen. Das stand bereits damals dem Beschuldigten gesetzlich zu. Da machte Meier eine geradezu sensationelle Entdeckung. Hubatka hatte für die Tatzeit ein falsches Alibi. Kurt Meier fand auch heraus, dass Vernehmungsprotokolle nachträglich manipuliert worden waren.

Allerdings reichte auch das nicht aus, ein Strafverfahren gegen den Kripochef zu eröffnen. Der 1971 amtierende Bezirksanwalt von Zürich, Rudolf Gerber, vernahm Hubatka. Doch das war mehr ein Gefälligkeitsgutachten zum Zwecke der Reinwaschung des Kripochefs. Ausgerechnet Rudolf Gerber, der 1974 zum Bundesanwalt gewählt wurde, führte im Fall Meier 19 haarsträubend die Ermittlungen. 1989 wurde Gerber als Folge der Fichenaffäre abgesetzt.

Übel mitgespielt hatte Kurt Meier der als Subversivenjäger in die Schweizer Geschichte eingegangene Ernst Cincera. Mit Hilfe von Informanten legte er in den 1960er und 1970er Jahren Dossiers von vielen tausend Personen aus dem Umfeld der politischen Linken an. Diese Aufzeichnungen stellte Cincera als Präsident des von ihm gegründeten «Aufklärungsdiensts» Leuten aus Wirtschaft, Verwaltung und Politik zur Verfügung, damit diese links angesiedelte «staatsgefährdende und gesellschaftszersetzende» Stellenbewerber aussortieren konnten. Die berufliche Laufbahn vieler Bewohnerinnen und Bewohner der Schweiz wurde so beeinträchtigt oder gar zerstört. Kurt Meier nahm er besonders ins Fadenkreuz.

Kurt Meier stritt weiter für sein Recht. Es war ein schier aussichtsloser Kampf gegen die Mächtigen. Er handelte sich dabei sechsunddreissig Strafverfahren ein. Einige davon gaben bei der Zürcher Kantonsregierung und sogar beim Bundesrat zu reden. Elfmal fällte das Bundesgericht in Sachen Meier 19 ein Urteil. Er musste letztendlich Freiheitsstrafen von insgesamt sieben Tagen absitzen. Das höchste Urteil, sieben Monate Gefängnis, wurde wegen Verjährung sistiert. Trotzdem verlor Meier dabei viel. Seine Familie, sein Haus, für das er alles vom Munde abgespart hatte. Beruflich konnte er nie mehr richtig Tritt fassen. In seinen alten Tagen lebte er in einer bescheidenen Einzimmerwohnung. Seine Würde und seinen Stolz hat er aber nie eingebüsst. Er gab nie auf. Bis zu seinem Tod 2006 kämpfte er für sein Recht.

Eine grosse Erleichterung für ihn war die Teilrehabilitation der rot-grünen Stadtregierung. 1998 wurde Meier 19 für seine ungerechtfertigte Entlassung finanziell entschädigt, der Zürcher Stadtrat zahlte ihm fünfzigtausend Franken.

Nun sind fünfzig Jahre seit der Entlassung von Meier 19 vergangen. Zahlreiche Polizeiprotokolle, weitere Akten und anderes Material, an dem allenfalls noch Spuren haften, befinden sich im Gerichtsarchiv. Eine nochmalige Überarbeitung könnte möglicherweise dazu führen, den Täter des Zahltagdiebstahls doch noch zu überführen, weil die Forensik seither grosse Fortschritte gemacht hat.

Über den Fall Meier 19 gibt es eine umfangreiche schriftliche Hinterlassenschaft von 1963 bis zu seinem Tod 2006. Vor allem in der Zeit der Zürcher Jugendunruhen von 1967 bis in die Mitte der 1970er Jahre erschienen gegen hundert Artikel in der Presse. Sein Nachlass mit einer umfangreichen Materialsammlung zur Affäre verwaltet das Schweizerische Sozialarchiv in Zürich.

https://www.sozialarchiv.ch/
http://www.findmittel.ch/Archive/archNeu/Ar540.html
http://www.findmittel.ch/Archive/archNeu/Ar143.html

1997 erschien von Paul Bösch eine umfangreiche Recherche über Meier 19 in Sachbuchform:

Bösch, Paul: «Meier 19. Eine unbewältigte Polizei- und Justizaffäre», Limmat Verlag, Zürich 1997. ISBN 3-85791-290-1.

Das ungemein aufwendig recherchierte Buch von Paul Bösch legt «die Hintergründe der grössten Justiz- und Polizeiaffäre Zürichs offen und schildert die Wechselwirkungen zwischen ihr und den 68er Ereignissen». Und: «Die Behörden setzten Himmel und Hölle in Bewegung, um ihn (Kurt Meier) zu bodigen und eigene Fehler zu kaschieren. Doch der Detektivwachtmeister der Stadtpolizei Zürich glaubte an das Recht, setzte alles aufs Spiel und verlor alles – Stelle, Vermögen, Ehe und Beziehungen», so auf dem Buchcover.

2001 sorgte der Kinofilm von Erich Schmid «Meier 19» landesweit für Aufsehen. Das Sachbuch von Paul Bösch diente Schmid als Vorlage. Er wurde zum erfolgreichsten Dokumentarfilm des Jahres.

«Meier 19» von Erich Schmid, 35 mm, 98 Min.; Produktion: Ariadnefilm GmbH, Zumikon 2001; DVD- und VHS-Edition: Praesens, Zürich. ISAN 0000-0000-D85B-0000-5.

https://www.youtube.com/watch?v=VaQB9ScZVqU

Meier 19 war nicht der einzige, der dem Zürcher Justiz- und Polizeiskandal zum Opfer fiel. Auch ein wissenschaftlicher Mitarbeiter der Nationalbank, der sich für Kurt Meier einsetzte, wurde bei einem Prozess mit ihm zusammen zu einer mehrmonatigen Gefängnisstrafe verurteilt. Nach Rekursen durch den ganzen Instanzenweg wurde das Urteil vom obersten Schweizer Gericht aufgehoben. Die NZZ konnte sich damit nicht abfinden. Sie publizierte regelwidrig den Namen des Bankers, der danach seine Stelle verlor und erst nach dreieinhalb Jahren wieder eine andere fand.

Der Fall Meier 19 könnte nur die Spitze des Eisberges gewesen sein. In den 1960er bis 1980er Jahren gab es im Kanton Zürich zahlreiche Kapitalverbrechen, die unaufgeklärt blieben. Zum Beispiel der Mordfall Rünzi von 1976 an der Zürcher Goldküste. Damals hatte die später als mutmassliche Täterin Entlarvte während der Mordzeit mit dem Bundesanwalt Rudolf Gerber telefoniert.

In diese Zeit fällt auch die explosive Zunahme des Betäubungsmittelkonsums, die Zürich für einige Jahre den zweifelhaften Ruf als Drogenhauptstadt Europas einbrachte. Die Tolerierung einer offenen Drogenszene liess die Vermutung aufkommen, das Zürcher Polizeikorps habe in seinen Reihen Leute, die am Drogengeschäft mitverdienten.

Alle Titel von Erfolgsautor Peter Beutler:

Auch als eBook erhältlich

Weissenau
ISBN 978-3-89705-971-9

Hohle Gasse
ISBN 978-3-95451-058-0

Kanderschlucht
ISBN 978-3-95451-136-5

Morgarten
ISBN 978-3-95451-246-1

Kristallhöhle
ISBN 978-3-95451-389-5

Berner Münstersturz
ISBN 978-3-95451-711-4

Kehrsatz
ISBN 978-3-95451-967-5